桃《とう》中《ちゅう》図《ず》

自選短篇集

宮城谷昌光

文藝春秋

目次

桃中図　自選短篇集

桃中図……7
歳月……47
指……81
布《ふ》衣《い》の人……111

買われた宰相……157
俠《きょう》骨《こつ》記《き》……205
宋《そう》門《もん》の雨……281
花の歳月……337

あとがきとしての回想……435

桃中図

自選短篇集

桃中図

遠い音であるが、その音は枕《まくら》のなかで重かった。

地のささやきというよりうめきにきこえた。

「苦平《こへい》──」

頭をあげた李秀《りしゅう》は従僕《じゅうぼく》の名を呼んだ。細い声である。李秀は生まれつき病弱で、気候のかわり目にはかならずといってよいほど発熱し、一年のなかで健康でいるときがみじかい。李秀の家がまずしければ、李秀はとうに死んでいたであろう。が、李秀の父は豪商で、この病弱な息子のいのちを守るために、金を吝《お》しまなかった。

李秀は十五歳である。

──いつ死ぬかわからない。

李秀は病牀《びょうしょう》に横たわった回数があまりにも多いので、つねにそんな目で自身をみつめている。そういう意識が感覚をするどくさせた。室外のかすかな音におびえるときがある。が、今朝の音は、かすかではない。はっきりしている。

——異様なことがおこっている。

李秀は胸苦しさをおぼえ、身を起こし、また従僕の名を呼んだ。

足音がきこえた。

苦平は右足をひきずるように歩くので、李秀の耳は容易に足音をききわけられる。

「どうなさいました」

中年の男が心配そうな顔をみせた。また李秀が発熱したのかと愁《うれ》える顔である。

「苦平、奇妙な音がきこえる」

「音、ですか」

苦平は耳を澄ました。なるほど遠くから地をにぶくゆするような音がきこえる。

「庭のほうですね。たしかめてまいります」

苦平が庭におりて、木陰を歩きはじめると、李秀は窓に身をよせて、遠ざかってゆく影をながめた。朝の光が晩秋の澄みをみせている。庭の木のなかには黄色の葉をつけているものがある。まもなく庭全体が緑、紅、黄の渾殽《こんこう》になる。

だが、この病弱な少年の目には、晩秋の色は、華やかさのなかに死の色をふくんでいるようにみえる。そのいろどりが地に落ちれば、からだにとってつらい冬がくる。冬のあいだじゅう、死におびえなければならない。

——健康なからだで、野山をとびまわることができたら、どんなに楽しいだろう。

李秀が望んでいることは、そのことばかりである。

庭から目をそらし、足もとをみつめた。この足はめったに屋敷の外を歩いたことがない。

しばらく立っていたせいか、悪寒《おかん》がするようになった。牀《とこ》のうえにもどった李秀の耳の底でにぶい音がする。

苦平の足音がきこえた。

李秀は身を起こさなかった。おや、という表情の苦平は、腰をまげ、李秀の顔をのぞきこみ、

「顔色がよろしくありません」

と、つぶやき、いちど退室して薬湯をもってきた。李秀は目をひらき、薬湯をにがそうに飲み、悪寒の去るのを待って、

「あの音は——」

と、きいた。

「お庭の土塀《どべい》をくずしている音でございます」

李秀は眉《まゆ》をひそめた。

「土塀をなくせば、となりの家の人が、こちらの庭にはいってきてしまう」

「いえ、いえ、ご心配にはおよびません。ご主人が隣家を買い取られたそうです」

となりの家にどんな人が住んでいたのか、李秀は知らない。苦平もくわしくないようだが、さほど官位の高くない役人が住んでいたらしく、その役人が亡《な》くなったあと、役人の妻子は家を売りはらい、どこかに行ったようである。

「ご主人は隣家をとりこわし、敷地すべてを庭につくりかえようとなさっているようです。つまり庭がひろがるわけです」

両家の境にあった土塀をこわし、隣家の敷地をとりかこむように、あらたな土塀をつくるのであろう。そうなっても李秀にはいささかも喜びはない。はやく、いやな音がきこえなくなってくれたほうがよい。

「工事はいつまでつづくの」

「こちらの土塀は、二、三日でかたづきましょう。新しい土塀づくりは何日かかるのかわかりません。が、音はここまでとどかないでしょう」

「はやく、おわればいい」

ここで苦平にいったことは、しばしば父につたわる。最愛の息子の苦情をきいた父は、工事をいそがせるかもしれない。そういう願いをこめて李秀は大きな声をだした。


翌日、李秀は窓から庭をみていた。するとと父の姿がみえた。父のうしろに従者が数人歩いている。父のかたわらに見知らぬ人がいる。その人にむかって父は腰を低くしているようである。

小さな集団は木々のうしろに消えた。その集団はなかなかもどってこない。たしかに庭はひろいが、一周するのに長時間は必要としない。

やがて父とふたりの従者の姿がみえた。

李秀は声をあげた。

父が気づき、こちらにやってきた。

「おお、秀か。どうかな、今日の気分は」

「工事の音が耳ざわりです」

「それは、こまったな。土の塀をこわすのは、明日にはおわる。明日まで別の部屋に移るがよい」

「窓のない部屋はいやです」

窒息しそうな息苦しさをおぼえて、ねむることができなくなってしまう。

「わしのとなりの部屋がよい。小さな庭がある」

「あの部屋は壁の色がきらいです」

青い壁にみがかれた貝が埋めこまれている。海の部屋とよばれている。そこで横になっていると海底に沈んでゆくような恐怖を感じる。

「こまったことだ。では、娃《あい》か桑《そう》の部屋はどうかな」

娃が長女で桑は次女である。李秀にとってふたりは姉である。嫡男《ちゃくなん》は李秀なので、それだけこの家ではたいせつにされている。李秀には弟も妹もいない。

——姉の部屋へ、か……。

李秀はどちらかといえば娃のほうが好きである。なにごとにもひかえめな娃は、家人にもやさしく、秀にたいしては気づかいをしてくれる。が、性格の陰気さが、肝心なところで人をこばんでいる。心から慕い寄ってゆける姉ではない。桑の性格は娃をうらがえしにしたような陽気さをもっている。華侈《かし》を嗜《この》み、つねにさわがしい。秀が病弱であることに、露骨にいやな顔をむけ、

「わたしが婿《むこ》をもらって、この家を継げばいいのよ」

と、放言したことがあった。李秀はそのとき苦平に、

「あの姉が家財をひとりじめにすれば、翌日には家がかたむく」

と、皮肉をこめていった。苦平はしかし首を横にふって、

「奢侈《しゃし》を嗜むかたは、他人には吝嗇《りんしょく》であることがよくあります。わたしのみるところ、娃さまの

ほうが危ういです。あのかたは、男にだまされ、財産をうしないかねません」

と、世知をさりげなくひろげた。

——そういうものだろうか。

李秀は従僕のことばを信じかねた。

自分の身はいつ病魔におかされ、葬穴《そうけつ》にはこばれるかわからないので、どうせこの家は長姉が継承するのであろうとおもっていた。たとえ早死にしなくても、病臥《びょうが》の身では商売の辛苦《しんく》に耐えられず、父とすれば娘のどちらかに、

「秀を死ぬまでやしなえるか」

と、念をおして、家産をゆずりわたすときがくるであろう。が、父の後継者になるにちがいない長姉は、苦平の目からは危うくみえ、長姉に不都合が生じた場合に後継者になりうる次姉は、李秀の目から危うくみえる。

「あなたさまがお継ぎになればよろしいのです」

苦平が目をすえていったことがある。その強い眼光に李秀はおどろいたおぼえがある。李秀の目に涙がふくらんだ。苦平は強い眼光にやさしさをそえて、

「気を強くお持ちなさいませ。秀さまは宿痾《しゅくあ》に苦しんでおられるわけではないのです。この長安《ちょうあん》ばかりでなく、全国の名医が秀さまを診《み》て、首をかしげたのをご存じでしょう。病疾《びょうしつ》ではないのです。体質が弱いだけなのです。きっと、あるときから、みちがえるように勁健《けいけん》になられるでしょう」

と、はげました。

——この男は善柔《ぜんじゅう》ではない。

少年の心は従僕の誠心を洞察した。善柔、つまり、へつらうだけで誠意がない、それとは苦平の心のおきどころがちがうようである。しんから病身の少年をおもってくれているようである。そのころ李秀の世話をさまざまな家人がおこなっていた。が、李秀は、

「苦平がいい」

と、父にいい、専属にしてもらった。

それまで李秀に属《つ》いていた婢女《ひじょ》は、李秀からはなされるとわかって、

「苦平は奴隷《どれい》であったのですよ。秀さまをたらしこんで、この家で栄達をもくろんでいるという者もおります。どうかお心をおゆるしにならぬように――」

と、ささやきにするどさをこめた。

少年の心は陰《くら》くなった。

奴隷のすべてが犯罪者ではないが、その男の過去がけっして明朗でないことはわかる。

――たれを信じたらよいのか。

信じてよい人は父母のほかにいない。しかし母は数年まえに亡くなった。その後、父は妾《しょう》を擁《も》った。ひとりではないようである。ある妾について苦平は、

「いちどだけ、ご主人の従《とも》をして、そのかたの家にまいりました。あらわれたのは、天女のようにお美しい人でした。この世には、ほんとうにああいう美女がいるのですねえ」

と、ため息まじりにいった。

――父には、そういう人がいるのか。

その事実は李秀の胸にするどくひびかなかった。男には女が必要であり、女にも男が必要である、というおとなの常識を憎むほどの偏狭《へんきょう》を感性のなかにもっているわけではない。父が美妾を

愛することが亡き母を裏切っているふうにも感じられなかった。ひとつに、父は妾をけっして家のなかにいれなかった。富む者にかぎらず、妻を喪《うしな》えば後妻を自家に納《い》れるのがあたりまえであるのに、父は、

「家がもめるもとだ」

と、いい、苦平のいうところの天女のような美女でも、家の外に遏《とど》めおいた。

「賢明なかたです」

苦平は李秀の耳もとで主人をほめた。

外妾は子を産んだかもしれないのに、それらの子について李秀はまったくわからない。

「わたしには、外に、妹か弟がいるのだろうか」

と、李秀は苦平にきいたことがある。苦平はすぐにはこたえず、首をかしげたあと、

「存じません。たとえいるにせよ、お忘れになったほうがよろしいでしょう」

と、いった。苦平は李秀からはなれることができないので、妾宅への随行はなくなり、外用《がいよう》にもふれることがなくなったため、李氏家の外の家族についてほとんど知らないようである。

わかっていることは、この家に婿がはいってこないかぎり、家族はふくらむことはないということである。

父は腕を組んだ。

それをみた李秀は、自分が父をこまらせていることを察し、

「明日まで、ここで、我慢します」

と、細い声でいった。

「我慢はよいが、それで、また熱をだしてはなあ……」

父は腕を解かず、李秀の部屋にはいってきた。従者は庭でひかえている。父は耳を澄ました。

「なるほど、いやなひびきがつたわってくる」

「よいのです」

李秀は自分の苦痛を父がすみやかに理解してくれたことに満足した。

苦平が部屋にはいってきた。

「あ、これは」

主人がいるので、苦平はおどろいて頭をさげた。

「苦平か。この子をいまから馬車に乗せ、別宅へつれてゆき、工事がおわる明日まで、そこにおらせたいが、どうかな」

どうかな、というのは、体調の良否についてである。李秀を外気にあててよいかということと、ちがう家で起居することで体調をくずすことはないか、ときいたのである。李秀の体質について父母がまだよくわからなかったころ、家族で野にでかけ、遊楽に興じているさなかに、幼児の李秀はかならずといってよいほど発熱した。親戚《しんせき》の家に泊まったときもそうである。いま李秀の心身の状態についてもっともよく知っているのは苦平である。

「よろしいかと存じます」

李秀はおびえたような目を苦平にむけた。家の外にゆくのは怖いのである。

苦平ははっきりうなずいてみせた。今日の李秀の顔色はちかごろになくよく、また、気候は悪くない。暑くも寒くもなく、さわやかである。一両日の外泊であれば、李秀に変調をもたらすような気温の変化はなさそうである。

「そうか」

と、いった父は、庭にいる従者にむかって手招きをして、軒下で、耳うちをした。李秀の衣類をまとめはじめた苦平は、上目づかいでそちらをみて、たれにもわからぬように口もとに哂《わら》いをのぼらせた。が、李秀は鋭敏な目でその一瞬をみのがさなかった。

ほどなく李秀は馬車に乗せられた。父もいっしょである。李秀はうれしくなった。こういうことはめずらしい。

苦平とほかの従者は馬車の左右を歩いた。

馬車はゆっくりすすんでいる。

「たまには、外の空気もよいだろう」

と、父はにこやかにいいながらも、李秀から目をはなさなかった。

「お客さまをおきざりにしてきて、よかったのですか」

「や、秀は知っていたか」

父は小さな苦笑をみせた。

「あのかたは、どなたですか。官廷からおみえになったようですね」

衣冠の端華《たんか》からみて賓客《ひんかく》であるらしい。

「太史《たいし》さまだ」

「偉いかたなのですか」

「偉いというのが、官位にかぎるのであれば、天文をつかさどる太史はそれほどでもない。が、あの太史は上古から今代《きんだい》まで、知らぬことはないという博学強記のかたで、その点では偉い」

「日月星宿《じつげつせいしゅく》のことから、人文のことまで精通なさっているのですか」

李秀はあこがれるような目つきをした。部屋にこもっていることの多い李秀は、書物を読むことが好きである。それでも、まさか、今日、自家の庭を歩いていた太史が司馬遷《しばせん》といい、中国で最高の歴史家であるとは想像すらできなかった。

「隣家を買収したことは知っているだろう」

「はい」

「その家をとりこわしていたところ、壁のなかから書物がでてきたのだよ」

めずらしい話ではない。政府に嫌忌《けんき》される書物を壁のなかにかくした家は、前代の秦《しん》王朝期にはとくに多い。

「項《こう》王が秦を滅ぼしたとき、咸陽《かんよう》を焼きつくしたそうですが、このあたりは焼けなかったのでしょうか」

秦の首都にさきに攻めこんだのは劉邦《りゅうほう》であるが、かれは始皇帝が造営させた壮大な宮殿に住まず、財宝のつめられた府庫を封閉《ほうへい》した。そのあとに咸陽にはいってきた項王、すなわち項羽《こうう》は財宝をもちだし、宮殿を焼き払った。が、項羽は死に、天下は劉邦のものとなった。いまの皇帝は劉邦の曾孫《そうそん》にあたる武帝である。

「秦都の咸陽は渭水《いすい》の北にあった。秦の宮殿は、渭水の南にもあり、たとえば興楽宮は焼かれず、漢の御代《みよ》に長楽宮として生まれかわった。長安は、焼かれなかった秦の宮殿がもとになって、大きくなった」

と、父はいった。

「はい」

李秀は目をかがやかせている。その目をみた父は、

——秀を虚弱にさせたのは、わしかもしれぬ。

と、眉《まゆ》をひそめた。

秀が幼少のころ、父は商売にあけくれていた。子どもと話をしたという憶《おぼ》えがない。ふたりの女子とひとりの男子は、血が通っているだけの子である。ほんとうの父子は、父の意志が子に通い、子はそれを敬意としてかえすものであろう。それでこそ、真に血が通いあったといえるであろう。が、この父は子どもにふりむきもせず、家産をふとらせることに奔走《ほんそう》した。子どもは、親のことばに、もっといえば親の息に、ふれることなく、呼吸をし、思考をしてきた。そのせいか、子どもに感情と思考の力が健全なかたちをなしていない。このことは、秀ばかりでなく、ふたりの娘にもいえる。しかし、こうして父と子が話をしている、このときの秀のいきいきした表情はどうであろう。なにかに想《おも》いを集中させてゆくのは、秀はふたりの姉にまさっていることはあきらかである。

——わしのすべてを渡してゆけるのは、やはり、この子しかおらぬ。

父は秀をながめつつ、心の深いところでそうおもった。

「壁からでてきた書物を、官衙《かんが》にとどけたところ、さっそく太史がおみえになった。これからこわす壁からも、書物がでることが考えられるので、それをごらんになりたいらしい」

と、父が微笑すると、李秀は父が賓客をおきざりにしたわけをのみこんだように、やはり微笑した。

「家のとりこわしが、だいぶ遅れますね」

「今日、おわるはずだったが、明日までかかるだろう。明日も太史がおみえになるようだから、

とてもつきあってはおれぬ」

「これからゆく家で、明日も泊まるのですか」

「秀はそうしなさい。いやな音をきかずにすむ。わしは所用があるので、明日はいっしょに泊まれぬ。苦平がついてきているから、さびしくはないね」

「はい」

と、いったが、すでにその声にさびしさがあった。


夕《よる》、李秀は父とともに食事をした。

父のかたわらにいて酒食に気をくばっている若い女は、容色に艶《つや》と冴《さ》えとがあり、李秀はあとで苦平に、

「あの女が天女なの」

と、きいた。苦平は首を横にふった。

「ちがうのか……」

「天女にお仕えしている女です」

苦平の口もとが笑いを哺《ふく》んだ。それをみた李秀は、

「苦平、わたしの部屋で、衣服をまとめているとき、おまえは笑ったろう。知っているよ」

と、小さく刺すようないいかたをした。

苦平はおどろいたように李秀をみつめてから、吐息をし、苦笑を落とした。

「いいにくいことです。邪推《じゃすい》をふくんでいるとおもわれると、あとあじの悪い話になります」

「ひとはどうあれ、わたしは邪推だとけっしておもわない」

「そうですか。では、おききになったら心にとどめておかず、すぐにお忘れになってください」

「ふむ……」

李秀は目でうなずいた。

「ご主人は太史をもてなすのが憂鬱《ゆううつ》だったのです」

と、苦平は話をはじめた。太史の応接を家の者にまかせたいとおもっているとき、李秀の苦情をきき、息子の容態が悪いというわけあいを太史につたえさせ、別宅へ移ろうとした。そのとき李氏は、ひとりの女を、その別宅へ呼ぶことをおもいついた。

「ご主人は天女の家へ通ううちに、その家で仕えている女に興味をもたれたのですが、まさかそのことを天女にうちあけるわけにはいかず、秀さまの病状を理由に、ようやくその女を天女からひきはなしたのでしょう」

「ああ、そういうこと……」

李秀の興味はしぼんだ。父の妾についてはほとんど関心はない。だが、父が天女からその女に気をうつしたのはなぜであろう。もっともわかりやすいことは、その女が天女より美しいということだが、苦平は、

「美貌《びぼう》の点では、とてもおよびません」

と、はっきりいった。

「では、どうしてだろう」

「さあ、そこまではわかりかねます。しかし秀さまに好ききらいがあるように、ご主人にも好悪《こうお》があるのです」

「そうか。それにあの女はかしこそうだ」

「そうみえましたか」

「つねにひかえめでいながら、人の話をききもらさず、気くばりをおこたらないのは、賢明な証拠だ。うわべの美しさは、人のなかの美しさには負けるということではないのか」

「ご明察です」

苦平はしずかに笑った。

この夜、李秀は寝つかれなかった。

部屋がちがい臥牀《がしょう》がちがうことがこの少年に安心感をあたえなかった。ねむれぬつらさを耐えているうちに、かすかではあるが、水の音をきいた。

——雨が降ってきたのか。

と、おもったが、そうではない。窓は月光で明るい。では、あの音はなにか、と苦平にききたいところだが、もうねむっているにちがいない隣室の苦平を起こすのはかわいそうなので、李秀は身を起こし、音のするほうへ足音を殺して歩いて行った。

水音がきこえなくなった。李秀は足をとめた。そのまま柱にもたれて庭をみた。月光が降っている庭が青白くかがやいている。そのかがやきが急にうしなわれ、幽《くら》くなるときがある。足もとさえみえない幽さのなかで不安をつのらせていると、さっとあたりがあかるんだ。

大きな水音がした。

李秀はおどろいて歩をすすめた。

籬柵《りさく》でかこまれた小さな庭に浴槽がおかれ、その横に簀《すのこ》が敷かれている。水浴をおえた女が、ちょうど簀のうえに立って、からだをふいていた。うしろむきの裸身である。

月光のせいであろうか、女の肌はこの世ならぬ美しさで、光って落ちる水滴は真珠《しんじゅ》のようにみえた。

——女とは、こういうものか。

李秀は女に美しさを感じたことのない少年であったが、衣服や装身具をまったくつけていない女のからだに、はじめて美しさをみつけたおもいであった。

よくみれば女の足もとに衣服がない。すると女は裸のままそこまで行ったことになる。そう気づいた李秀は、そっとあとじさった。女がふりむいた。その顔は幽さに沈んだ。李秀は柱にさわりながら、足もとをたしかめて歩き、しばらくそれをくりかえしているうちに、庭が明るくなった。李秀ははじかれたように小走りをした。ただし隣室のまえはゆっくり歩き、自分の部屋にもどったとき、大きなため息をついた。

——あの女は、たれであったか。

と、考えたが、それには拘泥《こうでい》せず、目をつむっても眼底から消えないきれいな裸身を心でみつめていた。

別宅で二泊した李秀は本宅へ帰った。

いやな音はきこえてこない。

「こわした家から、べつの書物はでてきたのだろうか」

と、李秀は苦平にきいた。

「でてきたようです」

「そうか……、どんな書物なのであろうか」

「そこまでは存じませんが、隣家を買い取ったのは当家でございますから、当然、その書物も当家のものです。秀さまがお望みとあれば、その書物を返していただくことはできます」

李秀は小さなはにかみをみせた。

「いや、父はすでに献上の手続きをとったはずだ。たとえ返してもらっても、むずかしい内容では、わたしには読めぬ」

「古い文字の書物をすらすら読める人はどういう頭をしているのか、ふしぎにおもわれます。この苦平は、自慢するものは何ももちあわせず、文字さえろくに読めません。学問のない者は、人生の楽しみの半分を奪われているような気がします」

正直な述懐であろう。ほとんど家から外へでない李秀が書物をとりあげられたら、空想や想像がとざされ、現実の自分と真向かいつづけることはできず、窒息死してしまうであろう。書物によって故事を知りつつ未来へむかっているのが李秀の生きかたである。人がいまを生きているのはたしかであるが、いまをみつめすぎると、それは死の相貌にかわる。苦平にしても現実はにたようなもので、僕人としての現実は、のがれようがなく苦しいものであろう。書物の楽しみを知らぬ苦平はとくにそうであるにちがいない。

「あの太史は読めぬ書物はないらしい。往時のことは太古のことまで知っているようだ。さぞや日々は楽しいであろう」

「そういうかたですか。一風変わったかただとほかの者が話しておりました」

李秀の目に好奇の色がのぼった。

「どこが、どう変わっている」

「書物がでてきたら、その場で巻をひもとかれ、読みはじめられたようです。家をこわすときにでる埃《ほこり》や土けむりをかむっても、うごかれず、土人形のような様相となって、書物をくいいるように読みすすまれたようです」

「はは、冠に土がつもったであろう」

「そうにちがいありません」

苦平も笑った。

翌日からの工事の音は、李秀の部屋の静かさをかき乱すものではなかった。きこえるか、きこえぬか、という幽《かす》かな音がかよってきた。

庭がかなり広くなったため、あらたにつくられる土塀は、李秀の部屋から遠い。その工事はひと月後におわったが、庭のつくりかえは冬になってもつづき、雪が降ってもおこなわれ、積雪の高さがくるぶしを越えるようになって中断され、春になって再開された。

そのあいだ、李秀は数回発熱した。部屋をどんなにあたためてもらっても、李秀は悪寒から脱することができず、雪が消えるまで体調は安定しなかった。

部屋から庭にでられるだけの体力と気力とをとりもどしたのは、梅の花が咲きそろい、それらの花がすっかり散ってからである。工事はそのころすべてが完了した。

風のないあたたかな日をえらんで、李秀は苦平をしたがえて庭にでた。

「まだ、生きている……。苦平のおかげで、生きながらえているようなものだ」

苦平が徹夜で看病をしてくれた日が何日あったか。いちいちかぞえてはいないが、李秀の真情としては、自分が生きているのは、医人や薬のおかげではなく、苦平の看護のせいだと信じている。

「なにをおっしゃいます。すべては鬼神《きしん》のおぼしめしによります」

苦平は謙遜《けんそん》をしめした。ふりかえって苦平の表情をたしかめなくても、その声に正直さがこめられていることを李秀の耳はききわけている。

——こういう篤実《とくじつ》な男をわたしの看護人として、しばりつけておいてよいのだろうか。

父に推薦して賈市《こし》の途を歩けるようになれば、どれほどこの家にとって役立つ男になるかわからない。家の内外の事情について、苦平にきくしかない李秀としては、情報を巨細《こさい》となく蒐《あつ》め、必要に応じて提供する苦平の能力が、商売にむいていないとは考えにくい。たとえ商才がなくても、家の財産の管理には、うってつけの男であろう。そういう苦平の能力は、李秀の目にはあきらかすぎるほどになってきたが、父の目にはどう映っているであろうか。

家と人材についておもいがおよぶようになった李秀は、少年期から脱しつつあるということであった。

「わたしは鬼神への信仰がうすい。助命してくれるはずがない。苦平は、鬼神をうやまっているのか」

「大いに、と申し上げておきましょう」

「そうか、苦平を助けるはずの鬼神が、苦平の精勤をあわれんで、わたしを助けてくれたのであろう。わたしは苦平がうやまっている鬼神へ、礼として、何を羞《すす》めたらよいのか」

「そのお心遣いだけで充分でございます」

「つらい冬を越せたのだ。鬼神へ供えないのであれば、苦平へ何かをつかわそう」

苦平は李秀へ一歩近づいた。

「秀さま、わたしがあなたさまを看護するのは、当然の務めです。それによってわたしはこの家で生かしてもらっております。それで充分でございます」

清廉《せいれん》なことばである。そのことばは李秀の胸のなかをさわやかに吹きぬけた。


もともと李氏家の庭には小さな池があった。その池の水を疏水《そすい》によって延々とながすようにつくりかえられた。疏水ぞいの路《みち》には、花を地に鎮《しず》めた梅が立ちならんでいた。そのむこうに菊で飾られた籬《まがき》がある。あらたにつくられたもので、むろん菊は花をつけていない。

籬が闕《き》れたところに竹の門がある。黒い竹で黄金色の節をもっている。そういう竹はありそうもないような気がしたが、竹をさわってみることもせず、だまって通りすぎようとした李秀の目に、亀《かめ》と蛇の絵がとびこんできた。門の軒下に架けられている絵である。

「玄武《げんぶ》門か」

と、李秀はたわむれにいった。が、玄武は北方の神であるのに、その門は正確には西北の位置にある。苦平は玄武が何をあらわしているのか理解しがたかったらしく、返辞をためらい、ようやく、

「ここからが隣家の敷地ということです」

と、いった。旧隣家の敷地がどのようであったのか李秀も苦平も知らない。家屋のあとはまったくない。

門をすぎると、左手に多くの蘭《らん》がみえた。疏水はながれをひろげ路を横切っている。したがってまるみを帯びた朱色の橋が架けられている。その橋をのぼりつつ右手をみると、芍薬《しゃくやく》が群生していた。

「三月上巳《じょうし》の禊《みそぎ》は、この曲水でおこなえそうだ」

李秀は小さく笑った。

「蘭は香草で、芍薬は霊草でございます。ご主人は秀さまのためにおえらびになったのでしょう」

「うむ……」

苦平のいう通りであるかもしれないと李秀は感じながら橋をおりた。家の外にでない李秀をなぐさめると同時に、庭から生ずる清爽《せいそう》な気を吸わせてやろうという親ごころがここにはあるであろう。

歩をすすめてゆくと、路は左右にわかれる。

正面に築山《つきやま》がある。築山にはかなり大きな石と小さな松があちこちにおかれ、あたかも深山の一景のごとくみえた。李秀は目をあげた。

「これはどこの山を模《も》したのか。玄武門をすぎたのだから、常山《じょう》山かな」

聖なる五岳のうち、北の岳を常山、もしくは恒《こう》山という。

「さあ、どうでしょうか。わたしは常山へは行ったことがありませんが、この山はむしろ李氏のご先祖の出身地にあった山なのではありますまいか」

と、苦平はうがったことをいった。

李秀の父祖の出身地は山東《さんとう》であるときく。父が故郷の山とおなじかたちの築山を庭内におきたい気持ちは、李秀にわからぬではない。

李秀は右の路をえらんだ。

築山の翳《かげ》からぬけたとき、前方が明るくなった。陽射《ひざ》しそのものの明るさもあるが、視界を華やかにしたのは、桃の花であった。

「やあ――」

と、歓声をあげた李秀は、桃の花に目をうばわれ、足をはやめた。巨木である。桃の木のうしろは土塀であるが、枝は土塀を越えるものもあるので、土塀の外を歩く者にもその花はみえるであろう。

李秀は桃の木に近づき、草のうえに腰をおろし、かるく身をそらして、花をみあげた。

「こんな美しい桃の花をみたことがない」

と、李秀がいうと、おなじように腰をおろした苦平は、

「わたしもでございます」

と、しきりにうなずいた。

ここだけは陽光が淡紅色を帯びて降ってくるようである。桃の木は古代から霊木とされている。木の近くにある李秀は、桃の木の吐く霊気を浴びたように、すがすがしい気分になった。むしろ、うっとりした、といったほうがよいであろうか。

「苦平よ、気分がいいな」

「まことで――」

「こんな気分がいいことはめずらしい」

李秀が花をみずに、目をとじたので、苦平はかえって眉《まゆ》をひそめ、李秀の顔色をうかがおうとした。気分のよさも度をこすと大病のまえぶれであるかもしれないので、苦平は心配そうに膝《ひざ》をすすめた。

「こういう詩がある。桃の夭々《ようよう》たる、灼々《しゃくしゃく》たるその華《はな》、この子ここに帰《とつ》げば、その室家《しつか》に宜《よろ》しか

らん」

目をつむったまま、微《かす》かな空気のながれに抑揚《よくよう》を適《あ》わせるように、李秀は幽吟《ゆうぎん》した。

一呼吸をおいて、苦平はきいた。

「天々たる、というのは、若々しいということでしょう」

「十五歳くらいの、美しさに艶《つや》がくわわろうとする少女を想《おも》えばよい」

「秀さま、この桃は、古木です」

「そうか」

李秀は目をひらいて微笑した。

「幹に老いの色があり、花は紅をうしないかけております」

「なるほど、若くはない。が、花の美しさは夭々たる木にまさる」

「紅が木のいのちの色であれば、少々うすくなっております」

「すると、この木は、父が植えたものではなく、隣家の庭にあったものであろう。父はこの木にだけは、手をつけなかった」

「そのようにおもわれます」


李秀は桃の木の近くにながいあいだすわっていた。そのうち苦平が、

「父からきかされたのですが……」

と、桃の大木のなかにある宮殿にさまよいこんだ男の話をしはじめた。その話をじっときいていた李秀は、やおら立ちあがり、

「この木のなかにも宮殿はないだろうか。木の精が夭々たる美女と化して住んでいないだろうか」

と、語気を強めていった。苦平は苦笑した。

「住んでおりましても、老女でしょうな」

「苦平、立ってみよ。幹はふたつにわかれている。あのわかれているところに、幽門があるような気がしてきた」

よけいな話をしたという表情の苦平の肩をたたいた李秀は、

「梯子《はしご》をもってきてくれ」

と、有無《うむ》をいわせぬ口調でいった。

当然、梯子をのぼるのは苦平ということになる。

「はあ、これは――」

梯子をかけた苦平は、ふりかえり、

「まことに梯子をかけやすい木です。幹のあいだはたいらかですから、腰をおろしやすそうです。隣家の住人はしばしば、この桃の木にのぼったようです。ほら、幹のあのあたりに傷があります。梯子をかけたあとでしょう」

と、李秀にいってから、するすると梯子をのぼった。花が揺れた。

「どうだ、苦平、幽門はあるか」

「ございます」

「まことか」

目をかがやかせた李秀は梯子に手をかけた。幽門を自分の目でたしかめたくなったのであろう。

「大きさはどうか。人がはいれる大きさか」

そういいつつ、李秀がのぼりはじめたので、

「あぶないです」

と、苦平は梯子をすこしおりて、手をさしのべた。李秀が幹に移りやすいように苦平はからだをまわし、手をそえた。幹のあいだに腰をおろした李秀にむかって、

「ようやく手がはいる大きさです。とても、人ははいれません」

と、いい、目で幹の裂け目をしめした。李秀にはいわなかったが、苦平の目にはその裂け目は女陰のかたちにみえている。

「空虚《うろ》になっているようだな」

さっそく李秀は手をいれた。なかをさぐるうちに、

「浅い」

と、小さくいい、目で笑った。いちど手を引き、のぞいてみて、

「苦平、この空虚は、わざとつくったものではないか」

と、いった。苦平は片足を梯子にかけ、目をしずめた。なかに鑿《のみ》のあとがみえる。ごく最近、空虚をひろげた感じである。

「さようですね」

首をひねりつつ、苦平は手をいれた。指さきでたしかめてゆくうちに、

——これは一種の函《はこ》だな。

と、おもいはじめた。隣家の住人がここに何かをかくしておいたのだろうか。むろん、いまは何もない。苦平の指は感触のちがいをたしかめつつ、もっともなめらかなものにあたったとき、

それを指ではじいてみた。高い音がした。

「この空虚の奥にほかの空虚があるようです」

「このあたりか」

李秀は幹を手でたたいた。

「待ってください」

梯子にかけている足の位置を高くした苦平は、肩をさげ、指さきに力をこめた。音がした。なにかがやぶれるような音が幹のなかでした。

李秀は眉をひそめた。苦平の顔が赤くなった。肩がさらにさがった。

「どうしたのだ」

と、李秀がきいても、苦平はこたえず、歯をくいしばっていたが、急に表情を変え、腕をぬいた。足が梯子からはずれそうになった。李秀はあわてて苦平の腕をかかえた。

苦平の手からきたならしい物が垂れている。

指を切ったらしく血がにじんでいる。

「こんなものがありました」

苦平はひたいの汗を袖口《そでぐち》でぬぐった。

李秀はうけとりたくないという顔つきをした。

「下でみましょうか」

苦平はなめらかに梯子をおりて、きたならしい物を土のうえにひろげた。李秀はまだおりたくないので、木の上から庭をながめていた。築山の翳からあでやかな容姿が浮かんだ。

——姉の桑《そう》か。

李秀はすぐさま梯子をおり、

「苦平、はやくそれをしまえ。梯子もかたづけよ」

と、いい、桃の木からはなれようとした。が、遠くから桑によびとめられた。近づいてきた次姉は、

「桃の木に梯子をかけてのぼったのですか」

と、とがめるようにいった。

「そうです」

「あぶないことをしてはいけません。今度のぼったら、お父さまにいいつけますよ」

「のぼりません」

「約束しましたよ」

桑は秀をにらみ、おなじ目を苦平にむけた。

「苦平、梯子をはなしなさい。わたしがそれをあずかります。なんということを秀に勧《すす》めるのですか。秀がそれで死ぬようなことがあったら、奴隷《どれい》に逆戻りですよ」

「もうしわけございません」

苦平は地に頭をつけた。それを一瞥《いちべつ》した桑は、うしろの婢女《ひじょ》をふりかえって、

「梯子をあずかりなさい。それから、敷き物をひろげなさい。しばらく桃の花をみることにします」

と、いいつけた。

部屋にもどる途中で、李秀は長姉の娃《あい》にすれちがった。

娃は婢女をしたがえておらず、李秀をみつけてかすかにほほえんだが、心は庭のほうにむかっているようであった。

「ふたりの姉は、ずいぶん庭が気にいったようだ」

「さようです。毎日のように庭を歩いていらっしゃいます」

「毎日か……、以前は、庭には目もくれなかったのにな」

「娃さまはともかく、桑さまはまったくお歩きになりませんでした。外出の多いかたです」

「どういうことか。女の心はわたしにはわからない」

苦笑しつつ部屋にはいった李秀のまえに、苦平のふところからでたものがひろげられた。

「また、それか」

「秀さま、これは地図ですよ」

「地図……」

はじめて李秀はきたならしい物をしっかりとみた。皮紙といったらよいであろうか。褐色の表面に絵が画《か》かれている。山や川のほかに魚、人、草、禾《いね》、手が画かれている。皮を刃物で傷つけて、そこに黒や赤の泥を埋めたらしい。山や川などは黒で、人、草、禾、手は赤である。ただひとつ魚は黄金に光っている。

「どういうことか、わかりましょうか」

「わかるはずがない。とくに、手、はわからない」

「そうですね。この魚は……、黄金をほんとうにながしこんだのでしょうか」

「そうらしい。わずかな量だが、黄金をつかって、魚に注目させるようにしたらしい」

李秀は目をあげた。苦平はのめりこむように絵をみている。が、李秀の興味はうすらいだ。

「苦平、欲しかったら、あげるよ。もってゆきなさい」

「とんでもございません」

首をあげた苦平はいそいで皮を李秀のほうにずらした。李秀は笑い、

「霊木の桃からでてきた地図だ。霊験《れいけん》があるかもしれない。苦平の鬼神へ供えたいが、うけとってくれようか」

と、膝《ひざ》もとの皮をまるめて苦平の手ににぎらせた。苦平は感謝の目を李秀にむけ、その手をひらかなかった。

翌日も、また翌日も、李秀は桃の木の下にすわった。体調のよさがそうさせるのだが、ひるがえって考えてみると、桃の木がそうさせてくれているのではないか。ふしぎな安心感がある。

三日目には苦平に書物をもってこさせ、桃下で読書をした。ねむくなれば、そこでねむった。目をさませば衣がからだにかけられていた。苦平が気づかってくれたのであろう。その苦平はつねに李秀の近くにいるわけではない。が、苦平をよびたくなると、ふしぎに苦平のほうからやってくる。

このときも、雲が多くなり、風が吹きはじめたので、部屋にもどろうとすると、苦平が築山《つきやま》のよこにあらわれた。

苦平は書物をかかえ、李秀にしたがって歩きながら、

「奇妙なことが耳にはいりました」

と、いい、いちど左右をみた。

「奇妙なことは、こちらにもあった」

「え、なんでございますか」

「ふたりの姉がわたしのところにきて、おなじことをきいた。ただし、姉はべつべつにきた」

「娃さまも桑さまも、今日も、庭をお歩きになったのですね」

「ふむ、ふたりがわたしにきいたことは、桃の木の近くで、なにかをひろわなかったか、ということだ」

「そうでしたか」

苦平の歩みが重くなった。

「そのことにかかわりがあるかもしれませんが、じつは桑さまは、とりあげた梯子に婢女をのぼらせて、桃の木の上にあげたというのです」

「なるほど、奇妙だ。まさか姉たちはあの地図をさがしているのではあるまいな」

「もしも、そうでしたら、わたしが怨《うら》まれます。地図をおかえししますので、どうか秀さまから、おふたりに差しあげてください」

「まあ、待て。すこし、さぐりをいれてみる。姉たちが欲しているのがあの地図なら、苦平からかえしてもらうが、そうでないのなら、苦平のものだ。なにしろあれは、わたしが鬼神へささげたものだからな」

そういった李秀は、まっすぐに長姉の部屋に行った。

「まあ、秀、顔色がよろしいのね」

娃は目をみはった。弟がこの部屋にはいってきたことはめったにない。

「桃の木の霊気がわたしの健康を護《まも》ってくれるようになったのかもしれません。ところで、桃の木の近くで拾い物をしたのです」

「えーー」

長姉の腰が浮いた。

「それがおさがしの物であれば、すぐにもお渡ししますが、おさがしの物は何ですか。正直にお教えくださらなければ、桑の姉のところへゆきます」

「どういうことですか」

娃は顔色を変えた。

「桑の姉も、桃の木の近くで、さがし物をなさっている」

李秀がそういうと、娃は青ざめ、やがてうなだれた。涙ぐんだようである。しばらく肩を落としていたが、意を決したように首をあげ、

「わたくしがさがしていたのは、隣家を売って立ちのいた徐周《じょしゅう》という人が、わたくしに宛《あ》てた牘《とく》です。桃の花が咲くころ、新住所をしらせてくれる約束でした。でも、おなじ約束を桑ともしていたのですね。徐周とは、そういう人であったことを、いま知りました。ですから、あなたが拾った物が、その牘でも、読む気がうせました。桑のところへもっていってください」

と、ふるえる唇でいった。

「そうでしたか。でも、わたしの拾った物は牘ではありません。だいいち、新住所をしらせる牘が、どこにおかれるか、ご存じなのですか」

「幹がふたつにわかれているところに、牘をおさめるほどの裂け目があるから、そこに埋めておく、ということでした」

「ははあ、梯子をつかったのは、桑の姉ばかりではなかった」

「ええ……」

娃はまたうつむき、袂《たもと》で顔を掩《おお》い、声をたてずに泣きはじめた。


夜中、人のけはいがした。

李秀は目をさましたが、うごかず、しばらく闇《やみ》をにらんでいた。

薫《かお》りがただよってきた。

足音をしのばせて、室内をうごきまわっている人にむかって、李秀は、

「徐周さんの牘を拾ったのではありませんよ。拾ったものは、きたない皮で、すぐに捨てました。いくらおさがしになってもむだです」

と、急に大声でいった。

とびあがるほどおどろいて荒々しく室外に去ったのは、姉の桑である。顔をたしかめるまでもない。薫りでわかる。

翌朝、一部始終を苦平に話した。

「隣家の徐周という男は、よほどの美男子であったらしい。みたことがあるか」

「存じません。が、いくら美男子でも、富家《ふうか》の娘をたらしこんで、どちらかの女婿《じょせい》におさまろうとする魂胆《こんたん》は醜いものです。そんな男にこの家にはいってこられたら、財産を乗っ取られてしまいます」

「桃の枝が土塀の外にでている。そこから徐周が桃の木にのぼって、牘をおくのだろう」

「とんでもない男です。牘がおふたりに渡らぬように、見張っておりましょうか」

苦平は目を瞋《いか》らせた。

「やめておけ。誠実な男であれば、そんな盗人《とうじん》のようなことをせず、わが家をおとずれて、自分がどこに落ち着いたか、姉にいうはずだ。それをしない男に、約束を守るまごころがあるだろうか」

「それもそうですが……」

苦平は李秀にしたがって庭にでるたびに、桃の木はもとより土塀をたんねんにしらべた。けっきょく桃の花が散るまで、侵入者はなく、もちろん牘は幹のなかにおかれなかった。

気温が急に高くなったとき、李秀は体調をくずした。が、すぐに回復した。

夏は、早朝に桃の木をながめに行った。

実がふくらんでゆくのを、毎日、ながめ、そうすることによって気力が充実してくる自分を感じた。毎年、暑さにうちひしがれる自分がある。今年こそ、そんな自分から脱することができるのではないか。そうおもった瞬間、李秀は桃の木にむかって手を拍《う》った。同時に、

——自分が死んだら、この桃の木の下に埋めてもらいたい。

と、おもった。それほど目のまえの桃の木は安心感をあたえてくれる。病気への不安と戦いつづけてきた李秀にしかわからない感じである。

桃の実が熟するころ、長姉の娃の婚約がととのった。結婚は来春とのことである。

苦平は意味ありげに笑った。

「妙な笑いかたをするな」

「いいえ、喜んでいるのです。ご主人は秀さまの体調をひそかに観察なさっておられるのです。健康が不動のものになりつつあるので、後継者についての懸念《けねん》を払いつつある。それが娃さまのご婚約です」

娘に婿《むこ》をむかえる必要がなくなりつつあると父は考えはじめた。なるほど、そうかもしれない、と李秀は苦平の勘のはたらかせかたに感心した。

——だが、健康が不動のものかどうか。

秋風が吹くまで、わからない、と李秀は不安をおぼえ、そのたびに桃の木へ行った。姉たちがもはや散歩をしなくなった庭である。暑さをこらえることもしなければならない。

桃の木の近くにすわると、

「今日も生きて拝見することができました」

と、語りかけるようになった。そういうことがかさなるうちに、李秀には桃の木の声がきこえるようになった。あるとき、

「今夜は寒くなるので用心しなさい」

と、いわれたような気がしたので、苦平にそのことをいい、かさね着をして夜をむかえたところ、はたして大雨が降り、夏とはおもわれない寒さになった。翌朝、さっそく苦平に、

「桃の木の声は、ほんとうだったね」

と、いうと、苦平はしずかに笑い、

「わたしが鬼神をうやまう心をおわかりくださったとおもいます」

と、いった。李秀は大きくうなずいた。


李秀の体力と気力は夏を乗り切った。

李秀ばかりでなく苦平も喜びをかくさなかった。

「つぎは、冬だな」

「秀さまは桃の木が護ってくださいます。あの木が枯れぬようになさることです」

そういわれれば、桃の木はなかに空虚《うろ》があるような古木なのである。枯死《こし》させぬように気をくばる必要がある。

「わたしが自分で水をやる」

「そうなさいませ」

李秀はみずから水をはこび、根もとにそそいだ。庭の手入れをする者がそれをみておどろき、李秀の父に語《つ》げたようだが、

「桃の木だけは、たれにもさわらせないでください」

と、父に訴えた。父は察することがあったようで、

「あの木は秀のものだ。近寄ってはならぬ」

と、家人にいいつけた。

庭に冬がおとずれた。李秀は寒風の日でも、霜の早朝でも、庭を歩いた。苦平はかならずしたがった。

葉を落とし雪をかむった桃の木をみた李秀は、

「こういう木の姿をはじめてみた」

と、苦平にいい、涙ぐんだ。苦平の目からみても、桃の木は神々《こうごう》しかった。

年が明けた。ついに李秀は発熱をしなかった。

「ご主人は桑さまにふさわしい結婚相手を、さがしはじめられたようです」

と、苦平はいった。それがなにを意味しているか李秀にはわかり、気をひきしめた。

冬の寒さがすっかり去ったあと、李秀の父はひそかに苦平をよび、

「よくぞ、秀に健勝をもたらしてくれた。褒美《ほうび》をつかわしたい。何でも欲しい物をいうがよい」

と、いった。苦平は桃の木の霊験をいい、いちどは褒美を辞退したが、かさねて褒美のことをいわれたので、それでは、と頭をあげた。苦平が欲したのは、物ではない。

「ふた月の休暇をいただけたら……」

と、おずおずといった。

李秀には婢女《ひじょ》がついた。父がえらんだだけあって、その婢女は夭《わか》いが、賢く、しかも姚《うつく》しかった。苦平をのぞくほかの者に親しみをみせない李秀だが、この娘にはわずらわしさをおぼえなかった。そのうちに愛情さえおぼえはじめた。

「桃の夭々《ようよう》たる、蕡《ふん》たる有《あ》りその実、か……」

蕡というのは、ふっくらしてはちきれそうなことをいい、また、数が多いこともいう。ある夜、桃の実のような腰の婢女を抱いた。婢女は多少手荒な李秀の撫抱《ぶほう》にさからわず、むしろ悦《よろこ》んでうけいれようとするようであった。はじめて女の秘所をみつめた李秀は、ふと桃の木をおもいだした。

ふた月がすぎても苦平はもどってこなかった。

いや、いちどはもどってきたらしい。苦平は父に、

「知人が洛陽《らくよう》で商売をいたします。そこで働きたいとおもいます」

と、いい、父のゆるしを得て、東方へ去ったらしい。

――なぜ、わたしにことわってゆかなかったのか。

李秀は苦平の礼のなさに小さな怒りを感じた。が、ほどなく、苦平のことは忘れた。婢女が妊

娠したことがわかった。父は喜び、

「ぶじに生まれてくれれば、あとつぎの憂《うれ》いはなくなる」

と、いった。李秀が健康を獲得した機に、孫をつくらせようという父の腹であった。妊娠した婢女は、没落貴族の子孫で、秀が望めば妻にすることに異存はない、と父はいった。

李秀はまた桃の木をおもいだして、

「わたしの健康を守ることのできるのは、あの女しかいません」

と、はっきりいった。


四年がたって成年をすぎた李秀が書物を読んでいたとき、急に顔をあげ、僕夫《ぼくふ》をよんで、

「太史の家へゆき、四年まえに苦平という男がたずねてこなかったか、家人にきいてみてくれ」

と、いいつけた。もどってきた僕夫は、

「太史はいま獄中にあるようで、くわしいことはまったくわかりません」

と、こたえた。

「獄中に――」

李秀は眉《まゆ》をひそめた。太史、すなわち司馬遷《しばせん》が、北方の異民族である匈奴《きょうど》に降伏した李陵《りりょう》という武将を弁護したことが、武帝の逆鱗《げきりん》にふれ、獄にくだされたことを李秀は知らない。

二年後に、司馬遷が獄をでたことをきいた李秀は、身近にいる者をかれの家にやったが、執筆のことがあり、たれにも会わない、といわれ、追いかえされた。

「家人にも会えなかったのか」

李秀はがっかりした。

父が亡《な》くなって家業をついだ李秀は、庭内の桃の木を祠《まつ》った。それから五年後に、

「苦平が洛陽で大商人になっている」

といううわさをきいた。李秀は桃の木にむかって手を拍ち、そのうわさを告げた。

李秀が四十代のとき、家業がかたむいた。ついに家を売らねばならぬところまで困窮した。李秀は桃の木にそのことを語るために、満開の桃花の下にすわっていた。うしろに人のけはいがした。

「苦平、きてくれたのか」

「急報をいただき、おどろいてかけつけました」

「家を売るのなら、おまえに、いや、あなたに売りたい。買ってくれるか」

「秀さま、この苦平は、いただいた皮の地図のおかげで、大金を手にいれました」

「知っている」

「ご存じでしたか」

「ふむ」

と、李秀は力なく笑った。あの地図に描かれていた魚、人、草、禾《いね》、手は人名をしめすもので、人が夫であることに気づいて、ようやく謎《なぞ》が解けた。草、魚、禾で蘇《そ》、手と夫で扶《ふ》である。つまり扶蘇となる。秦《しん》の始皇帝の長男の名である。扶蘇は父の皇帝をいさめたことがもとで北方へ遷《うつ》された。のち、始皇帝が崩御《ほうぎょ》したとき、弟の胡《こ》亥《がい》の陰謀により、ついに北方の地で自殺させられた。が、秦都に残っていた扶蘇の臣下の何人かが、主君の財を金属の箱などにおさめ、水中に沈め、そのありかを皮にしるしたのがあの地図であろう。黄金色の魚が川のふちに描かれていた。

そこが財産のかくし場所にちがいない。李秀はそう推量した。ただし学問をしなかったという苦平は、太史に知恵を借りに行ったにちがいないとおもったのである。

「苦平はいじましい男です。あの地図によって大金を得たことを、どうしても秀さまに告げられず、洛陽へゆきました。ご恩をお返しできぬことに苦しんでまいりました。今日は、千金を持参いたしました。どうかお納めくださいまして、家業をおつづけください」

苦平は涙をこぼしているのか、嗄《か》れた声になった。李秀もまぶたを熱くした。

「苦平、礼をいう。が、わたしは商売がうまくない。その千金をうけとっても、また家業はかたむくだろう。わたしにふさわしいのは、家を売ったお金で、ひっそりと棲《す》むことだろうよ」

李秀はついに千金をうけとらなかった。

苦平は一歩退いたかたちで、

「では、千金は、桃の木に奉納させていただきます。秀さまにとって、桃の木はいのちそのものでしょう。わたしも桃の木によって成功させてもらいました。どうか、いつまでも桃の木を守っていただけませんか」

と、いい、庭内に李秀と家族のための家を建て、そこに住んでもらえまいか、と願った。

李秀はようやくうなずいた。

苦平に家を売り渡した李秀は、あらたにつくられた土塀にふさがれなかった竹の門をくぐり、妻子とともに新築の家へ移り住んだ。半年後に、苦平は妻をともなって、李秀のもとに挨拶《あいさつ》にきた。その妻の貌《かお》をじっとみていた李秀は、

「美女は、月の佳《よ》い夜に、水浴させるにかぎる」

と、つぶやくようにいい、苦平の目に笑いかけた。

歳月

予章《よしよう》の西をながれている川が、彭蠡湖《ほうれいこ》にそそいでいる。その湖の北端が長江《ちようこう》に接するあたりに潯陽《じんよう》がある。

八歳のときに母を亡《な》くした小娥《しようが》は、十一歳のときに、父につれられて姉とともに舟に乗り、予章からその潯陽へ行った。

小娥の父は謝《しや》氏といい、估客《こかく》、すなわち商人である。

姉は舟酔いしたようだが、小娥は気分が悪くなることはなく、潯陽に着くまではしゃいでいた。舟に酔うより風光の美しさに酔っていたのかもしれない。そんな小娥をみて父は目をほそめ、

「どうだ、旅はよいだろう」

と、いった。父は予章に家をかまえているが、店で商品を売るのではなく、舟をつかって行商をおこなっている。いわば舟が店なのである。当然、父のいう旅とは舟旅であるが、父には商才がそなわっているらしく、旅をおえて予章の家にもどってくると、家産をふとらせていた。が、父は自分の商才を誇らず、でかけるときは念仏をとなえ、かえってくると、

「阿弥陀《あみだ》さまのご加護があったればこそだ」

と、娘たちにおしえ、ふたたび念仏をとなえた。小娥は父が念仏をとなえては儲《もう》けを大きくするので、念仏とは商売のためのまじないであり、阿弥陀とは商売繁盛《はんじょう》の神だとおもっていたときがある。

潯陽への舟旅はむろん行楽ではなく商用である。

目をかがやかせて湖岸をながめている小娥を父はつと抱き、

「わしは小娥をはなしたくないな」

と、ささやいた。小娥は姉より自分のほうが父から愛されていることをなんとなく感じている。

潯陽の津《みなと》に舟を着けた父は、娘や店員とともに旅館にはいり、

「明日、歴陽《れきよう》から段居貞《だんきょてい》という男が舟でやってくるが、約束どおりの到着になるかどうかはわからない。ゆっくり市中を見物しておいで」

と、ふたりの娘に店員をつけた。

小娥は舟酔いから醒《さ》めぬ姉をさそって旅館をでた。いれかわるように旅館の主人が謝氏の部屋に挨拶《あいさつ》にきた。顔なじみである。

「謝さん、悪いうわさがあります」

「ほう……」

「江《こう》に盗賊が出没している。舟に見張りを泊まらせたほうがよろしいですよ」

「はは」

謝氏は笑い、心配にはおよばない、といった。舟にはまったく荷を積んでいない。荷をうけとりにきたので、それがすめば、予章へもどるのである。江、すなわち長江へはでない。

「まさか、その盗賊は、湖にまで横行しているのではないでしょう」

「そういううわさはありません」

「盗賊の正体はわからないのですか」

「お役人は検《しら》べはじめたようです。だが、手がかりさえつかんでいない。というのは、その盗賊に襲われた舟は、すべての荷を奪われ、しかもみな殺しにされるらしい。つまり盗賊の顔をみた者で、生き残っている者は、ひとりもいないということなのです」

「やれ、やれ……」

謝氏は首をふった。これから安全に商売をするためには、武装した者をも舟に乗せなければならない。

――段居貞がよい。

あの男は腕が立つ。それ以上に、男ぶりがよい。竹を割ったような性格で、剛毅《ごうき》であり、しかも義を重んずる。まさに俠士《きょうし》である。

かれが居をかまえている歴陽は、潯陽からはるばる長江をくだってゆくと、左岸にある。淮南道《わいなんどう》・和州の中心地である。

唐の時代、道というのは最大の行政区である。そのしたに府や州という行政区がある。ちなみに潯陽は江南西道の江州に、予章はおなじ江南西道の洪《こう》州にある。

謝氏が段居貞を知ったのは三年ほどまえで、歴陽の商人の紹介による。一目で、

――いい男だな。

と、気にいった。美貌《びぼう》というわけではないが、眉目《びもく》はすずしく、胸に厚みがあり、腰がすわっている。挙措《きょそ》にかるがるしさがないのに、言動に風が立つようなさわやかさがある。官途をもと

めず、男ぶりのよさで世を渡ってゆこうとするところに、人としてのあやうさがないこともないが、世渡りのあやうさは商人でもおなじことで、その点は気にならない。こういう男と交際したいという謝氏の気持ちが通じたのか、段居貞も一歩も二歩もふみこんでくるようなつきあいかたをしてくれた。三年のあいだに数回会う機会があった。そのつど謝氏は段居貞を観察し、感心し、ついに、

「わたしの娘をもらってくれませんか」

と、いった。段居貞は苦笑した。

「わたしを商人にするつもりですか」

「娘はふたりいる。下の娘に婿《むこ》をむかえれば、家業は絶えることはない。あなたはあなたの道を歩いてゆかれたらよい。ただし、男を売ってゆくには金がかかる。ときどき商売をてつだってもらえるとうれしいのです」

ふたりの娘のうち姉のほうを段居貞にめあわせたい謝氏は、潯陽で会う約束をとりつけた。歴陽の商人にはこんでもらう荷があり、その荷を積んだ舟に段居貞に乗ってもらうことにした。

「潯陽でお会いするのはよいのですが、婚約のことは……」

「まあ、娘をみていただきましょう」

謝氏には自信がある。長女は美貌であり、しかも性格が佳《よ》い。多少陰気ではあるが、欠点というほどのものではない。段居貞という快男児にふさわしい妻になるであろう。

だが、謝氏のおもわくははずれた。

潯陽の市からもどってきた長女は、気分が悪い、といって寝込んでしまった。翌日になっても吐き気は消えず、そこに約束どおり段居貞がやってきたのである。

しぶい表情の謝氏は、

「これでは会わすわけにはいかぬ」

と、長女の枕《まくら》もとを立ち、段居貞を出迎えに津へ行った。舟からおりた段居貞に、

「娘をつれてはきたのだが、体調をくずしてしまい、とてもみせられる容姿ではない。娘が健康をとりもどしたら、ぜひ、会っていただきたい」

と、頭をふかぶかとさげた。

段居貞は不快をおもてにださず、

「それは気がかりなことだ。わたしのことはご放念ください。潯陽をみて帰ります」

と、あっさりいった。

――放念、か。

謝氏はかすかにくやしさをおぼえた。段居貞はもともとこの話に乗り気ではない。そこを枉《ま》げて、ここまで引きだしたのに、長女をみせられない。

「縁がないのですから、この話は、なしにしましょう」

と、段居貞にいわれたような気がした。

「せっかくご足労をたまわったのですから、今夜は、盛大な宴会をもうけさせていただきます」

つぐないはしなければならぬ。

荷をはこんできてくれた歴陽の商人と段居貞を妓楼《ぎろう》に招き、酒、歌、舞いでもてなした。ところが、もてなす側の謝氏のほうが段居貞よりさきに酔いつぶれてしまった。気がつくと、すでに

朝日がのぼっていた。段居貞は、黎《くら》いうちに妓楼をでたという。

「や、舟にもどられたか」

いそぎ足で妓楼をでようとすると、妓女によびとめられた。

「お連れのかたは、よろしいのですか」

と、いう。歴陽の商人はまだねむっているらしい。それなら舟はでない。段居貞はちがう舟で歴陽に帰ることも考えられるが、まずおなじ舟をつかうと考えられるので、見送りもせずに段居貞を去らすことにはなるまいとおもい、ほっとした。

歴陽の商人に挨拶をするつもりで、ひきかえす途中で、妓女は、

「昨夜の客のなかで、しきりにあの宴会の主催者はたれか、ときく人がいました」

と、小さな声でいった。

「ほう……、その客の名は、わかるかね」

「この楼のご主人ならわかるでしょう。あら、うわさをすればで、部屋からでてきましたわ」

いかつい感じの男たちが、五、六人、謝氏とすれちがった。いずれも日焼けした顔をもっている。舟に乗っている男たちである。

むろん知人ではない。

――いやな目つきの男どもだ。

謝氏は歴陽の商人の部屋へゆくまえに、妓楼の主人に会った。それから歴陽の商人とつれだって津へ行った。舟は出発の準備ができている。が、段居貞はいなかった。

「まさか、舟をまちがえるということはありますまい。もうすこし待ってみます」

と、歴陽の商人はいい、舟に乗りこんだ。

謝氏は目で段居貞をさがしながら、津をゆっくり歩いた。すると妓楼で会った男たちをみつけた。かれらが乗る舟もまもなく津をはなれるらしい。そういうあわただしさでかれらは動いていた。

「なにをみているの」

小娥の声であった。おどろいて横をむくと段居貞が立っていた。

「見舞いをさせてもらった。わしに否《いな》はない」

「あ、それでは——」

謝氏の表情がさっと晴れた。

段居貞はうなずき、歯をみせてから、

「かわいい人に見送ってもらうことになった」

と、小娥の肩にさわった。

「おお、舟が出ますぞ」

あわてて歩きはじめようとした謝氏は、しかし首をまわし、段居貞の耳もとで小声で話した。

段居貞はすぐにまなざしを移し、

「ほう、あの舟の男どもが——」

と、つぶやいて、にわかに歩をすすめた。小娥は小走りをした。

——この人が義兄になるらしい。

段居貞の足のはやさについてゆこうとするところにすでに親しみがあった。兄ができるということが、なんとなくうれしい。

「小娥、ころぶぞ」

そういう父の声もはずんでいる。段居貞からかよってくるさわやかさと父からかよってくる喜びとが、小娥の胸のなかで明るく調和している。

段居貞はすばやく舟に乗った。

小娥は手をふった。その手にむかって段居貞は笑顔をみせた。


小娥の姉と段居貞との婚約がととのったので、帰りの舟のなかの父は上機嫌であった。が、またしても舟酔いに苦しみはじめた姉は、晴れやかな表情とは遠いところにいた。小娥は家に帰り着くまで姉につきそっていた。

その姉が、ほどなく亡《な》くなった。

「なんということだ」

父は落胆をかくさなかった。訃《ふ》報《ほう》をもって店員のひとりが歴陽へ旅立った。

葬式をおえた父は、小娥の肩を抱き、

「舟に乗せるのではなかった……」

と、涙をこぼしながらいい、手に力をこめた。その手がふるえていた。小娥には、いま父がどんなおもいでいるのか、痛いほどわかり、顔をあげることができなかった。うつむくと涙が落ちた。

それから半月後に、店員がもどり、同時に段居貞が弔問《ちょうもん》におとずれた。

「おお、よくきてくださった」

「おどろきました。どうか、気を落とされますな」

「礼をいいます。だが、これであなたとの縁が遠のいてしまった。しょせん、むりであったのか」

謝氏は首を垂れた。

「いや……」

と、膝《ひざ》をすすめた段居貞は、

「ご相談があるのです」

その相談というのは、ほかでもない、小娥のことである、といった。

「小娥のこと……」

謝氏はぼんやり顔をあげた。その顔にむかって段居貞ははっきりいった。

「妻にしたい。それがだめなら、わたしが婿としてこちらにはいりましょう。いかがです」

「なんですと」

謝氏は目がさめたような表情をした。

あれほど商売に難色をしめし、女婿《じょせい》になることをきらっていた段居貞が、一転して、この家にはいってもよいという。にわかに男の後継者ができるのである。謝氏はなまつばをのみこみ、念のために、

「小娥は、まだ十一歳ですが……」

と、いってみた。

「存じています。十三歳になるまで、お待ちしましょう」

「段どの……」

謝氏は感激でのどをつまらせた。これまで商売で各地へゆき、さまざまな人と会い、人という

ものを観察しつづけてきた。が、段居貞ほど気にいった男はほかにいない。この男と死ぬまでつきあえたら、どんなに楽しかろう、と想像せざるをえなかった。それがたんに想像にとどまらず、願望にかわった。その願望が長女の死によってついえたとおもったとき、願望は至上のかたちでかなえられたのである。

——だが、小娥が承知してくれるか。

残る懸念《けねん》はそれだけである。

ぜがひでも小娥を段居貞にむすびつけたいが、いざそのことを小娥にいうとき、

「否《いや》」

と、いわせない強さでおさえつけることができるか、と考えれば、自信はない。これまで小娥に接してきた謝氏は、どちらかといえば甘い父であり、その甘さのなかから父の愛情を吸いとってきた小娥の口を、いきなりにがいものでふさぎたくはない。

それゆえ、段居貞が帰ってから、しばらく婚約の話はしなかった。

小娥が段居貞をどうおもっているのか、さぐりつづけた。

——嫌ってはいない。

と、みきわめたところで、

「じつは……」

と、段居貞からの申し込みをつたえた。

小娥の目から力がうせた。

哀《かな》しげである。

謝氏は内心あわてた。

「いや、小娥が気がすすまぬなら、ことわってもよい」

小娥はだまっている。

謝氏の口はうまくひらかなくなった。やがて小娥は目もとを赤くし、

「わからないのです」

と、細い声でいった。

「わからない……」

「ええ、結婚する自分がわからないのです。でも、段さまをお父さまがたいそう気にいっていることは知っています。お父さまが喜んでくれる結婚をしたいとおもってきましたから、おことわりになることはありません」

「小娥――」

謝氏はまぶたをしめらせた。十一歳の少女に結婚という未来図を描ききる力はないであろう。この少女にとって、段居貞は兄のようにみえていたのではないか。それほど年齢にひらきがある。はるか年上の兄が、急に自分の夫になるというのは、想像が追いつかないにちがいない。

――わしの望みで、この子を縛ってしまったか。

小娥の幸福を望んできたのに、その望みを陵駕《りょうが》する望みで、小娥を圧《お》し潰《つぶ》してしまうのであれば、罪は深い。

「小娥や、許しておくれ」

謝氏は娘に頭をさげた。

段居貞は俠士《きょうし》だということだが、ことばをかえていえば無頼の人なのではないか。官途に就《つ》かず、定職をもたない人が、この家にはいってきて、自分を奪い、財産を横どりし、父を逐《お》うようなことをしないだろうか。

結婚を半年さきにみた小娥は、その懸念を父に話してみた。

「ああ、優しい子だね、おまえは」

謝氏はやわらかく笑った。

たしかに人はみかけではわからない。むかし、秦《しん》が滅び漢が興《おこ》るころ、張耳《ちょうじ》と陳余《ちんよ》は無二の親友であったが、けっきょく生死の境でその友情は切れてしまった。そのように自分と段居貞との信頼も時がたてばこわれるときがくるかもしれない。しかし自分がみるところ、段居貞は正直に生きようとするあまり、官途や定職にみむきもしない。妄《うそ》や譎《いつわ》りの多いこの世で、そういう生きかたをする男を、自分は援助したい。それが仏の道にかなうことであるし、最愛の娘の幸福につながると信じている。

「あの男は、儲《もう》けた金を、困窮している人々にほどこすだろう。だから小娥は、あの男の妻となって、大いに儲け、大いにほどこせばよい」

「はい」

「ほどこしが過ぎて、財産がなくなったら、あとは仏がお守りくださる」

小娥はすこし仏教を理解しはじめている。

「はい」

といった小娥の表情に明るさが射《さ》した。

父がみる段居貞の器量は大きい。一度しか段居貞に会っていない小娥は、男の人格がふくんでいるものや人格の高さと幅などは、とらえきれない。

――さわやかな人だ。

と感じただけでは、その人にとびこんでゆけない。しかし父の観察眼をかりると、段居貞にはなみなみならぬ慈悲《じひ》の心があるようで、人をいたわる気持ちのある人を夫にもてば、けっして不幸な結婚生活にはなるまいと小娥はおもい、胸の内側から懸念をはずした。

そうした小娥のおもいは、予想以上の幸福をはらんで、現実のものになった。

半年がすぎて段居貞をむかえた小娥は、男のやさしさに染められた。

段居貞のこまやかな気づかいが滲《し》みてくるのである。

さらに吉《よ》いことに、段居貞のはつらつとした言動が、従業員を活気づかせ、その働きぶりに陽気なはずみがくわわったようである。

謝氏は喜色満面で、

「みこんだとおりだ。商売をやらせても、うまい」

と、婿《むこ》を自慢した。そんな父をみると小娥は全身で喜笑したくなった。夫の段居貞はけっして義父をおろそかにしない人である。商権にかかわることには、かならず義父を立て、小さなことがらに関してはてきぱきとさばいていった。そのため、またたくまに家財はふとり、商売の規模が大きくなったので、

「兄や弟を招いてもよろしいですか」

と、段居貞は謝氏の許しを乞《こ》うた。結婚して一年後のことである。

「遠慮をすることはない」

この許諾《きょだく》により、段居貞の兄弟も、謝氏の家人となった。気分のよい人たちで、小娥は家族が

ふえたことを心から喜んだ。

謝氏の念仏をとなえる声が大きくなった。

段居貞が商旅で不在のとき、謝氏は小娥をからかい、

「夜具が涼しかろう。ひとりでねむれるかな」

と、いった。小娥は顔を赧《あか》くした。

じつのところ小娥は段居貞とおなじ部屋で寝ていても、段居貞に抱かれることはあっても、男女のまじわりは知らない。十四歳の妻なのである。段居貞は父や兄のような手でこの若すぎる妻をいとおしみ、さりげなく秘奥《ひおう》をさぐって、小娥のなかで女が熟すのを待っているようである。

「はやく子をつくってくれ。孫の顔をみたい」

そういわれても、小娥は素直にはいとはいえない。段居貞しだいなのである。小娥は赧い顔のまま、

「あの人が帰ってきたら、お父さまからそうおっしゃってください」

と、いったので、謝氏は身をそらして笑った。

段居貞が帰ってくると、一家をあげて舟に乗ることになった。

「潤州《じゆん》へゆく」

と、謝氏はいう。潤州は長江の下流域にあり、歴陽より遠い。潤州の商人へ荷をとどけるのであるが、荷のなかみは高価なものが多く、それに歴陽に寄ることもあって、舟には謝氏から従業員までのすべてが乗りこんだ。家には老僕ひとりを残しただけである。

舟が潯陽《じんよう》の津《みなと》をすぎると長江にはいる。

「舟に強いので、たすかる」

段居貞にそういわれた小娥は、夜は、安心しきって身をまかせた。どんな大きな舟よりも夫の胸のほうが信頼できる。

が、潯陽をでてから、二日目の夜、この夜が小娥の人生を変える。


小娥のねむりが破られた。

水の底で怪獣が吼《ほ》えたような声をきいた。その声はもともと夢のなかにあったのか、と意識がさだかではなく、小娥はおびえたように夫の手をさぐった。その手が男の力ではげしくにぎりかえされて、はじめて意識が冴《さ》え、闇《やみ》のなかにいることに胸苦しさをおぼえた。

自分の手が虚《むな》しくなった。

段居貞が身をずらし、灯をともそうとした。

すさまじい足音がした。

炬火《きよか》がきらめいた。

段居貞が剣をひきよせたとき、白刃《はくじん》が光った。

「うぬらは――」

と、叫んだ段居貞の声をきいたあと小娥は胸に痛みをおぼえ、すぐに意識をうしなった。賊の剣で斬《き》られたのである。

賊は謝氏の舟を夜襲し、舟にいる者のすべてを斬殺《ざんさつ》し刺殺し、死体を江《かわ》に投げ棄《す》て、金品をのこらず奪って、遁竄《とんざん》した。

長江におびただしい数の死体が浮いた。

翌朝、それに気づいた舟があった。

「むごいことをする」

水夫が発見した死体のひとつが小娥である。

「おや、この女人は、まだ生きている」

小娥のからだをひきあげた水夫が気づいた。呼吸をしているようにはみえないが、さわった感じでわかったのであろう。それから二人がかりで水を吐かせ、津《みなと》に着くと、すぐに火でからだをあたためた。

女の鼻孔に幽《ほの》かな呼吸がもどった。

しかし目をひらかない。

「どうするか」

水夫たちは津に停泊している舟の水夫たちに声をかけ、看護をたのんで去った。

小娥の昏睡《こんすい》はつづいた。

夜になっても微動だにせず、ついに朝をむかえた。

「おっ、気がついたらしい」

水夫たちはほっとした。まもなく舟をださなくてはならぬのである。

意識をとりもどした小娥は別の世界に生まれたようなものである。父も夫も家も財産もない、まったくの孤児となった。たった一夜で、自分の運命は明から暗に殞《お》ちた。そのことをしばらく信ずることができず、泣くことさえ忘れて、呆然《ぼうぜん》としていた。やがて、

「潤州へつれていってくれませんか」

と、訴えた。が、水夫たちは首を横にふった。

「この舟は江をさかのぼってゆく。方向が逆だよ」

そういわれて、肩を落とした小娥は、あたえられた粥《かゆ》を力なく食べ、ふらつく足で舟をおりた。潤州の商人へ不慮の事故を告げなければならない。そればかりを考えたのは、小娥が商人の娘であったからであろう。父や夫、それに従業員たちの死体は、どうなったか、わからない。江をくだり、やがて海にただようことになるのか。

歩いているうちに、どっと涙がでてきた。小娥は泣きながら歩いた。涙が尽きても、哀《かな》しみは尽きなかった。

足は血をにじませ、衣服はほころび、空腹のため街路に倒れるたびに、人に救われた。やがて全身が塵埃《じんあい》にまみれた。小娥は亡霊のように路《みち》を歩いた。犬に吠《ほ》えられてもおどろかず、食を乞うことをおぼえ、心にわずかな色彩をそえていた女としての羞恥《しゅうち》を、みちのべに棄てた。

――いつ死んでもよい。

と、小娥はおもっている。死ねば、父や夫に会える。この世でみじめに生きてゆくより、あの世で楽しくすごしたほうがよい。

小娥のからだは潤州へむかっていたが、魂はさまよっていたといえる。

ある村はずれで雨に遭った。

小さな杜《もり》にはいり、雨のやむのを待つうち、夜になった。祠《ほこら》があり、その近くで横になった。気力も体力もすっかりおとろえ、死人同然のありさまであった。

「お父さま……、あなた……、どうかお迎えにきてください」

自分の声を夜空に放とうとするのだが、力なく垂れて、地の闇に吸いとられてゆくようであった。

からだの重さを感じず、虚空《こくう》に浮いているようなたよりなさをおぼえた。

なにもみえない。

この状態でいることに耐えられなくなったとき、光がみえた。光輪である。その輝く輪の中心に父が立っていた。

「ああ、お父さま、お迎えにきてくださったのね」

小娥の喜びの声がとどかないのか、父は恐ろしい表情をしたまま、

「わしを殺した者は、車中猴《しやちゆうこう》、門東草《もんとうそう》である」

と、ほとんど唇をうごかさずにいった。

——なんという怖い声なのか。

小娥は戦慄《せんりつ》した。そんな恐ろしい父をみたことがない。小娥は恐怖のあまり声がでなくなった。とめどなく涙がながれた。その涙のつめたさで目がさめた。

朝の光が杜に射しこんでいる。

夜の雨をわずかに残している葉がいっせいに輝きはじめた。

気がつくと、祠のまえに、黍《きび》もちがおかれていた。早朝の参詣者《さんけいしや》がそなえたものにちがいないが、それをみた小娥は、

——ああ、父がくれた。

と、感じた。

黍もちひとつで、小娥は死へ落ちてゆく幽晦《ゆうかい》の淵《ふち》を渡りきったといえる。小娥の心にひとつの強さが生まれた。

——父の魂は昇天していない。

と、気づいたからである。怨《うら》みがこの地上に残り、魂はさまよいつづけている。仇を討たねば、父は死んでも死にきれない。賊の名さえ父はおしえている。が、車中猴、門東草とはたれなのか。


小娥の足どりにわずかながら活力が生じた。

数日たって、野のなかにある無人の小屋でねむった。

その夜も、夢をみた。

こんどは父ではなく夫の段居貞がすさまじい形相《ぎょうそう》で小娥のまえに立ち、

「わたしを殺した者は、禾中走《かちゅうそう》、一日夫《いちじつぷ》だ」

と、怨みの消えぬ口調でいった。

目をさましてからも、その声が頭のなかで鳴っている。わかったことは、父を殺した者と夫を殺した者とがちがうということである。しかしながら、父と夫とが殺人者の名を知っているのは、なにゆえであろう。父と夫の共通の知人が賊なのか。それなら小娥にこころあたりがあってもよいはずなのに、そんな奇妙な名の人物について、きいたこともない。

小娥は考えながら歩いた。

なるべく長江からはなれずに、下流にむかって歩いているはずであるが、いま自分がどこにいるのか、わからなくなるときがある。

民家のまえに立ち、食を乞《こ》うたとき、

「ここは、どこですか」

と、きいた。

さげすむような目で蓬髪《ほうはつ》のさすらい人をみていた老人は、その声をきいて、眉《まゆ》をよせた。

「おまえはぞんがい若いな。何歳だ」

「十四歳です」

「男か女か」

「女です」

小娥の胸を淡い哀しみが横切った。自分は男か女かみわけのつかぬ者になりはてているらしい。

「春秋に富む年ごろなのに、なぜ正業につかぬ」

と、老人は叱《しか》るようにいった。

そういわれて、小娥ははっきりと顔をあげた。それから素性をいい、おぞましい事件の顚末《てんまつ》を語った。

「おお、おお――」

老人は声をあげて同情をしめし、ついにはからだをふるわせた。

「あなただけが死ななかったのは、み仏が庇《かば》ってくださったからじゃ。あなたはみ仏の弟子になる資格がある」

「そうでしょうか」

「そうとも。ここは当涂《とうと》というところで、まもなく潤州にはいる。めざす商人をたずねたあとは、上元県《じょうげんけん》の妙果寺《みょうかじ》に浄悟《じょうご》という尼僧《にそう》がいる。そのかたをたよるとよい」

「お教え、忘れません」

頭をさげ、立ち去ろうとする小娥をよびとめた老人は、銭と食とをあたえた。

老人からきいた路を歩きつづけるうちに、長江がみえた。

——ああ、江だ。

すすむにつれて、吹きあがってくる風が強くなった。小娥の目に涙が浮いた。対岸は、夫の出身地の歴陽なのである。

——なぜ、あなたは、ここにいないの。

夫によりそって歴陽をおとずれるはずではなかったのか。かたわらに夫がいないことをどうしても信じられない。くずれるように地にすわった小娥は、目のまえの地面をたたいた。たたきつづければ、地の神は感応し、夫を地上に帰してくれるのではないか。小娥は、いま、自分が血の涙をながしているのではないかとおもった。蒼天《そうてん》と碧水《へきすい》も、白雲《はくうん》と青山《せいざん》も、なにゆえ赤くみえないのだろう。

小娥はのどが破れるほど泣き叫んだ。

すると渺々《びょうびょう》たる碧《みどり》のなかに白い帆がふたつ浮かんだ。その白さは光り輝き、まるで神気《しんき》のようであった。

——ああ、あれが父と夫の魂だ。

小娥は目を凝《こ》らし、ふたつの帆が天水のはてに消え去るのをみとどけると、からだを起こした。風が髪を搔《か》きあげた。

風に吹かれつつ、小娥は歩き、ついにめざす潤州の商人の家にたどりついた。

「あ、あなたが——」

すでに事件の内容を知っていた商人は、謝氏の娘が生き残っていたことにおどろき、その娘がわざわざたずねてきたことに、さらにおどろいた。

商人の妻はもらい泣きし、

「予章にお帰りになるつもりがないのなら、どうかここで家事を手伝ってください」

と、小娥を招きいれ、風雨のしみついた粗衣を棄てさせ、浴室に立たせて、てずから膚肌《ふき》にこびりついた塵垢《じんこう》を落とした。黒ずんでいた全身から皎《しろ》さがよみがえってきた。哀れなほど痩《や》せた腰肢《ようし》である。それをみて商人の妻はおおつぶの涙をながした。

三日ほど静養した小娥は、夫妻に感謝し、

「上元県の妙果寺へゆき、父と夫の菩提《ぼだい》を弔ってもらうことにします」

と、いい、その商家を去った。

小娥を見送った妻は、くりかえしため息をつき、

「むごいわねえ。わたしがおなじ目にあったら、発狂してしまうかもしれない。これからあの人は、どうして生きてゆくのかしら」

と、夫にむかっていってから、急に寒さをおぼえたように首をすくめた。


小娥の胸のなかに老人のことばが重く残っていた。

——父や夫があの老人の口をかりて、わたしのゆく道を教えてくれたのだ。

と、信じ、妙果寺の門をくぐり、浄悟という尼僧に面会して、過去のいっさいを語って救恤《きゅうじゅつ》を乞うた。

浄悟はきよらかな目をこの悲運の女にむけ、

「そうでしたか。不運はそれにとらわれるゆえに不運となります。み仏の国を観《み》なさい。阿弥陀《あみだ》仏《ぶつ》はここから遠くないところにおられます」

と、さとし、小娥をうけいれた。

仏土を観るといっても、どのようにすればよいのか。小娥のその問いに浄悟はやさしく答えた。

「初観《しょかん》とよんでいるものがあります。修行をして天眼《てんげん》を得た者は、はるか遠くを観ることができますが、そうでない者は、一から念じて観るのです。それが初観です。初観は、正座して、西にむいて、日没を観るのです。日の没せんと欲して、状《かたち》、懸鼓《けんこ》のごとくなるをみよ、と経文にあります。日が沈むとき、ちょうど太鼓が空にかかったようにみえます。そのかたちを日没後も、目を閉じたときも、あきらかにしつづけるのです。これを日想《にっそう》といいますが、それをなしとげれば、水想《すいそう》、氷想《ひょうそう》などにすすみ、ついには極楽をみることができるのです」

「ああ、そうなのですか」

小娥はその日から日想をこころがけた。

が、太陽のまるみは、ときにゆがんだ。夢にみた父や夫の形相が、落日をかげらせ、心の静和をかきみだした。

「車中猴、門東草と禾中走、一日夫」

ついに夢中で教えられたことを浄悟にうちあけた。

「さて……」

浄悟はあわれみの目を小娥にむけたあと、

「建業《けんぎょう》に瓦官寺《がかんじ》という名刹《めいさつ》があります。そこにおられる斉物《せいぶつ》という僧は、賢人を重んじ、学問を好む人なので、お力をおかしくださるかもしれません」

と、しずかにいった。

瓦官寺の開基は東晋《とうしん》までさかのぼることができる。のち陳《ちん》の光大元年（五六七年）に、天台宗の開祖というべき智顗《ちぎ》がこの寺で講説したことにより、天下に知られる名刹となった。それからおよそ二百四十年たった瓦官寺を小娥はたずねたのである。

斉物は晴朗の気を感じさせる僧であった。

――なんという温かで爽《さわ》やかな声の人であろうか。

と、小娥は語るうちに、碧落一洗《へきらくいっせん》の澄心《ちょうしん》を得た。謎《なぞ》の語について斉物は、

「正しく解いたら、おしらせします」

と、いった。

妙果寺にもどった小娥は、浄悟のみちびきで観想をすすめ、近くに賢者や智者《ちしゃ》が住んでいるときけば、でかけていって、謎のことばについての感想をもとめた。が、たれからも得心のゆく答えを得ることができぬまま、数年がすぎた。

小娥が二十歳になったこの年、ひとりの文人が小舟に乗って長江をくだり、建業の瓦官寺に立ち寄ろうとしていた。

その文人の姓名は李《り》公佐《こうさ》といい、江南西道の従事（補佐）の職を辞し、かねて親交のある斉物と語りあいたくなって、瓦官寺の閣にのぼった。瓦官閣は梁《りょう》の時代に建てられたものである。李公佐は官の高位にのぼったことのない男であるが、豊かな好奇心と文藻《ぶんそう》とをもっており、かれが書いた『南柯太守伝《なんかたいしゅでん》』は「南柯の夢」ともよばれ、人の世のはかなさをしみじみと読者に訴えたことでは、沈既済《しんきせい》の『枕中記《ちんちゅうき》』（邯鄲《かんたん》の夢）と双璧《そうへき》である。

「春風抱擁す瓦官閣、といったところだな」

李公佐の声はのびやかであった。

「さよう、万華《ばんか》にふれた風が陶然とこの閣にもたれかかっているようです」

と、斉物が応ずると、李公佐は一笑した。職を辞したばかりという解放感が、かれの口舌をかるくした。

ふたりの話題が明るく徜徉《しょうよう》したあと、斉物はふと小娥を憶《おも》いだし、

「孀婦《そうふ》で小娥という者がおります。その者はよく寺にきて、わたしに十二字の謎の語をしめすのですが、わたしでは解けぬのですよ」

と、いった。

夫に死なれた女を、孀婦とも孀妻《そうさい》ともいう。謎の語ときかされては、李公佐のもちまえの好奇心がだまっているはずがない。

「その十二字を紙に書いてくださらぬか」

と、たのんだ。

「たやすいことです」

斉物は十二字をつらねて書かず、六字、六字をならべて書いた。その紙を手もとに曳《ひ》いた李公佐は、わずかに凝視してから、ついと立ち、欄干《らんかん》にもたれて、虚空《こくう》に字を書きつつ、思考を凝らした。やがて、

「わかった」

と、晴れた声でいい、斉物にたのんで寺童に小娥のもとへ走ってもらうことにした。

「寺に謎語《めいご》を解かれたかたがおられます」

と、きかされた小娥は、走って瓦官寺へ行った。李公佐のまえにすわった小娥は、

「よろしかったら、ご事情を話してくれませんか」

と、いわれて急に悲しさがこみあげ、むせび泣いた。それから父や夫が殺されたあと、夢で犯人の姓名を告げられたことを語った。

「それなら、はっきり申しましょう。あなたの父を殺した者は、中蘭《しんらん》です。あなたの夫を殺した者は、中春《しんしゅん》です」

こころあたりがあるか、と李公佐は目で問うた。たれに訊《き》いても解いてもらえなかった謎の語を、あまりにもあっさり解かれたので、小娥は感動とかけはなれたところにいる。

「こころあたりはないようですね。しかしあなたの父と夫とが殺人者の名を知っていたことに留意なさったらよい」

「あの……」

小娥はそれよりも李公佐が謎の語をどのように解いたのか知りたくてならない。斉物もまだそれをきかされておらず、李公佐に謎解きをうながした。

「こういうことですよ」

李公佐は紙の上の字をゆびさした。

小娥の父を殺した者は、車中猴《しゃちゅうこう》、門東草《もんとうそう》であるという。車の字の上下の一画を去れば、申の字になる。申は猴《さる》に属す。それゆえ車中猴とは申である。門東草は、草の下に門があり、門の中に東があるとおもえば、蘭の字になる。それをあわすと、申蘭となる。

小娥の夫を殺した者は、禾中走《かちゅうそう》、一日夫《いちじつふ》であるという。禾《いね》のなかを走るということは田を通りぬけるのであるから、やはり申という字になる。一日夫は、夫に一画を加え、その下に日をおけば、春という字になる。すなわち二字をかさねれば、申春となる。

「おわかりになりましたか」

李公佐が語りおわると、小娥は声をあげて泣いた。謎の語が解かれた瞬間、胸のなかで凍りついていた歳月が融《と》けはじめた。それが涙となってあふれたようであった。しばらく慟哭《どうこく》をさらしていた小娥は、おもいつめた表情で李公佐に再拝し、筆を借りて衣服の裏に四字を書いてから、

「かならずその二賊をさがしだして、父と夫の仇を討ちます」

と、いい、李公佐にむかって姓名と官職をきいた。

小娥は涙をながしながら去った。

「女の身で仇討ちはむりでしょうな」

と、斉物は首をふった。

「ふむ……」

世のなかにはふしぎなことがある。夢のなかで告げられた十二字もそうである。さらにふしぎなのは、小娥の父と夫は殺人者の姓名を知っていながら、なぜわかりにくい語にかえたかということである。早く教えてしまうと、かえって賊に殺される恐れがあったからか、その語を解くためにさまざまな賢者や智者に小娥が会うことを望んだのか。そればかりは李公佐にも解けない。

「霊魂が小娥を賊のところにみちびきますよ。だが、あなたのいわれるように、血も涙もない賊を、女の身でどうして討てるのか……」

李公佐が瓦官寺を去り、建業からはなれたころ、すでに小娥は旅の空のしたにいた。

小娥は妙果寺で起居するあいだに人相がかわってきた。

菩薩《ぼさつ》の像が女とも男ともつかぬ、それとおなじような風姿を小娥は得た。

——女のなりでは旅をしにくい。

と、おもった小娥は、男の衣服を買い、日やとい労働者の仲間にはいった。だが、

「おまえは女だろう」

といわれなかった。

働きながら旅をつづけた。

――どこにでも仏土はある。

それを体感させてくれた妙果寺の浄悟に感謝しつつ歩いた。歩きながら、父と夫の共通の友人や知人を憶いだそうとした。父が往来したのは長江と彭蠡湖《ほうれいこ》である。賊が父の舟の内容を知ったのは、そのあたりしか考えられない。しかしながら父も夫も、申蘭と申春の名を口にしたことがない。

小娥は歩きまわった。

そのようにして一年がすぎたが、賊のうわささえ耳にはいってこない。

小娥ははじめて夫の段居貞と会った潯陽へ行った。なつかしい津《みなと》であるが、なつかしさは、襲ってくる哀愁に沈められてしまう。

――ここは、つらい。

津を吹く風に背をむけて小娥は歩いた。

どれほど歩いたであろうか、ふと足をとめた。

「傭者《ようしゃ》を召す」

竹の戸の上に、求人の貼《は》り紙がある。

――しばらくそこで働こうか。

小娥はその貼り紙をした人の住所をたずねて行った。

「ほう、おまえが――」

門にでてきた男は赤ら顔にするどい目をそなえており、その目で小娥の顔から足までみた。足がすくみそうな眼光であるが、小娥の胆力は、それを平然とうけながした。逆に小娥は男を観察し、

――どう観《み》ても悪相だ。

と、考え、この男にやとわれるのをやめようか、とおもわぬではなかった。だが、男は小娥が気にいったらしい。この男の眼力をもってしても小娥が女であるとはみぬけず、裏街道を歩いてきた切れ者、とみたようで、

「いいよ。はいりな」

と、あごをしゃくった。小娥はひと月も働けばほかの地へ移るつもりでしたがった。

「若いの。いい度胸をしているな。ただ者ではないとにらんだが、それだけに素性をきくのはやめる」

「どのような仕事になりますか」

「むずかしい仕事ではない。いわば留守番だ」

「さようですか」

「いいおくれたが、わしは申蘭だ」

小娥の心の目がかっとみひらいた。


――この男がわたしの父を殺したのか。

小娥はいますぐにでも、目のまえを歩いている男の背を刺したかった。が、刀剣のたぐいを持

っておらず、申蘭を殺してしまえば申春のいどころがわからなくなってしまう。

――ここはおとなしく仕えるしかない。

小娥は隠忍自重《いんにんじちょう》した。

「妻だ」

引き合わされた申蘭の妻は蘭氏といい、小娥はひと目みて、

――悪女ではない。

と、感じた。おそらく蘭氏は夫の正体を知らないのであろう。美貌《びぼう》であるが険《けん》はなく、夫を信じ甘えているというたわいのない素直さに占められている女である。だが同性にむける目は、意外にするどいこともあるので、小娥は用心に用心をかさねて、蘭氏の心を獲《と》ることにつとめた。

「ほんとによい人をみつけてくれたわね」

と、蘭氏が夫にいったとき、小娥は家人になりきったといえる。金品の出入りの計算をまかされたのは、申蘭にも信用されたあかしである。

この家に秘蔵されている物をはじめてみたとき、あやうく涙がこぼれそうになった。あの舟に積まれていた物が、ここにある。申蘭が蘭氏をともなって家を空《あ》けたとき、謝氏の家財とおもわれる物にとりすがり、声をたてて泣いた。

小娥のみごとさは、二年間、この家で起居したのに、ついに女であることを見破られなかったことである。二年間に、申春の住まいも知った。申春は申蘭の弟であり、長江の北の独樹浦《どくじゅほ》というところに住んでいる。この兄弟の往来は親密であり、遠方にでかけるときはかならずそろって行動する。ひと月以上申蘭が不在ののちは、家に財帛《ざいはく》がふえる。

「いやあ、よい商売であった」

と、申蘭は旅装を解きながら妻に笑顔をむけるが、その機嫌のよさの下に血のにおいが秘められている。

――この男は、いままで何人殺してきたのだろう。

そうおもうと小娥のこめかみは震《ふる》えそうになる。はやく討ち果たしたいが、ひとりで悪漢ふたりを始末するという工夫がつかない。

が、天佑《てんゆう》があった。

この家で大宴会が催されることになった。

申春が鯉《こい》と酒をたずさえてやってきたのである。むろん来訪者はかればかりではない。兄弟の手下や仲間の賊がつぎつぎにあらわれた。小娥はかれらの大半の顔と姓名とを知っているが、はじめてみる者は、申蘭にきいて姓名をおぼえた。

――今日しかない。

と、小娥は決意している。悲壮感はない。父と夫を殺した兄弟をそろえてくれたのは天意によるものであり、ここまでの艱難辛苦《かんなんしんく》を天があわれんでくれたのであるから、ふたりを討ちそんじるはずはない、と小娥は自信をおぼえている。

――これすなわち天その心を啓《ひら》くなり。志まさに就《な》らんとす。

酔興《すいこう》の高まりに冷眼をむけつつ、小娥は心のなかで念じていた。日の高いうちからはじまった宴会である。夕方になると酔容《すいよう》の客がひとり去り、ふたり去り、というように消え、とうとう兄弟だけが残った。兄の申蘭は、とみれば、庭で寝ている。弟の申春は奥の部屋で臥《ふ》せている。

「今こそ――」

小娥はするすると奥の部屋へゆき錠をかけた。ついで庭におりて、申蘭の佩刀《はいとう》を抽《ぬ》いて首を斬《き》り落とした。それから大声をあげ、隣近所の人を呼び集め、事情を話し、秘蔵の強奪品をみせ、申春を見張ってもらい、役人に通報した。

役人に押収された品の数は、何千、何万という厖大《ぼうだい》さであった。

申春が逮捕されたのはいうまでもないが、小娥も連行された。とりしらべの場で、小娥は賊の姓名をすべて述べた。すぐさま捕吏《ほり》が走り、全員が逮捕され、申春をふくめて死罪となった。

「さて、小娥よ。きけばきくほどそなたの志行に感嘆するばかりである。罪を問うことはせぬ。いや、そなたのことを皇帝に上奏《じょうそう》せねば、わしの怠慢となる」

潯陽の太守は張公《ちょう》といい、小娥が父と夫とを殺されたあと食を乞《こ》うてさすらったことをきいたときは、目に涙を浮かべるという情殷《じょういん》の人で、小娥のおこないを口をきわめて褒《ほ》め、実際、朝廷に表彰を申請し、皇帝に上奏した。

小娥はいちやく有名人となった。

予章《よしょう》に帰ると、親戚《しんせき》と名告《なの》る人があちこちからあらわれ、豪族からの求婚が殺到した。が、名状しがたい空虚をおぼえはじめた小娥は、自分をとりかこむ喧噪《けんそう》からのがれるように、

「再婚はいたしませぬ」

と、明言し、髪を剪《き》り、褐《かつ》をまとい、仏道修行のために牛頭山《ぎゅうとう》にのぼって、大士《だいし》尼《に》将律師《しょうりつし》に師事した。それからの小娥は、霜の朝に臼《うす》をつき、雨のなかで柴《しば》を刈り、身を苦しめていよいよ志を堅くした。小娥が正式に尼になる具戒《ぐかい》を受けたのは、山をおとずれてからおよそ一年後である。泗《し》州の開元寺《かいげんじ》が具戒を受けた寺で、牛頭山が長江の近くにある山だとすれば、泗州はそこから北へゆき、淮水《わいすい》を渡ったところにある。小娥の法号がそのまま小娥であったのは初心を忘れぬためであったにちがいない。

人のめぐりあいとはつくづくふしぎなもので、小娥が泗水《しすい》のほとりの善義寺《ぜんぎじ》にいたとき、なんと李公佐が寺に立ち寄ったのである。小娥は受戒したばかりの数十人の尼僧のひとりであったので、李公佐の目にとまらなかったが、小娥にはすぐにわかった。

心がゆれた。

李公佐と対話をしている大徳尼《だいとくに》を通じて名告ると、李公佐のまなざしが疑問をふくんで小娥にとどいた。李公佐は小娥の仇討ちについて知らなかったのである。

「家仇《かきゅう》を報じ、冤恥《えんち》を雪《すす》ぐことができましたのは、ひとえに判官《はんがん》さまのご恩徳によるものでございます」

洪州判官となった李公佐に語りはじめようとすると、そのことばは涙でしめった。瓦官寺でもそうであったが、李公佐のまえではわが身の悲泣をさらしてしまう。小娥はそういう自分に気がついたが、泣きおえた自分をあえてふりかえらなかった。

数日後、小娥は、

「牛頭山に帰ります」

と、李公佐に告げた。小舟で淮水をくだり、海にでてから、長江をさかのぼるのである。

「判官さまのご恩に報《むく》いる日がかならずございましょう」

小娥はしばらく李公佐をみつめた。

李公佐の視界に小さな舟がある。その舟は小娥を乗せると、またたくまに岸をはなれた。白い帆が飛ぶように去ってゆく。李公佐は胸が熱くなり、

「何という人生か」

と、叫んだ。その叫びのとどかぬ小舟は、やがて空水に融《と》けようとする一点になった。

指

「よい指をしておられる」

朝廷で話すようなことではない。

疾《しつ》はさぐるように子朝《しちょう》をみた。

目のまえで口もとに微笑をうかべている男は、天下にその名がなりひびいている美男子である。

女たらし、といいかえてもよい。

その女というのが、ひとりは、先代の君主の夫人であり、ほかのひとりは、いまの君主の夫人である。

衛《えい》の国でもっとも尊貴な女に通じたとうわさされているのが、この子朝である。

——うわさではなく、事実であろう。

と、疾はおもっている。

先代の君主の夫人を宣姜《せんきょう》といい、かつて子朝たちがおこした乱にかかわりがあるとして、殺されている。そのかかわりというのは淫事《いんじ》である。たとえ、そうでも、先代の君主の夫人を、

――殺すことはあるまいに。

というのが疾の感想であった。子朝たちはいまの君主、すなわち霊公《れいこう》にさからったわけではなく、霊公の兄の公孟《こうもう》を伐とうとしたのであるが、かたちとしては叛乱《はんらん》になったので、公孟を殺したあと、国外にでて、晋《しん》という大国に亡命した。宣姜は立場上、他国へ亡命できないので、衛国内にとどまっていたが、叛乱の共犯者として斬《き》り殺された。

だが、子朝は帰ってきた。

それについても、艶《つや》のある翳《かげ》をもったうわさがある。

霊公の夫人である南子《なんし》が、

「子朝をお赦《ゆる》しになって、呼びもどしてくださらないかしら」

と、霊公にもちかけたという。

殺された宣姜は美しかったが、南子はそれをはるかにしのぐ艶麗《えんれい》をそなえている。

子朝が帰国するとまもなく、宮中に艶聞がひろがった。むろん疾もそれを耳にした。

――そういうことか。

と、ようやく気づいたことがある。

――宣姜を殺させたのは南子ではないか。

ということである。

子朝は宣姜の愛人であると同時に南子の愛人であった。南子にはそれがわかっており、自分が愛している男を閨中《けいちゅう》にひきずりこんだ女を赦せなかったにちがいない。宣姜を殺せば、恋愛における仇敵《きゅうてき》を消すことができる。が、ふたりの関係を考えてみれば、宣姜は南子にとって義母である。そんな関係も、愛する男の争奪戦では、慮外にあったのであろう。

――すさまじいことだ。

疾は背すじに寒さをおぼえた。

なによりも恐れなければならないのは、南子が霊公をたくみにうごかす力をもっているということである。その力は美貌《びぼう》だけによるものではない。知性から生ずるものもある。

疾はこの国の重臣として、

――南子を恐れねばならぬ。

と、自分にいいきかせた。当然、南子の情夫というべき子朝にも注意をおこたらないようにした。子朝の目や耳は、そのまま南子の目や耳である、と考えたほうがよい。

その子朝が、急に疾に近づいてきて、指のことをいったので、小心なところのある疾はとまどいをおぼえた。

「わたしの指が、ですか」

「さよう。大叔《たいしゅく》どのの指を拝見しておりますと、愛情を感じる。男は指ですよ」

子朝の話題が妖《あや》しいほうにゆきそうなので、疾はこの場からのがれることを考えはじめた。疾は男色にはまったく興味はない。ちなみに疾は大叔と呼ばれている。父が大叔申《しん》といい、この国の宰相《さいしょう》をつとめたことがある。

疾の指が落ち着かなくなった。

その指から目をはなした子朝は、

「女を幸せにする指とは、大叔どのの指のようでなくてはならぬ」

と、媚笑《びしょう》をそえていうので、疾の全身がそのぶきみさに耐えきれなくなった。

「所用がありますので、失礼する」

疾が会釈《えしやく》して、立ち去ろうとすると、

「大叔どの、婚儀のことです。わしの女《むすめ》を娶《めと》っていただきたい」

というおもいがけないことばに襲われた。疾の足が凍りついたようにうごかなくなった。


――弱った。

というのが実感である。

疾は夭《わか》い妻を得てまもない。

むろん貴族はなんども結婚する。妻として家にいれた女が正妻の座にすわるのは、いろいろなわけがあり、まえに娶った女より家格の高いところから嫁入《かにゆう》してきた女がいれば、まえの妻は正妻の座をおりなければならない。この場合がそれにあたる。

疾は女が好きである。

帰宅して妻をみると、哀《かな》しみが湧《わ》いてきた。この妻はあどけなさとはじらいを残していながら、からだは夫の意にけなげにそうように成熟をとげようとしている。その心と身との離隔《りかく》にある幼い妖しさは疾の性欲をそそる。

――しかし……。

子朝の女を妻に迎えれば、いまの妻を妾《しよう》に貶《おと》すだけではすむまい、と考えはじめると、疾はうなだれた。

――用心せねばならぬ。

ことは、子朝の女を娶るという浅薄なことではない。その女とは、ほんとうに子朝の妻が産んだ子か、と疑ってみる必要がある。さらにいえば、その女は子朝と南子のあいだに生まれたのではないか。もしもそうであれば、南子が子朝の耳に唇《くち》を寄せ、

「わたしの子を、大叔にとつがせなさい」

と、ささやいたときがあったと想像しなくてはならない。

「断ったら、どうなるか」

と、自分でいってみて、ぞっとした。

「なにを、お断りになるの」

妻は甘えつつ疾にきいた。淡いかおりが妻の領《えり》のあたりから立っている。そのかおりに添うように疾は妻の胸に手をいれた。

「あ、主《しゅ》よ」

妻は領のうえから疾の手をおさえた。そのしぐさにも夭々《ようよう》たるかおりがうしなわれていない。疾の手はやわらかい乳房をきつくにぎっている。

妻は顔をそむけた。なにかに耐えている顔である。唇がかすかにひらいた。疾の手にさらに力がくわわると、その唇はさらにひらいた。

妻の息が疾ののどにかかるようになった。

――この妻を家の外にだすのか。

と、おもうと、はらわたがずり落ちそうである。子朝の女を娶ったあと、この妻が家のなかにいると、かならずもめごとが起きる。子朝の女はおそらく自尊心が強いから、自分以外の妻がひとつ家にいることがおもしろくなく、悵々《ちょうちょう》たるおもいを父に訴えるであろう。すると渋面の子朝がやってきて、

「わが家をさげすまれるのなら、こちらにも覚悟がある」

などというであろう。そうなってからあわてて前妻を逐《お》うのはみぐるしい。

「断れぬ……、ああ、断れぬ」

と、疾はつぶやきながら、この夜にかぎって、荒々しい手つきで、妻のからだをくるんでいる衵服《じつぷく》をぬがした。

とたんに疾はため息をついた。

――女のからだというのは、なにゆえ、こうも美しいのであろう。造形の妙といってもよい。毎日、長時間みても、みあきないのは、この世で女の裸身しかない、と疾は信じている。

皎《しろ》い皮膚が艶をもって、ふと盛りあがっているのが乳房である。その張りはふたつの頂《いただき》を淡い紅でかざっている。そこだけを女神の唇が吸ったのではないかと想像したくなる色である。

疾は頭を沈めて、そのかたちのよい乳房をまよこからながめようとして、急に眉《まゆ》を寄せ、手もとにある鈴をさぐった。

鈴の音とともに侍女があらわれた。

その女は妻の実家からつきそってきて、この家の者になった。妻を幼少から知っている女である。この家で仕えるようになると、あらたな主人である疾の性癖をすぐにのみこんだ。その点、利発である。したがってこの侍女は世故にたけた中年女を想像《よ》したいところであるが、じつは妻との年齢の差はさほどない。わずかに年上で、しかも容姿の佳さも妻に劣らず、さらに気立てのやさしささえ妻とかわりがない。

疾はこの侍女にすでに手をつけた。

かくす必要はない。

この侍女はたんなる召使いではなく、正確にいえば、媵《よう》、である。

媵は第二夫人の資格を有している。

正夫人に欠陥がある場合、正夫人にかわって務めをはたすのが媵である。疾の妻は、病身でもなく子を産めない体質でもないようであるから、欠陥があるわけではないが、疾はその侍女も愛した。貴族にはそれがゆるされるのである。

疾の愛撫《あいぶ》はきめこまかい。

おびただしい女体にふれてきた手ではないが、この手は処女のもつ殻を融《と》かし去る力をもっているようで、侍女が全身にその手を感じたあと、羞恥《しゅうち》をみずからぬいだように、

「こんな優しい手に愛されて、嬉《うれ》しい」

と、いったのは嘘《うそ》ではないであろう。疾は自分のからだを、女の美しさをますために、つかいたいだけで、暴力や残忍さを閨中にもちこまないようにしている。はげしさを女にぶつけることも好きではない。

女の美しさを賛美したい気持ちをどう表現するかが、閨中の命題であった。


侍女が部屋にはいってきても、疾の妻は袒服に手をかけなかった。

自分の裸身を侍女の目にさらしたままである。

侍女も目をそむけなかった。

憎みあっているわけではない。たがいに自分の立場がわかっており、疾の妻は侍女が主人に愛

されたことを知って、

「安心いたしました」

と、喜んだくらいである。

自分だけが夫の愛を独占するものではないと、嫁入してきたときから考えていたらしい。自分も愛され、侍女も愛されれば、うける愛は倍加する。そう信ずる女なのである。

疾の妻の想念は特異というわけではない。そうおもうことはこの時代の通念であり、常識であるともいえる。妻の実家とこの家とのむすびつきが、それだけ固くなるからである。

「帳《ちよう》を――」

と、疾は侍女に命ずるようにいった。

侍女は眉をひそめた。

燭火《しよつか》のまえに、すでに几帳《きちよう》は立てられている。

「さらに、ひとつ」

疾は多少のいらだちをみせていった。

今夜は感情の起伏が大きい自分を疾はわかっていた。その感情の目で妻のからだをみると、いつもとちがって、卑《いや》しいなまなましさを感じてきた。燭火が強すぎる。光をやわらげなければ、落ち着いて妻をみることができない。

「ただいま――」

と、こたえた侍女は、すばやくしりぞいて、すぐに几帳をもってきた。

妻のからだがやわらかい光にくるまれた。

「さがってよいぞ」

と、侍女にいった疾の表情にほっとしたものがくわわった。

じつは妻の乳房に赤いしみのようなものが浮きでていた。さきほど疾の手がきつくにぎったので、あとがついたのである。その赤さが胸の美しさを乱していた。が、光がやわらぐと、その乱れが気にならなくなった。

疾の指が乳首に近づくと、妻の呼吸が微妙にかわった。それも、いつものことである。指がふれてしまうと、べつの呼吸になる、ということも疾にはわかっている。ふれるかふれないかというところにある指がもつ力は、疾自身が体内にたくわえている力とはちがうもののようである。

——神気が指から発するのか。

と、おもわぬことはない。

神気はもともと大気にある。したがって神気が疾の体内にはいり指から放出されると考えるよりも、指が乳首に接近したとき、そのかすかな空間が神気を宿らせると考えたほうがよい。

神はきよらかな女に憑《つ》く。妻はむろん処女ではないが、心はけがれておらず、疾も神にたいする敬虔《けいけん》さをうしなっていない。

——きよらかさが力をもつと、こうなるのだ。

そうおもいつつ、疾は指をうごかしている。

妻の口から幽《かす》かなうめき声がもれはじめた。ときどき呼吸の乱れをととのえなおすように、大きな息をする。すると、肋骨《ろっこつ》がきれいな波を皮膚につくった。

「主よ、主よ」

妻がうわごとのように呼びはじめた。

こたえないと、腕をのばし、すがりついてくることがある。

疾はだまってからだをさげた。

妻の手が疾をさがしはじめた。そういう状態にある妻がどういう気分にあるのか、きいたことがあるが、

「恥ずかしくて、いえませぬ」

と、妻は両掌《りょうて》で顔を掩《おお》った。それ以来、きかないことにしている。

――神が妻をもてあそんでいるのか。

と、おもわぬことはない。

この妻を家から去らすということは、ともに神を去らすことになるまいか。疾は自分の指をみつめ、また、ため息をついた。


翌日、疾は妻と侍女とに、きたるべき結婚とそれにともなう煩労《はんろう》をうちあけた。

「この家にいれば、そなたたちが苦しむのは、目にみえておる」

と、疾は率直にいった。

「離別するのでございますか」

そういいつつ、妻の目に涙がふくらんだ。侍女の目も哀しみで染まった。

「やむをえぬ」

疾がそういうと、ふたりはどっと涙をあふれさせ、からだをふるわせた。疾がふたりを抱くとそれぞれが身もだえした。

「泣きたいだけ、泣くがよい」

疾の手もふるえた。

三人が悲嘆にくれたといってよい。

疾の手をのがれて、泣き伏していた妻が、緩慢に身を起こし、腫《は》れあがった目を疾にむけた。

「主はお優しいかたでございます」

「そうとも、いえぬ」

疾はおのれににがさをむけていった。

「いっしょに泣いてくださいました」

「ふむ、……悲しければ泣き、愉《たの》しければ笑う。わしは、そなたと、つねにそうしてきた」

「存じております」

「だが、子朝の女《むすめ》がわが家にはいってくれば、わしは、おそらく、自分をいつわらねばならぬ。悲しくとも笑わねばなるまい」

「主がおかわいそうです」

「わしをなぐさめてくれるのか」

疾は妻の優しさにふれた。

——こんな淳良《じゅんりょう》な女を、なにゆえ、しりぞけねばならぬ。

疾はくりかえし自分に問うた。そのたびに、

——このふたりを、ほんとうに愛しているなら、そうすべきだ。

という声がきこえる。自分の意《おも》いがそういう声になったともいえるが、その声は、神の教喩《きょうゆ》ともきこえる。ふたりの女を愛するあまり、子朝の申し出を拒絶した自分をおもえばよい。子朝と南子の憎悪《ぞうお》をうけ、じわじわと滅亡の淵《ふち》に追いこまれる将来をおもえばよい。その困窮の時を、

このふたりに食《は》ませるのは、責任がありかつ思いやりがある男のすることではない。

「わしはこういう男だ」

と、疾は妻を抱き寄せた。片方の手は侍女を抱いたままである。

ふたりの女は哀しみを交わし、あきらめも交わして、疾の胸に顔をすりつけた。

――子朝は婚儀のことをいったが、まことか、どうか。

そのうたがいは、ある意味では、希望であった。婚儀が成り立たねば、妻を離別せずにすむ。そのためには、朝廷において、子朝となるべく顔をあわさぬことだ。疾はこの件があいまいのうちに消滅してくれることを望んだ。

ところが、疾の胸のかたすみにともっていた灯は、むざんに消された。

つかつかと近づいてきた子朝が、

「納采《のうさい》の御使者は、まだですか」

と、いったのである。納采の使者は男の家から女の家へ贈り物をとどける役目を負う。婚儀はそこからはじまる。

「吉日をえらんでおりますので……」

ひやりとしながら疾はこたえた。

「さようか。女にはすでに申しきかせてある。大叔どのに嫁《か》せると知って、喜んでいるのです」

と、子朝は機嫌のよい笑いをみせた。

――やはり、本気か。

疾の心は萎《な》えた。

婚儀が完了するのは、ふつう一年以内である。一年以内に新しい妻が家にはいってくる。そのかわりに、いまの妻が家を去る。さびしげなうしろ姿がみえるようである。

「どうにもならぬ……」

夜、疾の涙が妻の裸の背に落ちた。

たおやかな背と腰とが疾の目のしたにある。うつぶせになったまま妻はすすり泣いている。

「他家へ嫁すがよい」

と、疾は血を吐くようにいった。

身も心もこのように美しい女が、いたわりの心をもたぬ男の暴行にさらされることがあっては、泣くにも泣けぬ。

「いやでございます」

ゆたかな髪のしたからはっきりした声があがった。

「いやでも、そうなる」

「わたくしはどこへも嫁しませぬ。主を想《おも》って、生涯をすごします」

「それでは、そなたもわしも、つらすぎる」

疾は妻の心底にある愛情の烈《はげ》しさにうたれた。この夜の疾は、その愛情をうちかえすような激揚《げきよう》をおぼえ、それを妻にぶつけた。妻のからだは、艶《つや》をかさねて、成熟にむかっているようであり、夫自身が体内にはいって女の性を熟悉《じゅくしつ》しようとする、つねにはない行為に、なかば失神しながら、よく耐え、よく応《こた》えようとした。

それがおわったとき、妻はからだのなかにある新しい目がひらいたような表情をした。

——つまらぬことをした。

疾は虚脱感を自己嫌悪でひたした。

拆《ひら》ききった花は、凋《しぼ》み零《お》ちるしかない。

そうさせないのが、花をいつくしむ者のつとめではないか。

男と女とが歓を尽くしてしまえば、それ以上のものを求めようがなくなってしまう。いそぐことは、虚《むな》しさを求めることになる。疾はつねづねそう自分にいいきかせてきたにもかかわらず、それにそむくような行為にはしった自分を軽蔑《けいべつ》した。

別れが近い、その哀《かな》しさのうえにある激越さは、べつのやりきれなさを産んだ。


妻と侍女とを家から去らすと決めた夜、疾はふたりの女を同時にしずかに愛した。

「神の加護があればよい」

そんな祈りをこめた手で、ふたつの裸身を撫《な》でつづけた。

なにかが疾の頭のなかを通った。

音のない雷光のようであった。

——外《がい》州か……。

疾の手がとまった。

疾の愛撫のやさしさに目を閉じていたふたりは、いぶかしげに目をひらいた。

「わしの臣下であった者が、外州で空き家をもっている。そこに住むか」

外州は衛の首都からほぼまっすぐ東へむかえば到着できる小さな邑《まち》である。

妻と侍女は身を起こした。

「そこに住んでいれば、主とお別れしなくてすむのでございますか」

「狩りにかこつけて、ゆくことができる」

「まあ――」

妻と侍女の顔が明るくなった。

「くどいようだが、実家に帰り、他家へ嫁す気はないのだな。そなたたちの一生を、わしの手がだめにしたとおもいたくない」

「ほかの男はきらいです。さわられるのは、もっといやです。主のお心が変わらなければ、主の手におすがりして生きてゆきたい」

「わしの心が変わろうか」

疾は救われたおもいで決断した。さっそく腹心の臣を呼び、妻と侍女とを外州に移させた。復命したその臣に、

「けっして口外いたすな」

と、厳命した。

――たすかった。

子朝の女を迎える疾は危急の難をのがれたおもいであった。嫁入してくる女は、父の権勢を鼻にかけるいや味をもっているにちがいない。そんな女との日常生活が楽しみや喜びにみちるはずはないから、逃避の場所をあらかじめ設けたという安心をおぼえた。

――これで、よし。

疾は婚礼の日を迎える苦痛をやわらげたつもりであったが、妻や侍女が消えたさびしさをどうしようもない。婚礼までだ、婚礼をすぎれば、外州へ飛んで行ってやる。疾はくりかえし自分にいいきかせた。婚礼まえに不穏なうわさが子朝の耳にとどくと凶《わる》い事態が生ずるという恐れがあ

る。婚礼をすぎてしまえば、こちらの立場が強くなるので、そのあたりはなんとでもしようがある。疾はそう考え、外州へゆきたい心を自分でひきとめていた。

その婚礼の日がきた。

正確には婚礼の夕《よる》がきたというべきであろう。妻を迎えにゆくのは夕方なのである。

黒ぬりの馬車で子朝邸へむかった。

——一夜、我慢をすればよい。

妻にした女にふれずにすごすということがゆるされないしくみになっている。つまり、女を送りだす家の当主の目付ともいうべき保母が、新婦につきそってきて、夫婦の交わりがおこなわれる部屋のとなりにすわり、その耳を立て、一部始終をききとどけることになっている。保母の耳をあざむくことはできない。

門前に子朝が立っていた。

かれの案内で門内にはいり、この家の祖廟《そびょう》にむかった。ことばを交わしてはならぬという婚礼のきまりがあるので、子朝の心境はわからないが、嬉《うれ》しいようなさびしいような複雑な顔つきをしていた。疾はしらじらとそれをみた。

祖廟から降りた疾は無言のまま門外へでて馬車に乗った。やがて新婦があらわれるはずである。

——どんな女か。

期待をしているわけではない。みただけで胸が悪くなるような女であってもらいたくない。

やがて、その女があらわれた。

皎《しろ》い顔がみえた。醜女《しこめ》ではない。

ほっとして疾は綏《すい》（紐）をたらし、新婦を抱きあげた。とたんに、ぞっとした。

美貌《びぼう》にはちがいないが、その目が疾をみくだしていた。傲慢《ごうまん》そのものである。疾は心を寒くしつつ、

——この妻は、女とは名ばかりで、子朝そのものだ。

と、おもい、新婦にさわった指を人知れず衣でぬぐった。

疾の指は喜びにふるえつつ、女体に近づいている。その女体はもちろん妻のものではなく、外州にいる前妻のものでもない。

「娣《てい》」

と、よばれる。妻の妹である。

不愉快きわまりない生活がはじまったとき、ひとつのぬくもりが家のなかに生じていることに気づいた。前妻が媵《よう》をつれてきたように、新婦は娣をつれてきたのである。

娣は妻の傲慢さを裏返したような淑美をもっていた。つねにめだたぬようにふるまってはいるが、女の心性の善《よ》さをみぬく目をもっている疾は、

——この女なら愛せる。

と、感じ、正直なところほっとした。このままゆくと、この結婚生活は破滅すると予感せざるをえなかったからである。妻の妹を愛することにはばかりはいらず、自分の女《むすめ》のうちどちらかが愛されれば子朝は満足するであろう。

疾は娣の閨房《けいぼう》をおとずれた。

娣は身を引きぎみであった。疾はおだやかに笑い、

「そなたもわしの妻なのだぞ」

と、さとすようにいった。

「はい……」

細い声でこたえた娣のうなじに血がのぼってきた。その美しい色はまたたくまに顔を染めた。それは羞恥《しゅうち》の色であり、その色が足の爪先《つまさき》まで染めていると想像すると新鮮であった。

疾は深衣《しんい》に手をかけた。

娣はすすんで深衣をぬぎそうにない。

内衣のすそから脚がみえた。

――まさか。

と、疾は自分の目を疑った。みたこともない美しい肌膚《きふ》をもった脚である。疾はときめきをおぼえ、内衣を解いた。

――ほう。

心のなかの驚嘆は、声となって口からあふれたかもしれない。神がたんねんにつくったとしかおもえないみごとなかたちが輝いている。前妻のからだも美しかったが、娣のそれは、高貴さをそなえ、肌の皎さはこの世ならぬ純美をたもっている。

――ここまではみぬけなかった。

めずらしく疾の指がふるえた。

――せっかくの名花だ。そこなうまいぞ。

疾はからだのなかで鳴っている感動の音をおさえつつ、指をめぐらせた。

その夜も、つぎの夜も、娣は目をつむり、死んだように動かなかった。ただし、疾がながい愛《あい》撫《ぶ》をおえてからだをはなすと、うっすらと目をひらき、ふしぎそうに疾をみつめた。

九日目に、娣は変化をみせた。

疾の指が近づくと、娣は呼吸の乱れをかくさず、小さなうめき声をもらした。肌膚に淡い紅の色が生じた。雪のしたにあった花苑《かえん》があらわれたようである。

――わしは女をけがさぬ。

それどころか女の真の美しさをひきだし、みがきあげる。ただし、そのためには、たがいのきよらかさがいる。疾の指に感応をしめした娣はきよらかな女である。そのあかしが、いまの乱れである。

疾の指は女のからだをくまなくめぐった。さわりはしない。近づいたまま浮いている。この浮遊が、あざやかな色の花を拆《ひら》かせた。疾はそこで指をとめた。

娣は身をずらした。なにかに耐えがたくなってのがれようとしたようにみえた。疾は腰をおさえた。

はっと目をひらいた娣は、まじまじと疾をみあげ、

「主は神でございますか」

と、きいた。

「わしが神であろうか」

「では、聖人でございましょう」

そういった娣は、はじめてやすらかな笑顔をみせた。

疾は外州の女たちを忘れたわけではない。

子朝の女を娶《めと》って三年後に、外州へゆくようになった。

――わしという男を娣が理解してくれたからだ。

前妻と侍女は、はじめて外州の家をたずねた疾をみて、

「ああ、お忘れではなかったのですね」

と、涙をながして喜んだ。

「わしは忘れぬ」

そういった疾はなつかしいからだにふれた。

帰る疾を見送るふたりはかならず涙をながした。

――さびしかろう。

帰宅した疾は余暇をみつけて書面をしたため臣下にもたせてやった。むろんふたりの生活費は充分においてきた。

――わしは贅沢《ぜいたく》をしようとはおもわぬ。

家計に余剰がでれば、外州の女たちに送った。そうしたからといって、娣をおろそかにしたわけではない。むしろ毎夜、娣の美体に疾の手はさまざまなかたちでふれていたといってよいであろう。娣はそれを疾の愛情の濃さとこまやかさとしてうけとり、

「父が主を夫としてえらんでくれたことを、感謝しております」

と、いってから、

「姉は主の愛幸をうけられないのでしょうか」

と、愁顔をつくっていった。

「愛さないことは、愛されないということだ。そなたの姉は自分の美貌を誇り、生家の格の高さを誇り、学識の豊かさを誇っている。それは裏返せば、人にはなにも与えぬという倨傲《きょごう》にすぎぬ。神でも、必死にすがる者に、恵恤《けいじゅつ》をたまわる。わしはあわれみをもたぬ者を真に愛せるような天才ではない。まごころで人に接するしか能のない男だよ」

実際、疾は権謀《けんぼう》に長じた男ではない。

――凡庸《ぼんよう》な大臣だ。

と、自分をみていた。

だが、いかに凡庸であっても、大臣の位そのものが権勢である。

権勢は人の欲望の対象になる。

衛の宰相の位にのぼった孔圉《こうぎょ》はしだいに人望をあつめ、その地位を不動のものにするや、禍根《かこん》を除くつもりであろう、突如、子朝を追放した。すかさず孔圉は疾を招き、

「大叔どのの妻は子朝の女《むすめ》でしたな。早々にその妻を離別し、わが女を娶られよ」

さもなくば……、といわんばかりのけわしい目を疾にむけた。

――さもなくば、わしに兵をむけるか。

疾は頭をかかえたくなった。

孔圉は即答を要求している。疾が断れば、たちどころに疾を追放する。そういう構えがありありとわかる。

「承知した」

孔圉はほおをゆるめた。

「さすがに大叔どのはものわかりがよい。これでわが家と貴家とは友誼《ゆうぎ》が成り立ち、貴家の安泰

は末ながいものとなろう」

――どこが安泰なものか。

疾の頭や胸のなかは大混乱である。

飛ぶように家に帰った疾は、家中の目もかまわず、娣の部屋にまっすぐにゆき、いきなり抱きしめた。

「主よ、主よ」

娣はあえいだ。

――以前にも、こういうことがあった。

疾は娣の深衣と内衣とをむしりとり、ながなじんできたからだを、かつてない荒々しさで抱きすくめた。娣は悲鳴をあげつづけた。が、疾がからだをはなすと、娣の目にいままでみたこともない喜悦の灯がともっていた。

「やむをえぬ。時がないのだ」

疾はおのれに詫《わ》びるようにいった。

「時が……」

「明日には、そなたを実家に帰さねばならぬ」

「吁々《ああ》――」

これこそ、真の悲鳴であった。

ことのなりゆきをうちあけられた娣は、大粒の涙をこぼした。その涙が、女の胸のふくらみを抱いている男の手のうえに落ち、音をたてた。

――花が凋《しお》れてゆく。

疾の手はそれを痛感した。この手が二度と娣にふれなければ、娣は朽ち落ちてしまうであろう。

「別れたくはない」

疾はつぶやいた。そのつぶやきをくりかえしているうちに、

「別れずにすむことはできる」

と、いった。

娣は泣き腫《は》らした目をあげた。

「犂《れい》にわが宮《いえ》がある。そこに住むがよい。犂は所領であるから、そこにゆくのになんのはばかりもいらぬ。どうか」

「はい、喜んでまいります。そこで主を待ちつづけておりまする」

すぐさま疾は腹心の臣を呼んだ。

その夜のうちに、娣は犂邑《れいゆう》へむかって出発した。犂邑も衛都の東方にあるが、外州より近い。

翌日、姉を実家に帰した。が、実父の子朝が国外へでてしまったので、ひとまず親戚《しんせき》の家に落ち着かせ、子朝の亡命先がわかりしだい、そちらに送りだしてくれるように手配した。

「ようなされた」

大叔家から妻が消えたことを知った孔圉は上機嫌な声を疾になげかけた。疾の処置のはやさは自分への畏敬《いけい》の大きさであると孔圉は判断したのである。

この年に、孔圉の女が疾の家にはいった。

疾の指は動かなかった。

——この女にも媵にも、情がない。

非情ということである。

家が暗くなった。

——孔圉に殺されなくても、この妻に殺されそうだわ。

疾はおのれの指をみつめ、犂や外州へでかけるようになった。


疾が自分の食邑《しょくゆう》にでかけるのはなんのふしぎもない。

そうした外出が頻繁《ひんぱん》になれば、かえって家中から、

「主は領民をいつくしむ心が篤《あつ》い」

という声があがった。

疾という主君は、自分のためにむさぼることをせず、臣下に慈眼《じがん》をむけるので、家中での評判はまことによい。

——そんなに良い主かしら。

妻は家中の評判を片耳できいた。この女はこの世で父ほど偉い人はないとおもっている。父に愛され、父を愛した。その目で疾をみた。

——男の格がちがう。

と、感じた。空気を烈《はげ》しく切って人をさしずする指をもっていない。疾の指には気魄《きはく》がない。凡庸の気をたらしたような指である。

——つまらぬ男の妻になった。

その男の指が自分のからだをなでまわしたとき、嫌悪《けんお》を感じた。とたんにその指は動きをとめ

た。つめたい指であった。愛情のかけらもない指であろう。

——おお、いや、いや。

妻は夫が閨門をひらいてこぬように心のなかで父祖に祈ったほどであった。その祈りが亨《とお》ったのか、ふたたび疾の指でさわられることはなかった。男女の交わりは苦痛でしかない。女の苦痛を楽しむ男など宥《ゆる》せぬ、とこの妻はおもった。その点、自分の夫は愛情があるのか、と思い返した。

——仲のよい夫婦は、あのようなことはせぬものよ。

とさえこの妻は信じていた。

ずいぶんながいあいだ空閨の平穏を楽しんできた。が、侍女は首をかしげた。

「なにがいぶかしいのか」

「主は、外にご愛妾《あいしょう》をおもちではないかと」

「愛妾……」

妻の表情がかわった。愛妾をもつ者は女を虐待《ぎゃくたい》する非道にある。さらに疾は、父の孔圉にまえの妻は離別したと告げた。それはいっさい妾をもたぬと約束したことではないのか。もしも疾がひそかに愛妾のもとにかよっているとすれば、人倫をふみはずし、背約《はいやく》をかくし通してきたことになる。

「ゆゆしきことをいったかぎり、なにか根拠があるのですね」

妻は目を吊《つ》りあげた。

「はい……、犂に二宮があるときききおよんでおります」

侍女はおずおずとこたえた。

「二宮のことがまことなら、その一宮になに者が住んでいるのか、つきとめなさい」

侍女は微服に着替えて犂邑に潜行し、宮室に住む者が前妻の娣《てい》であることをつきとめてきた。

「宥せぬ」

青すじを立てた妻は、実家に走り、父の孔圉をみると、とたんに泣きだした。

「おのれ、大叔め、よくもたばかりおったな。よし、よし、泣くまいぞ。そなたとわしをだましつづけた大叔を、討ち果たして、死骸《しがい》を市にさらしてくれよう」

孔圉は怒りにまかせて兵を翕《あつ》めた。兵の集合が完了したとき、女の父であるというより一国の宰相であるという立場がよみがえった。

——大叔を敵にまわし、たたきつぶしたとして、わしにどんな利益があるか。

孔圉は衛の人臣の声望をあつめている。ここで大叔を殺すとその声望を棄《す》てることにならないか。私欲のため、私怨《しえん》のために大叔を討ったとなれば、貪欲《どんよく》で狭量《きょうりょう》な小人物よ、とかげ口をたたかれるのではないか。

——よくよく用心してかかることだ。

孔圉は思案した。

「そうよ」

かれは膝《ひざ》をたたいた。いま衛には孔丘《こうきゅう》（孔子）が滞在しているのである。あの礼儀の化身のような男が、こちらのわけにうなずいてくれれば、大叔を殺してもこちらに非はない。

さっそく孔圉は孔丘をたずね、

「これから大叔を攻めるのだが、どうであろう」

と、もちかけた。知恵をかしてもらいたいという諷意《ふうい》をこめた話しかたであった。

が、孔丘は指を袖《そで》のなかにかくし、

「わたしは祭器のことは学んでまいりましたが、甲《よろい》や戦いのことは存じません」

と、婉曲《えんきょく》に断った。

――攻めるな、ということか。

孔圉は舌打ちしたくなった。しかし、なんとか孔丘に、よろしいでしょう、といわせたくなった孔圉の意向を察したのか、孔丘はするするとしりぞき、あわてて追ってきた孔圉に、

「鳥は木をえらびますが、木はどうして鳥をえらべましょうか」

と、いい、鳥のように衛を発《た》って魯《ろ》へ帰ってしまった。

疾は孔丘のおかげで命びろいをした。

が、孔圉ににらまれたかぎり衛にはいられない。外州の女たちのことも孔圉に密訴《みっそ》する者がでたことを知って、宋《そう》へ亡命した。

疾は愛する女たちを宋に招いた。

「そなたたちがいれば、わしには欲しいものはない」

そういった疾は、宋の君主の寵臣《ちょうしん》である尚魋《しょうたい》に家宝の美珠を献上したところ、領地をさずかった。

――女のほうが美しいのに。

疾はやさしく笑い、三人の女をいつくしんだ。女たちは、

「主の指の艶《つや》は衰えませせぬ」

と、幸せそうにいい、その指を至宝のごとく抱きしめた。

ところが外では不粋《ぶすい》なことがおこっていた。疾が尚魋にささげた美珠が宋の君主の目にとまり、

とりあいになった。その争いは兵事に拡大し、ついに尚魋は宋から出奔《しゅっぽん》した。疾も尚魋の一味とみなされ、宋人《そうひと》に攻められた。

——女たちを守らねばならぬ。

疾の指は武器をにぎり、活路をひらいた。衛にたどりついたとき、からりと武器を投げ捨て、

「男は女を愛せばよいのに……」

と、つぶやき、三人の女をひきよせた。

「主はお強いのですね」

女たちは、すさまじく武勇をふるった疾を、別人をみるような目で仰いで、驚嘆した。

「そなたたちがいたからだ。このような暴力をつかうのは、これが最初で最後であろう」

衛は君主がかわっている。孔圉もすでに亡《な》くなっている。

「大叔が帰還したのか。よかろう、いれてやれ」

と、いったのは君主の荘《そう》公である。荘公は南子の子である。母の南子が子朝とはやくから通じていることを知り、自分はもしかすると子朝と南子のあいだに生まれたのではないかと疑い、南子を責め、国をでていた人である。

疾は荘公から巣《そう》に住むようにいわれた。

疾にとって住む場所などどうでもよかったであろう。かれにしてみれば、いつも目《ま》のあたりにあるのは、女たちの美しい丘であり谷であった。

疾が死んだのも巣である。

女たちはその指にすがって泣き、殯葬《ひんそう》をおえ、埋葬をおえたあと、墳《はか》の近くに住んで余生をすごした。三人が口をそろえていうことは、

「先主は聖人でした」

と、いうことであった。

布衣《ふい》の人

暮れのこる野畦《のみち》に、ふたつの影がある。

粗衣の青年と少年とが、耒《すき》をかついだまま、立ち話をしている。背の高いほうが、

「俊《しゅん》よ、おまえの親父さんは、目が見えるのか見えないのか、いったいどっちだ」

「見えない、とおもいますが……」

といった少年の声はひくい。

「見えないにしちゃ、よくもまあ、あとからあとから、おまえの悪口をいえたもんだと感心してるんだ。また見えるなら、おまえがどんなに両親や弟につくしてやっているか、わからぬはずはないとおもうんだ」

そういわれて、俊と呼ばれた少年は、みるみる涙ぐんだ。

「いや、わるかった。だがな、わしたちはみな、おまえほどの孝行者はいないとわかっているんだ。……それにしてもひどい親父よなあ——」

この青年が同情するのも無理はなかった。

俊を生んでくれた母親はすでに亡い。いまの母親は父の後妻であり、当然俊にとって継母となるが、異常なほど口うるさい女で、かの女を母とおもいつかえることは、なみはずれた堪忍《かんにん》が要った。それでもまだ俊には精神的なすくいがあった。実父からそこはかとない血のあたたかみを感じていたからである。

が、父親は唐突といってよいほど人がかわった。俊にむけるまなざしからあたたかみが消えた。後妻に子ができたことが原因である。俊がふつうの少年ならば、そのときかれの心のなかで父は死んだはずであった。ところが俊の奇妙さは、父親の態度の急変を、

――わたしの親へのつくしかたがたりないからだ。

と、孝行のいたらなさのせいにし、自分を責めることしかしらないというところにあった。

俊の父は目が不自由で、むろん仕事はできない。母にしても、盲人を世話するだけで、家事もはかばかしくできない。弟は怠惰《たいだ》である、ということで、一家の生計は俊の小さな双肩にかかっている。が、ひとりでする農耕などたかがしれたものである。おまけにこのあたりは農作に不向きな斥鹵《せきろ》である。おのずと収穫はすくなく、不作の年など、俊は水でがまんして、両親や弟にかゆをすすらせようとした。それでも俊は父に笞でうたれた。

「きっと野にでて怠《なま》けていたのだろう。あるいは、わしらが知らぬとおもって、ひとりでうまいものを食べているのか」

というものであった。不作が二年でもつづこうものなら、あろうことか、

「息子は、わしらに土のめししかくわせぬ。あんな親不孝者は、きっと大悪人になるにちがいない。末おそろしいことじゃ」

と、妻に手をひかせ、村中に吹聴《ふいちょう》して歩いた。その噂は当然俊の耳にはいってくる。

——土のめしなぞ食べさせたことはないのに……。

俊は呆然《ぼうぜん》とし、あとはかくれて泣くしかなかった。

しかし負けん気の強いかれは悲嘆にくれてばかりはいない。反省もした。不作とは天災だけのせいなのか。農作のやり方が悪かったのではないか。いくら土質が悪いとはいえ、それに適《あ》った穀物がほかにあるのではないか。すなわち、まだ努力がたりないと、天は父母の口をかりて、わたしを叱っているのではないか、とおもい、自分で考え、試みるほかに、他人に訊《き》き、評判のよい人のやり方を見せてもらい、また山野にわけ入って食用になりそうな草木の種をさがしたりした。そのせいでかれは植物にたいして目が肥えてきた。いや、植物にばかりではない、土と光と水とについても意識はするどくなった。それでも——。

今年も不作になりそうである。ながい旱《ひでり》で地面が割れはじめている。

——これでは、生きのこれるのは、雑草だけだろう。

俊はいまから父母の嚇《いか》る顔が目にうかぶ。いや、すでに父はまた自分の悪口をいいはじめているらしいことは、いまわかれたばかりの村の青年の話しぶりから察することができる。

——わたしが大悪人になる……。それも天の声なのだろうか。

そうおもうと俊はやるせなくなり、ついに胸が張り裂けそうになった。せめて雨でも降ってくれたらなあと願い、とても雨を降らしてくれそうもない西の気海へむかって、あえて、

「雨よ降れ」

と、さけんでみた。

いえにかえると母が葛《くず》を煮ていた。葛から繊維をとりだして布をつくるのである。葛衣《かつい》は最下級の衣類といってよい。ところでこの母は、俊のために、それをつくってやったためしはない。

俊は自分の身につけるものは自分で織らなければならない。遊んでばかりいる弟は、とろっとしたような目をあげて、汗くさい兄をみた。

俊の願いが天に通じたわけではあるまいが、つぎの日は雨になった。ただの雨ではない。豪雨である。それもまずいことに三日もつづいた。

——黍《きび》の根が浮きあがってしまう。

彼は内心悲鳴をあげて、こんどは雨のあがるのを祈るように待った。黍は天災にも害虫にもわりあいに強い。雨のやんだ朝、田畝《でんぽ》にかけつけた俊は、さほど被害のなかったことを確認して、

——畎《みぞ》や畝《うね》をしっかりつくっておいてよかった。

と、ほっと胸を撫でおろした。

三月ほどたったある日である。

羊をつれた見なれぬ一団に俊は声をかけられた。

「ここは、なんというところだ」

と、首領らしき男に、ききとりにくいことばで訊かれた俊は、農作業の手をやすめて、

「諸馮《しょひょう》でございます」

と、こたえた。

「まもなく東海か——」

と、その男が感慨ぶかげにつぶやいたのをきいた俊は、

「なんですか、その東海というのは」

と、こんどはたずねた。

俊の問いが頓狂《とんきょう》であったためか、羊飼いたちは笑いさざめいた。

「東海とは、東の晦《くら》さ、つまり闇のことだな。そして、東海のほとりを東垂《とうすい》といって、このあたりはいわば地の果てということになる」

首領らしき男だけは、笑わず、俊にむかってさとすようにいった。それをきいた俊は、この人は偉い人らしいがどうもいっていることがよくわからない、とおもい、

「海とは、あの塩からい水ばかりのところのことでしょう」

「そうだ」

「あれはまっ黒ではありませんよ。青々と光っています。あんな明るいところはありません。それをなぜ闇だというんですか」

「おお、もっともな問いだ」

と、その男ははじめて笑い、親しさがかよったように、彼の身近にまで歩いてきたが、おや、と表情をひきしめて、

「顔をよく見せてくれぬか」

と、俊の息がかかるところまで自分の顔を寄せ、俊の目をしばらくのぞきこんでから、

「ふしぎなこともあるものだ」

といい、仲間のひとりを呼び、耳うちすると、それをききおえた男はおどろいたように目をみひらき、俊の目をおなじようにのぞきこんだ。そのうち羊飼いたちは俊をとりかこみ、かわるがわる顔を寄せてきたので、きもちが悪くなった俊は、

「なにをするんです――」

と、怒鳴った。

「いや、すまぬことをした。あまりのめずらしさに、つい他の者にもみせておきたいと思ったままでのことだ。これ、このとおり――」

と、例の首領格の男は頭をさげ、他の者を退かせた。

「ひとの顔がめずらしい、とは、ますますゆるせません。どういうわけか、いってください」

俊は身をそらしてまだ怒っている。

「めずらしい、といったのは、悪気があってのことではない。むしろめでたい、というつもりでいったのだが……」

と、その男が説明したことは、

――俊の目には瞳が二つずつある。

ということであった。「ひっ」と小さく叫んだ俊は、顔をひきつらせた。いままで俊は自分の顔というものを見たことがない。まして自分の瞳の数など知りようがなく、またそれらしきことを家族から指摘されたこともない。

――化物《ばけもの》ということではないか。

俊の頭にまっ先に浮かんだのはそのことである。しかし男はそうした俊の愁怖《しゅうふ》をはらいのけるように、

「目を四つもっているようなものだから、まさかとは思うが、いつか四方を見なければならないような人になるかもしれぬ。もしもそうなったら、重華《ちょうか》と号すがよい」

と、またむつかしいことをいった。

「ちょうか――」

俊は首をかたむけた。

「二つの光とでもいおうか。華とは光だ」

「海は闇ですか」

「帝《みかど》がおられる中華からすると、そうなる」

と、男はいったが、このことばはなぜか歯切れがわるかった。男はしばらく黙考したあと、気をとりなおしたように、

「今年の作柄《さくがら》はどうであった」

俊は眉をひそめた。黍《きび》は不作ではないといった程度のできである。

「土にしばられている者は、いつもそういう悲しげな顔をせねばならぬ。そして汝《なんじ》のようにひとりで野を耕すものと、多数で耕すものとでは、収穫にひらきができ、貧富がうまれる。どうしても人に上下ができてしまうということだな。そこでまた悲しまねばならぬ。ところでどうであろう、われらといっしょにこぬか」

と、男はことばに力をこめて、このみどころのある少年をさそった。農耕をやめて遊牧をせよといったのである。

——この人は信じてよさそうだ。

と、俊はおもっていただけに、心がゆれた。羊飼いの集団からは和気藹々《わきあいあい》としたものが感じられる。それはひびわれそうな俊の心にとって、あたたかいめぐみの雨のような存在である。——他人があつまってもあんなに仲よくやっていけるものなのか、そう心がゆれただけに、現実はさらに悲しいものであった。家族をすててひとりだけ遊牧の民になるわけにはいかない。俊は行きたいが行けぬ事情をうちあけた。

——ひとりで、ほかに三人をも養わねばならぬのか。

と、男はおどろき、

「それにしてはここの土はいかにも悪そうだ。西北へ徙《うつ》りなさい」

と、すすめた。男のいうには、ここから西北へむかってゆくと、大きい川があり、そのあたりならどんな穀物でもとれる肥えた土がある。ただしそこでこわいのは洪水で、三月まえにも大水があって、だいぶ人が死んだらしい。

ここまで男が話したとき、遠くで木をはげしくたたく音がした。それは外寇《がいこう》襲来を告げるもので、村の警報である。羊がさかんに啼《な》きはじめた。

――いけない、この人たちが見まちがわれたのだ。

と、俊は直感した。このままではこのおとなしそうな人たちは、武装した村人たちに殺されてしまうだろう。それからの俊は敏速だった。かれらを先導し羊の通れそうな間道をえらんで逃がした。

俊に感謝した男は、わかれ際に、

「西北へゆきなさい」

と、またいった。その男は親切にも、ゆくはよいが目的の川ははるかで、そこにたどりつくまでに、のたれ死ぬといけないから、食べるものがなくなったらこれを役立てなさい、と羊を一匹くれたことだった。

俊は自分の名をつげると、男は、

「汝には、また会えるかもしれぬな。わしの名は羌由《きょうゆう》だ」

と、いって去った。

俊は父を背負い、母を急《せ》き立て、弟の手をひくように、西北にあるという大河をめざして、諸馮を出発した。というより、家族そろって村から逃げだした、といったほうがはやい。

なにゆえそんなあわただしいことになったのか、というと、あれから――羊飼いの一団を見送ったあと――、俊が曳いている羊を、血走った目をした村人たちにみとがめられ、かれがその羊をもらったいきさつをいくら説明しても、

――いまどきそんな気前のよい者がいようはずはない。

と、信じてもらえず、賊の一味に通じたのではないかと、嫌疑《けんぎ》をかけられた。それればかりではない。村人のなかでもとくに血の気の多い連中が、

「俊の父は、目のみえぬというのはうそで、息子の悪口なんぞをいいながら、じつは賊の手先となって、各戸をさぐっていたにちがいない」

「ふむ、じじいもくさいがばばあもくさい。あのふたりがかえったあとに、鶏が一羽いなくなった。きっとあいつらが掠《かす》めていったのだろう」

「そうとも、今年のように不作で、たべるものがさっぱりないときに、あの家からだけは、さかんに、ものを煮炊きする煙が、あがっていたというではないか」

「あれこそ腹黒い煙というやつだ」

などと喧々囂々《けんけんごうごう》となり、ついには、

――いっそ、今夜、かれらのいえを焼いてやろう。

と、物騒《ぶっそう》な相談がまとまったところを、たまたま立ち聞いた俊の弟が、真っ青になっていえにはしりこんできたので、

――遊んでいてくれたことが、かえって幸いした。

と、おもった俊は、毅然《きぜん》とした態度で、口汚くののしりおろおろ立ち騒ぐ父母を説いて、ようやくいえと土地とをすてることを決心させ、夜陰にまぎれて村を脱出してきたというわけである。

「羊一匹のことで――」

父親はよほど腹にすえかねたのであろう、道すがら、泣かんばかりの表情をして、ふるえる手でつかんでいる杖で、俊をうった。俊はその誚責《しょうせき》をすすんでうけた。このとき、腸がちぎれんばかりのおもいをしていたのは、俊もおなじである。

――土地をすてることは、こんなにつらいものか。

自分を活《い》かしてくれたほんとうの母とはあの土であった。その母なる土とわかれてきた悲痛さが、父にうたれるたびにいやまして、地面についた両手のあいだで涙が流れつづけた。

さて、ことの発端となった羊だが、とんとこの家族の悲哀とはかかわりのない涼しげな眼をして、俊の弟に曳かれるままゆったりとついてくる。

俊の弟の名は、

「象《しょう》」

という。虎にもまけず龍のように大きい象という動物がいるそうだ、と父がきいたことで、

――象にあやかって、大きな人物になれるように。

と、後妻の腹からうまれたその子は、父母にことほがれてその名をつけられた。が、かれはもらった名が重大すぎたのか、まるでたれかから頭をおさえつけられているように、背丈がなかなかのびない。目つきにだけは歳相応の感情がでるが、からだつきのほうは、二、三歳おいてゆかれているという感じである。その象が羊の鼻をこづきながら、

「やい、おまえのせいで、こんなめにあったんだぞ。なんとかいったらどうだ」

と、怒ってみせると、羊は笑ったようであった。

「うすきみわるいやつだ」

象《しょう》が首をすくめるのを見ていた俊は、

「それをいうなら、頭のよいやつだ、とほめてやったらどうだい」

と、笑いながら羊の鼻をなでた。羊は眼を細めた。

かれらの旅は、盲人をふくんでいることゆえ、はかどらず、また、こころぼそいものであった。

「こういうところで人にあうのは、きみわるいものじゃが、どこまでいっても人にあわぬというのも、そらおそろしいものよなあ」

と、母はぶつぶつこぼしながら、

「かえっておまえさんのように、なにも見えぬほうが気が楽かもしれぬぞえ」

と、いうと、

「なにをいうか、なまじ目あきよりは、わしのほうがよく見えるものもあるわ」

と、父は白い目をむいた。

夜のうちに星をながめて方向を見定めておき、夜が明けてからは太陽の位置をたしかめつつ、たどたどしいながら、かれらは着実に西北へむかって進んでいた。

羊の背にくくりつけてある荷のなかに、食糧はたっぷりある。ほとんど収穫をおえてから諸馮を出てきたということは運がよかった。

聚落《しゅうらく》があった。

「これで人心地がつく」

と、みな喜びの声をあげ、ころがるようにして村の入り口についたが、この村も貧しいらしく、

村人からうろんな目でみられながら、

――泊めてあげられるようなところはないが……。

と、家畜小屋をあてがわれた。そこのあまりのくささに閉口《へいこう》した一同は、げっそりしたような表情でその村をあとにしてから、

――まだほら穴をさがしたほうがましだった。

と、懲《こ》りて、つぎからはたとえ聚落があっても、安易に一夜のやどりをたのむようなことはしなくなった。

風がすっかり冬のつめたさにかわった。おまけに悪天候に見舞われたりすれば、かれらは骨まで鳴りそうな凍ったからだを寄せあったまま、おなじ場所から二、三日動けないこともあった。が、俊は幸せだった。かれはこの旅ではじめて家族のあたたかさを知ったといえる。たがいにいたわり、たすけあわなければ、この苦難をのりきってゆけないのである。そこはかとなくかよいあうものがなければ、旅はできぬことである。

かれらは路に迷った。

こういうときには、羊は本能的に安全な路を知っているのかもしれないとおもった俊は、

「その頭のよい羊にきいてみたらどうだ」

と、羊をさきにやってみると、左へいった。

「よし、左だ」

俊がいうと、象は羊をひきかえさせ、

「いや、右だ」

と、いった。象は理屈をいった。

「左のほうで吹く風は、下から上へあがっている。どの木の枝もそういう形をしている。おそらく断崖になっているからだ」

「なるほど」

傻は象の主張を認め、右に路をとった。かれらは険路をくだってゆく。日がかたむきはじめた。谷懐《たにぶところ》に聚落がみえた。

「そらみろ」

象は得意そうに鼻をうごめかした。

村人たちは親切だった。かれらは四人の手をとらんばかりにして、あるいえまでついてくると、

「このいえのもち主は、つい先日亡くなったばかりでな、空《あ》いているゆえ、一夜といわず、いく日でもいてもかまいませぬのじゃ」

といい、寒いときは火がなによりの馳走のはず、といってたのみもせぬのに柴をとどけてくれた。ゆきとどいたものであった。

「こんな良い人ばかりの村なら、旅をするのはやめにして、ずっとここに住みたいくらいのものじゃ」

と、母ははしゃぐようにいって傻を一瞥《いちべつ》した。傻はうかない顔になり、小屋をでて、あたりをひとまわりした。

――はて。

かれは胸さわぎがした。飧《ゆうげ》どきに、どこからも炊煙《すいえん》があがっていないとは、おかしい。かれはいちど小屋にたちもどると、象をひそかに外につれだし、

「どうだ、そうはおもわないか」

と、ぬけめのない弟の意見をもとめた。

「そういわれれば、そうだなあ」

象は子どものくせに、しわの多い額《ひたい》にさらにしわをふやして、目をつりあげた。俊はまえまえから、弟が夜目のよくきくことに、気づいていた。

「ひとつだけ人があつまっているいえがある。あそこでなにがはなされているのか、日がすっかり落ちたら、さぐってきてくれ。みつかってもおまえなら、あやしまれない」

と、象は胸をたたいた。ところが日が没するや、月があかるく輝きはじめた。

「よしきた」

――まずいな。

と、俊と象とは顔を見合わせた。が、しかたがない。象はめざすいえに忍び寄っていった。俊が気をもむまもなく、象は匍《は》うようにかえってきて、

「こ、こ、殺される」

と、嗄《か》れた声でいった。

「なに――」

「食べられてしまう。あっちは石刀を研《と》ぎ、湯をわかし、人を食べる仕度をしている。この小屋に住んでいた者も、あいつらに食べられたんだ」

「なんということだ」

そんなおそろしい魂胆《こんたん》で、村人たちが親切にしてくれたとは――。俊はさすがに胸がふるえた。

当然俊は父母を急《せ》きたてて逃げるほかない。わけはいわなかった。四人ともに足がもつれて歩行はさっぱりはかどらない。俊は父を背負った。そのうちこの逃遁《とうとん》に気づいた村人たちが、炬火《きょか》を

ふりかざして追ってきた。

——ましてこの月あかりだ。逃げきれまい。

とおもうと、俊は腹から力がぬけかかった。羊がないた。

「そうだ」

俊は背から父をおろし、象にむかって、

「羊の背の食をばらまけ」

と、怒鳴るようにいった。それをきいた父母は、食がなくてどうしてこの先旅をつづけることができよう、と反対したが、俊はかまわず、

「あれはわれらを食べにくる火です」

といいながら、おどろく父母と手をだしかねている象を尻目に、荷をほどき黍や豆などを放りだした。さしあたり俊のこの機略は家族をすくった。村人たちは俊の家族がおきざりにしていった食物を発見し、群がり、しまいには争いがはじまった。炬火は四人の背後から消えた。

が、四人のゆくてには、緑はなく、獣《けもの》のかげもなく、魚も氷の下にかくされ、目にうつるのは枯木と石礫《せきれき》ばかりである。

いつ掠めたのか、象はひとにぎりの豆をもっていて、それを四人でわけて四日歩けた。かれらは餓え、羊はやせた。とうとう、

——ふびんだが、この羊を殺して食べようではないか。

という話がもちあがった。

羊を食べなければ四人は死ぬ。しかし羊を食べてもまた数日すれば餓えてしまう。それならばいっそこのまま羊とともに死んだほうがましだ、と俊はおもい、

「羊を食べるくらいなら、わたしを食べてください」

と、涙をうかべて父にいった。父はさすがにいやな顔をし、

「羊でいいのじゃ。おまえの話では、こういうときのために、その、羌《きょう》なんとかという人がくれたのじゃろう。いますぐ、ここで羊を殺せ、ええいっ、なにをしておる」

と、杖をにぎったが、俊をうつだけの気力はなかった。俊はうつろな目をした。

「この親不孝ものめが――。俊がやらぬのなら、象よ、おまえやれ」

「げっ」

象はなまつばを呑みこんで羊をみた。たちすくんだ象が、母親から小刀をにぎらされたのをみた俊は、

「いや、わたしがやろう。しかし、ここではいやだ。外でやる」

と、岩窟をでて、羊を曳きながら、寒風のなかを力のない足どりで歩きはじめた。むしろ俊のほうが羊に曳かれているといったほうがよいかもしれない。かれの頭のなかは朦朧《もうろう》として、地を踏んでいるという感覚はなかった。松の若木があった。根もとは盛り土になっていて、かれはそれにつっかえてころび、すべった。いちめんの氷の上にいた。

――ここで殺せということか。

俊はふとそんなことを感じ、また涙がこぼれた。その涙をぬぐって顔をあげたとき、ようやく松の木が目にはいった。

――まてよ。

松脂《まつやに》は食べることができるのではないか、ここ一両日食いつなげば、この先で食物にぶつからぬともかぎらぬ、そうすれば羊は殺さずにすむ、と思いなおし、小刀を逆手にもち幹に刃をたて

るつもりで立ちあがった。

「あっ」

と、俊はさけび、羊はないた。俊の足もとの氷がわれ、冷水に膝までつかった。そのとき水中に動くものを見た。

――魚だ。

かれは夢かとばかりによろこび、小刀でうすい氷を割り、足で砕きながら、魚を追った。手づかみがならぬとわかると、空腹や寒さなどわすれて、着ているものを脱ぎ、すくいとろうとした。よくみるとそこは、松の木のある累土《るいど》を水でぐるりととりかこむような、池であった。そのなかにいる魚が一匹どころではないとわかって、おもわず歓声をあげ、しぶきをあげて、はしりまわり、ついに二、三匹すくいあげて、ようやくわれにかえった。

魚をかかえた俊を見ていたのは羊だけではなかった。多数の目がかれをとりまいていたのである。

俊をとりかこんでいる人々が、魚の保有者であることは、きかなくてもわかる。女もいる。男のほとんどは石造りのやりとか斧《おの》とかをもっている。その猛々《たけだけ》しさにけおされながらも、俊はわるびれず、

「ぬすむつもりはなかったのです」

と、いったが、どうもこのいいわけは通りそうもないと思いかえし、

「おことわりしないで魚に手をふれたことはあやまります。罰せられて当然です。が、しばらく罰は待ってください。父母と弟とが、おなかをすかせて、わたしのかえりを洞窟でまっています。

どうか――」

と、ここまでいったとき、俊の真向いに立っている長老が手をあげ、

「おまちなさい。魚をとったことを怒っているわけではない。よかったら魚はすべてさしあげよう」

と、おどろくべきことをいった。さらにおどろくべきことには、かれはふりかえり、

「みなの衆、このおかたこそ、わしがいった聖人じゃ。いまからわれらの君主になられるお人じゃ。わかったらひざまずき配下にくわえていただけるよう、おねがいするのだ」

と、低いがよくとおる声でいった。

俊は一瞬、――こりゃ、狂人のあつまりではないか、とぞっとした。かれらがまじめに自分にたいして拝跪《はいき》するのをみて、つぎに考えたことは、この人たちは、わたしをたれかとまちがえているのだ、ということであった。

「いや、そうではない」

と、長老はいった。かれは夢を見た。夢のなかに神をみたのである。神はこうかれに告げた。

――氷のわれる音をきいたら、かけつけてみよ、そこに亡君にささげる魚をとりにみえられたお人がいる、そのお人こそ汝ら一族を栄えさせてくれるお人だ、ということであった。

「亡君とおっしゃいましたね」

「さよう、われらは君主をうしなった。もうだいぶんまえから、われらが君はあの松の木の下でねむっておられる」

「ああ、あれは塚でしたか」

「ところで、われらを配下にお加えいただけようか。犬馬の労を吝《お》しまぬつもりじゃが」

といわれても、俊には即答できることではない。それよりかれは、空腹と寒さで、気が遠くなりそうであった。

「もう、いかん」

というと、俊はひっくりかえった。


気がつくと俊はすっかり君主になっていた。父母も弟もいる。かれらは絹の衣服をきせられておさまりかえっている。俊は熱い粥《かゆ》をすすった。そのあとで弟の象《しょう》に、

「どうなっているんだ」

と、きいた。

「どうなっているかは、こちらでききたいよ。やつらがやってきて、わけもわからずこうなってしまったんだから」

俊が家族になりゆきを説明すると、象はうらやましそうに、

「兄さんが君主か。ま、いいや、これまでより楽なくらしができそうだ」

と、すっかりここに落ち着く気でいる。父母もそうであった。とくに父はいい気なものであった。というのは、たまたま血すじについてたずねられたとき、――わしは古昔に北方を治めていた帝王の末葉である、といった。むろん大うそである。それをきいた者は、

「やはりご尊貴なご血胤《けついん》か。長老の夢はまことであった」

と、よろこび、たちまちその話は族内で知らぬ者はなくなった。

俊はしだいにたのしまなくなり、ある日、絹の衣服を脱ぎすて、ここまで身につけてきた葛衣

に着替えて、象にむかっておなじように着替えるようにいった。象は「いやだ」と俊の手をふりはらった。

「よいか象よ。人の上に立つものは、人より早く起き、人の先にたって動き、人の倍働かねばならぬものだ。それを人より遅く起き、人のうしろにたったまま、なににも手をよごさず、人の倍たべているだけでは、なさけないとはおもわないか。わしははじめの決心どおり、旅をつづける。ここにいたければ、いつまでもいるがよい」

と、父母にもきこえるようにいった。が、もうひとり戸口でそれをきいていた長老は、

「よくぞおっしゃった」

と、にこにこしながら室内にはいってきた。

俊は顔をあからめ、――おききのとおりです、わたしたちは旅の途中ゆえ、ここにとどまるわけにはゆきません、悪しからずみなにおつたえください、といった。

「どこへゆかれる」

「ここより西北に大河があり、そのあたりで耕作せよと、ある人にいわれてきたのです」

「おお」

と、長老は満面によろこびをあらわし、

「それこそ、われらの故地なのです。これはますますご神託《しんたく》どおりになってきましたな。いよいよ、あなたにお従いして、故地へ帰るときがきた」

といい、このまま旅立ちの仕度《したく》をふれまわりそうなあわただしさをみせた。俊はびっくりしてかれのあとを追い、

「なにも、わたしについてこなくてもよいではありませんか。ここだけの話ですが、わたしたち

が帝王の子孫であるなどとは、父のつくり話なのです」

　長老は歩みをとめ、ふりかえると、

「知っていますよ」

　と、微笑した。

「では、なぜあなたは、こんなみすぼらしく無名なわたしを、君主にするようなことをおっしゃったのです」

「神のお告げです。これはうそではない」

「あなたがたの君主には、お身内の人はいなかったのですか」

「いた。が、すべて亡くなられた。あの洪水でな。おもいだすもいまわしいことじゃ。それでわれらはここまで逃避してきて、亡君の遺骸《いがい》を葬ったのだ」

「そうでしたか。わたしたちはさまざまな村を通ってきました。ついこのあいだはそこの村人に食べられそうになりました。その村にかぎらずどこも貧しかったのに、あなたがたはそれほどでもない。これはどうしたわけでしょう」

「われらは農耕だけではなく、家畜をふやし、狩猟漁撈《ぎょろう》もできる。土を焼いて、器をつくることもできる。また桑を植えて、絹布をつくることもできる」

「それはすばらしい。ぜひともわたしに教えてください」

「いいでしょう。だが、それは故地にかえる道すがらということにしましょう。あなたは君主だ、わたしにむやみに頭をさげるようなことをしてはいけない。よろしいな」

　かれらは一族あげて故地へもどることになった。彼の父母もしぶしぶ腰をあげた。俊は葛衣のまま羊をひいて楽しそうだった。それを横目でみた象は、

——兄こそ、いい気なものだ。

と、口をとがらせた。兄がさかしらぶっている、ということである。いまに化けの皮がはがれて、やつらに殺されるにきまっている、そうなればそれまで兄にちやほやしていた者にも、おれの偉さがわかるだろう、いまにみているがいい、おれが君主になるんだ、と象は物騒な空想に自分をなぐさめながら、歩いた。

ところで大水に逃げまどい、高地でこころぼそくくらしていた人々がかなりいて、俊にひきいられた一族がにぎやかに通りかかると、——われらも従僕にお加えねがえまいか、とつい申しこみたくなった。俊はことわることをしらない。そのため、ゆくゆく俊のまわりの人影はふくらんでいった。そして、ついに、

——黄金の蛇のようだ。

と、俊の目にうつった川が、めざしてきた川であった。みな歓声をあげ、抱きあって喜んだ。まもなく春である。

——あんなうつくしい川が、ひとたび怒れば人を殺す龍にかわるのか。

と、おもった俊は、川へ近づいたとき長老に、

「このあたりに山はありませんか」

と、きいた。長老は眉をひそめ、

「歴《れき》山という山がありますが、どうなさるおつもりじゃ」

「その山をみなで拓《ひら》きましょう」

せっかくの沃野《よくや》に居つかず、山に登るというのである。そのわけは、

「たしかに川の近くなら、どんなものでもよく実り、家畜もふとりましょう。けれど洪水で死ん

ではなんにもなりません。あらかじめ山に居れば、いざ水がでたときも、おびえなくてすみましょう」

ということである。俊は少々がっかりしたような人々を説得し、歴山にむかった。歴山の山足《さんそく》にはひろい沢があった。

――これはいい。

禽獣《きんじゅう》魚の類がみなそこにはいる。俊は歴山に登り率先して農地をひらいた。そのことをどこできぎつけてきたのか、あとから歴山にのぼってくる者があり、俊はかれらに気前よく自分の農地をわけ与えた。また俊は漁撈のほうの腕もあがり、山を降りては沢で魚をとったが、やはりあとからきて魚をとりたがっている者に、雷沢《らいたく》とよばれる魚の宝庫のような沢をゆずってやった。その寛容さが近隣に噂としてひろまり、俊の一族に従属したいとねがいでる小族さえあらわれ、一年後には村ができ、二年後には邑《まち》になり、三年後には都《くに》になった。

つばめがくる季節になった。

俊が歴山へきて二年目のことである。ある日、かれは馬を駆《か》って遠乗りにでかけた。狩りではない。かれは禽獣を殺すことがきらいで弓矢を手にしたことはない。かれの不思議さは、かれが求めずとも、禽獣のほうから、身近に寄り集まってくることであり、石をたたき笛をふくと、まるで動物たちが踊りだすかのようで、人間以外のそうしたものたちとも遊びあえるというところにあった。人々はそういうときの俊を、

――めずらしいほど心やさしき君主。

と、おどろきをこめて語りあい、敬愛のまなざしで見た。が、風変りな君主でもあった。あい

かわらず粗衣をまとい、所有している土地といえば、家族を養うに足るほどしかない。臣下よりもすくないといえた。

馬はこのあたりではめったにみかけない。はじめて長老から献上されたとき、俊は目をかがやかせ、——乗ってみたいが、これが乗らせてくれるかな、とうれしそうに馬の鼻面をなでた。

その馬が草原をはしる——。

俊は川にそってどこまでも行ってみたい気がしていた。

さて、歴山の近くに有娀氏《ゆうじゆう》が治めている国があり、その国主にふたりの娘がいた。

その日、かの女たちは侍女をつれて水浴にでかけた。じっとしていても汗ばむような日である。しばしばくる川辺で——ここらあたりでいかがでしょう、と侍女がいっても、

「今日はもっと遠くまでいってみましょう」

と、娘たちは日ごろ行ったことのない玄丘《げんきゆう》というところまで足をのばした。

「あら、ここはどこかしら」

と、姉がいうと、妹はくすくす笑い、

「禖丘《ばいきゆう》らしいわよ。お姉さまにはつみなところよ」

と、ませたことをいった。そこは子さずけの丘であり、妹が「つみ」だといったわけは、国主の長女は嫁にゆかず、祖先をお祀《まつ》りする廟《みたまや》に、処女のまま一生つかえることになっているからである。

「そのようね……」

と、姉はすずしげな微笑をみせて、着ているものを脱ぎはじめたが、妹ははっと顔をくもらせ、

「ね、ね、怒ったの。ごめんなさい」

と、呼びかけつつ、姉のあとを追って水しぶきをあげた。侍女は川辺に腰をおろしてふたりをながめている。そのうち妹が、

「つばめが飛んでくるわ」

と、玄丘のほうを指した。姉もふりあおいだが、ふたりの面前をかすめるように、つばめは急に飛来して、また舞いあがった。と同時にふたりは顔を見合わせた。

――つばめが卵をもっていた。

と見えたからである。その卵は、ただの卵ではなかった。陽光のせいか、五色の綵章《さいしょう》をかがやかせているという、めずらしいものであった。それだけなら、かの女たちは水からあがらなかったかもしれない。つばめが玄丘のうえで、その卵を堕《お》とすところを、ふたりとも目撃してしまったのである。

「わっ、見たい」

と、姉妹は走りだした。侍女がおどろいてとめるのを尻目に、ふたりは玄丘をめざした。そこにのぼって、目を皿のようにして卵をさがすうちに、

「あったわ」

と、叫んだのは姉のほうであった。妹はくやしがり、近寄ってきて、姉の掌《て》のなかにある卵をみると、

「なんだ、ふつうの卵じゃない」

と、がっかりしたようであった。それには姉も同感であったが、せっかく見つけたものをすてるのもおしく、――これ、どうしようかしら、とつぶやくのをきいた妹は、――ね、つばめの卵ってどんな味がするのかしら、食べてごらんなさいよ、とたわむれにすすめた。姉もおもしろが

り、

「では、のんでみましょう」

と、卵を割り、どろりとした液体を口のなかに含んだところ、気分が悪くなった。

「すこしここでやすんでいるから、あなたさきにいっててよ」

と、姉はいい、玄丘の上で横になった。その夭々《ようよう》とした肢体《したい》を、まぶしげにながめている青年の影があった。

妹は侍女にも水にはいるようにさそい、水浴に夢中になっていたため、姉の姿が玄丘から消えたことに気がつかなかった。ふたたび姉を視界のうちにとらえたとき、女特有の勘であろうか、べつの女性を見たような感じがして、胸騒ぎがした。

姉はつぎの年に子どもを生んだ。――つばめの卵をのんだからです、と姉はいったが、その子は歴山の若き君主、俊とのあいだにできた子である。子の名を、

「契《せつ》」

という。この系統はのちに湯《とう》王を生み、商《しょう》(殷《いん》)王朝をひらくことになる。

俊にひとつの転機がめぐってきた。

帝からの使者が歴山にきたのである。俊はその使者の顔をみたとき、

「あなたでしたか」

と、なつかしげに声を揚げた。使者は羊をくれた羌由《きょうゆう》である。

「やはり諸馮《しょひょう》の少年であったな」

羌由は自分の予言があたりつつあることにおどろきを覚えた。歴山の俊の名は都にもきこえ、

——その者を招きたい、という帝のお声がかりで、羌由が使者に立ったというわけである。

「善いまつりごとをなされている」

と、羌由にほめられて、俊はさすがに声がうわずり、

「さようでしょうか」

「ここの民が畝《うね》をゆずりあっているあかしに、それは正しくまっすぐになっている。漁も年下の者が目上の者に釣り場をゆずり、ひとつとしてあらそう声もない。帝の御座のあたりもそうだとよいのだが……」

と、羌由はくすぶったような表情をした。

俊はあえて、なまぐさそうな話題にはふれまいとして、

「これで羊をおかえしできます。あれには何度となく危いところをすくってもらい、わたしがこうなりましたのもあの羊のおかげです」

「いや、俊よ。わしがここへきたのは、羊をかえしてもらいにきたわけではない。ふたたびその羊をひいて、都へきてもらいたいからだ」

羌由のことばは、またしても俊の旅立ちを誘うものであった。

はやい話が、いま中央政府では諸侯の権力争いがすさまじく、驩兜《かんとう》、共工《きょうこう》、鯀《こん》などの有力者が帝位をおびやかしている。帝の味方といえばわずかに放斉《ほうせい》と羌由ばかりだが、その羌由も、帝の無力と諸侯の恣放《しほう》ぶりにつくづく愛想がつきかけていた。そうした血みどろの権力闘争の場へ、帝の与力として俊をひきだそうというのである。

「なあに、断ってもよいのだ。現にわしは帝から位をゆずるといわれたがお断りした。帝位につけば殺されることはわかりきっている」

「帝には御子《みこ》がおありにならないのですか」

「いらっしゃるよ、いや、いらっしゃったというべきか。朱《しゅ》というれっきとした後継ぎがおられたのだが、この御子は諸侯によってたかって追放されてしまった。いまは丹水《たんすい》のほとりに隠棲なされておる」

「それでは帝はさぞおさみしいことでございましょう」

「それもあるのか、帝は最近、気がおかしくなられることがある」

と、羌由がいうには、先日帝はいつのまにか宮室をぬけだし、気を失って郊外で仆《たお》れていた。目をあけた帝のいったことは、――朕《わし》は藐《は》姑《こ》射《や》の仙人にあってきた、かの仙人の肌は氷や雪のようで、その容姿は淖約《しゃくやく》として処女のようであり、穀物を口にせず風を吸い露を飲んでいるだけで、雲に乗り龍を御《ぎょ》し、四海の外に遊んでいた、というおよそ常識はずれなものであった。

「帝は藐姑射の山へゆかれたのではない、帝そのものが阿呆や、などとかげ口をたたく者さえおる」

と、羌由は口吻《こうふん》にいきどおりをあらわしたが、それもすぐにさめて、

「わしはな、汝が都へ上ろうが上るまいが、これが最後のご奉仕になる。帝位をゆずるといわれた耳を洗って、このまま隠遁するつもりだ」

と、いった。羌由は羌族《きょう》という遊牧民族の代表者であり、かれらの思想は共産共栄であり、個人的な名誉をいやしむところがある。かれはしみじみと、

「諸馮で汝にあったとき、汝は東海とは闇ではないといったが、そのとおりじゃな。闇とは人の心のなかにあり、いま都こそがまっ暗になっている。……さて、これでいうべきことはいった。もしも、都に上るようなことがあったなら、放斉どのを訪ねられたらよい。汝が帝をお輔《たす》けする

ようなことになったら、さぞ明るい世になろう。さらばだ、重華《ちょうか》どのよ」

羌由のいったとおり、俊は以後ついに、この羊をくれた聖人に、遭うことはなかった。羌由の隠遁した先は箕《き》山であるといわれ、かれははるか後世、羌族が建てた国のひとつである「許《きょ》」の名がつけられて、

「許由《きょゆう》」

と、よばれることになった。

――帝のお招きだ、都へゆく。

と、俊がいいだしたときの歴山の民のおどろきはどう形容したらよいであろう。父母をはじめ全邑民が反対した。――なぜ見も知らぬ帝につくさねばならぬのか、ということである。が、俊はきかなかった。

「いや、ゆくのはわたしと父母と弟だけです。あ、それに羊もです」

と、俊がいうと、長老は、

「おとめしてもむだなら、われらもこの川をさかのぼって、都までお従《とも》いたします」

「それはいけない。せっかく栄えはじめた歴山だ。もともとわたしはかりそめの君主です。しかるべき人をお選びあって君主にたてられたらよい」

「これはおなさけない。むかしのようにわが族だけならいさしらず、いまの民は、わが君をお慕いして集まった者がほとんどなのです。それをあえて捨ててゆかれるおつもりか」

そういわれて頭をかかえた俊は、やがて、

「わが子がいる――」

と、小さな声でいった。長老には初耳で一瞬あっけにとられた。

「となりの国の有娀氏《ゆうじゆう》の長女が生んだ子がそうだ。契《せつ》というのだが、これをわたしだとおもって、みなで盛りたててやってはくれまいか」

と、俊は頭をさげた。


俊の家族は歴山を出発した。

――なんだ、うれしそうにしているのは羊ばかりじゃないか。

そういいながら俊もうれしそうだった。君主という殻《から》を脱ぎすてた気軽さが、かれの足どりを軽くさせた。

この上京にもっとも批判的なのは父であった。盲人にとって長旅がつらいということもあるが、

――俊めは朝廷で高い位が欲しくて都へゆく気をおこしたのだ、と臆断した。帝をお佐《たす》けするなぞ、布衣《ふい》の身のほどしらずというものだというのである。

「都にいっても、どうせ追いかえされるだけさ」

と、象も気乗りうすで、重い足どりのままいやいやながら大河にそってどこまでも西へむかっていった。それでも、

――帝のおわす都とはどんなところか。

一目見ておけば、話の種になるという気が象にも母にもあったが、目のみえぬ父にはそれさえなく、――おそろしや、歴山にかえりたや、とそればかりいって俊を悩ました。

かれらの目に高い城がうつった。

「あれが都ではないのかえ」

と、母はいった。俊は首をふった。それは帝都ではなく鯀《こん》伯爵の居城である崇邑《すうゆう》である。よそ

者であるかれらは門衛に見とがめられた。

――邑内に入ることはならん。寝泊りは邑外だ。

と、いわれた。今夕はすこしはましなものを食べて安心してねむれるとおもっていた象はあてがはずれ、腹立ちまぎれに門衛にくってかかり、

「帝のお招きにより、都にのぼる歴山の俊一族をしらぬのか。そんな蒙《くら》い目をしているから、いつまでたっても門衛の身分から栄達しないのだわ」

と、悪態をついた。

これにはまっ赤になって門衛は怒ったが、この一癖ありそうな矮小《わいしょう》な青年がいったことが嘘か真か、いちおう話だけは上官の耳にいれることにした。それをうけた上官も半信半疑でかれらを一瞥し、かれらのうすぎたなさを鼻先で嗤《わら》ったものの、念のため、また上へ報告だけはした。こうして申報は君主の鯀の耳までとどいた。

――歴山の俊だと。

きいたような名だと鯀は思った。どんな身なりだ、と臣下に訊くと、――眉毛のさがったとぼけたような男と、その弟でございましょうか、小ずるそうな青年がひとり、また頑固そうな瞽瞍《こそう》と、その妻らしい口やかましそうな女の合計四人で、いずれも粗衣をきて、武器とよべるほどのものはたずさえてはおらず、もっているのは一匹の羊だけでございます、という返答であった。

羊ときいて鯀は想い出した。そういえば羌由がかれ自身のかわりにと、帝に推挙した東方の君主の名が、俊であった。

「それだけか」

と、鯀は意外であった。俊が羌由の坐っていた席に坐るということは、貴族になるということ

である。ある地方の勢力を代表する者が、粗衣をきて、供回《ともまわ》りもなく、都にのぼろうとする頓狂さを笑って悪いはずはない。

——にせものであろう。

追い払え、といおうとした鯀は急に思い返して、

「よし、今夕は、わしが歴山の俊一族とやらを招待してやろう」

と、にやにやしながら命じた。かれは家老をよび、

——おまえがわしの身代りになれ。俊をからかってやろう。

と、主従がいれかわった趣向で、宴席を設け、俊の到来をまった。

俊とかれの家族とが室にはいってきたとき、待ち受けたみなは忍び笑いし、俊が上座にすわっている家老に拝礼する一瞬をたのしみにした。が、俊は次席にいる鯀にまっすぐむかい、儀容をととのえたので、すっかりその趣向はぶちこわしになり、座は白けてしまった。

——なぜ、予が君主だとわかった。

と、鯀は苦笑しつつ、俊に訊いた。俊はそれにたいして、

——わたくしには瞳が四つありますゆえ。

とだけこたえたが、あとで象もおなじことを兄にきいた。

「あの鯀という君主は帝位さえも冒《おか》そうとしているときく。とすれば、主と従とをとりちがえている人だ。まさにあの席はそのあらわれだったとはおもわないか」

と、俊は気のきいたこたえをした。

一方、鯀はうまくしくんだつもりの侮謔《ぶぎやく》を、俊に看破されておもしろくなかった。——とぼけた面をしていながら、なかなかしたたかなやつよ、と俊を見直し、警戒する気になった。不安に

なった鯀は、俊のあとを追うように都へむかった。

都にはいった俊の家族は、

――これが帝都か。まるで北鄙《ほくひ》とかわらぬいなかぶりだ。

と、すくなからず失望した。さっそく俊は羌由にいわれたとおり、放斉《ほうせい》の宅をさがし訪ねた。

――あなたが孝行の名の高い俊どのか。

と、放斉はよろこんでくれた。

――なにが孝行者じゃ。

と、俊の父親はぶつぶつ口のなかでいった。

「で、帝への貢物《みつぎもの》はおもちなされたか」

放斉はごくあたりまえのことをいったのだが、諸国の君主がみやげを携《たずさ》えて入朝するものということを俊は知らなかった。俊には、自分が君主だとおもっていないところがあり、また献供について、羌由が一言もいい置いてくれなかったから、なにも知らないのもむりはなかった。

「羊なら一匹つれてきていますが……」

と、俊がいったとき、放斉はしばらくあいた口がふさがらなかった。

――これでは拝謁を願いでるわけにはいかない。

と、放斉が額《ひたい》をかげらせるのを見た俊は、

「土なら焼けます。土器を作って帝に奉《たてまつ》るのはいかがでしょう」

と、いった。

「おお、それはよい。それができたとき、あなたを帝への見参に供することにしよう」

放斉はほっとしたようだった。ところが放斉は、貢物をなにも持参せずに俊が上京したので、いま土器をつくらせていることを帝に言上すると、たいそう叱られた。

――俊はわが客ぞ。客に貢物をつくらせてなんとする。

と、帝はいった。この帝の名は、

「堯《ぎょう》」

という。放斉は話がわからないと思いつつも、あわてて、――それではさっそく行って俊に参内の仕度をさせましょう、というと帝は、――どこかに住まわせたのならしばらくそのままにしておくがよい、わしが忍んでいって俊の親孝行ぶりを見てやろう、といった。

さて、俊の朝廷での処遇をうかがいに都にのぼってきた鯀は、俊が帝に拝謁できなかったときくと、安心して国もとへかえっていった。鯀の警戒心をとく点では、放斉がおこなった俊の処置は、思いがけなく的を射ていたことになる。


俊は第二の故郷というべき歴《れき》山のあたりと似た地形をさがして居をかまえた。山があり沢があるところである。山はやはり歴山とよび、沢は雷沢《らいたく》とよんだ。俊の仁徳のせいであろうか、そこも一年後には村ができ、二年後には邑《まち》になり、三年後には都《くに》になった。

帝堯は微服をきて俊の国を見てまわり、

――さすがに羌由《きょうゆう》が推挙しただけのことはある。俊は、善いことは、わき目もふらずにやる君主らしい。

と、感嘆した。そこで帝はあることを決意して俊を招くことにした。そのあることとは、

――わが女《むすめ》を俊に帰嫁《きか》させよう。

と、いうことである。それをきいた放斉《ほうせい》は、俊のゆきすぎた優遇は、諸侯の手前避けるべきだといさめたが、帝は「わしは俊の勇気にうたれたのだ。善いとおもったことは、わしも、わき目もふらず、やらずばなるまい」と、ついに俊を招待し、婚儀のこともきめてしまった。

はじめて帝に拝謁した俊は、すっかりあがってしまい、あとで帝とはどのようなおかたであったと家族からきかれても、頭のなかはまっ白で、

――日のようであったか、雲のようであったか。

と、うわ言のようにいった。

俊は土の器ばかりでなく木の器も献上した。それらを手にとってつくづくと見た帝は、

「この器をどう謂《おも》う」

と、放斉に問うた。放斉はそのみごとさを美《ほ》めた。実際かれはそれほどととのってあざやかな器物はみたことがなかった。土器は黒く染められ、木器はうるしがほどこされている。しかし帝は、

「俊にはどこといって誚《せ》めるところはないが、器用すぎるところが、あれの短所じゃな」

と、放斉とは逆の感懐をもらした。

帝堯はものぐさではないかとおもわれるくらい、無為《むい》の人である。宮室は茅葺《かやぶ》き屋根だが、その葺草《ふきくさ》を切りそろえることはせず、椽《たるき》は削らない。またいつも乗る車は赤く塗っただけで装飾はやめ、御座はふちどりのない蓆《むしろ》といったそっけなさであり、羹《あつもの》（スープ）は調味しないし、黍《きび》は精白しないものを食べる。

が、なにもしない、ということが帝堯の保身の極意であったかもしれない。なにかめざましいことをすれば、かれはたちまち諸侯に殺されたかもしれなかった。

俊の器はきちんと削られ、みがかれ、精美そのものである。帝堯はそこに俊の危うさを見た。

——帝は、ご自身のほうが、よほど危ういものを。

と、放斉は意《おも》ったが、それはおくびにもださず、足音をたてぬような細心なすばやさで、帝の女《むすめ》の下嫁《かか》をとりはからってしまった。かれは、

——あとのことはしらぬぞや。

という気であった。

俊へ帰嫁した女《むすめ》は姉妹であり、姉を「娥皇《がこう》」といい、妹を「女英《じょえい》」という。一夫一婦というのは身分の低い者のありかたで、身分の高い者の婦人は複数である。さらにいうなら、身分の低い者のつれあいは「妻」であり、身分の高い者のそれは「婦」とよばれる。

その婚姻を諸侯が知らなかったように、俊の父母も弟の象も知らなかった。

象はなまけぐせがぬけず、この日も、釣り半分遊び半分で、川べりを漫歩していたが、水音がきこえたので、本能的に身を伏せた。——なにかおもしろいことがおこる、という予感である。そのとおりであった。坡《つつみ》に立ったのは水浴をおえた娘で、たれもいないと思っているせいか、裸のままである。足もとに象の目が蛇のように光っているとは、夢にもおもわない。

ほてった肌体のうえの水滴はたちまち蒸気にかわり、娘のまわりには彩霞《さいか》がたちこめているようである。かの女の股間を占める藹々《あいあい》とした茂みに目をとめると、象は気が遠くなりそうになった。かれはそのまま泥溝《でいこう》にころがりおちた。

が、この物音は娘の耳にはとどかなかった。かの女はたれかを呼びに、坡を川のほうへかけ降りていってしまったのである。

象は執念深い。口のなかの泥を吐きだし、釣竿を抛《ほう》りだして、娘のあとをつけた。娘は二人で

あり、そろって煌《かがや》くばかりに美しい。かの女らは俊のいる宮室へはいっていった。象はあたりにいた者をつかまえ、かの女らの素性をきいた。

——え、ご存知なかったので。兄君さまの奥方でございます。

そういわれた象は頭に血がのぼった。

「兄はわれらに黙って婦を迎えていたのです」

と、象は口をひきつらせ父母に訴えた。天下広しといえども、父母に告げずに嫁を得た男は俊くらいのものであろうよ、親孝行がきいてあきれるわ、と三人でさんざん悪口をいい、それでも腹の虫のおさまらぬかれらは、外にでて、道ゆく者にむかってきかせるように、口ぎたなく俊をののしった。それをきいた人たちは、

——あんなに君主に尽してもらっているというのに、なんという親、なんという弟であろう。

と、眉をひそめたが、俊の重臣としてはほうってはおけず、

「あの、もし——」

と、三人を物かげにつれてゆき、——奥方は帝室からお迎えになったのでございます、どうぞお静かに願いまする、帝の心証を害されるようなことを申されると、わが君ばかりかあなたがたにまで咎《とが》がおよぶやもしれません、と諭《さと》した。これで三人の悪口雑言がぴたりとやんだ。が、緘《かん》口《こう》はすでにおそかったというべきであろう。噂は崇伯鯀《すうはくこん》の耳に激憤の種として飛びこんだ。

——わしをさし措《お》いて、帝は位を俊のような平民に譲るつもりか。

と、かれはふりあげた拳で几《き》をたたき毀《こわ》した。かれにはれっきとした帝位継承権がある。鯀は先代の帝の長子なのである。

——雑草は、はびこらぬうちに、乂《か》らねばならぬ。

と、考えた鯀は、俊の弟の貪欲《どんよく》そうな顔を想い浮かべた。――あやつを使わぬ手はあるまい、と思い立ち、さぐりをいれてみると、象の性格は、怠惰なうえに、残虐なところがあることがわかった。

――やはりな。象は我欲のためなら、肉親を殺すのは、なんとも思わぬたちらしい。

鯀は二、三人の臣下をひきつれて俊の国へ潜行した。このころ象の頭のなかは、いつか窺見《きけん》した玉肌をもつ婦人の、夭々《ようよう》とみなぎった腰間で、日夜占められていた。

――帝の女《むすめ》をふたりともはべらせるとは、君主とはうらやましいものだ。

と、かれは垂涎《すいぜん》をぬぐうのも忘れて、狂悖《きょうはい》しそうであった。その象に鯀から使いがきた。かれが邑のはずれまで出向くと、鯀本人がいたので、仰天した。

「どうだ、君主になりたくはないか」

と、鯀はいう。――なりたければ俊を殺せ、という。象は悪夢にうなされるように承諾し、鯀から俊の殺しかたをおそわった。

――これで、あの琴と倉とふたりの婦とは、いっぺんにわしのものになる。

と、象は黄色い歯をむきだして笑い、君主におさまりかえった自分の姿を空想しつつ、家へかえった。琴と倉というのは、帝堯がさきに俊が奉った器物の返礼というか、女《むすめ》の結婚の引出物というか、俊に賜与《しよ》したもので、それにはほかに葛布の衣と牛羊とがあった。

鯀はその倉に目をつけたのである。

「俊を殺せばおまえが君主になれるのかや」

と、父母は喜び、さっそく鯀のいった殺人計画を実行することにした。

「倉の屋根がこわれているようだ。塗ってくれまいか」

と、父は俊のもとへ象をはしらせた。

政務に多忙な俊だが父のたのみを断ることはできない。疑うことなく屋根にのぼった。父はほくそえみ、はしごをはずし、倉の下から火をはなった。俊は立ち昇ってくる煙火におどろいて下をみると、はしごはないし父もいない。――ああ、と天を仰いだが、天からはしごが降りてくるはずはない。かれは飛び降りることを決意し、かむっていた笠を両手でかざし、

「ええいっ――」

と、屋根をけって飛んだ。そのとき倉が火中で傾いた。かれは地に足がとどいたときもんどり打ったものの、けがはなく火傷も負わずにすんだ。むしろ傷ついたのはかれの心のほうであったろう。

「俊め、助かりやがった」

一部始終をうかがっていた象は舌打ちした。が、俊を殺す方法はまだあるのである。つぎは、俊に井戸を掘らせておいて、生き埋めにしてしまおうというものである。井戸を掘りはじめた俊には、そうしたかれらの悪心は、見えすぎるほど見えた。

――なにゆえ、それほどまでの憎しみを、わたしはうけなければならないのであろう。

俊は悲しみで満ちあふれそうになる自分をもてあまして、野にでて、泣き伏すこともあった。他人から愛されても、家族から憎まれるつらさを、かれはあじわいつづけてきている。家族というものは、ぬきさしならぬひとつの宇宙を、形成しているといってよい。

井戸はできあがろうとしている。俊は万一のことを想って側に抜け穴を掘っておいた。その抜け穴を見ぬけなかった象は殺人においても怠惰であったというべきであろう。

象と母とはころあいを見はからって土を井戸のなかにおとしはじめた。――聖人ぶっている俊

よ、泣け、わめけ、みぐるしくもがけ、と象は心中吼《ほ》えて、いそがしく手を動かした。俊の姿は土の下に消えた。

「やった」

象は唇をふるわせ、小おどりした。さっそく遺産の分配である。象は、

「みな、わしが考えたことだ。だからわしは俊の正室と琴とをもらう。あとの、倉からだしておいた粟《ぞく》と牛羊とはやるわい」

と、父母にいいおいて、小走って俊の宮室へのりこみ、おもむろに琴をかきならした。そこへなにごともなかったように俊がかえってきたから、

——亡霊ではないか。

と、さすがの象も拭目《しょくもく》し、おびえた。

「わ、わたしは兄さんが、井戸の底に消えてしまったと聞き、かなしくてここでふさぎこんでいたのです」

「そうか」

というなり、俊は象を抱き、

「おまえのような兄おもいはいない」

と、いった。このとき象は身ぶるいし、悪夢から醒めたような表情をした。象がしょんぼりもどってきたのを知った父母は、事情をきき、おどろくとともに、

——俊とはどこまでもしぶといやつよ。

と、憤懣《ふんまん》やるかたなく、こうなればいたしかたない、俊を酒に酔わせて殺してしまおう、と口ばしった。が、いつもならそこで調子をあわせる象は、表情が冴えず、その話に乗り気どころか、

かえって尻ごみして、

「わしはいやだ。やりたければ勝手にやりなされ」

と、逃げた。

――臆病風に吹かれおって。

父は独りでも俊を刺し殺す気であった。

「今度は酒か」

俊はあきれた。かれは宮室をでるまえに、主人の身を案じるふたりの婦から薬浴汪《やくよくおう》という酔いどめの薬をわたされた。それをあらかじめ服用している俊は、いくら酒をすすめられても、酔臥《すいが》の醜態をさらすことなく、とうとうまちくたびれた父のほうが泥酔してしまった。


俊の暗殺に失敗した鯀は、衰運がめぐってきたのか、治水事業でも失敗した。かれは黄河の堤防の建設を一手にひきうけ、それを成功させて、嗣帝《してい》の地位をかためようとした。

――黄河を制する者は天下を制する。

という事理は、古代から現代まで中国に活《い》きている。

鯀の治水計画の着想には一理あった。かれは水辺の庶人に、

「河はいったいどれほどの期間に、どれほど河床があがるものか」

と、訊いた。するとかれらは指をひろげ、

「二歳（年）で、これほどでございます」

と、こたえたのは、親指と人差指との爪のへだたりであった。――なんのことはない、と鯀はおもった。

「二歳もあれば、その十倍の高さの坡《つつみ》を築いてくれよう」

と、かれは豪語し、空前の人役をつかって護岸工事に奔走したが、じつはそれは鼬《いたち》ごっこであった。黄河の流れは悠々とやむことはない。河床もあがりつづけるのである。いくら堤防の高さをましてもらちのないことであった。九年かかってもかれの治水事業が完成しなかったのも当然である。

鯀は国力をつかいはたした。それを見澄ましたように帝堯はやおら立ちあがり、鯀を攻め滅ぼしてしまった。鯀が自身の死をむかえた地は羽《う》山の近くであった。この討伐に従軍した共工《きょうこう》は、さても帝はいぶかしきことをなさる、と首をかしげ、

「不吉なことをなさいますな。俊のごとき匹夫《ひっぷ》に天下を伝えようとする者は、いまだにきいたことがありません」

と、帝をいさめた。帝はそれにたいして、

「鯀や汝に天下を伝えては、万民がどれほど難儀をするかわからぬからだ」

といい、こんどは共工を攻めて、北の幽州《ゆうしゅう》の都で殺してしまった。

「やれ、聞いたか。俊の人殺しめが」

と、俊の父はどこまでも俊の批判者であった。帝をそそのかしていくさをおこしたのは俊にきまっておるわい、いまに驩兜《かんとう》どのも俊の毒牙にかかろうて、不憫《ふびん》なことじゃ、とかれは驩兜の追放をも予言した。

帝位をうかがった三人の有力者が、すべて滅んだのはたしかであった。

俊は朝廷の顕職につき、やがて摂政となり、帝堯が崩御したとき、帝堯の嗣子《しし》の朱《しゅ》を丹水《たんすい》のほとりから帝位にむかえようとした。

「謙譲の美徳というべきではありませんか」

と、象が俊を褒《ほ》めると、父は横をむいて、

「腹黒いやつほど、きれいにうわべをみせようとするものさ。わしはうわべはみえんからあいつの腹黒さはよけいによく見える」

と、いった。

諸侯は朱のもとへは集まらず俊に帰服した。が、その数は堯のときより十三人減った。

「それでもすくなすぎるわい。悪人は悪人どうし集まるものだ。ぬけた十三人が正義の君主というわけじゃよ」

と、父は判定した。そういったかれは俊が帝位に即くと、帝の父ということになり、まんざらでもない顔つきになり、象が念願の君主になると、しぜんと顔がほころんだ。象は渒水《ひすい》のあたりの有庳《ゆうひ》に封ぜられたのである。それで安心したわけではあるまいが、俊の父は逝去した。

——わたしが今日こうしてあるのは父のおかげである。

と、俊は父という最大の批判者をうしなったことをかなしんだ。

象が封国へ赴くとき、俊は、

「朝貢や朝見のとき以外でも都にきてよいのだよ」

と、暗愚な弟にいいきかせた。象は勇んで封国に赴いたものの、たちまちさみしくなり、都にもどってきてしまい、俊のそばからはなれなくなった。

俊はのち首都を東の鳴条《めいじょう》に遷《うつ》し、有娀《ゆうじゅう》国からわが子の契《せつ》を招き、また羽山で死んだ鯀の子の禹《う》を挙《あ》げ、善政をおこなったが、南方に巡狩《じゅんしゅ》しているとき、蒼梧《そうご》の野で崩じた。遺体は九疑《きゅうぎ》山に葬られた。これは零陵《れいりょう》とよばれ、そこを守って死んでいった男がいた。俊の弟の象である。俊のふたりの婦は、俊の死をきくと、湘水《しょうすい》に身を投げた。
俊はまた舜《しゅん》とも書かれる。

買われた宰相

中国の春秋時代、周の荘王《そう》の三年（紀元前六九四年）の初秋である。

早朝からけたたましい下女の悲鳴があがった。

「門前で死人がすわっております」

というのだ。――死人がすわっていられるものか。その家の主人は苦笑しながら、門口までいった。なるほどひとりの男が土塊《つちくれ》のようにすわっている。その男は若人か老人か、外見からではわからない。なにしろ蓬髪敝衣《ほうはつへいい》で、塵泥《じんでい》をすっぽりかぶってまっ黒である。

「おまえさん、生きているのか、死んでいるのか」

――生きている。

そういうかわりに、男は瞼《まぶた》をあげてまたおろした。

「どうしてここにいなさる」

こんどは男の唇頭《しんとう》が動いた。

「腹がへって動けぬ」

「どこのお人じゃ」

男は瞼をおろしたまま語らない。

「では、どこへ行きなさる」

するとこんどは男の瞼と唇頭とが同時に動いた。

「太公望《たいこうぼう》の国へ、だ」

「ほう、斉《せい》へ行きなさるのか」

この時点より三百年ほどまえに、あらたに王朝をひらいた周の武王発《はつ》によって、革命の元勲のひとりである太公望呂尚《りょしょう》が封ぜられた国が、斉である。現在の山東省にあった国で、太公望が稀代の謀臣であったことから、そのかれを尊崇しているらしいこの幽鬼のような男が、どんな志望をいだいているのか、その家の主人にはおおかた見当がついた。

——最近は、このてあいが多くなった。

門地のない男が、舌先をもって、立身出世をしようというのであろう。が、その家の主人はそういう連類を軽蔑はしなかった。一意をもって寸陰《すんいん》のごとき一生をつらぬくべきである。斃《たお》れてのち已《や》むのも、よいではないか。

——この男を視《み》よ。

と、その家の主人はおもう。男は空腹で動けぬという。が、その舌だけはりっぱに動いているではないか。男のことばをきいたわしは、憐愍《れんびん》をおぼえ、食をあたえようという気になっている。男に同情をおぼえる者が、わしのような邑人《むらびと》でなく、王侯貴族であったらどうだ。

「ことばだけで天下国家を動かせるものならば、それほど愉快なことはあるまい」

語りあいたくなったその家の主人は、飢渇の男を招きいれ、篤《あつ》くもてなすことにした。

ここは銍《ちつ》という土地である。泗水《しすい》のほとりにある。銍は銍《ちつ》とも書かれ、銍とは農具のカマのことだから、このころ泗水の水道はカマのようにそのあたりで曲線を描いていたのであろう。銍は現在の微《び》山湖《ざんこ》の西岸にある沛県《はい》（江蘇省）のうちにあった。ついでながら、このあたりでのちに——四百年ほどあとに——前漢の高祖劉邦《りゅうほう》が生まれたことをおもいあわせると、ここの土地柄は、情誼《じょうぎ》と衒気《げんき》とに富んでいるのかもしれない。

この家の主人はよほど親切なたちなのか、どこの馬の骨ともわからぬ男を屋敷にいれたばかりか、

「客人だ」

と、家人につげて、男にこびりついている旅の塵泥をおとさせ、こざっぱりした衣服まであたえて、朝食を供した。

男は娘のようなはじらいとまどいとをみせた。どうやら男は他人に情を乞うたのも情を受けたのもはじめてらしい。それだけこの遊説者は若いということである。

——若いが、ただの馬の骨ではない。

銍人《ちつひと》はおのれの予感があたったことに満足した。食事のしかたをみれば、おおよその人間の素性はわかるし、男がすわった丰姿《ふうし》も悪くない。ただし目つきが異常にするどい。

——こりゃ、憑《つ》きものの目だな。

そこにこの男の不幸がある、と銍人はひそかにあわれんだ。

男は羞渋《しゅうじゅう》のかたさがなかなかとれなかったが、やがて舌になめらかさがもどったように、しゃべりはじめた。——諸国を遊説してみたものの、結論としては、

「文のない国は、いかんともしがたい」

と、男はいう。文とは、太公望が生きていた周王朝の初めのころでは、死者をきよめるために、死者の胸に描いた文様《もんよう》をいう。したがって文には装飾の意味があるが、この男のいう文とは、文化のことである。文化とはなにか。簡明にいえば、人民がもっとも住みやすい社会を追求することである。

「文化とは、また、ことばでもある」

と、男はいう。文のないということは、ことばのないことと同然で、そういう国ではよそ者のことばはうけいれられない。しかし周王朝に入貢しない蛮夷の族でさえ、ことばをもっているではないか、といわれるかもしれぬが、それはちがう。あれはたとえば、水の音、風の音などを、人の喉からでる音にすりかえているだけで、そうした国にあるのは沈黙なのである、と男はわかりにくいことをいった。

——この男は楚《そ》の国まで行ったのかもしれぬな。

と、餌人は考えながら、てきとうにうなずいてみせた。楚はちかごろめきめきと威勢をはりはじめた南方の蛮国である。楚は周王朝に入貢せず、楚の君主は南方の諸国を併吞して連邦国家でもつくるつもりか、周王のむこうをはって、やはり「王」と自称しているらしい。周と楚との陣営が早晩どこかでぶつかるであろうことは、餌のように両陣営の中間にあるような地に住んでいて、すこし先のみえる者ならば、それはなんとなく予感できる。要するに遊説に失敗したのであろう。

が、この餌人は楚についてあえて問わなかった。

男はさらに語る。

武が力ならば、文もまた力である。天下国家を統治するには、武の力よりも文の力のほうがうわまわっている。なによりも、

――武には展望がない。

だから斉へゆく、と男はいうのである。

ここで餌人は首をかしげた。男が文をめざすというのであれば、なぜ、

「魯《ろ》へゆく」

と、いわないのであろう。魯は文化国家としては第一級である。斉は法治国家であり、文化の程度はさほど高くない。それに餌からでは、斉よりも魯のほうが近い。餌から斉へゆくには、泗水にそって東北へのぼり、小国の任《じん》を通り、大国の魯の首都である曲阜《きょくふ》を経て、泰《たい》山を眺望しながら、臨淄《りんし》（斉の首都）までの道のりである。

餌人がそこを疑問にすると、男の眼光に赫炎《かくえん》のような色がでた。が、語気としてはひややかに、

「魯は、おのれの文をたのみすぎる」

と、いった。男の説明はこうである。魯の国は周の王室よりわかれた国であるから、先進の国体であるが、魯の宗主の周公・旦《たん》がそうであったように、自尊の心が強く、異邦人の智慧など要らぬとする国である。また人臣の上下を峻別するあまり、自国の下層の者の智慧でさえ上層の者はくもうとしない。いうなれば頭ばかりで生きている国である。下層とは国の足にあたり、人も国も足で立っているということを、魯の大臣たちは忘れている。したがってそういう国は、足が萎《な》えるのもはやく、頭にあたる指導者の血が老いてきて、めぐらなくなれば、どうして立っていられようか、と男の舌鋒はするどい。

「ほう、魯の亡びは、はやいといわれるか」

「いや、大国としての面目を失うのが、ということです」

と、男はいった。大国であり伝統のある魯のような国は、他国をはばかることがないから、お

のずと国際感覚を失ってゆく、男のいいぶんは、それであった。魯を遠くからながめているにすぎない餒人だが、それには内心肯首するところがある。

——現に、魯は面目を失ったばかりだ。

この春、魯の君主はとなりの斉の君主に謀殺された。原因は魯の君主の夫人が斉の君主に通じていたことで、いわば三角関係のもつれから、そうなったわけだが、痴情がからむと殺人は残酷になるとはいえ、魯の君主の殺されかたはいかにも惨烈であった。かれは斉の君主に招かれて酒をのまされ、正体のなくなったところを、彭生《ほうせい》という大力の男に抱きあげられ、車中にはこばれて、そこでまるで木像が破片にかわるように摧折《さいせつ》された。水母《くらげ》のごとき君主の屍体をさげわたされた魯の家臣は、しかしながら斉の君主を指して、

——真の殺人者はあなただ。

とは、いわなかった。いや、いえなかった。それでかれらは斉の君主に、下手人である彭生を処断して魯の顔の立つようにしていただきたい、と申し込んだ。そのため、彭生は斉の君主の命令によって殺された。しかし、

——これで魯の面目は立った。

とは、世間はみていない。

魯の人民もそうは考えていない。むしろ魯は斉の暴力に泣き寝入りしたという事実だけが世のあかるみにでたのみであった。

「魯公はとんだ災難でしたな」

他国のことながら、餒人がいたましげな表情をすると、

「あれは災難なんぞではない。おのれが定めた死だ」

と、男はにべもなくいった。

「憶《おも》ってもみられよ。故《な》くなった魯公が、かつてどのようにして君主の座を襲ったか」

「あ——」

餌人は膝をうった。

斉公に殺された魯公は、太子のときに、腹ちがいの兄（隠公《いんこう》）を暗殺して、魯の国主におさまったのである。人を殺した者のむくいがそれだ、というわけであろう。が、人を殺した者はろくな死にかたをしないという理屈が通るとすれば、魯公を殺した斉公がこんどは横死する番だと考えてもふしぎではない。いずれ斉にひと荒れある、といってよいだろう。それだけに斉の国は、布衣《ふい》の身で栄達をもくろむ者にとって、恰好の場になるのかもしれないが、冷静にみれば、

「斉公にまともな弁説が通用するはずはないから、斉へゆくのはおやめなさい」

と、餌人は若い遊説者にいってやりたいくらいのものであった。が、この遊説者は斉公についてはいっさい批判せず、

「ご主人、天のさばきはなんと公平であるか、……そうはおもわれませんか」

と、いった。そういいつつ、この男は内心、まだまだ天は手ぬるい、魯はほろぶべきだ、いや魯ばかりでなく、鄭《てい》の国もわが手で滅亡させたい、と考えている。

翌払暁、男は餌を立った。

「ご恩は一生忘れません」

男は懇謝した。事実、この男はのちに人がましい身分になったとき、このときのことを忘れず、

「食を餌人に乞うたものです」

と、告白している。よほど餌人の情がうれしかったのであろう。

その餒人は、門の外で、

「わたしが生きているあいだに、あなたの名が振天するよう、祈っていますよ」

といい、斉国へゆくといいつのる男の前途をあやぶみつつも、自分の身内を送りだすように、男の未来を祝福した。

――まだ天はわしを見捨ててはいない。

そうおもう男の前途は、異常に大きくみえる旭日によって、あかあかと染められていた。

斉《せい》へむかったこの男の姓名は、

「百里奚《ひゃくりけい》」

という。生国は許《きょ》である。じつはかれにとって斉ははじめての地ではなかった。

春秋初期のころ、中国には大小あわせて百以上の国があった。許はそのなかの小国である。許は現在の許昌市《きょしょう》（河南省）の東にあったわけだから、許にもっともちかい大国は鄭《てい》であった。許と鄭との距離は直線で三十キロメートルほどである。鄭（河南省・新鄭県）は中華のちょうど中央にあたり、交通の要衝であり、中華のヘソといってよく、もっとも栄えている国のひとつであった。

その鄭が南隣の許を欲しがった。が、許を自国の版図に加えたいからといって、むやみに攻めとるわけにはいかない。許は独立国というわけではなく、三百キロメートルも東方にある魯《ろ》に服属していた。鄭が許に兵をいれれば、当然魯が黙ってはいない。ところで、鄭にとってつごうのよいことに、鄭の直轄地が魯の近くに――山東省・費《ひ》県に――あった。そこで鄭の君主は魯の君

主に、

――たがいに遠い直轄地をもっていても意味がありますまい。交換いたしたいが、いかが。

と、申しこんだ。それをうけた魯公はしばらく沈思した。

――そんなことを周王の聴許をえずに、諸侯間で勝手に決めてよいものか、どうか。

ということをである。鄭が交換をもちかけてきている直轄地というのは、「泰山の祊《ほう》」といい、それは周王の代行として泰山を祀《まつ》る義務のある鄭の君主に、周王室からくだされた地である。また魯がもっている許は、魯公が参朝のため周の王都へ上ってゆくのに、遠くて難儀であろうという理由で、一種の休憩地として、周王室からとくべつに下賜されたものである。

――ははあ、この交換は、鄭の君主の周王へのあてつけだな。

と、魯公は思いあたった。このころ鄭の君主の荘《そう》公と周王である桓《かん》王とのあいだはしっくりいかず、冷戦状態であった。だが、それと知りつつ、魯公はついに鄭からの申し出を呑んだ。このときの魯の君主は隠《いん》公で、魯の累代《るいだい》の君主のなかでも明君のうちにいれられる人だが、この受諾ばかりは魔がさしたとしかいいようがない。周王を踏みつけにした交換が鄭と魯とのあいだで成立した。

おどろいたのは許の君臣である。鄭から使者がきて、

「今後、鄭に従っていただく」

と、いきなりいわれても、おいそれと承諾できることではない。許は魯に従っていたとはいえ、それは過去の名目上のことで、いまは実質的に独立国である。魯の属国でありながら、自主的に国家を運営できる状態は、許にとってまことにつごうがよかった。ところが、支配者がかわれば、鄭は近いだけに、鄭の政体にくみこまれることになり、最悪のことを考えれば、植民地とされか

ねない。心おだやかでない許の君主は、鄭の使者を目前において、

「さだめし天王（周王）の御令書を、ご持参のことでございましょうな。ならば許は鄭に従いましょう」

といい、鄭の使者の返答をつまらせた。

けっきょく許は鄭に従うことをいさぎよしとせず、鄭の高圧的な告諭《こくゆ》をつっぱねた。

その交渉決裂の席に、百里奚の父は許の大夫《たいふ》（小領主）として列座していた。かれは許の家老といってよく、国内に名望があった。ただし名はわからない。『春秋左氏伝』には、「大夫百里」とあるだけである。とにかく許の主従は、

――わが国が欲しければ、周王の御許可をとってくるべし。

と、正論をかざして、鄭にたいして徹底抗戦のかまえをみせた。

周王がこの件に介入してくることを恐れた鄭の荘公は、すぐにも許を攻め取りたかったが、単独でことを始末すると、あとで周王からなにかとうるさくいわれようと考え、

――許の旧主は魯公どのゆえ、ぜひともかの君民にお諭《さと》しねがいたい。

と、魯の隠公の出馬をさそった。これでこの一件の責任は、鄭と魯とに分担されることになった。二国は強硬手段をとった。許国の首邑《しゆゆう》である許邑は、鄭と魯との連合軍にかこまれた。

このときは周の桓王の八年（紀元前七一二年）であり、百里奚の年齢は、はっきりとはわからないが、おそらく十五歳くらいであったろう。かれは大人たちにまじって堵上《とじょう》に立ち、弓矢をとった。

ところが敗亡を必至とみた許の君主は、ろくに戦いもせず、邑《ゆう》と人民とを捨てて、衛《えい》の国へ亡命してしまった。

——なんという怯懦《きょうだ》な君主だ。

百里奚はあきれ、かれの正義感は傷つけられた。涙はでなかった。

主君をうしなった許邑は二日で陥落した。

百里奚の父は敗戦国民の代表として、鄭の占領軍と交渉することになり、許邑にとどまって最後まで奮戦した許叔《きょしゅく》（許の君主の弟）は人民の助命を願った。さいわいそれはききとどけられたが、許邑を鄭軍にあけわたすことになり、許叔は貶流《へんりゅう》されることになった。つまり許の君主の弟は、大夫ほどの身分におとされ、許の国民すべては東の辺地においやられて、国境の番人にされたのである。

そうした戦後処置はすべて鄭の荘公がおこなった。が、さすがにかれはあとあじが悪かったのか、許の西部を治めさせることにした公孫獲《こうそんかく》を呼んだとき、

「ここだけの話だが……」

と、憮然たる面持ちで、

「許には貴重品を持ってくるな」

と、いった。さらに、わしが死んだら許からすぐに引き揚げよ、といった。それはいずれ許の遺民が許邑を奪回にくるであろうという、かれ独得の勘がいわせたことだが、気の強い公孫獲は、

「許のやからになにほどのことができましょうや。わが手兵だけで撃退してみせましょう」

と、主人の弱気を嗤《わら》うようにうそぶいた。

鄭の荘公はその慢心を叱り、

「想ってもみよ。周の王室をはじめ、わが鄭も、魯も、衛も、周の一族は日に日に衰えてゆくばかりではないか。ところが許は、羌《きょう》の族で、これから天に見出されるみこみがおおいにある。天

から見捨てられようとしているわが族が、天を味方にしつつある許にあたって勝てようか。やめておくことだ」

と、いった。

この時期に、周の族の衰乱と羌の族の隆盛とを予見した鄭の荘公は、やはりなみの君主でないといえた。やがて羌の族から斉の桓《かん》公が出て、周王にかわって中国をとりしきることになるのである。

――魯に売られた。

百里奚の父はいった。肩をおとして辺地におもむく敗残の行列のなかで、百里奚は天をにらみ、

――こんな無道が罷《まか》り通ってよいのか。

と、心中咆《ほ》えた。天がなにもしないのならば、一生を賭《と》しても、おれが鄭と魯とを滅亡させてやる、とこのとき自分自身に誓った。かれはこのときから復讎鬼《ふくしゅうき》になった。

かれのそうした呪《のろ》いが風に乗って魯にとどいたわけでもあるまいが、魯公は許を伐《う》ってから四か月目に、異母弟に暗殺されてしまった。そのうわさが百里奚たちのいる辺邑に流れついたとき、

――非道のむくいよ。

と、邑の民はすこし溜飲のさがった表情をして、つぎは鄭の君主が死ねばよいとささやきあった。が、富み栄えている者を羨み呪うだけのそうした大人たちに、また自分自身にも、百里奚はいや気がさしてきた。君主が死んでも魯はびくともしないし、一方、自分はこの一壺天《いっこてん》からぬけだせたわけではない。このまま居すくんでいては、いつまでたっても、なにも変わりはしないだろう。環境をかえるには、行動しかない。そうさとったかれは厳粛な顔つきで、父にむかって、

「天はまことにありましょうや」

と、問うた。かれの父はべつに驚いた様子もみせず、

「あるよ」

と、淡としていった。

「では、天に力はありましょうや」

「あるよ」

百里奚はここでおもいきって、

「父上、わたしを学問のために、斉へやらせてください」

と、いった。そのときかれの背は父の杖ではげしくうたれた。かれは唇を嚙み破りそうになった。

「天のことを問うたのに、なにゆえ天の力を見極めようとはせぬ。いま斉へゆくということは、敵を前にして逃げだすのとおなじことだ。どこかの君主のまねをさせるために、おまえを育ててきたおぼえはない」

斉国は羌族が中国に樹《た》てた国のなかでは最大である。そこへ行きたいという百里奚の夢は父の一蹴によってこわされた。が、夢の破片は残った。したがってかれの二十代は、

――いかに許邑を奪いかえすか。

ということについやされた。許国を再建できれば斉へ行ける、そのひとすじの希望にすがって、かれは黙々と働き、みなとおなじように鄭の君主の意向に服した。

「鄭の虎よ――」

鄭の荘公のことを、百里奚は心のなかでいつもそう呼んでいた。――鄭の虎よ、はやく死んでくれ。かれはひそかに叫びつづけた。が、かれのねがいにさからうかのように、鄭の荘公は長命

であった。鄭の荘公が病歿したのは、周の桓王の十九年（紀元前七〇一年）の夏のことである。百里奚は二十代のなかばをすぎていた。

——時がきた。

かれは耳鳴りのようなものを感じた。許叔を奉戴《ほうたい》してことをおこすわけだが、この一挙が失敗すれば、死ぬかもしれない、たとえ死ななくても余生をこの壺の底のような地ですごすことになろう。百里奚は身ぶるいした。

——天よ、わが許の族に力をかしたまえ。

かれは祈らざるをえなかった。が、天に力があるとはじめに考えついたのは周の族であり、許の人間が祈るとしたら、本来は伯夷《はくい》という羌族の神へである。羌族はもともと遊牧民族であり、山岳信仰の一族のはずであった。むろん百里奚の体内にも遊牧民族の血はながれている。

かれらは鄭を伐《う》つべくひそかに武器をととのえはじめた。

鄭では荘公の子の突《とつ》（厲《れい》公）が国主に即位した。これだけではまだ許の辺邑から立ち上がるわけにはいかない。やがて許の民の群情が天に通じたのか、鄭にお家騒動がおこった。鄭に二人の君主ができ、国力は分裂した。

——これこそ、回天の機運。

許叔は号命した。かれらは許邑に攻めかかった。百里奚は雨のような飛矢をかいくぐって、門から邑内に突入した。春秋時代の城の攻めかたには定式があり、城門を破るべきであり、城壁を越えてはならないとされている。城壁には除凶のために呪詛《じゅそ》に類する物が埋められているからである。そういうわけで城門が攻防の要点となり、そこよりほかを破壊できない攻撃側は滞陣を覚悟しなければならないものだが、この場合はちがった。攻める側と守る側とでは気迫のちがいがありすぎた。このころ鄭の兵は諸国の兵にくらべて強豪であったにもかかわらず、かれらは許の軍旅の猛浪をうけてささえきれず、邑をすてて潰走《かいそう》した。

鄭の兵の去った邑内をしみじみ見まわし、廟宇《びょうう》のまえの庭に尻をおとした百里奚は、はじめて泣いた。許邑を鄭にとられてから十五年目の快挙である。その年月がかれにおしえたことは、

「忍耐の成果」

であり、待つことの意義であった。かれはみずからの目で、一国の滅亡と再建とをみた。これこそ父が暗黙にさずけてくれた学問なのか、と百里奚は想到したが、祖国の再建が成った上は、もう待つことはごめんだという気持ちが強まり、まもなくかれは斉へ旅立った。ふたたびかれが許の土を踏むことのなかったことを想うと、かれは大夫百里の嫡子でなかったのだろう。

——非道な鄭と魯とを亡ぼして、天下を動かすのだ。

かれの気宇からすると、許はいかにも小国でありすぎた。おのれの器量ならかならず斉公の目にとまり、おれが斉を中華一の国にしてみせる、とその自信は過剰なほどであった。しかし斉にはそういう連中は掃《は》いて捨てるほどいた。この高望な男は斉に着いてたちまち困窮した。かれはたまたま、

「蹇叔《けんしゅく》」

という名家の次男と知り合いになり、やがて爾汝《じじょ》の親しさになった。はじめ蹇叔は許からでてきたこの自信満々の男をからかって、

「百里奚とはめずらしい姓名だ。ところで奚とは、奴隷ということだな。すると汝《なんじ》はいつの日か、その名のように、奴隷の身分におちることになるかもしれまいよ」

と、いった。

「なにを――」

百里奚は蹇叔の襟喉《きんこう》につかみかかり、

「奚とは、わが羌族の髪型をいうのだ。爾《なんじ》も斉にいるのなら、それくらいはおぼえておけ」

と、怒鳴った。蹇叔は羌族の出ではない。

――ほう。

蹇叔は百里奚を見直した。なかなか学識はありそうだ。それに胆力もすぐれている。が、十五年も亡国のつらさを耐え忍んで、許の国を復興させた群臣の一人にしては短気である。

――いい男だが、短気は、玉に瑕《きず》というやつだ。

と、蹇叔はこの快男児をおしんだ。また百里奚が鄭や魯に復讎するために斉へきたという、動機も不純である。この男は胸のなかの怨恨の炎がしずまったとき一流になれる、蹇叔にはそれがわかる。だが、生涯そこに気づかなければ、この男はどこかでのたれ死ぬほかあるまい、ということもわかる。

百里奚は蹇叔のもとに寄寓するようになった。

「いま周王朝をひらいた文王や武王のような明君がいれば、おれは太公望ほどの名相になれるのに、どれも人の見えぬ暗君ばかりよ」

百里奚の不平はいつもそれであった。またかれは、

「わが許国の滅亡を、あのとき傍観していた天王では、もはや諸侯をまとめてゆけぬ。これからは、おれを宰相にむかえた君主こそが、周王にかわって中原《ちゆうげん》で霸業をなすのだ」

と、大きいことをいっていた。蹇叔は憐愍《れんびん》をまじえて苦笑しつつ、百里奚の猟官運動を見守った。ところが百里奚はいくら奔走しても仕官の口はみつからないようで、ある日、

「なんじの家のすじから、おれを斉公に、いや斉公でなくても公子のどなたかに、推挙してもらえまいか」

と、蹇叔はたのまれた。かれは眉をひそめ、

「仕《つか》えるのがたれでもよいというのなら、それではまるで餌をあさる野犬とかわりないではないか。そんな卑《いや》しさで仕えた君主が、このさき覇業をなせるはずがない。太公望がきいてあきれるわ」

と、少々厳しいことをいった。――そうあせるな、という蹇叔のほうが、待つことを知っているようであった。

野犬とののしられた百里奚はさっと顔色をかえて、

「汝《うぬ》のように食うにこまらぬ者には、おれの必死の意《おも》いなどわかりはせぬ」

と、いい、斉の首邑から姿を消した。

――どこかに文王や武王のような英主がいるはずだ。

百里奚は南方諸国を遊説した。が、かれが得たのは失意だけであった。南方諸国はどこも排他的である。ついでながらこの排他性が、南方から中国統一をなしうるほどの英傑を出さなかった原因のひとつといえる。春秋・戦国期をすぎて秦《しん》末期になっても、それは楚の英雄である項羽の精神の風土となってあらわれており、よくいえば南方の人間の特性というべき純粋さが、雑嚢《ざつのう》のような劉邦の気量に圧《お》し潰《つぶ》されたといえよう。

百里奚は北の天を仰ぎみた。

――おれが活《い》きるとしたら、やはり中原しかないのか。

といっても、黄河のあたりの膏腴《こうゆ》を占めている姫《き》姓の族（周の族）の国へは仕官する気はない。

そこでかえる家をおもいだした犬のように、かれの足はおのずと斉へむいた。その帰途で、とうとう飢渇してしまい、運よく銍人《ちつひと》にすくわれたというわけであった。

ようやく帰りついた臨淄《りんし》の入り口で、百里奚《ひゃくりけい》は検問にひっかかった。

「他国からまいった者は、都内に身もとを保証する者がいないかぎり、通さぬ」

というものものしさである。こういうときには役人に袖の下を使えば、通過できることを知っていても、いまの百里奚にはなんのもちあわせもない。

——ええ、いまいましいが……。

と、舌うちしつつ、かれは蹇叔《けんしゅく》の名をだした。

「おお、生きておったか」

蹇叔はにこにこして迎えにきてくれた。

「天があるかぎり、おれは不死身だ」

百里奚はにくまれ口をきいたが、内心ほっとした。

「なんだ、この厳戒ぶりは」

「どこかで聞いたろう。わが公《きみ》が鄭《てい》の君主を伐《う》ち果たしたのさ」

今年の四月に魯《ろ》公を殺したばかりの斉《せい》公は、こんどは七月に、以前から仲のわるかった鄭の君主の子亹《しび》を、国際会議ともいうべき諸侯会同の地——衛《えい》の国の首止《しゅし》というところ——で、兵を伏せ暗殺してしまった。そうしたもめごとがあっただけに、斉では他国者の入国を要心しているというわけである。

鄭は荘《そう》公が死んでからご難つづきで、一気に国の威勢はうしなわれた。中華ではかわりに斉公が主導権をにぎろうとしているが、そのやり方は酷薄で手荒い。

蹇叔から事情をきかされた百里奚は、なんの感懐ももらさず、

「ふん」

と、鼻先で嗤《わら》っただけであった。それをみた蹇叔は、こやつは諸国をめぐってきたようだが、鄭や魯を憎む気持ちにかわりはないようだ、とがっかりした。

百里奚はまた蹇叔のもとに身を寄せた。

「ことわっておくが、おれは汝の臣ではないぞ」

と、うそぶき、客人づらで無為徒食の日々をおくりはじめた。蹇叔の奇妙なところは、その威張った食客にいやな顔をむけるわけではなく、また、

——はやく主持ちになれ。

と、奨進《しょうしん》の話をもってくるわけでもなかった。他人には無関心な百里奚も、これにはさすがに考えさせられた。

——この男は無欲なのか。それとも何かを待っているのか。

蹇叔という人間が身近にいるだけに、かえって百里奚にとってはつかみどころがなかった。

斉は翌年から、臨淄の真東にある紀《き》の国を侵略しはじめ、三年後にはほぼ併呑《へいどん》した。そのように斉は確実に領土を拡大しつつあったが、風雲は国外からでなく、国内からおころうとしていた。

百里奚の齢《よわい》はまもなく四十にとどこうとしていた。ある日かれは蹇叔をつかまえて、

——これで汝の扶養にならずにすみそうだ。

と、破顔をみせた。蹇叔がそのわけを問うと、

「公孫どのに仕《つか》えることがきまった」

と、うれしげにいう。

「公孫というと、あの公孫無知《むち》か」

蹇叔は眉をあげた。公孫無知は先代の斉公の弟の子で、いまの斉公のいとこにあたる。蹇叔は公孫無知がちかごろ人を集めていることをうすうす知っていたが、なにやら怪しげな密事に親友がひきこまれかけていると感じ、胸がさわぎ、

「死人に仕える気か」

と、ひごろのかれに似ず大声を発した。てっきり蹇叔がよろこんでくれるものとおもっていた百里奚はむっとした。

「死人とはたれのことだ。公孫どのはちかごろとみに評判のよいお人よ」

「死人といってわるければ、あれは羊の皮をかぶった狼だな。汝は知るまいが、あの方は、先君に実の子以上にかわいがられ、なんでも自分のおもいどおりになると信じて育ってきたゆえ、昔はずいぶんと酷な所業をしたものよ。いまは人気とりに生来の貪戾《どんれい》さをかくしているにすぎない。あれはやがて人の手にかかって果てる相だ。そんなのといっしょに犬死にするな」

と、蹇叔はいい、この話、汝では断りにくかろう、わしにまかせよ、と公孫無知の宅へゆき、仕官のことは破却してしまった。百里奚は怒るより、あきれてものがいえない。かえってきた蹇叔は、

「あんな凶徒のところへゆくくらいなら、なにゆえ公子糺《きゅう》のところへゆかぬ」

と、なじった。公子糺は斉君の弟君であり、性格は穏健で、いまの斉公が淫乱暴恣《ぼうし》であるため、その歿後には、国主の座に即《つ》く可能性が高い。しかし百里奚は横をむいた。

「公子糾の母は魯からきた女だ。ゆくものか」

「では、その弟の公子小白《しょうはく》はどうだ」

「あの公子の母は衛《えい》からきた。どちらも姫《き》姓の血をひいておるわ。ごめんだな」

「つよがりをいうな。どちらからもことわられたな」

「お見通しか」

「やはりな。が、まてよ……。公子糾はだまっていても斉君の位がころがりこんでくることはあろうゆえ、人は要らぬのはわかるが、公子小白の場合は兄をしのぐためには、人材が要るはずだ。小白には鮑叔《ほうしゅく》といってなかなかよくできた人物がついているはずだ。汝ほどの人物をどうして断ったのであろう」

「両家とも、おれを断ったのは管仲《かんちゅう》という男よ」

と、百里奚はふしぎなことをいった。

はじめ百里奚は公子糾の屋敷へゆき、召忽《しょうこつ》という重臣と語り、仕官の話がまとまりかけた。そこへ管仲というもう一人の重臣があらわれ、

——この者、当家に益をもたらす者ではございません。

と、容喙《ようかい》したため、召忽は説きふせられ、話はこわされてしまった。つぎに百里奚は公子小白の屋敷へゆき、鮑叔と語るうちにかれに気にいられ、

——当家で奉公する気がおありなら、公子にご推挙申そう。

とまでいってくれた。が、そのとき隣室からあらわれたのは管仲で、鮑叔の耳になにごとかをささやくと、鮑叔はしぶい表情になり、どうかおひきとりねがいたい、と急にそらぞらしい口調にかわって、ここでも話は管仲によってこわされたというわけであった。

「管仲が鮑叔のところにねえ……」

蹇叔はしばらく考えこんでいたが、

「奚よ。斉はひょっとすると、管仲と鮑叔の時代になるかもしれないなあ。こりゃ、おもしろくない」

と、本当におもしろくなさそうな顔でいった。

「あの高慢ちきで、おせっかい野郎の、管仲とは何者だ」

仕官の話をこわされた当人である百里奚のほうがもっとおもしろくない。

「なかなかのやり手さ。なんでも潁水《えいすい》のほとりの出身で、賈人《こじん》（商人）あがりだが、鮑叔とは親交があり、他国で一、二度勤めをしくじって、斉へきたというわけらしい」

「ふん、それで、おれを買うに価しないと踏んだわけか」

「いや、そうではあるまい。それなら鮑叔があんたを買おうというときに、管仲が口出しする必要はなかったはずだ。あんたは管仲に嫉妬《しっと》されたんだよ」

「嫉妬だと――」

百里奚は今日の蹇叔の思考の飛躍についていけない。

「そうさ、男の嫉妬のほうが恐ろしいというやつさ。あんたが公子糺の家で仕えるようになれば、管仲としては自分の値がさがる。また公子小白にあんたが仕えるようになれば、公子糺の家門の値がさがる、とやつは見ぬいたにちがいない」

百里奚はおもわずにやりとした。蹇叔のいうとおりなら、管仲こそ自分にもっとも高い値をつけてくれたということになる。

「こういうとき笑っちゃいけないよ。いつものあんたらしく怒らねば。それにしても、わずかな時のずれで、百里奚が管仲に、この蹇叔が鮑叔になっていたかもしれぬのだ」

蹇叔は深刻に残念がった。そのうちにかれは、

――旅に出よう。

と、しきりに百里奚の尻をたたきはじめた。

いまさら諸国を流浪して、なんになろう。旅のつらさをいやというほどあじわったことのある百里奚は生返事をくりかえした。かれは斉が好きであった。というより、斉をはなれて、ほかの国で身を立てられるとはおもえなかった。斉の地に自分の骨を埋めたいとおもうことは、羌族《きょう》の一人として自然なねがいであったかもしれないが、このときの百里奚は自分の志望ばかりみつめて、旅に出たいといいだした蹇叔にやむをえない事由があるのではないかと、思いやることをわすれていた。

蹇叔にしても、百里奚が腰をあげないかぎり、独りで旅立つほどの思いきりはなかった。

そういう状態で、一年がすぎた。

斉に大事件がおこった。公孫無知の謀叛《むほん》であった。かれは宮中に攻め入って斉公を殺し、国主の地位に即《つ》いた。それもつかのま、つぎの年に、遊渉中に地下《じげ》の者の手にかかって横死した。そのため空位になった斉の首座に、亡命していた公子糾と公子小白とが、どちらが先に坐るかという競争になったが、小白のほうが先に帰国して斉公となり、またたくまに国内の混乱を匡矯《きょうきょう》して、兄の公子糾を撃退してしまった。なおかつ小白の英明ぶりは、敵にまわった管仲を、鮑叔の進言を納《い》れて、助命したばかりか、宰相に就けたというところに鮮烈にあらわれた。

――小白とは、なんと大度の君主であることよ。

百里奚は目が醒《さ》めるようであった。かれは蹇叔の肩をたたき、――みよ、みよ、こんどの斉公

を、これからの斉はとてつもなく大きく強くなるぞ、あの斉公が諸侯の長となるのはまちがいなく、羌族が天下を動かすということになるのだ、といい、ひとりで悦に入っていた。

このころ蹇叔は鬱々《うつうつ》としている。かれは百里奚のあまりのはしゃぎぶりに、水をさしたくなったのか、

「いまの斉公の位とて、武をもって争い奪ったものだ。武には展望がないといっているのは汝ではないか。それゆえ斉公の最期はおおよそ知れよう。また管仲にいかなる大計があるにせよ、それは斉にとって百年の計にはなるかもしれぬが、千年の計にはなるまいよ」

と、いった。

百里奚はかっとして蹇叔にくってかかろうとしたが、急に口をつぐんだ。蹇叔の目をみたからだった。そこには暗い哀しい色が浮かんでいた。

——ああ、この目は、かつて許《きょ》の辺邑で祖国の再興を必死に願っていたころの、おれの目とおなじではないか。

百里奚は胸をつかれた。

「汝のいうとおりかもしれぬ。よし、旅にでよう。が、斉公と管仲とがどんな政治をはじめるのか、この目で確かめてからにさせてくれ」

そういった百里奚は、斉公（死後に「桓《かん》公」とよばれる）と管仲とのコンビになる富国強兵策の実施を目のあたりにすると、深くうなずき、蹇叔とともに斉をはなれた。道すがら蹇叔は、はればれとした顔つきにもどった。

理想の君主と政治とを求める百里奚《ひゃくりけい》と蹇叔《けんしゅく》とは、どこをどう経巡《へめぐ》ったものか、周の王都である成周《せいしゅう》にあらわれた。百里奚はすでに五十歳である。

――管仲にまさるとしたら、この健康と寿命しかあるまいよ。

と、百里奚は空元気《から》で笑った。が、声音は白くかわいている。それにしても蹇叔はつきあいのよい男である。このあてのない流泊に苦しげな表情もみせずについてきている。百里奚がそこをいぶかると、

「汝に賭けているのさ」

と、蹇叔はけろりといった。百里奚はくすぐったそうに白いもののまじった鬢毛《びんもう》を指でかきあげ、

「そういわれると、ありがたいより、つらいわさ。ちかごろわしは、自分をそれほどの男とはおもえなくなってきた。賭けるに足らぬかもしれぬよ。それに汝ほどの見識の持ち主なら、りっぱに一国の大臣がつとまろうというのに、わしのせいであたら春秋を無にさせてしまった。すまぬ」

と、いった。かれの正直な気持ちだった。嘤々《ようよう》と虫が鳴いている。蹇叔はしみるような微笑をかえし、

「なあに、われらの春秋はこれからだ」

といい、百里奚にきこえないほどの声で、

虫《むし》の飛ぶこと薨薨《こうこう》たり
子《し》と夢をおなじくするを甘《たの》しむ

と、詩をくちずさんだ。

さて周の王都・成周は洛陽《らくよう》（洛水の北）にあったため「洛邑《らくゆう》」とよばれ、その地は現在の河南省・洛陽市の東北にあたるわけだが、ここより西にあって周王朝に従属している国は、虢《かく》、虞《ぐ》、晋《しん》、秦《しん》などで、さほど多くない。周王の直接の支配地でなんとかならないことには、二人には行く国がなくなりそうである。

ところでかれらは洛邑にきて、あることを聞き、腹をたてた。そのあることというのは、——晋国の本家が分家に滅ぼされた、ということであり、それはまだゆるされるとして、かれらの我慢のならなかったのは、

——周王が、その簒奪《さんだつ》者たる分家の当主を、晋の国主として認めた。

ということであった。世はさらに弱肉強食の風潮である。周王は晋の叛逆者を正統化することによって自らの権威を失墜させた。

「天王も財と力とには弱いのさ」

蹇叔のいうとおりであった。周王室には晋からおびただしい賄賂《わいろ》がとどき、そのため周王が首をたてにふったといえなくない。

「こりゃあ、天下の紊乱《ぶんらん》を正すには、まず周王室からだ」

と、いっていた百里奚に、その周王室にかかわる機会があたえられた。

周王の弟に穨《たい》という人がいて、この王子はたいそう牛がすきなため、良き牧人を求めているときいた百里奚が、ためしにでかけていったところ、王子の気にいられたのである。もともと羌族は羊を飼いならして中国全土を移動する遊牧民族であった。その民族の一人としての百里奚にと

って、羊のかわりに、牛をあつかうことも苦にならない。

ところが、聊爾《りょうじ》なことをきらう蹇叔は、

「周王室といえば、汝のきらいな姫姓の宗家ではないか。それも牛の飼育のごとき卑官ではなあ。とにかく王子穨がどれほどの人物かわかるまで、仕官はみあわせろ」

と、念をおし、どういう才覚でか、あちこちの屋敷に出入りして情報をあつめはじめた。そのあいだに周王（釐王《き》）が崩御し、子の閬《ろう》がつぎの周王として即位した。蹇叔の言もあるので、百里奚は仕官の件は口をにごしながら、王子穨の牛の飼育を手伝っていた。ある日、蹇叔は眉間《みけん》にしわを立て、

「まずい。まずい。あの王子穨は第二の公孫無知になるかもしれぬ」

と、一驚すべき予測をうちあけた。斉における公孫無知の乱のときと、情況がよくにているというわけである。が、ここでは王子穨に心を寄せる大臣は多い。

「それだけに大乱になるということよ」

蹇叔にはやがて王都にひびく交戟《こうげき》の音がきこえるようである。しかし百里奚の目からすると、いまの王都はいたって平和であるし、王子穨にいくさをおこすほどの険悪さはみられない。またたとえ周王と王子穨とが争うことになっても、

「いまの王より、王子穨のほうがましではないのか。王子穨が立てば、王室はよくなるだろう。それにだ、鳥獣を愛する者に悪いやつはいない」

というのが百里奚の意見である。蹇叔はしずかな笑いを口もとにふくみ、

「そうはいかなくなるのが権力の座の魔性というものだ。悠長なことをいっておれぬ。挙兵した王子が敗れれば、眷属《けんぞく》はことごとく殺戮《さつりく》されるぞ。いまのうちに都から去ったほうがよい」

と、せきたてた。

――はたして、そうか。

半信半疑の百里奚は腰が重かった。かれの心はなかば王子穨にかたむいており、やがて王臣となって天下に大道を復活させるべく辣腕《らつわん》をふるう自分を夢想していた。また、王都を去って、この先ゆくところがあるのか、という気重さもある。

そうこうしているうちに、周王は王子穨に心を寄せる五人の大夫《たいふ》の領地をとりあげ、いよいよ乱の兆《きざ》しになった。ここが都にいる限度とみた蹇叔は、百里奚につめよって、

「わしをとるか、王子をとるか、はっきりさせよ」

とまでいった。百里奚はしぶしぶ腰をあげ、二人は王都をあとにして西へむかった。あとの王室における内訌《ないこう》のなりゆきは風聞でしかわからない。百里奚はできるだけゆっくりと歩いたので、蹇叔から、

「未練だぞ」

と、いわれたが、気になるものはしかたがない。

このとき周の恵王（閬）の二年（紀元前六七五年）の秋である。蹇叔が予想したとおり、かれらが出発してまもなく、王子穨は王に怨みを懐《いだ》く五大夫とともに挙兵し、王を攻めたが敗退し、いったん黄河を北へわたり蘇《そ》の国へ逃げこみ、さらに東の衛の国へ走り、そこで衛と燕《えん》（正確には南燕）の軍を味方につけると、冬に王都へ攻め上り、勝利を得て、周王として自立した。一方、敗れた恵王は鄭《てい》の国へ亡命した。それを耳にした百里奚は、

「王子穨が捷《か》ったではないか。蹇叔よ、たのむ、洛邑へひきかえそう」

と、跪拝《きはい》せんばかりにしてさそった。が、蹇叔はあえてひややかな口調で、――いまひきかえ

せば、死ににゆくようなものだ、ととりあわなかった。

王子穨の政権樹立には、衛と燕との二国の軍事力が大きな後援をなした。しかしながら、どちらも遠国の軍兵だ。それらが王都から引き揚げてしまうと、王子穨の防衛力はいちじるしく低下する。それにくらべて周の隣国である鄭へ逃げた恵王は、復位へ絶好の場所にいて、鄭の軍旅をかりればいつでも王都へ急襲をかけられる。

――王子穨の政権は長くあるまい。

蹇叔はそうみている。

二人は黄河にそって西へゆき、虢《かく》の国（河南省・陝《せん》県の東南）にしばらくいた。虢の君主は周の朝廷の首相格である。その虢の国から、突然軍旅が東へむけて発した。なにごとであろうと首をあげた百里奚に、すぐさま蹇叔は、

――これで王子穨はほろぶ。

と、断言した。そのとおり、虢の軍は鄭の軍と連合し、王都に攻めかかり、王子穨を殺して、恵王を鄭から迎えた。王子穨の政権はまる一年の短命であった。

「鄭が――」

と、きかされても、百里奚の目にはもはや炎は立たなかった。なにか遠い国の名をきいたようで、ふしぎなことになつかしささえおぼえた。それよりも、

――まるで鬼神の目だ。

と、百里奚は蹇叔の洞察力に舌をまいた。

それにくらべて自分の智謀のなさはどうであろう。かれは烈しい自己嫌悪におちいった。そうした百里奚をみかねた蹇叔は、

「なあに、智謀などというものは、一種、心の冷たさからうまれてくるのだ。万人には通じぬよ。万人に通じるのは温かい心さ」

と、なぐさめてから、――王子積の残党の詮議《こうべ》がきびしくなろう、どんないいがかりをつけられぬともかぎらぬ、虢にはいられまい、と頭をまわした。

黄河を北へわたり、虢とは対岸の国というべき虞《ぐ》（山西省・平陸県の東北）へついたとき、百里奚は黄塵のなかにすわり、

「わしは運が悪い」

と、うめくようにいい、大地をたたき、掻いて、砂をつかんだ。それはそうであろう。仕えようとした君主が一度ならず二度までも非命に斃《たお》れていったのである。かれの命運も歳月も、まるで手のなかの砂のように、指のあいだからこぼれ落ちていったにすぎない。が、百里奚がそういうのならば、蹇叔とておなじ嘆きはある。しかし蹇叔の思考方法はちがっていた。

――運が悪いというなら、公孫無知や公子糺、それに王子積のほうが、もっと悪い。

なぜならかれらは死に、われらはまだ生きている。この事実を厳粛にうけとめ、明るく未来に転化していったほうがよい、というものであった。

ところが、この切っても切れそうもないほど仲のよい二人に、訣別がおとずれた。

虞の大夫《たいふ》の門を叩いた百里奚に仕官の口がかかったのである。蹇叔は反対した。虞の国は、北は貪欲な晋《しん》と境を接し、南は黄河をはさんで傲慢な虢に対している。

――潰されないでいるのがましな国だ。

と、蹇叔はいう。

それでも百里奚は、わしはここで骨をうずめる気だ、ときわけのなさを発揮し、蹇叔を失望

させた。すでに百里奚に顕揚欲はほとんどなくなり、永い流泊に疲れ果てたというべきであった。その点、蹇叔の精神のほうが強靭《きょうじん》であったといえる。かれはへたへたと坐りこんでもはや立ち上がりそうもない百里奚をみて、

「では、別れるほかあるまい。二度と再び生きては会えまいが、……感慨深い旅であった」

と、しみじみといい、断腸のおもいで踵《きびす》をかえした。

――蹇叔よ。ゆるせ。

蹇叔を見送る百里奚の目は涙であふれ、無二の親友の後姿はにじんで遠く、やがて黄塵のなかに消えた。

ところで、百里奚はむろんのことだが、さすがの蹇叔でさえ、このときから十九年後に、二人が晴れて再会できるとは夢想だにできなかった。親友の心の絆《きずな》の比類ない強さが招き寄せた奇蹟というほかない。


百里奚《ひゃくりけい》が虞《ぐ》で食禄を得てから十四年目に、隣国の晋《しん》の大夫《たいふ》である荀息《じゅんそく》が虞の君主に願いのすじがあって拝謁した。その願いというのは、晋軍が虢《かく》を伐《う》つにおいて、虞の国を通してもらいたいというものであった。

晋という国は、黄河の支流である汾水《ふんすい》の上流のあたりに興り、黄河高原をどんどん南に伸長してきた武力の国である。晋室の姓は虞のそれとおなじ「姫《き》」を自称して、古昔に周王室からわかれたと系譜をつくってしまったが、本当の家系はそんな尊貴な出自ではないかもしれない。それはさておき、晋の宿願は、国の南境が黄河へ達することである。それにはあとすこしのところま

できていた。すなわち虞と虢とを亡ぼせば達成されるのである。そのために晋はまず虞を抱きこんで虢の攻伐から手がけ、虢を滅亡させたあと、晋に気をゆるした虞をそっくりいただこうと計画したわけである。

そうした晋の陰黠《いんかつ》なたくらみを、虞で察知した者がいなかったわけではない。

宮之奇《きゅうしき》

という大夫がそれである。かれの賢明は他国にもきこえていたが、どんなにすぐれた臣下がいても、君主が暗愚では一国の存立は危うい。虞公は宮之奇の「晋軍に道をかしてはなりません」という諫言《かんげん》もそぞろにきこえ、晋からの申し出を快諾した。なにしろ晋の使者がもってきた礼物がすばらしかった。北方の屈《くつ》の名馬を四頭と垂棘《すいきょく》の美玉などであった。虞公は目がくらんでしまった。むりもなかった。それらは晋公でさえ、

――わが宝である。

と、出ししぶったほどの逸物ぞろいであった。すっかり気をよくした虞公は、あろうことか、

「わが軍も参戦して、虢を伐ちましょう」

と、晋に申し出て、ついに軍旅を催し、この年、晋軍とともに南下して、虢の一邑《ゆう》である下陽《かよう》（山西省・平陸県）を亡ぼしてしまった。

それから三年後に、晋から、――いよいよ虢の首邑を伐ちます、それにつき、このたびも貴国を通行するご許可をねがいたい、と虞は申しこまれた。先年良いおもいをした虞公のことだ、晋軍の国内通行を軽諾するにちがいないとみた宮之奇は、最後の諫言として、

「唇亡ぶれば歯寒し」

と、虞公にいった。唇とは虢であり、歯は虞です、いま虢が亡んでしまえば、わが国がどうな

るかおわかりでしょう、と宮之奇は虞公のかるはずみを諫止しようとした。が、まったく晋を信頼している虞公は宮之奇の言に耳をかたむけず、

「わが室《いえ》は晋室と同姓ではないか。晋は同姓の国を亡ぼすことはあるまいよ」

と、いって、宮之奇を啞然《あぜん》とさせた。

まもなく晋によって亡ぼされようとしている虢の室も、姫姓なのである。虢が亡んで、どうして虞だけが生き残れよう。そう判断した宮之奇は、眷族《けんぞく》をことごとくひきつれて、虞から他国へ去った。

百里奚はそれを見たはずである。が、かれは諫言もせず逃亡もしなかった。宮之奇のように虞の君主と幼年時代からともに育った大臣の諫言さえ、しりぞけられたのである。いまさら他国生まれの自分の言が上に納《い》れられるとはおもわれないし、また滅亡を目前にして逃げだすような臣下が、他国で官途につけるはずはない。あるいは宮之奇がもっていたほどの財産が百里奚にあれば、他国で隠棲できようが、それもない。となれば、

——わが骸《むくろ》は虞の土のこやしになるばかりだ。

と、かれは観念せざるをえなかった。

晋軍は虞国を通過して黄河を渉《わた》り、虢の首邑である上陽《じょうよう》をかこんだ。虢の君主はたちまち守禦《しゅぎょ》にみきりをつけ、周へ亡命してしまったため、四百年ちかく累葉とつづいてきた名門の虢はここに滅亡した。周の恵王二十二年（紀元前六五五年）の十二月のことである。

凱帰《がいき》の晋軍は虞に止宿し、にわかに起って、虞の宮室を襲い、虞公を捕虜とした。晋公としてははじめのもくろみどおり、戦火をたてず、虞一国をやすやすと手中にできたというわけである。馬四頭と玉一つで、二国が晋にころがりこんできたといえる。

百里奚はこのとき他の大夫と同様に捕縛されて、晋公のまえに曳きだされた。

晋公（献《けん》公）という君主は、北国の狼というべき、貪婪《どんらん》で酷薄な人柄である。かれはすぐに捕虜を検分したわけではなかった。さきにみたのは、荀息が虞の廏舎から引いてきた四頭の馬であった。晋公がいかにそれらの馬を吝《お》しんで手離したか、そのことからでもわかる。馬をみたかれのなつかしげなまなざしに、やがて淋しさがまじった。

「馬はたしかにわしの馬だが、年をとったものだ」

晋公は笑った。その笑いには複雑な意味がある。虢や虞ごときの小国を取るのに、これほどの歳月がかかったという腹立ちもあったろう。それだけわしも年をとったという自嘲もあったろう。ほかにかれの笑いを多少なりともくもらせているのは、前年に嫡子を自殺に追いこみ、今年になって他の子を国外に奔《はし》らせたという事実である。いまかれには寵姫《ちょうき》がいる。かの女が生んだ子が身近にいる。溺愛するかれらのために長生きしたい晋公にとって、いくら名馬でも、年老いた馬は不吉であった。

「よい、さげよ」

晋公はそういったあと、ようやく捕虜に目をむけた。急に駑馬《どば》をみる目つきにかわった。かれは捕虜を嘲笑ぎみに一瞥《いちべつ》すると、

――こやつらを、どうしてくれよう。

と、考えた。あまり利口な連中とはいえぬが、一国の大臣どもだ、殺すにはもったいない、と吝嗇《りんしょく》な晋公は思いをめぐらせ、かれらを自分の女《むすめ》の飾りにつかおうという奇想に至った。晋公は先年に自分の女を西方の国である秦《しん》の君主にとつがせている。いま秦公夫人となっている女の召使いに、大臣級の人間をつかわせば、秦の君臣はおどろき、わが女の格もあがろうというものだ、

と晋公はほくそえんで、

「わがむすめの媵《よう》にいたせ」

という一言で、百里奚らは秦国へ送られることになった。媵はふつう侍女をいうが、この場合、付添い人といってよく、悪くいえば奴隷であった。虞では殺されなかった百里奚だが、秦国へむかいながら、

――ああ、蹇叔《けんしゆく》がいったとおり、虞は亡び、わしは奴隷となってしまった。

と、はずかしさとくやしさとで、指で顔を掩《おお》った。わしは牛でも飼って暮らしていたほうが性にあっているのかもしれぬ、とおもうと、短いあいだながら王子穨《たい》の牛をあつかった周での生活がつよく記憶にあって、――この不自由さから免れたら、もはや仕官はしまい、とかれは決心し、脱走を夢みるようになった。

すでに年は改まっている。虞の大夫らの到着は、晋公の見込みどおり、秦の君臣をおどろかせた。ついさきごろまで国政に関与していた者が、僕使《ぼくし》同然の身分におとされて、踟躕《ちちゆう》として正室に陪侍《ばいじ》したのである。が、秦公の正室である晋公の女は、よくできた婦人で、かれらをことさら辱《はずか》しめる処遇にせず、それなりに尊重した。

秦の国は渭水《いすい》の上流域に発し、やがて渭水にそって東へくだり、岐《き》山の西の平陽《へいよう》に遷都したが、二十七年後にはまた遷都して、平陽からさほど遠くない雍《よう》(陝西省・鳳翔《ほうしよう》県の南)に首邑をおいた。以後、秦の首邑は戦国期に櫟陽《れきよう》に遷《うつ》されるまでここであり、むろん百里奚らがつれてこられたのも、その雍の城であった。

秦室の姓は嬴《えい》といって、このころ姫《き》姓や姜《きよう》姓よりも一格下にみられていた。が、秦の君主の任《じん》好《こう》は、明徳をこのみ、いまや国運は隆盛にむかっており、はやく中原《ちゆうげん》の先進諸国に比肩しようと、

国人も進取の気象に富んでいたため、

「虞とは伝統のあった国だ。その大夫とはどういう人物であろう」

と、とりざたし、虞の大夫であった者たちと接触しようとした者が何人か出た。そのなかに禽《きん》息《そく》という秦公の臣がいた。

禽息はもっとも目立たない百里奚に目をとめ、諸般について語り合ってみたところ、心の底から温かくなるほどの感動をおぼえた。百里奚の風采《ふうさい》は地味だが、見識は比類ない。なによりもこの虞人《ぐひと》は苦労人らしくその政見に血がかよっている、とおもった禽息は、

——あの欲ばりの晋公が、これほどの人物を見抜けず、無償で、わが国へ送ってくれたのは、天授というほかない。

と、よろこび、百里奚を活《い》かさぬ法はないと決意して、

「かならず、わが君にご推挙申す」

と、いった。ところが百里奚はかえって顔をくもらせ、

「それはご無用にお願いいたします。わたくしには非運がつきまとい、この秦にもわざわいをおよぼすかもしれません」

と、辞を低くしてことわった。

しかしながら、すっかり百里奚に傾倒した禽息は、——これは私事ではなく、いわば国の大事である、百里奚どのが何といおうと、わが君に申し上げずばなるまい、と上申の機会をうかがっていた。そんな禽息を仰天させることがおこった。

百里奚が逃亡したのである。

そうきかされた禽息は、しまったと思うと同時に、ああ、これは百里奚どのがわが国に災厄を

もたらすことを恐れて逃げ出されたのだ、と好意的に解釈した。ことばは悪いが、

――なあに、いまにつかまる。

つかまってもらわねばこまるのだ、そのときこそ百里奚を秦公に推薦してみようと楽観していた禽息だが、いつまでたっても官府から捕吏が派遣された様子のないことをいぶかり、係の役人に訊《き》いてみれば、

――媵臣《ようしん》一人のことで、官吏をわずらわすにおよばず。

という、上からのさしずらしい。秦公はおそらく百里奚の脱走さえ知らぬであろう。

「なんということだ。わが国は大宝を失ったというのに、あえてさがさぬとは、――。秦の人臣は愚者ばかりじゃわ」

禽息は声を荒げて、役人をおどろかせた。このままでは事態が好転しないとさとった禽息は、わが君に直訴するほかないと非常な決意をして、秦公の外出を待ちうけ、

「惶《おそ》れながら――」

と、門前で伏謁《ふくえつ》した。禽息は百里奚の履歴を述べ、その賢哲ぶりを口をきわめて褒称した。秦公はそれを聴き捨てにして、歩を進めようとした。むりもあるまい。秦公にとって百里奚とはすでに忘れ去られた名である。また百里奚がそれほどの賢人であれば、なにゆえ虞の亡びを拱手《きょうしゅ》していたのであろう。臣下としてなすべきことをしていないではないか。なおかつ敵の手で捕獲されるとは、愚者でこそあれ、賢者とはいえまい。秦公は禽息の直情を憐れむと同時にうるさく感じ、これは聴かなかったことにして、通過しようとした。

が、このとき異変がおきた。

必死の禽息は頭を地にうちつけ、至情を君主に通じさせるべく、首の骨を砕いて死んだ。

たしかにこれは常識では考えられないことだから、『論衡《ろんこう》』の作者の王充《おうじゅう》のいうように、禽息が首を砕いて死んだというのは誇張である、といえなくないが、古代の人は喜怒哀楽がはるかに烈しいから、実際にあったことかもしれず、とにかく禽息の嘆願のすさまじさを知るべきであろう。

秦公は臣下をわが子のようにいつくしんでいる人である。出血した禽息をみて、心中おどろきの声をあげ、涙さえうかべた。当然、深く感ずるところがあって、さっそく左右の者に、

「百里奚の行方をしらせよ」

と、命じた。

百里奚《ひゃくりけい》は逃げた。

七十歳をすぎた老人とはおもわれぬ健脚で、東南へむかって走り去った。行く先はきまっている。申《しん》という地である。

申は羌《きょう》族が河南省の南陽地方に樹《た》てた国である。残念ながら、この話の時点より二十二年前に南方の大国・楚《そ》に亡ぼされ、このとき楚の大夫《たいふ》の封地となっていた。といっても申の羌族は全滅したわけでなく、原住民として、また被治者として生活していた。許《きょ》や斉《せい》の国へもどる気のない百里奚としては、残る羌族の聚落の地は申のほかなく、そこを余生をおくるにふさわしい地としてえらんだわけであった。かれはふり返りふり返り、逃げたが、どうやら追ってくる人影はないとわかると、

――これで窮屈な身分からのがれた。

と、ほっとして、難路をものともせず、申へたどりついた。じつに秦の首邑《しゆゆう》の雍《よう》からは千里あまりの道のりであった。

が、目的地であった申は楚の植民地といってよく、羌族の人々が跼天蹐地《きよくてんせきち》として暮らしているのをみれば、――ここも死所にはふさわしくない、と百里奚は仰嘆した。ここで瞻《み》る天は、かつて許でみたとおなじように、青く澄み、ながくみつめているとわけもなく涙がでそうになった。その天の下でついに身を置く場所がなくなったという絶望感が、かれの五体から活力をうしなわせた。かれは風にはこばれる転蓬《てんぽう》のように南へむかって足をひきずってゆき、宛《えん》(河南省・南陽市)というところで、とうとう楚人《そひと》に見とがめられた。

――どこかの僕隷が逃げてきたという恰好だ。

と、百里奚をにらんだその楚人は、このうすぎたない老人を自宅につれてゆく気になったのは、牛を飼えるときかされたからであった。百里奚は家内奴隷になった。

――いかにもわしの人生の末路にふさわしい。

百里奚はうっすらと自嘲の笑いをうかべ、蟬蛻《せんぜい》のように風が体内を吹きぬけてゆくのを感じた。かれの目の色は死人のそれとかわりなかった。

このころ秦では百里奚に関する情報を猛烈に蒐討《しゆうとう》していた。国内に隠れ棲んでいないかと捜す一方、百里奚が羌族の出であることがわかると、

――それだ。

と、秦公は几《き》をたたいて、斉や許、それに申へ特命の者を趨《はし》らせた。それら隠密の者のなかの一人が、ついに百里奚の所在をつかんできた。秦公は「よくやった」と喜躍したが、

――ふうむ、楚人に執《と》われているのか。

と、考えこんだ。

楚人は強欲な者が多いときく。なまなかなことでは百里奚をこちらに引き渡してもらえそうにない。さきに禽息《きんそく》が百里奚について、

「かの者をおそばに置けば、千里をひらくことができましょう」

と、いったことを秦公は想い出し、百里で一国だから、百里奚は十国のねうちがあるというわけか、と考え、楚人が目のくらむほどの財宝と交換しても損はあるまい、と側近に漏らしたところ、

「そのことが楚の君主にきこえましたら、とても百里奚をはなさず、必ず重用して、楚が千里をひらくことになりはしないでしょうか」

と、いわれ、秦公はもっともなことだと思い返した。

「では、五殺羊《ごこよう》にしよう」

秦公はそういって、にっこりした。

殺というのは、黒い牡羊のことである（ついでながら黒い牝羊を羭《ゆ》という）。黒い牡羊の皮と百里奚とを交換しようというものである。それなら目立たず、なんとかその楚人の歓心を買えるのではないか。

早速、五殺をもった使者が宛へ驅《は》った。

楚人は返答をしぶった。そこで使者は腹を立てたふりをして、

——もともとかの者は、わが公の媵臣《ようしん》であったのですぞ。

と、強硬に所有権を主張した。逃亡した奴隷は、正当な持ち主なら、無償でつれもどしても文句のでないところだ。それを五殺で買いもどそうというのである。しだいに楚人は弱腰になった。

そこを見澄ました秦公の使者は楚人に五羖を押しつけ、百里奚の身柄をひきとることに成功した。

「ご健勝で、ようございました。わが君がお須《ま》ちです。いざ秦へ——」

使者にそういわれた百里奚は、健勝どころか精神は仮死状態に近かったが、その空虚な頭では、なんのことやらわからなかった。逃亡奴隷として処刑されるにしては、扱いが鄭重すぎる。わかったのはそれくらいであった。百里奚にとってこの秦への帰途が、秦の宰相への道につづいていようとは、露ほども想わなかった。

百里奚を迎えた秦公は、いちはやくかれを媵臣の身分から解放して、引見し、

「国事について語りあいたい」

と、急《せ》き込むようにいった。仕官のことはすっかり頭のなかからなくした百里奚である。まして国政のことを直答することに、恐怖さえおぼえた。

「亡国の臣に、はたしてご下問になる価値がありましょうや」

と、謝した。だが秦公は、

「いや、あれは虞《ぐ》の君主が、そなたを用いなかったゆえに亡んだのだ。そなたの罪ではない」

と、いって、百里奚の退席をゆるさず、諮問《しもん》の口をきった。秦公のやろうとしていることは、昨日までの奴隷に国事を問うという、かなり危険な果断なのである。まかりまちがうと他国の笑い種《ぐさ》になりかねないことだ。

——よくも固意なさったことよ。

背筋にふるえのようなものがはしった百里奚は、瞼《まぶた》を熱くした。むろんこのとき百里奚は禽息が生命を賭してまで自分を推挙してくれたことを知らない。かれがいま拝見している秦公こそ、蹇叔《けんしゅく》とともに永年求めてきた英主でなくてなんであろう。そう感じた百里奚はここで毅然《きぜん》として、

自身を真摯と熱弁とのなかに投じた。

秦公と百里奚との対話は一日では足りず、二日におよび、二日でも足りず、三日におよんだ。それがおわったあと秦公は、

「そなたほどの賢人が、五羖とは、ずいぶんと安い買い物であった」

と、上気した顔でいった。その機嫌の良さをみた百里奚は、うやうやしく拝礼し、

「わたくしごときは、とても、蹇叔の賢明にはおよびません」

と、はじめて親友の名をだし、秦公の快心に乗じて、蹇叔を推挙した。これまで秦公に述べてきた私見を実行にうつすには、秦国にまるで縁故のない百里奚としては、百官のあいだで孤立して献策だおれになる可能性がある。どうしても協力者が要るということである。その協力者に蹇叔以外の名は頭に浮かんでこなかった。はたして秦公はおどろき、

「そなたより賢明な者がいるのか」

と、目をかがやかせ、身を傾けた。このときすでに蹇叔の招聘《しょうへい》はきまったといってよい。さて、蹇叔はどこにいたのであろう。はっきりしたことはわからない。が、『韓非子』に、

蹇叔干《かん》に処《お》りて、干亡び、秦に処りて、秦覇《は》たり。

と、あるように、干という国にいたらしい。ただし干というと、斉《せい》国の首都の臨淄《りんし》にあった地名で、斉国がこのころ亡んだわけではないので、その干にいたのではなく、あと干にちなむ地名は衛《えい》国の近くにあったようだが、どことは証明されていない。秦から特派された者たちは、この雲をつかむような捜索を難なくやりとげ、蹇叔を発見した。秦公は使者に幣《へい》（贈り物）をもたせ

て蹇叔を招いた。

——百里奚が秦の大夫に……。

虞の滅亡によって百里奚も死んだとおもっていた蹇叔は、夢かとばかりに悦び、目をうるませて、あとは絶句した。

「わが君に五羖《ごこ》で買われましたので、百里どのはご自分から五羖大夫と名乗られているのですよ」

使者からいきさつをきかされた蹇叔は、はっとした。五羖大夫とは、一種の侮蔑をもって他の群臣からつけられた綽名《あだな》であろう。それをあえて自称してみせる百里奚の秦における立場の微妙さが、蹇叔には直感されたと同時に、昔の百里奚とはちがう、頭のひくさと腰のひくさとで、慎重に国政にあたろうとする親友の矍鑠《かくしゃく》たる姿を脳裡に描きだすのに、時はかからなかった。

「さあ、まいりましょう」

蹇叔は気を引き締めて秦へむかった。かれがそのように身軽に居を移せたということは、かれは官職についていなかったか、または、ついていたとしても卑賤な官であったにちがいなく、いずれにせよ不遇な晩年におとずれた吉報であった。

秦についた蹇叔は、かれを出迎えている百里奚が感きわまったような顔をしているのを見つけると、熱いものが喉につきあがってくるのを感じた。かれらの生涯でこの再会ほど感激的なできごとはなかったであろう。が、蹇叔は感泣ばかりしてはいられない。かれ独得の勘と分析力とで、秦公の器局をはかり、秦国のゆくすえを予見しようとした。かれのそうした鋭い目と頭とは、秦公に拝謁したおり、秦公をまれにみる徳量の君主としてとらえ、秦国の肥大を予感した。

一方、秦公は蹇叔を接見して、

——地中にねむっていた宝刀である。

と、高く評価して、たちまちかれを上大夫（大臣）に任じた。英断というほかない。

大国でありながら文化国家としては二流である秦は、百里奚と蹇叔とを得ることによって、自他ともに一流として認めうる大国に成長する足がかりをつかんだことになる。秦という国は周王にしたがっているとはいえ、周王しか祀《まつ》ってはいけないとされている「天」をひそかに祀っていたように、歴代の君主は天下に大望があり、このときの君主・任好《じんこう》とて例外ではなかった。

任好は百里奚と蹇叔とを左右にしたがえ、東隣の大国・晋を滅亡寸前にまで追いこみ、ひるがえって西方の異民族を平定し、十二国を併呑して、ついに千里をひらいた。歴史的にみれば、これが秦の中国統一への第一歩であったといえよう。また秦は外国人を首相にすると発展するという縁起を任好と百里奚とがつくったといえる。とにかく任好は西方の覇者となり、周王から慶賀の使者を迎えるという栄光のうちに薨《こう》じた。死後かれは「穆《ぼく》公」と諡《おくりな》され、殉死者が百七十七人もでたということは、秦の遺風もあったにせよ、いかにかれが人臣に慕われた明君であったか、わかろうというものである。


話が前後するが、百里奚はすぐに秦の宰相に任じられたわけではない。おそらくその快事はかれが蹇叔と再会してほぼ二十年後のことである。ということは、宰相就任はかれの九十歳代でのことになる。信じがたいことだが、『史記』の「本紀」と「列伝」との記述をつきあわせてみると、そうとしか思われない。

百里奚の政治の原理は「徳」である。徳とは、みえにくくわかりにくいものだが、あえていえば、「許す」と同義語になる。

それについて、こういう話がある。

隣国の晋が二年つづきの不作となり、秦に窮状を訴え、穀物を請うた。

秦公は迷った。晋の君臣はそろって礼を欠くことがあるため、たとえ晋に穀物を輸出しても、与え損でおわってしまいかねない。それゆえ、二人の臣に輸出の是非を問うた。二人の臣の一人が百里奚である。まず一人の臣は、輸出にはいちおう賛成で、

「こちらがほどこした恩に、晋が報《むく》いなければ、晋の国民が君主から心を離すにちがいありませんから、そのとき、晋を討てばよい」

と、いった。恩を損益に換算したのである。が、百里奚はつぎのようにいって、輸出を大いに勧《すす》めた。つまり秦公に許すことを勧めた。

「天災は、どこかの国で、かわるがわるあるものです。災害にあった国を救い、その国民をあわれみ助けるのは、人のおこなうべき道です。この道をおこなえば、福にめぐまれるのです」

秦公はこの言を善《よ》しとして、晋へ穀物を送った。つぎの年に、秦が不作となったので、晋へ穀物を請うたが、ことわられた。秦公はその無礼をも許した。二年後に秦と晋とは戦争をおこなった。そのとき晋公の乗った戦車の車輪がぬかるみに落ちて抜けなくなる不運があり、晋公は捕虜となり、晋軍は大敗した。百里奚のいった福は、まさしく秦公にさずけられたのである。

考えてみれば、徳でおこなう政治とは、斉の管仲がおこなった法で国民をしばる政治と、みごとに対立する。許す政治と許さない政治とのちがいといってもよい。

激情をいだいて諸国をさまよった百里奚を、そこまで寛容の人にかえたものはなんであったのだろう。これはもう、時の流れが、かれの不純な感情を浄化し、人や国の栄枯盛衰をみつづけてきたすえに確立した人格を、洗い出してくれたとしかいいようがない。

百里奚が秦の人臣の頂点に立ったとき、かれを怨む者はたれ一人としてなかったと伝えられる。——男の嫉妬は女のそれよりも恐ろしい、と身にしみてわかっていた百里奚らしい登高のしかたである。また宰相となったかれは、いくら疲れても老人用の座席のついた車にすわらず、いくら暑くても車に蓋《ほろ》をかけず、国内を巡視するときは、供の車をつらねさせることはせず、護衛の武士に干《たて》や戈《ほこ》を立てさせなかった。かれのそうした謙譲の態度は万民に好感をもたれ、「五羖大夫」はいつしか秦国はじまって以来の名宰相としてたたえられるに至った。

百里奚が宰相の位にあったのは、六、七年間で、そんな短期に、異民族が続々と秦に国交を求めにきたことは特筆に値する。百里奚がいかに徳政をおこなったかは、それからもわかる。

それゆえ百里奚が死んだとき、秦国の男女は涙を流し、子どもは歌をやめ、臼をつく者もかけ声をやめて哀悼した。大夫の死にたいしてこれ以上の礼はあるまい。百里奚の前半生は不運つづきであったが、いったん幸運をつかむと、こんどは幸運ばかりつづいた。長生きはしてみるものである。

百里奚の卒去の年はどこにも明確に記載されていないが、おそらく秦公・任好の死に先立つこと数年、周の襄《じょう》王の二十七年前後（紀元前六二五年前後）であろうとおもわれる。ということは百里奚は百歳をこえていた。秦の始皇帝が中国統一を果たすほぼ四百年前のことである。

俠骨記《きょうこつき》

かれの外貌《がいぼう》はどことい って特徴はない。

からだつきが雄偉《ゆうい》というわけではなく、かおだちといえば異相ではない。よくみれば端麗《たんれい》とい
えぬことはないが、着ているものがいなかびていたから、それも目立たない。

里の者はむしろかれに優しさを感じるらしく、

「学がおありになり、善《よ》い人です」

と、いう。

もうすこし里人のいう意味あいを深めると、かれの門地《もんち》はすぐれているわけではなく、里人は
これからの郷党の指導者としてかれを必要とするわけではないものの、里には稀薄《きはく》な文化の匂い
を感じさせてくれる点で、かれの存在価値をほどほどに認めているということになる。

かれはよく里人に顔をみせなくなるときがある。それがひと月であってもふた月であっても、

「学問をなさっているのだろう」

と、里人は気にもとめない。かれにたいして悪意をもっている者は、

「こんな里曲《りきょく》で学問をして、どうなるというのだろう。都からはまったく相手にされまいよ」

と、かれの独学をあざわらった。

「いや、学問なんか、していない。わしはあの人が旅装でかえってくるのを見たんだ」

と、いう者もいる。それがかれに関しての唯一の謎だが、里人はそれ以上穿鑿《せんさく》をしない。そこまでかれに関心はないのである。

かれの名は、

「曹劌《そうかい》」

曹沫《そうかい》とも書かれる。劌はふつう「けい」と訓《よ》まれるが、劌には会《かい》の意味があるから、カイの音に後世の史家があて字をしたため、ふたつにわかれたのであろう。

この年、周《しゅう》の荘《そう》王十二年（紀元前六八五年）である。いわゆる春秋時代の初期である。

春秋時代といっても、実情は弱肉強食の戦国時代とさほどかわりはない。大国が小国を併呑《へいどん》しはじめている。

ここは大国のひとつである「魯《ろ》」の領内である。

魯は文化国家としては、中華で第一級だが、軍事は二流だ。また保守の臭いが濃厚で、階級にうるさい。それはそれとして、この魯の国が大難をむかえようとしていた。

東隣の大国、

「斉《せい》」

との確執《かくしつ》である。この年の八月に、斉へ攻めこんだ魯軍は、斉軍に邀撃《ようげき》されて、大敗した。九月にはいって、「斉軍がくるかもしれぬ」という不安から、首都・曲阜《きょくふ》の近くをながれる洙水《しゅすい》を浚《さら》って、防備をかためつつあった。

里巷《りこう》でも動揺はかくせない。

「わが君は、とんだ者を、お拾いになったものだ」

と、里人はいう。

とんだ者とは、斉の公子「糺《きゅう》」をさす。この公子の名は「糾《きゅう》」とも書かれる。

前年に斉で、君主が謀殺されるほどの乱があり、その君主の弟である糺は、危難を避けて、魯に亡命してきた。糺の母が魯から斉へ帰嫁《きか》した人であるという縁をたよってきたのである。

それが十二月のことで、今年にはいって、晩春に、斉の叛乱の首謀者であり斉の君主におさまった「無知《むち》」が、遊行中に暗殺された。当然、斉の首座が空《から》になった。

すぐに魯に情報がながれた。

公子糺は顔を輝かせ、

「入国に、ご後援ねがえましょうか」

と、魯の君主に出兵を請うた。

魯の君主は、名を、

「同《どう》」

という。かれはこのとき二十二歳で、壮気にあふれ、糺の懇請《こんせい》を快諾《かいだく》し、重臣たちのおもい腰を強引にあげさせようとした。

ところで公子糺を翼輔《よくほ》していた斉の陪臣は、ひとりを「召忽《しょうこつ》」といい、またひとりを、「管仲《かんちゅう》」といったが、管仲のほうが進みでて、

「おそれながら、わが国の公子で小白《しょうはく》と申す御人が、莒《きょ》の国に亡《のが》れています。莒もまた斉都に近

く、おそらく小白も帰国をはかって挙兵するにちがいありませぬ。小白が先に斉都へ入れば、事が面倒になります。どうぞ、そこをご深謀くださいますよう」

と、魯公・同へむかって、頓首《とんしゅ》した。

——こやつめ、予《わし》に早く立て、とせかしおる。

同はわずかに気色を変じた。管仲という臣をよくみると、才知のきらめきを感じさせる男だとはおもうが、なんとなくえたいのしれない、ぬるっとしたものをさわった感じで、

——所詮《しょせん》、おのれの才知が仇になって、身を滅ぼしかねない男よ。

と、同はおもった。かれは不透明な臣は好まない。

さて、競争の相手になった小白は糺の異腹の弟である。小白の母は衛《えい》の国から斉へとついだ人であるのに、小白は衛の国へ逃げなかった。かれはふたたび斉に内郤《ないげき》があることを予期して、斉の近隣の小国を流寓《るぐう》し、このとき莒の国にいた。そこに小白の帰国にかける執念のすさまじさをみるべきであったが、同は楽観した。小白がどれほどの器量にせよ、莒のような小国がうしろだてなら、あわてることはない。小白の師旅《しりょ》(軍隊)は、魯の大軍をみれば霧散してしまうだろう。

そうはおもったが、

「憂慮するにおよばず、すぐに立とうぞ」

と、いった。管仲は安堵したように、ひきさがった。

まもなく夏である。

魯軍の出陣までの間、管仲はよく動いた。斉国へ潜入し、公子糺を国主として迎えいれるための下拵《したごしら》えに有力な貴族の門をたたき、同意を得ては、駆けずり回り、一方で配下をつかって莒の小白の動向をさぐらせた。

——小白が、それほど怖いか。

と、ふしぎにおもった同は、帰着した管仲にじかに問うた。

「小白は恐ろしくはございません。が、公子を輔《たす》けている鮑叔《ほうしゅく》が恐ろしゅうございます」

と、管仲はいった。

——小白にそんな臣がいるのか。

同には、はじめてきく名である。管仲は厳重《げんちょう》な表情で、

「どうやら、斉の権門であります国《こく》氏と高《こう》氏とは、小白を擁立する腹とうけとりました。が、こちらが先に斉都へはいれば、かれらはしいて小白を推《お》すことはいたさぬとおもわれます。なにとぞ、すみやかにご出陣を——」

と、必死な口調でいった。

同は事態の切迫《せっぱく》さをさとり、ついに出兵にふみきった。ただしかれは首都の曲阜で吉報をまつことにした。

魯軍は一途、斉都へむけて急行した。管仲は手勢をひきい、間道《かんどう》をぬけ、莒から斉都へ通じる路に、兵を伏せ、小白の斉都入りを阻止しようとはかった。このぬけめのなさは管仲の権変《けんぺん》の才を充分にあらわしている。

やはり小白とかれの臣下も斉都へ直行しつつあった。が、かれらは突然湧《わ》きでた敵兵のために混乱した。

このとき管仲みずからが放った矢は小白の腹部にすいこまれたかにみえた。小白は仆《たお》れた。なおも管仲は目をすえている。小白は動かない。側近の者が叫び、小白をかかえ起こそうとしても、小白に反応はない。そこまでみとどけると、管仲は鉦《かね》をうたせ、手勢をひかせた。かれの要心深

さは、配下をさきの現場にのこし、小白のその後をさぐらせたことにある。その報告もはいった。

——小白は温車《おんしゃ》で運ばれた。

ということである。温車とは屍体運搬車のことである。

「ほう、小白は死者となって、斉都へ帰るのか。哀れなものよ」

公子糺は管仲の働きを褒めると同時に、少々管仲のやり方は強引ではなかったか、と複雑な気持ちになった。

魯軍の進行速度ははなはだしくにぶった。

糺の競争相手はすでに消滅したのである。なにを急ぐことがあろう。軍容を正して斉にはいれば、臣民は歓呼して新君主をむかえるであろう。魯軍のたれもがそう信じていた。

公子糺が斉の君主となれば、魯は恩を着せたことになるから、なにかと外交上優位に立てる。

魯公・同は打算でものごとをはじめる君主ではなかったが、あったとすれば、そのみこみである。

そうした同の空想は、まもなく、じつにあざやかに粉砕《ふんさい》された。

魯軍のゆく手にまっていたのは、臣民の歓呼ではなかった。死んだふりをしてすでに斉都入りした小白に率いられた斉軍の鬨《とき》の声であった。

虚を擣《つ》かれた魯軍はあっけなく敗退した。

敗兵をむかえた同は、

——死んだ小白が、どうして旆《はた》をふれる。

と、かれらしくなく激怒したが、誤報をもたらして魯軍をあやまらせた管仲を誚《せ》めることはしなかった。あの時、管仲の矢は、小白をつらぬくまえに、帯鉤《たいこう》（バックル）にあたったのである。

小白の演技が管仲の眼力よりまさっていたといえる。

——糺をどうしても斉都にいれる。

同は意地になった。かれみずからが軍をひきいて、斉都をめざした。魯の国を賭《と》しての進撃であったといえる。が、その賭《かけ》は凶とでた。

いくさ上手な高傒《こうけい》と鮑叔とを帷幄《いあく》の臣とした小白は、巧妙に布陣し、魯軍の退路をたった。ために魯軍は大崩れにくずれた。同は側近が身がわりになってくれたためようやく死地を脱することができた。それほどの大敗ぶりであった。

斉軍は国境を越え追撃してきた。

兵勢さかんな斉軍に、魯軍は手も足もでない。

——このままでは、わが国の里郷は斉軍にあらされほうだいになってしまう。

そうした同の苦慮をみこしたように、鮑叔のもとから使者がきた。斉軍が引き揚げる条件として、
一、反逆した公子糺は、小白の兄であるから、こちらで殺すにしのびず、魯でご誅伐《ちゅうばつ》ねがいたい。
二、管仲は主君に讎《あだ》なしたものゆえ、こちらでぞんぶんに殺戮《さつりく》したい、引き渡されよ。
以上が文書で示された。

同は窮地に立たされた。信義の問題である。強迫によって信義をまげれば、天下の嗤《わら》い者になろう。かれは自尊心の強いほうである。が、即答は避けた。重臣たちをあつめて諮問《しもん》した。

「管仲を渡せというなら、お渡しなさればよろしかろう」

という意見を吐く者が多い。また公子糾をこちらで始末せよ、といってきているが、斉公・小白は死者の首まで見とどけたいとはいってきていない。公子糾を誅殺したことにして、のちに斉から問いあわせがあったら、なんとでも逃げることはできる。公子糾を生かしておいても、世評はむしろ、そのほうに同情するであろう。議論はようやくまとまりかかった。

――やはり、管仲はおのれの才知で、自滅するか。

と、同は嘆息した。

ところがこのとき、大声を放《はな》った臣がいた。かれを施伯《しはく》という。魯の公室の出である。

「公子糾のことは、それでよろしい。が、管仲は渡さぬがよろしかろう。渡すのなら、管仲を殺して、その屍体ならよろしい」

異見である。

「ほう、何故か」

同は満場の私語をおさえるように諮《と》うた。

「斉が管仲を得ようといたすのは、殺戮するためでなく、登用するためでありましょう。新しい斉君を輔佐している鮑叔と申す者は、きくところによれば、管仲の親友とか。また鮑叔はつねづね管仲の異能を高く評していたとか。――さらに、管仲はすでにわが国に害をなしたる者、この上、斉で相当な位階にのぼれば、わが国はかれによって、またもや害をうけるのは必定。……管仲をいまのうちに処分なさったほうがよろしい」

施伯は滔々《とうとう》と述べた。が、居並ぶ重臣のなかでは失笑する者さえでた。

――管仲が登用されるとは、妄想もはなはだしい。

どこの国に、おのれに暗殺の矢を縦《はな》った者を、大臣に抜擢《ばってき》する君主がおろう。満座を占めているのはそういう感情である。その感情は同にも染《し》みた。

――管仲を渡せば、すべてがわかる。

しかし管仲が斉で処刑されたら、どうであろう。おのれの信義は地に墜ちるだろうか。また管仲は、小白に赦《ゆる》されたとしても、これまで仕《つか》えてきた糺をすてて、あっさり小白にのりかえるような男だろうか。同は人間の心の深奥にひそむ名状しがたいものを、この管仲ひきわたしにおいて見られるような気がした。かれは決意した。

「管仲を渡す」

そういいつつ施伯を一瞥《いちべつ》した。が、施伯は無表情であった。

――もう一度、立て。立って発言せよ。

同は心のどこかでそれを願った。だが施伯の腰も口も動かない。同は施伯をみることでおのれの弱さをみつめていたといえる。


管仲をうけとった斉軍はあっさり引き揚げていった。

――それほど管仲を欲していたのか。

同は不快になった。いやな予感がした。まさか、と思う。やがて報告がはいったとき、かれは憂慍《ゆううん》した。

鮑叔は罪人である管仲の縄をとき、斉へつれかえって、執政《しっせい》に推挙したということである。また小白が旧怨をわすれたかのようにそれをすんなりうけいれたことも、同をおどろかした。事態は施伯の予想どおりになったのである。

――斉人《せいひと》は、どいつも食えぬ。

という憤《いきどお》りが、同の体内をかけめぐった。そのほてりをみずから冷《さ》ますように、首相の臧孫達《ぞうそんたつ》に、

「管《かん》氏は、昔から、わが家とは適《あ》わぬらしい」

と、いった。

「御意《ぎょい》」

と、こたえた臧孫達は、先代の君主（桓《かん》公・允《いん》）が即位するとまもなく魯の国政をあずかった名臣で、同の代になっても信任篤《あつ》く、この年で執政は二十六年になる。魯の良識の代表者というべき人物である。それほどの人物だが、こんどの鮑叔の巧妙なかけひきはみぬけなかった。

同の言った「管氏」とは、むろん管仲のことにはちがいないが、管氏の遠祖は「管叔《かんしゅく》」であるともいわれ、管叔という人は周王朝を樹立した武王発《はつ》のすぐ下の弟で、かれは武王の死後、摂政をおこなった弟の周公・旦《たん》にそむいて誅殺されたと伝えられている。その周公・旦こそ、魯の宗祖である。同は管仲に裏切られたくやしさを、故事にたくしたわけであった。

「こうなったら、糾どのは護《まも》り通してみせよう」

と、同は意気ごんだ。

糾をかかえこんでいるかぎり、斉とのいさかいはおわらぬ。臧孫達にはそれがわかる。が、糾をこちらで殺害しても、斉はそれを理由にまた魯にいくさをしかけてくるであろう、臧孫達はそこまで考え、あえて諫言《かんげん》はしなかった。かれは老いてはきたが、君主の気分にかかわらず、これと思ったことは直言できる胆力はもちつづけている。

九月になって、同を憤慨させる事件がおこった。

公子糾が暗殺されたのである。

魯に潜入した小白配下の暗殺団が、生竇《せいとう》（または笙瀆《しょうとう》）の地でかくまわれていた公子糾を襲い、

殺害した。生竇は魯の地名になっているが、衛《えい》国の首都と曹《そう》国の首都とのあいだにあり、同のいる魯の首都・曲阜からもっとも遠い。むろん斉からはさらに遠い。魯の史記である『春秋』では、

――九月、斉人《せいひと》、子糺《しきゅう》を取《と》りて之《これ》を殺す。

とあるのに『春秋左氏伝』では、魯が公子糺を殺したような解説になっている。公子糺が魯の国境にちかい生竇にいたことがまちがいないのなら、それは魯の君主である同の配慮によるもので、斉に攻めこまれたりなにか変事があったとき、糺が衛へでも曹へでも国外へ逃げやすくするために、そこへ住まわせたと考えたほうが、無理がないだろう。したがって糺に生きていてもらいたくない小白が配下をつかって暗殺させたとする、『韓非子《かんぴし》』の説のほうが正鵠《せいこく》を射ているようだ。

主人を喪《うしな》った忠臣の召忽《しょうこつ》はそこで自殺した。

――なんという卑劣さだ。

同は斉のやりかたを憎むと同時に召忽という臣を惜《お》しんだ。かれは管仲よりも生理的にあのように実直な臣のほうがすきであった。

余談になるが、のちにこの魯の国に生まれた孔子《こうし》は、古人としての管仲を心からほめるようなことはしなかった。そこからも、魯公・同のもった管仲への感情は、国民的感情でもあって、のちの魯の国民にそれはうけつがれていったことがわかる。

冬になった。農閑期である。兵をもっとも動かしやすいのが農閑期だ。魯は曲阜城の外濠にあたる洙水《しゅすい》の川底を浚《さら》って、斉軍の襲来にそなえた。魯と斉との戦気は、公子糺が亡くなっても、あいかわらず消えない。

――斉の小白のやりかたは、きたない。

それについて同に義憤はある。が、このままでは斉に威圧されつづけるだけであろう。魯にはこれといった武将はいない。いや、いることはいる。執政の輔佐をしているかれの庶兄の慶父《けいほ》がそれだが、勇気は並はずれていても、斉軍の兵勢を衰退させることができるほどの戦略家ではない。

同は、冬のあいだ、やがてなんらかの理由を設けて侵入してくるであろう斉軍との対戦図を、脳裡に画《か》いては消し、消しては画いていた。

魯《ろ》では、冬になると、各郷里で宴会がある。

曹劌《そうかい》のいる里でも会合があった。その会合は、里人の慰労と懇親《こんしん》をかねたもので、当然酒がはいる。若者たちは年長者に酒を勺《く》み、教えをうけることがならわしになっている。

この年の会合は欠席者が多かった。それらのすべては、兵にとられて死ぬか負傷してもどってきた者たちである。会合はまず斉《せい》への怒りの声でみちた。やがてその声はなげきにかわっていった。魯は正義の戦いをした、それはわかる、しかしこれからも斉魯間で戦闘がたえないとすれば、魯は百戦し百敗するであろう、それもわかるからである。若い生《いのち》がどんどん消えていってしまう。

「やがてこの里も、斉の兵馬によって蹂躙《じゅうりん》されるときがくれば、わしらも生きてはいまいよ」

と、長老のふりしぼるような声がしたとき、みな暗く顔を伏せた。

魯はこれまで軍事的行動はおもに斉とともにしてきた。または鄭《てい》であった。魯は軍事では斉をたよりにしてきた。その斉がにわかに最大の敵となったいま、援助をもとめてよいのは鄭であるが、鄭は往時ほどの国威をもっていない。地理的なこともある。魯と鄭とのあいだに宋《そう》があり、魯はむかしから宋とうまくいかない。斉が宋にはたらきかければ、東西から魯へ侵攻できるし、鄭から発する魯への援兵を宋で阻止することができる。要は、魯は孤立しているのである。

会合に曹劌も出席していた。

かれは積極的な発言はせず、ときどきうなずくことで話への関心をあらわすほかは、目をとじ、まるでねむっているようであった。

宴席は、水をうたれたように、しずまった。曹劌はこのときを待っていたかのように、瞠目《どうもく》し、

「肉を食べている人は、頭が悪い」

と、よく通る声でいった。肉を食べている人とは貴族をさす。ずいぶん辛辣《しんらつ》な放言だが、満座の人々は曹劌がなにをいいだしたのかよくわからなかった。曹劌は平然と頤《あご》をあげて、

「目さきが利《き》かぬ。その目さきの瞀《くら》さによって、きたる戦いにおいても、死傷者の山が築かれることは明白である」

と、上層階級を批難した。魯では、子が親をなじることはもちろん、目下の者が目上の者を批難することを極端にきらう。つまり、

「僭越《せんえつ》」

は、忌《い》まれるのである。ひごろおとなしい曹劌がその僭越をおこなったのである。さらにかれが、

「わが君に戦いのしかたを教えるために、これから都へ上る」

と、いったとき、その場にいた里人たちは、怒るよりも呆《あき》れた。曹劌が発狂したのだと考えるのが、もっともふさわしかった。しかし、むろん曹劌は気がふれたわけではない。

「まるで殺されにゆくようなものじゃ」

と、いう声があがった。

——妙なことをされると、この里に難儀《なんぎ》がかかる。

と、いやな顔をする者もいた。

曹劌はぬっと立ち、

「みなさん、きいてください。このままでは、魯は斉に蹂躙されるばかりです。魯では、戦いがあれば、そのたびに負け、春秋に富む若者たちが、あたら命を戦場に散らしてゆく。この里でも、働き手をうしなった者が、すくなからずいます。はっきりいって、魯は戦機を知らず戦法も知らぬ。国じゅうを捜しても、わたしのほか、戦法を知る者はいない。さて——」

と、一息いれて、

「わたしは明朝立ちますが、もしもわたしが屍体でもどってくるようでしたら、魯は遠からず摩《ま》滅《めっ》しましょう」

と、いった。ひごろのかれに似ぬ大言壮語であったが、それをきいた里人たちはみなしんみりした。このとき、

「それほどまでの決意なら……。よし、この席を送別の席にしようではないか」

と、提唱した者がいた。慰労と懇親の会は一転して愴々《そうそう》たる送別の宴になった。

早朝、——曹劌は曲阜へ旅立った。

里人のなかには、朝霧を払って見送る者も、すくなからずいた。

曹劌のねらいは臧孫達である。

魯に大夫《たいふ》（貴族）は数多くいるが、君主を決定的に動かすことのできるのは、首相の臧孫達をおいてほかにいない。曹劌は臧孫達の陰の参謀としてでもよいから、従軍して、魯軍を勝利にみ

ちびきたい。

――いや、戦場では慶父《けいほ》さまかな。

と、いう迷いもある。迷っているうちに曲阜についたかれは、はじめに慶父邸の門をたたいたが、名告《なの》りもできぬうちに追い返された。やはり最初のねらいどおり臧孫達にくいつこうと思いなおし、臧孫家の門前に立った。

――さすがに、わが君の室《いえ》から支《わか》れた宅《いえ》だけのことはある。立派なものだ。

と、ひとわたりながめてから、門番に、

「じつはわが里から、いままでにどなたも見たこともない宝を発見いたしましたので、さっそく持参いたしました。どうぞお取り次ぎを」

と、謹直そうにいった。

曹劌の身なりは粗野ではなく、物腰はやわらかい。門番はべつにおどろかず、

「そうか、殊勝《しゅしょう》なことである。里名と名をなのりなさい。わしが侍人《じじん》のどなたかにお渡ししておく」

と、いった。

「とんでもございません。これはさきほど申したとおり、世にも稀有《けう》なものでして、どうしても直接にお渡しいたしとう存じます。よろしくおとりはからいを――」

と、曹劌は門番にたくみに奇物《きぶつ》をにぎらせた。それは里人からの餞別《せんべつ》である。

狎《な》れた手つきで奇物をうけとった門番は、

「いやあ、それはなるまい。なにしろご参政のお忙しい御身体だ。お帰りはいつになるかわからぬ」

「むろんいつまでもお待ちしています。この宝をごらんになれば、きっとお喜びになるにちがいありません」

と、懇願した。門番は奇物をもらった手前、すげなくできず、智慧をしぼったつもりであろう、

「おお、そうだ」

と、曹劌を柱のかげにまねき、臧孫達は出仕して宅内にはいないが、孫《まご》の臧孫辰《ぞうそんしん》ならいるので、そちらならなんとか取り次げる、といって手をだした。門番が直接に臧孫辰に口をきけるわけはなく、間にはいってくれる侍人に賄賂《まいない》せねばならない、そのためにもう一つ奇物をよこせという手である。

「臧孫辰」

と、きいて曹劌はがっかりした。まごなら若造《わかぞう》であろう。貴族の青年ほどたちの悪いものはいない。高慢で世間知らずときまっている。かれが落胆ぶりを顔にだしたので、門番は、

「いやいや、あのお方は若いのに物事をよくご存じだ。そちらが持ってきた宝の値打ちをわかってくれようよ」

と、なぐさめた。

あいかわらず手はだしている。曹劌はその手にもう一つ奇物をのせた。

侍人がきた。かれはいきなり曹劌の旅衣をぽんぽんと手でたたき、

「べつに疑うわけではないが、この下に妙なものを隠されていると、困るのでな」

と、いい、曹劌が身に寸鉄も帯びていないことを確かめると、

「よかろう。では、しばらく待て。宝というのは本当だな。それが嘘であったときは、その方は生きて門外にでられぬぞ」

と、恫《おど》して、曹劌の表情をみすました。

曹劌は丁寧に頭をさげた。


曹劌は堂下で拝跪《はいき》した。

堂上で軽い咳《せき》払いがした。臧孫辰であった。

端麗な容貌をもつこの青年は、魯が生んだ秀才のひとりであり、やがて祖父のあとをついで魯の首相になるのだが、まだその声望は他国はむろんのこと自国にもきこえていない。

「稀覯《きこう》の宝を持参したとな。わが家の主《あるじ》にしかみせぬという、その物を、わしが先にみたい。どうだ、みせてくれようか」

と、さわやかな声でいった。

うつむいたままその声に耳を澄ませていた曹劌はすこしほっとした。声音のなかに性質と人格とはあらわれる。臧孫辰の声についていえば、やや高い音だが耳ざわりでなく、質はよい。また語りくちはやや速いが、抑揚《よくよう》を適度に効かせている。これは非情の人ではないということであった。曹劌は、

「否《いな》や、があろうはずはございません。しかし、ひとつおたずねしてよろしゅうございましょうか」

「おお――」

臧孫辰は苦笑した。

――度胸のよいやつだ。

と、おもった。堂下に跪坐《きざ》している鄙人から、独得の気迫が感じられる。

「国中でもっとも尊い宝とは、なんでございましょう」

と、曹劌はいった。

「それは君公《きみ》だな。わが国の開祖は天王より、人と地とを賜《たまわ》り、天王は天より海内の人と地とを賜った。君公なければ魯は消亡する」

「では、君公にとって、至宝とは、なんでございましょう」

「それは、いま言った、人と地だ。人なければ地は荒野と化し、地なければ人は生きられぬ。君公をささえているのは、この二つだ。では、その方の宝とやらを、そろそろ、みせるがよい」

「よろしゅうございます」

曹劌は脇においてある葛籠《つづら》をあけ、なかから、皮紙《ひし》と帛布《はくふ》をとりだした。

「これでございます」

と、曹劌はすましていった。


臧孫達が帰宅して、夕食をとり、くつろいでいるところへ、辰《しん》がはいってきた。達はこの孫の聰明さを愛してきた。臧孫家は辰の代にはますます栄えるであろう。そういう予感があって、かれなりに辰を薫陶《くんとう》してきた。したがって辰の発言をきかずにするようなことはしない。

「おもしろい男が、宅にきています。ぜひ、ご接見くださいませ」

と、辰がいったとき、達はなにも問わずに、

「そうか。では、ここへ通しなさい」

と、いった。

床《ゆか》の上に帛布がひろげられたとき、臧孫達は身をのりだした。

「これは、みごとだ――」

「おそれいります」

席の下で曹劌は平伏した。かれが臧孫達にみせたのは、地図である。そこには、かつて魯の国内で戦闘がおこなわれた場所の地勢と、魯軍と敵軍の動きが画《か》きあらわされている。また西隣の宋のものや、東隣の斉のものもある。いずれも精巧な戦役図譜である。

曹劌は国外の戦場も踏査してきた。

――なにゆえ、こうも魯軍は弱いのか。

そうした憤《いきどお》りが、かれに戦術の必要性を痛感させた。戦闘の力学を平面で解決しようとし、積年、古戦場をめぐってきては画きためておいたものを、整理して画きなおした。それを臧孫家にもちこんだのである。

達は指を挙げ、

「これが、今年のものだな」

今年のもの、とは魯軍が斉軍に大敗した戦場をさす。

「決戦場はここ、時水《じすい》はこう流れており、斉軍の一つの旅《りよ》（隊）は、わが軍が時水をわたるころあいをみはからって、背後にまわり、退路を断《た》ちました。おそらくその旅は、この路を通ったのでありましょう」

と、曹劌の解説はよどみない。

「なるほど、あの川は乾時《かんじ》というくらい、よく水が涸《か》れるのに、このたびは水嵩《みずかさ》があったため、退くに退けず、敗走のやむなきにいたったものだ」

「なお、斉は、間道にべつの旅を伏せてあり、わが君がそちらへ入られたら、御命はなかったでありましょう」

「侍臣の秦《しん》と梁《りょう》とが、わが君の身がわりとなって、間道へはいり、落命した。かわいそうなことをした」

「相手を知るべきでした」

と、曹劌がいったとき、同席していた辰は、皮紙をとりあげ、

「この者は、魯にとって至宝をもたらすために参ったと申しております。どうやらこれが、それらしいのです」

と、達に謎をかけるようにいった。

「なにも画《か》かれていないようだが……」

達は問うような目つきで曹劌をみた。曹劌は恐縮の態《てい》で皮紙を床におき、

「筆と墨とを拝借できますか」

と、いった。かれがなにやら皮紙の上に画いているあいだ、辰は、

「この者は剛愎《ごうふく》です。わたしがいくら問うても、これに関しては、なにも語《つ》げようとしなかったのですから」

と、軽い笑声をたてた。

ふたりが皮紙の上にみたのは、やはり戦役図であった。ただし地名は書かれていない。

「このような戦闘があったかな……」

と、達はつぶやきながら首をかしげた。辰はしばらく凝視していたが、急に哄笑した。つぎに達に耳語してから、

「曹子よ」

と、曹劌をにらみ、

「卓上の戦法で、斉軍を破るつもりか。妄想でわれらを惑わすのは、弭《や》めよ」

と、大喝した。

曹劌は悪びれもせず、

「さすがのご眼力。それなくしては、魯の人臣の心は見抜けません」

「追従《ついしょう》を申すな。その中心の丸は長勺《ちょうしゃく》であろう。長勺における戦役は、これまでになく、架空のものだ。博奕《ばくえき》（すごろく）につきあうほど、われらは閑《ひま》ではない」

辰は立って皮紙を踏みにじろうとした。曹劌はさっと皮紙をとりあげ、

「あなた様は、魯を滅ぼすおつもりか」

と、大胆にも叱声《しっせい》を発した。凄然《せいぜん》とにらみかえした曹劌の手にある皮紙がふるえた。

――すさまじい胆気《たんき》の男じゃな。

と、おもった達は、控えておれ、というように辰を手で制し、曹劌にむかって、

「長勺がなにゆえ、魯の至宝となる。意を叙《の》べよ」

と、いった。

「わが軍は、この長勺において、斉軍に大捷《たいしょう》し、こののちわが君は、斉の君に平身低頭する屈辱から、まぬかれるからでございます」

曹劌はことばと表情に忠純をあらわした。この必死の気勢が臧孫達に通じなければ、天は魯を見放したのだ、とさえ曹劌はおもいつめている。このとき達は、ふと遠い目をして、

――天から降ってきたような男である。

と、おもいながら、

「長勺での戦いは、いつあるのじゃ」

と、天に問う気持ちで問うた。

「春、正月に――」

厳粛な声がかえってきた。

達も辰もこの自信にあふれた応《こた》えにおどろき、今年が残りすくないことにせわしく想到した。

ふたりが口をひらくまえに、曹劌は解明するように、

「斉へ往き、査《しら》べましてございます。この皮紙は必ずお役に立ちまする。どうか小生も帷幄の隅にお加えくださいますよう」

と、いった。

長勺とは魯の邑《まち》である。首都の曲阜からは、北へむかい、汶水《ぶんすい》ぞいに水源をめざしてゆくと、長勺がある。一方、斉の首都の臨淄《りんし》から南へむかうと山があり、淄水《しすい》ぞいに水源をめざしてゆくと、長勺がある。

――その長勺をかならず斉軍は通ります。

と、曹劌はいう。

それが本当であれば、ずいぶん魯は嘗《な》められたものだ、と臧孫達はおもった。魯軍弱しとみて、斉軍はなんの小細工もせずにまっすぐ攻めてくるということであり、小細工なしの力攻めには大軍が必要であり、つまり斉公・小白はここで一気に魯の威勢を殺《そ》いでしまおうというわけであろう。

――斉の小白は、覇王たらんとしている。

恐るべき君主が隣国に出現した、と臧孫達は感じた。

「謀主は管仲でございましょう」

と、曹劌はためらいなくいった。ああ、あの男か、と達がおもったとき、不快が腹の底から湧きあがってくるのを覚えた。

――管仲は、礼を知らぬ。

そうではないか。かりそめにも魯に寄寓し、魯公の好意によって魯の軍を動かせたのである。その男がたまたま生《いのち》をひろい、斉にかえれば、たちまち魯を衰残させる策略をめぐらせるとは、礼を失するどころか、人としてもっとも卑《いや》しむべき趣舎《しゅしゃ》をおこなおうとしている、というべきであろう。達はここまで考えてきて、急に忘れ物を想い出したように、

――曹劌を、どうしよう。

と、考えた。酷ないいかたをすれば、曹劌のうまい利用法はないか、ということであった。膝を斂《おさ》め、目を光らせ、達の判断を仰いでいるこの郷人は、宝を持参したなどと大嘘をついて平然としている度胸もさることながら、話をすすめてゆくうちにみせた戦術眼には独得なものがある。故事にもくわしい。

――こやつめ、魯の至宝というのは、ひょっとすると、おのれを指しているのではないか。

と、おもえば、失笑しそうになった。卓上の戦術でおわらなければものの役に立つ男だ、と看取した達は、なんと翌朝に曹劌をしたがえて参内《さんだい》した。

曹劌にとって、夢想だにしなかったことである。

君公にまみえることができるとおもったとき、かれは雲上に舞い上がった雛鳥《ひなどり》のここちがした。古制でかたまった魯では、かつてなかったことであり、以後もこのようなことはあるまい。そのたった一人に自分がなったことに曹劌は昂奮した。

が、かれに邪念はない。魯が助かればよい。そのためにはおのれの身を空《むな》しくして、君主に赤心をみせるだけである。その信念のあるかれは、魯公があらわれても、恐縮ばかりしていない。ぐいと首をあげると、魯公に質問をあびせかけた。

——どういう心構えで、戦いに臨《のぞ》むか。

と、いうことをである。これもまた僭越である。

が、魯公・同は、この日、機嫌がことのほかによく、曹劌の礼をはずしたような挑発が、かえって新鮮におもわれた。

同の心は浮きたっている。かれはすでに曹劌の画いた地図に目をとおし、年が明ければ早々にやってくる斉軍の魯国への侵入口が長勺であると臧孫達からきかされていた。ひょっとすると、この情報がまちがっていた場合、曹劌に責任をとらせるつもりもあって、達は曹劌を宮中にともなってきたのかもしれない。とにかくこの情報ほど、同を喜ばせたものはない。このころの同は、斉、ときいただけで葷羶《くんせん》をいやがるような顔をするほどであった。

同の斉にたいする想いは、おそらくたれよりも陰晦《いんかい》である。かれの母は、斉の公女であり、父の允《いん》は、小白の兄の諸児《しょげい》に斉で殺された。死ぬまえに斉の地をおとずれた父は、同伴した母を誚《せ》めて、

「同はわしの子ではない。おまえと斉公（諸児）との不義によってできた子だ」

と、いった。母はそれを自分の兄であり密通の相手でもある諸児に告げ、魯の君主である父を殺させた。父の不慮の死によって、同は魯の君主となった。そのとき十四歳であった。母はその後も諸児との密会をかさねた。同にとっては、あれもこれも、おぞましく信じられないことばかりであった。

この少年君主の苦悩の深さは、想像を絶するところにあったであろう。かれはけなげに克己《こっき》につとめた。年月のながれの優しさによるものであろう、かれの心に烈しく爪をたてていた情猴《じょうこう》がうすらいだ。そのとき、

――斉に勝つのだ。

と、いう意志が芽生えた。それまではどちらかといえば斉を忌避《きひ》することを考えていた。おのれに克《か》つことも斉に勝つこともおなじことであると気づいたのである。さらに同の心を軽くすることがあった。

魯の首都である曲阜から西北にゆくと郕《せい》という邑《くに》がある。直線距離で二十五キロメートルである。その邑を斉と魯とで攻め取ろうということになった。となれば、同は実父であるかもしれない諸児と、陣中で会うことになる。

――おのれを試《ため》すときだ。

と、同はおもった。

暑い盛りであった。同は斉の陣をたずね、諸児に挨拶にいった。諸児は戎衣《じゅうい》をぬぎ、近侍に汗をふかせていた。同の顔をみても、素膚をかくすようすもなく、冷《ひや》やかな微笑をうかべて、

「やあ、参られたか」

と、いった。その一瞬の表情をみすました同は、

――斉公は、わが実父ではない。

と、直感した。たしかにこれは直感以外なにものでもなかったが、それで充分であった。

郕は降伏した。郕人《せいひと》は、これからは斉に服属したい、と申し出た。これをきいた慶父は、

「斉が卑劣な恫《おど》しをかけたのだ。いっそこれから斉軍を伐《う》ってやろう」

と、肚《はら》に据えかねたようにいった。

郕は魯に近い。ふつうなら魯に降伏するところである。また郕の開祖は魯の宗《そう》公とおなじく、周王朝を樹《た》てた武王の弟である。なにゆえ郕は同姓の国を避け異姓の国をたよろうとするのか。そうしなければ、郕の人民をみな殺す、とでも諸児はおどしたのであろう。慶父の推測はまちがっていない。諸児の暴恣《ぼうし》はいまにはじまったことではない。

このとき同は、兄の慶父に、

「おやめなさい」

と、いった。斉の軍になんの罪があるのです、むしろ罪はわたしの不徳にあります、と自分を譴《せ》め、

徳あればすなわち降《くだ》る。しばらく務めて徳を修めて、もって時を待たんか。

（『春秋左氏伝』）


と、いって、軍を引き揚げさせた。これをきいた世間の心あるひとびとは魯公・同を善《ほ》めた。同は諸児に勝ったのである。

ところが諸児は、その年の十二月に、いとこの無知《むち》の叛乱によって殺された。諸児の死によって同の母は帰宿《きしゆく》するところを失った。同の心のなかから一つ大きな重しがとれたが、まだ母の存在は重い。あの淫媟《いんせつ》な血が、自分の体内にもながれているのである。

――時が母の血を浄化してくれるのを待つほかない。

と、同はおもっている。

しかし時は優しいばかりではない。おもいがけない怪物を隣国に産んだ。諸児の弟の小白である。この侵略ずきの君主は同の頭痛の種であった。

——このままだと、魯は斉の属国にされかねない。

と、いう懸念さえある。そこへ、

「斉の淫非《いんぴ》を払除《ふつじょ》できそうな里人をつれてまいりました。ぜひ、ご引見をたまわりますよう」

と、いう臧孫達の中奏《しんそう》があった。

きけば、斉は新春早々に軍を発するという。まさしく魯を属国とするつもりの出師《すいし》である。が、敵の軍旅の道次《どうじ》さえわかれば、おどろくにはおよばない。

その情報をもたらした男は、まれにみる戦法通であるときかされた。それだけにどういう風貌の男だろうと想像したのだが、想像はほぼ的中した。鋭気があっても典雅さをうしなわず、典雅であっても傲倨《ごうきょ》ではない。同はそういう男が好きであった。

——魯人《ろひと》はこうでなくてはならぬ。

と、おもったということは、同がすっかり曹劌を気にいったということである。

さて、どういう心構えで戦いに臨むか、などと主君にむかって問うた里人は、曹劌がはじめての者であろう。同はこの質問をいやがらず、

「衣食を独占せず、かならず人に分《わ》かつ」

と、いった。

「小さな恵みにすぎません」

そんなことでは民は従わないでしょう、と曹劌はにべなくいう。同は劌の意をはかりかね、

「神に供《ささ》げる犠牲《いけにえ》や天子に捧げる玉《ぎょく》、それに属国からうけとる帛《きぬ》に、なんら追加するものはなく、加えるとすれば信《まこと》だけである」

と、いった。これは古礼をはずすことのない自分の正しさをいい、また貪欲でないこともあわせていったつもりである。が、劌はうなずかず、

「小さな信にすぎません」

大きな孚《まこと》ではありませんから、神の祝福は得られますまい、と曹劌は冷《ひ》えた口吻《こうふん》でいう。

民は従わず、神の祝福も得られないといわれた同は、師のまえの弟子のように気おくれし、

「訴えごとは、大きいものも小さいものもあるが、予《わし》はすべてを明察することはできぬとしても、かならずまごころをもってあたってきたつもりであり、これからもそうするつもりだ」

と、いって、劌をみつめた。

衣食とは物であり、犠牲玉帛《ぎせいぎょくはく》とは形式である。物や形式からぬけでて、はじめてその君主の独得の存在があり、またそれがなければ、上の恵渥《けいあく》が下に浸透しない。

——なんというさわやかな君公だ。

劌は、わざとつきはなしたように吐いたことばのひとつひとつが、魯公の胸に滲《し》みていったことがわかる。そこに感動があった。かれはようやく表情を喜悦にかえて、拝伏すると、

「そのお心がけなら、斉と一戦できましょう。君がご出陣なさるのなら、どうか扈従《こしょう》をおゆるしくださいますよう」

と、いった。

——これだけの明君を、明君たらしめずにいるのは、臣下が悪い。

と、おもった。ただひとつ魯公に欠けているものがあるとすれば、それは自信である。

そうした意《おも》いさえ同にしみたのか、少年のように顔を上気させた同は、

「おお、戦わでか。——汝《なんじ》には右《ゆう》を命ず」

と、はずんだ声でいった。

これには臧孫達が愕き呆れた。右とは、君主の戦車に陪乗する武人をいう。よほど気心の知れた臣でないと、右としてつかわない。ところが同は、いまあったばかりの曹劌を、大事な一戦で、自分の車に乗せるという。大胆というより酔狂《すいきょう》にちかい選択である。

——これで斉に負けたら、君公も魯もだめになる。

と、おもう達は、曹劌を宮中へつれてくるのではなかったか、とわずかに悔《く》やんだが、そんな小さな感情にこだわっていられないほど、事態は切迫している。すぐにでも治兵《ちへい》をおこなってお かないと、斉軍を邀撃《ようげき》できない。

長勺へ使者は走った。


長勺の邑をおさめる長勺氏は古格をもった家柄である。周王朝がひらかれたあと、周公・旦の長子である伯禽《はくきん》は、魯の国を樹てるために、商《しょう》の豪族で周に降伏した六族をひきいて曲阜にきた。その六族のなかに長勺氏がいた。

魯公・同は長勺の君主に出迎えられて、邑内にはいり、斉軍の動向についての報告をうけた。すでに斉軍は臨淄を出発し、まっすぐこちらにむかっているという。

——曹子の言にあやまりはなかったな。

と、同は満足した。これだけの余裕をもって戦いにのぞむことは、これがはじめてであるとい

ってよい。これまで戦いのさしずは慶父にまかせてきた。が、邑をでた同は、布陣さえもみずからおこなった。

そのすばやさに、慶父はおどろくというより怪《あや》しみ、

「君公は、まるで長勺にきたことがあるようだ」

と、弟の牙《が》にいった。慶父と牙とはおなじ母からうまれた。そのせいであろう、ふたりは馬が合う。

「智慧袋があるのですよ」

牙は小耳にはさんだことを、兄に語《つ》げた。慶父は眉を逆立《さかだ》て、

「なんだと。――どこの馬の骨ともわからぬやつに、魯の武運をあずけられようか」

と、吐きすて、同のいる本陣へ詰問にむかおうとした。牙は掣《せい》し、

「やりたいように、やらせてみればよい。負ければ君公は、やはり戦事については慶父にまかせるべきであったと、思い知る」

と、ささやいた。

斉軍は来た。――

斉の兵士たちの頭のなかには、

――魯人は曲阜で居竦《いすく》まっているそうな。はりあいのないことよ。

と、いうおもいがあり、足どりには、物見遊山にでかけるような気楽さがあった。

急報が、斉の中軍にはいった。魯の軍が前途をふさぐように待機しているという。が、斉軍では軍帥《ぐんすい》から一兵卒にいたるまで、魯軍がでてきたことに、いぶかしいものを感じながら、

――なあに、たかが魯の弱兵だ。ひともみにもみつぶしてくれよう。

曲阜までゆく手間がはぶけたという顔であった。このとき斉軍をひきいてきたのは君主の小白ではない。おそらく高傒《こうけい》か鮑叔《ほうしゆく》であろう。斉軍は奇計をもちいなかった。まっすぐ押して、押し破ってしまおうとする、夸矜《こきよう》の陣であった。

斉軍の先陣は無造作に前進した。魯軍の陣は静粛としている。

——なんのことはない。

と、斉の中軍からはみえた。魯兵は恐怖で足が動かないのだ。斉軍が動いたとみれば、血の気の多い慶父のひきいる旅《りよ》が、飛び出してきてもよさそうなのに、慶父さえ臆病神に憑《つ》かれてしまったとみえる。哀れだが、魯軍はまもなく潰走にうつるだろう。斉の軍師は総攻撃の合図をした。

斉の中軍から太鼓の音が寒天にのぼった。

「一の太鼓」

である。自軍に鋭気を興《おこ》し、昂《たか》める音である。

兵車の上の同は、その太鼓の音を耳にして、

——おお、敵は、はやばやと突進してくるようだ。

と、目を凝《こ》らし、つぎにみずから太鼓を打とうとした。ところでむこうの太鼓の音が「呼《こ》」なら、こちらの太鼓の音は「応《おう》」である。兵気が呼応して戦闘がはじまるのである。しかし右乗の曹劌は、息をしずめたような声で、

「まだ、なりません」

と、いい、同が太鼓を打つのをとめて、耳を澄ましている。斉兵はみるみる寄せてくる。このとき、

——何故、君公は鼓《こ》を打たぬのか。

と、すべての魯兵はおもったであろう。そうおもったとき、かれらは、いままでに経験したことのない怪異な心理状態になった。ある意味では、これも呼である。ということは斉兵はそれに応じて、やはり異常な心理状態になった。斉兵の目から、魯の陣は、妙に遠くにあるように映った。両軍の兵は、常の戦闘の気息《きそく》からはずれている自分を感じはじめている。

斉の中軍から、また太鼓の音である。

「二の太鼓」

である。兵気の高揚を加速するものである。

このままだと魯軍は、まるで両腕をひろげたまま大波をかぶるように、斉軍の一撃によって顚《てん》倒《とう》してしまうであろう。

同はけげんな面《おも》持《も》ちで曹劌をみた。曹劌は首を掉《ふ》った。まだ鼓を打つな、ということである。

斉兵の鬨《とき》の声がすさまじくなり、もはやそのひとりひとりの顔さえみえそうである。

魯軍は呪縛されたように静まりかえっている。

「三の太鼓」

が、きこえた。曹劌はうなずき、

「よろしいでしょう」

絶妙な呼吸であった。同は吐息をぶつけるように鼓をたたいた。

恐怖を堪《た》えにたえていた魯の兵は、その鼓の音にすくわれた表情をし、つぎに吼《ほ》え、地を蹴《け》った。魯軍の兵気が奔流となり、まぢかの斉の陣を撃破し、またたくまに兵勢を逆流させた。魯の兵車が走りやすくなった。

斉軍は先陣が大崩れになったため、中陣と後陣とはそのあおりで、後退しはじめ、ついに潰走へうつった。

敗走する斉兵の背中をはじめてみた同は、躍《おど》りあがって悦び、

――敵は逃げるぞ。逐《お》え、逐え。

と、いおうとしたとき、曹劌はひらりと車から降り、地にかがんで敵の兵車の轍《わだち》をしらべ、また車にのぼると、手もたれというべき軾《しょく》に足をかけ、斉軍を遠望すると、同の右にもどり、

「よろしいでしょう」

と、いった。

魯軍は追撃にうつって大捷をおさめた。


同はこれほど爽快ないくさをしたことがない。

――まるで魯の危難をみかねて、宗廟の御霊《みたま》が、使者をよこしてくれたのではないか。

と、さえ、おもわれた。それほど曹劌の出現は適切であった。

魯軍は凱旋した。さっそく同は曹劌に第一等の賞をあたえ、

「なぜ、斉軍が三の鼓を打つまで、待ったのか」

と、問うた。

「戦いと申すものは、勇気そのものです。斉兵は、はじめの鼓で勇気をふるいおこしますが、こちらが応戦しないので、第二の鼓では、その勇気は早くも衰えはじめ、第三の鼓では、勇気は竭《つ》きかかってしまったのです。一方、こちらはそのとき、はじめの鼓で、勇気が盈《み》ちます。むこうは竭き、こちらは盈つ。ゆえに勝ちました」

「そうであったか。では、予《わし》が追撃を命じようとしたとき、汝はなぜ、車から降り、また軾にの

ぼったのか」

「車から降りましたわけは、敵の兵車の轍が乱れているかどうか、しらべたのです。斉軍は、これまでの戦いぶりからわかるように、なにをたくらんでいるのかわかりません。もしあの退却が、みせかけで、わが軍を伏兵のあるところまで誘うものであるのなら、轍に乱れはないはず。轍は乱れておりましたから、敵にまず伏兵はあるまいとおもいましたが、念のため軾にのぼり、斉軍の旗をながめてみますと、その靡《なび》きははなはだしく、つまり敵兵は先を争って逃げているわけです。伏兵があれば、ああした逃げかたをいたさぬはず、ゆえに、――逐ってもよろしい、と申し上げたのです」

「おお、そうであったか。まことに理にかなったものだ」

同は感心することしきりであった。

長勺の戦捷《せんしょう》で、魯は自国の防衛力の鞏固《きょうこ》を内外に喧伝することになり、他人《ひと》の下風に立つことをきらう魯の君主をはじめ人臣は、そろって溜飲《りゅういん》をさげた。

――魯兵弱し。

と、みていた斉の首脳部は、この敗北で、居丈高な姿勢をあらため、手をかえて、魯にゆさぶりをかけることになる。

魯が一安を得たので、曹劌は帰郷を申し出た。

同は許さなかった。

「汝は、よほど君公に気にいられたようだ」

と、臧孫達にいわれた劌は、

「魯を勝たせれば、わたしの役目はおわったように思われますが……」

「いや、君公はこの先、汝に兵馬をおまかせになるつもりである、と拝察している」

劌はにが笑いをした。達のいったことは、同が劌を魯の将軍にするつもりである、ということである。いくら戦乱の世であるとはいえ、一介の郷士が一足飛びに将軍になることなどは、魯という保守的な国柄では考えられない。

「笑いごとではないぞ。魯国を救ったのが汝であることは、君公をはじめ百官みな知っておる。それにな、君公はこれまで手足のごとく使える臣を持たなかった。たとえばわしのような年寄りが、君公の頭をおさえてきたからじゃ」

と、達はかるく哂《わら》い、

「が、そろそろ、魯も変わらねばならぬ。ここだけの話だが、君公は慶父さまから兵権を手もとに引き取りたいのだよ。君公の手もとというのが、汝だ」

劌は、困った、という顔をした。達はすぐに劌の心中を読んで、

「魯では未曾有《みぞう》の人事になろう。汝はおそらく、慶父さまから嫉視されよう。が、わしのみたところ、汝は栄達を鼻にかけるような男ではない。君公と国のために一身を捧げられる男だ。汝が、魯の宝になるのは、これからだろうよ」

達はよどみなくいって、劌を励ました。それを黙ってきいていた劌は、

——この老卿は、相当な人物だ。

と、おもった。そのおだやかな表情に、人知れぬ時の嵐の遺影をみたような気がした。

——わしも人には言えぬ嵐をくぐってゆかねばなるまい。

身震いするような決心であった。劌は目前の老卿にふかぶかと頭をさげた。

——魯軍が急に強くなったのは、どうしたわけか。

実情のつかめない斉の小白《しょうはく》は、要心深くなり、兵馬を魯にむけることをひかえていたが、もともと権道好きな君主であるから、魯と宋とが仲の悪いことに目をつけ、

——協同して、魯を攻めよう。

と、宋の君主である捷《しょう》をさそった。捷は驕溢《きょういつ》なところのある君主である。小白の誘脅《ゆうきょう》に惑《まど》うまでもなく出師《すいし》を承諾した。

六月、——先発した斉軍は、魯国へ侵入した。

曲阜における軍議の席で、慶父は曹劌を一瞥《いちべつ》し、

「斉軍が図々しくわが領内を通っておるぞ。斉軍を伐《う》たんのか」

と、いった。劌が発言するのをおさえるように同は、

「出れば、この邑が空《から》になる。それでは宋軍の乗ずるところとなろう」

「ほう、宋が来る——。大廟《たいびょう》の鼎《かなえ》をとりもどすつもりか」

慶父は嗤《わら》った。かつて——二十五年前に——宋では内訌《ないこう》があり、魯に内事を干渉されたくない宋の重臣は、魯公の機嫌とりに、宋の宝器である大鼎を魯に贈った。魯ではそれを周公の廟（大廟）に納めた。そのように国勢において魯はつねに宋より上にいる。武事でも魯は宋に負けたことがない。げんに、長勺で戦捷したあと、自軍の活況を悦んだ同は、みずから兵を率いて宋を侵伐している。したがって慶父のいう「宋が——」には、「あの下等国が——」の意味がこめられていて、この口ぶりはなにも慶父にかぎったことではなく、おおかたの魯人《ろひと》は宋人《そうひと》を蔑視していた。ここが魯人の悪いところだといえなくはないが、隣国にたいする国民感情というものは、な

かなか変わるものではないことは中国にかぎったことではあるまい。

曹劌はちらりと臧孫達をみた。というのは、慶父が口にした宋の大鼎をうけとるとき、大いに異見を吐いたのは達であったからだ。そのときの魯の君主は、同の父の允《いん》であり、達は允にむかって、

「賄賂に取った器を、祖廟にすえて、あからさまに百官にみせるなど、悪い手本をみせることになります」

と、諫《いさ》めた。が、この諫言は魯公に聴かれなかった。この話は国外にまできこえて、かえって臧孫の名が高まったことは、魯の有識者では知らぬ者はない。

いまその臧孫達は、若いころの烈しさを忘れたかのように、穏和な表情を、軍議のあいだ、たもちつづけている。

——卿の容姿をみていると、足下の戦火でさえ、どこ吹く風のようだ。

曹劌は妙なおかしみを感じた。

「籠城して戦う」

軍議は一決を得た。

曲阜は天下に自慢できる城である。東南西北の城壁をぐるりとひとめぐりすると、十一キロメートル以上あり、城壁の高さは十メートルある。門の数は十一である。ちなみに鄭《てい》の首都の城門の数は九であり、宋のそれは六であることから推して、このころ魯の曲阜城は、周王のいる成周（洛陽）をのぞけば、天下第一の規模を誇っていたと想ってよいであろう。またのちに斉の臨淄《りんし》は七万戸をかかえる大都になるが、この時点では、とても曲阜におよばない。

曲阜に籠《こも》っているかぎり、敵のどんな大軍でも凌《しの》げよう。

斉軍は曲阜の近郊まで侵入してきて止まった。城中からそれをながめた同は、

「宋の軍を待っているようだな」

と、傍《かたわ》らの曹劌にいった。

「と申しますより、斉公が陣中にいないので、宋公に無断で攻め寄せてこれないのでございます」

「なるほど、斉軍は宋公の指令俟《ま》ちか」

そういいながら同は、

――斉はしつこい。

と、思い、小白の執念深さをみるおもいで、斉の布陣のようすを熟視していた。

宋軍の着陣はやや遅れた。もしこのとき、小白が斉軍をひきいていたのならば、宋軍の緩怠《かんたい》に腹を立てずにはいられなかったであろう。が、小白は臨淄にとどまっており、また斉が兵をだしたのは、宋を援助するという名目によるものであり、あくまで総大将は宋公であったため、斉軍のなかであがった宋公をなじる声は、宋軍にまでとどかなかった。

宋軍の陣立はにぎやかであった。兵たちはむだ口をたたき、将の叱咤《しった》に慴憚《しょうたん》する者はすくない。まるで燕息《えんそく》であった。

――あれでも、正兵か。

と、あきれたのは斉の兵たちであったが、曲阜の城からでも宋軍の弛《たる》みはみえ、

――あれぞ、祥氛《しょうふん》。

と、観取した者がいた。大夫《たいふ》の偃《えん》である。かれは魯の公室の出であり、多少驕慢《きょうまん》なところがあったが、みるところはしっかりみていた。さっそくかれは同に面晤《めんご》し、

「出撃したい」

と、いった。宋兵がのんびりしているいまこそ、わが軍には好機であり、宋軍を破ればおのずと斉軍は引き揚げる。ぐずぐずしていればこの貴重な時が去ってしまう。兵を出すべきだ、と偃は同の坐っている席をつかまんばかりにいった。

同は曹劌から、

——絶対に城から出てはなりません。

と、いわれているだけに、この奇襲の計をしりぞけざるをえない。

偃は憤懣《ふんまん》やるかたないという表情で退出していった。偃の姿が消えたのをみとどけた曹劌は、するすると同に近づき、

「今夜は、甲《よろい》を脱がずにおやすみください」

と、ささやいた。

偃のあの表情ときかん気とを想いあわせると、偃は魯公の制止をふりきって、突出することは充分にありうる。ただし城を出た兵が奇襲に成功すればよいが、もしも敵に気取られて罠にはまれば、退却してくる魯兵を収容する際に、敵につけこまれて斉宋の兵までも城中にいれる危険がでてくる。したがって兵を敵陣へむかわせるのなら、味方の者にさえわからぬほどの速さで、動かさねば、奇襲は成功しないわけであるが、偃が専行すればその条件にぴったりである。

——偃の手勢は錐《きり》だ。

曹劌はそう思っている。うまく敵陣に穴があけば、城兵をつぎこんでその穴を拡大すればよく、あかなければ、偃に死んでもらうほかない。

未明——。

はたして偃は手勢をひきいて南の門からひそかに出撃した。曲阜城の南壁には二つの門があり、

東よりの門を雩《う》門という。その門をぬけてまっすぐ南にすすむと、雨乞いにつかう舞雩《ぶう》台がある。偃は敵にも味方にも死角になる雩門をえらんで城外に出たのであるが、同と曹劌とはこのとき門観に登り、上から偃の行動を目で追っていた。

まだ日は昇っていないが、物の陰《かげ》は淡い紫色で、視界は良好である。

「あの白い甲が、偃であろう」

と、同がすぐにわかったように、偃の戎衣《じゅうい》は、獣の皮を白くさらした皐比《こうひ》とよばれるもので、かぶとのかわりに猛獣の頭の剝製《はくせい》が、かれの頭上にのっている。だいたいこのころの戎衣は赤が基の色であるから、偃のそれはいかにも奇抜な意匠で、貴族の奢華《しゃか》のあらわれであろう。

やわらかな感じのする六月の晨風《しんぷう》である。その風を切って魯兵の小集団は疾走してゆく。

宋と斉の兵はまだこの奇襲集団の存在に気づいていない。

曲阜の城中のほうがさきに騒がしくなった。偃が抜け駆けをしたことを、たれということなく知ったためである。上気した顔の慶父が門観に勢いよく登ってきて、まず、

「非計なり」

と、偃をののしった。その非計を止められなかった同に、ひとこといいたかったのであろう。が、西のほうをみた慶父の目には、宋の陣のまぢかまで迫っている偃の手勢がうつったので、

「いまいましいが、これで捷《か》った」

と、棄てるようにいって、威勢よく降りてゆき、兵を喚呼《かんこ》した。同はじりじりし、曹劌の意見をききたげにふりかえった。劌はうなずき、

「兵車はいつでも発進できます」

と、いった。宋軍の怠放は擬態ではないようで、慶父がいったように、これで捷ったという確

信は、劌にもあった。

おそらく宋兵の意識のなかには、この曲阜攻めは、斉と魯との確執の副産物のようなものであるから、すべてを斉軍にやらせて見物しておればよいという気楽さがあり、自軍が魯の標的にされるとは夢にもおもっていなかった。したがって炊煙《すいえん》のむこうから突如あらわれた魯兵に仰天し、将でさえ自軍の兵を蹴倒して逃げた。

このころ曲阜の城門はひらかれ、魯兵がそこから噴出していた。

宋公は逃げた。いくら逃げても、夢からさめないような感じであった。この宋軍の混乱のなかで、ひとりだけ沈着な男がいた。宋の宰相の華督《かとく》である。かれは魯軍の変貌を認識した。かつて魯軍が奇襲をかけてきたことはいちどもない。魯軍といえば、どこか陰気で、力攻めしかせず、敵が強いとみれば曲阜にこもって亀のごとくじっとしている。が、今朝あらわれた魯兵の活気はどうであろう。

——たれかが、魯兵を変えたのだ。

華督はそう推察した。かれは宋では華父《かほ》とよばれ、公室の出だが、貴地にある者としてはあくどいほどしたたかな男で、いくさぶりもまずくない。とにかく、正体のわからない魯の軍師の存在に勘づいた華督は、陣を引くにも要心し、宋公が兵車に乗るときに、

「このまま南下すると、魯の兵が伏せているかもしれません。西へ引いて、陣をお立てなおしなさったほうがよい」

と、いった。

しかし魯軍の苛烈さは、華督の予想をうわまわった。

——どこまで追ってくる気だ。

車上の宋公は何度ふりかえっても、魯の旒旗《りゅうき》が視界から消えないので、困惑した。それもそのはずで、魯公・同は曲阜を出発するときに曹劌から、もしも宋軍が総崩れになったのなら、

「逐《お》って、逐って、おいつづけなさいませ」

と、いわれていたから、追撃の手をやすめなかった。かれの頭のなかには、もはや斉軍はなく、逃げる宋公の頭のなかにも、斉軍はなかった。

斉軍の存在こそ奇妙であった。かれらは戦場における孤児のように佇《たたず》んでいるほかない。命令をだす宋公が逃走してしまったので、動きがとれなくなった。斉軍のなかには、

――いっそ、わが軍だけで、空《から》になった曲阜を攻めよう。

と、いう者もいたが、かれらは宋軍の助勢ということで出陣してきたのであるから、単独での曲阜攻撃は斉の我欲をむきだしにしてしまう。斉公・小白は、日本でいうと幕府をひらきたがっている大名にあたり、管仲を得てからは、かれの進言を納《い》れて、おのれの貪婪《どんらん》さを世間に知らしめることを避けはじめていた。したがって斉軍の将帥は、

――宋ごときと組んだのが、愚かなことであった。

そうした悔やみを胸にたたんで、兵たちに引き揚げを命じざるをえなかった。

曲阜城を出た魯軍は、

――こんなに深追いしてよいのか。

と、思われるほど、宋の兵車の轍迹《てっせき》をたどり、ついに乗丘《じょうきゅう》の近くまできた。ここからさらに西へすすめば、すぐに曹《そう》の国である。乗丘と曲阜との距離は八十キロメートルほどである。もう西

へは行けない宋軍は、乗丘に陣取って、はじめて反攻のために魯軍を頫視《ふし》した。華督は魯軍の追撃の速度がおとろえたことを見取り、

「彼我の疲れは同じです。早々に攻撃の布陣をなさるべきだ。いま攻めくだってゆけば、捷《か》てましょう」

と、即時の反撃をつよくすすめた。ところが宋公・捷《しょう》は昏惰《こんだ》の性《たち》なのであろう、

「そうせかすものではない。わしも疲れたが、兵どもはもっと疲れておろう。休ませてやれ」

そういって、陣中で横になってしまった。

――性は易《か》うべからずか……。いたしかたない。

華督は魯軍の攻撃があるものと想定して、手勢の配備におこたりなかった。かれが太宰《たいさい》（首相）になったのは、魯の臧孫達が輔相《ほしょう》になったのとおなじ年であるから、このときすでに老齢であったが、意気はなお軒昂《けんこう》であった。

ただしかれには不安がつきまとっている。このいくさでは魯公や慶父などは怖くない。かれらの戦いぶりなら察しがつく。怖いのは、魯公をうごかしているなに者かだ。その者が大胆にも、わが軍をここまで追ってきたのだ。それほどの者なら、こちらの軍容のゆるさを見逃すはずはない。夜がふかまるとともに、不安は濃くなった。かれは未明に起きて、宋公のもとへゆき、

「魯は必ず来ます。陣立てを早くなさいませ」

と、再度強弁した。

ねむたげな目をこすりながら、ようやく宋公はその気になり、

「よかろう、兵どもを起こせ。日が出たら魯兵を蹴散《けち》らしてくれよう」

星の輝きが失《う》せぬうちに、宋軍から炊煙の立ち昇るのを知った曹劌は、ただちにそのことを同

に報《しら》せ、

「おそらく夜が明ければ、宋軍が攻めくだってまいりましょう。その前に、こちらから攻め上ってゆくべきです」

と、いった。

乗丘で兵争するという決断は宋公のほうが早かったが、始動は魯軍のほうが早かった。このわずかな差で、魯軍は勝利をおさめることになる。

地の利を得ていた宋軍は、むろんここでは逃げなかった。兵威《へいい》は魯軍がまさっていた。それだけに戦闘は激烈になった。

劌は同の車に陪乗《ばいじょう》せず、このときの君主の陪乗者は卜国《ぼくこく》という剛の者である。御者《ぎょしゃ》は県賁父《けんほんぽ》という。一方、宋公の車に陪乗していた武人は、大力の南宮長万《なんきゆうちょうまん》であり、かれの勇猛さは四隣の国々にまできこえている。宋公の自慢の臣であった。

攻めかかった魯軍のほうがたちまち劣勢になった。同は命さえ落としそうになった。宋軍に押しまくられて、馬さえ驚きをみせたため、車が大きくかたむき、かれは顚落《てんらく》し、いやというほど地表にたたきつけられた。

副車が主君の危難を救うべく馳せ寄り、車上の歂孫《せんそん》がいそいで綏《すい》（すがり綱）を垂らした。綏をたぐって車上にのぼった同は、すっかり気分を害し、

――末《すえ》なるかな卜《ぼく》や。（『礼記』）

と、あからさまにいい、車外に放り出されたことを、卜国のせいにした。

「末」

と、君主にいわれて、卜国よりも責任を感じたのは、御者の県賁父であった。かれはふりかえ

って、

「いまだかつて、こんなことはなかった。これほどの大失敗を犯すとは、今日は気おくれしているらしい。恥ずかしいことだ」

と、卜国にいった。卜国も君主の顚落をふせげなかったことを苦にして、

「こうなれば、宋公を生擒《いけど》りにして恥をすすごう」

二人の乗る車は敵陣のまっただ中に突っこんでゆき、かれらは奮闘したが、結局ふたりとも戦死してしまった。

魯軍は鼓行《ここう》しようとした。

が、なかなか劣勢を挽回できない。その原因のひとつが、宋軍にいる大力無双の南宮長万の存在である。魯兵のすべてが、かれ一人におびえたといってよい。

――南宮長万を倒さぬかぎり、わが方に勝ち目はあるまい。

と、みた同は、果敢にも、自分の車を宋公の車に近づけさせ、弓に矢をつがえた。この矢は金《きん》僕姑《ぼくこ》とよばれ、飛行が正確である。同は弓矢に自信がある。手もとからはなった矢は疾走する車の上の長万にあやまたずあたった。長万はよろめいたはずみで、車から墜落した。

「見たか――」

同は一笑した。

「心得たり」

歂孫はひらりと車を降り、激痛で身をよじっている長万をやすやすと俘獲《ふかく》した。魯兵は歓声を揚げた。

宋公の車は走り去った。

このときを境に、魯軍は攻勢に転じた。長万をうしなった宋公の落胆が、宋兵につたわり、かれらは戦意を喪失した。

魯軍はまた大勝した。


南宮長万を虜囚として曲阜にかえった同は、ひとつの報告をうけた。

その報告とは、かれがはじめに乗っていた車を引いていた馬についてのものである。車上の二人はすでに亡く、馬だけが生き残った。その馬を洗っていた圉人《ぎょじん》（馬番）が、馬脚の股裏につきささっている矢の根を発見した。乗丘の戦いのとき、突如馬が驚いたのは、流れ矢にあたったからだということである。

——あの二人の罪ではなかったのだ。

と、思った同は、一掬《きく》の涙とともに、県賁父と卜国の葬儀に悼辞《とうじ》を賜《たまわ》った。国主が「士」とよばれる最下級の貴族に悼辞をおくったのは、魯ではこれが最初である。臣下を愛する情の篤《あつ》いところが、同の美点であった。

とくに同の恵慈《けいじ》をうけたのは曹劌であったろう。かれは大夫《たいふ》となった。破格の昇進といってよい。劌が臧孫家に挨拶にゆくと、達は、

「汝が現れてから、魯軍は敗けを知らぬ。ふしぎな男じゃな」

「おそれいります」

「布の上に画いた戦図で、活きた兵法が身につくとはおもわれぬが……、どうしてこうも勝てる」

「いえ、じつは、乗丘では敗けております。ただしわが君公の御脳裡には、勝敗へのこだわりが

なく、おのれを信じ、臣下を信じ、兵たちを信じて、うしろへ引かなかっただけでございます」

「信ずるとは、恐ろしい力を産むものだ。だが、勝ちつづけることによって、君公が戦争ずきになってもらってはこまる。年寄りというものは、そんな心配もするものじゃ」

「重々、肝に銘じておきます」

みじんも翦々《せんせん》たるところをみせない劌という男は、よほど肝が鍛えられているとみた達は、

「そこもとは、いくさ指南だけの男ではないようだ。これからは、わが孫の辰《しん》への助言もこころがけてもらいたい」

そろそろ達は首相を辞任したいということである。

さて、その辰についてであるが、かれはつぎの年に君主を輔佐する重任に就く。それから六十七年間、その重責をにないつづけ、死（病死か老衰死）をもってかれはその席から降りた。魯の歴代の大臣のなかでも、辰の賢英は高顕し、ひろくながく天下に名を知られることになる。

このときも辰は同席していた。かれはさっそく、

「宋は乗丘での敗戦に懲《こ》りて、おとなしくなろうから、注意すべきは斉の動向になろう。斉についての意見をききたい」

と、いった。

「むろん斉は魯を侵《おか》すことを考えておりましょうが、宋も静黙しているだけではありますまい」

「あれほどの惨敗をしたのに、また軍旅をおこすと申すのか」

「宋としては、乗丘での戦いは、勝てたはずなので、無念の想いがひとしおであることが、その理由の一つ。宋公が南宮長万をとりかえしたいことが、もう一つの理由です」

「ひとりの寵臣のために、国民に軍役を課するとは、さても宋公は暗愚な……。となれば、斉公

はそこを読んで、また出兵してくることになろう」

「そうでございましょうか。斉公はこのたびの宋公の戦いのしかたを知り、おそらく宋をあてにはしますまい。すなわち斉と宋とは、べつべつに動くとみておりますが」

「では、斉はどう出てくるのか」

その辰の問いに、劌はこたえづらい。

「斉は、見えなくなりました」

と、いうほかない。これまで斉国へは容易にはいりこめた。ところが今年から里郷のしくみがかわり、異邦人の挙動がすぐに中央へ報告されてしまう。したがって斉へおくりこんだ偵諜からはかばかしい報《しら》せがこない。

「斉ではなにがおこなわれているのだ」

達も辰も眉をひそめた。

「良く申せば改革、悪く申せば法で人民を縛《いだ》ったのでございましょう」

魯人は昔から法治主義に反感を懐いている。したがってのちに魯から出た思想家は、孔子《こうし》や孟《もう》子《し》などの儒家《じゅか》であり、商鞅《しょうおう》や韓非《かんぴ》などの法家《ほうか》がうまれる文化的土壌はこの国にない。

魯と斉の国がらのちがいを端的につたえる話が『史記』に採《と》られている。

周王朝がひらかれたあと、魯の開祖にあたる伯禽《はくきん》は、封国《ほうこく》をさずかってから三年後に、政道を報告にかえった。そこで摂政である父の周公・旦から、

「どうしてこんなに遅れたのか」

と、問われた。伯禽がつつしんでこたえるには、

「魯の風俗を変え、礼制を革《あらた》め、服喪の期間を三年といたしました。そのために遅れたのでござ

います」

そう釈明した。ところが、斉の開祖にあたる太公望《たいこうぼう》のほうは、五か月で周公のもとにもどってきたので、周公はおどろき、

「どうしてこんなに速かったのか」

と、きいた。太公望は平然として、

「君臣の礼を簡単にし、斉の風俗を変えることなく、それに従って政治をいたしました」

と、報告した。両者の述職を比較した周公は、

「ああ、魯は後世、北面《ほくめん》して斉に臣事することになろう」

と、嘆息まじりにいったという。

さらに挿話がある。――『呂氏春秋』では、周公・旦が太公望にむかって、どのように国を治めるか、ときいた。すると太公望は、

「賢者を尊び、功績で人臣を抜擢する」

と、いった。それにたいして周公は、

「わたしは身内を大切にし、人臣には恩化《おんか》をおこなう」

と、所見を述べた。太公望は皮肉っぽく、

「排他的な魯は、きっと他国によって領地をけずり取られ、小さくなる一方だ」

と、いったので、周公も負けずに、

「他の氏族の者を高位にすえるようでは、やがて斉は他人に乗っ取られますよ」

と、いいかえした。

伯禽はいきなり曲阜へゆき魯国をひらいたわけではなく、太公望が斉国をさずかったのは、お

そらく周公・旦の歿後であったろうから、この二つの話はかなりのちに創作されたものであろうが、二国のちがいを知るおもしろさがある。ただし太公望が、斉の風俗を変えなかったことや、賢者を尊んだことは嘘で、独自の法制を人民に強《し》いたと考えたほうが事実に近い。ところで斉国が乗っ取られるのは、管仲が歴史に登場してから、三百年後である。その簒奪《さんだつ》者の先祖が、宋の南にある小国・陳《ちん》の公子として、この時点では健在であった。

　斉の管仲は法家の先駆者である。かれがおこなった富国強兵の制度の内容を、隣国にいる曹劌はうかがい知ることはできなかった。


この年の冬、――斉は突如兵を発し、曲阜よりはるか東南方にある譚《たん》（郯）国を滅ぼした。譚は宋とおなじ商民族がつくった国であった。

　斉の首都の臨淄《りんし》を出発して、淄水《しすい》ぞいに上り、沂水《きすい》ぞいに下ると、譚がある。なんと斉兵は二百五十キロメートルの行程を踏破した。

　譚の滅亡は、魯にとってまことに気色が悪い。闇のなかから急に長い手がでて、身近にある物を、すばやくつかんでいかれたという感じである。譚に近いところに、祊《ほう》という采邑《さいゆう》をもつ魯の公室としては、急遽《きゅうきょ》、曹劌に兵をあたえて出陣させたが、劌が祊に着いたときには、すでに斉軍は譚に守備兵をいれ、風のごとく去っていた。その電光のような斉軍の未来に、

　――いやな予感がする。

と、劌はおもった。

　管仲の言行録ともいうべき『管子』の「七法」（兵法）に、

「風雨の行、飛鳥の挙」

の字句がみえる。軍とは、風雨のごとくはやく行き、飛鳥のごとく山谷を超えてゆくべきだというのである。このときの斉軍はまさにそれであった。ただし『管子』の「七法」の部分は戦国末期の軍学者によって書かれたらしい。

——何故、斉は譚を伐ったのか。

魯人《ろひと》はたれもがいぶかった。しばらくするとうわさが流れてきた。

「斉公・小白が亡命中に譚に立ち寄ったが、譚は小白を礼遇しなかった。さらに、小白が斉の国主になったとき、その賀《いわ》いに譚の君主がでむかなかった。その二つの無礼への報復である」

そのうわさを、斉は近隣の諸国へわざわざ流したふしがある。

——侵略のための口実にすぎぬ。

魯の大夫たちは口々に斉公の奸猾《かんかつ》さを批難した。この点、魯の重臣たちは時勢眼にくもりがあったというべきであろう。

なぜ斉はこの時に、はるばると譚を攻める必要があったのか。采地《さいち》をひろげたいのなら、斉の近くにも異族の国は多くあるのである。それらを攻め取ればよい。

曹劌はそれを考えた。

——魯を包囲する気であろう。

かれの思考はあくまで防衛的である。そういう飛躍のない考えかたをすることは、かれが魯の人間であるというあかしであり、また、たしかにかれの推測はあやまっていなかった。

が、譚を奪取することを小白にすすめた管仲という男は、やはり衆知を超える天才であったといわざるをえない。

つまり、こういうことである——。

斉軍が譚を攻めたのは十月である。そのひと月まえに、ひとつの戦争が南方でおこった。淮水《わいすい》の北で、蔡《さい》の軍が楚《そ》の軍に敗れたのである。蔡の君主が楚の捕虜となるほどの、蔡軍の大敗であった。ただしこのころ南方の大国である楚のことは、周王を尊奉する諸国から「荊《けい》」とよばれていた。

周王朝に参朝している諸侯の国々と、南蛮の国・楚との境界線は、淮水であるといえた。その淮水をこえて、楚が北へ進出してきたことに、もっとも早く鋭く反応したのが斉であったというべきである。管仲の出身は淮水に近い潁上《えいじょう》というところであり、当然、蔡については詳しく知っており、また楚についても、うすうすそのぶきみさは感じていたであろう。

――斉が中心となり、周連邦は結束して、楚の進出を阻止すべきだ。

と、考える管仲は、

「もしも、荊が東北に上ってくることがあるとすれば――」

と、小白に説明したことであろう。

楚が東北にむかって軍を発すれば、必ず彭《ほう》（徐州）に出る。彭で西にむきをかえれば、蕭《しょう》という小国があり、東にむきをかえれば、譚があり、直進すれば、魯の曲阜に至る。したがって譚に自国の兵をいれた斉の真のねらいは、楚との攻防を想定した拠点づくりである。事実、蕭の国はのちに楚によって亡ぼされてしまうのであるから、斉のうった手は早すぎたとはいえない。なおかつ、この一手は、斉の朝廷になんの会釈もしめさない魯を、迷わせおびやかす妙手であったといえる。

「魯とは、文字どおり、魯《にぶ》い国であることよ」

と、小白は哂《わら》ったにちがいない。

——魯の東南の方にあらわれた斉軍が、つぎにあらわれるとしたら、正反対の西北の方であろう。

はかばかしい復命のできなかった曹劌は、闘いをみすえるような目つきで、小白と管仲の方略を予見しようとしていた。

乗丘でさんざんな目にあった宋公・捷は、怨憤がしずまらず、つぎの年の五月に魯に攻めこんだ。

「それに呼応して、斉軍がわが国に伐ちいってくることはありません」

曹劌にそういわれた魯公・同は、すみやかに兵をひきいて曲阜を発した。宋軍は鄑《し》というところを決戦場にえらんだ。

——やあ、またしても宋の陣は紓《ゆる》いことである。

すっかり戦場での気息をおぼえた同は、いきなり、

「かかれや——」

と、鼓譟《こそう》させ、宋軍に攻めかかった。

にぶいといえば、宋公と宋軍がそうであろう。陣立ての緩慢さはあいかわらずであり、魯軍の速攻に、またたくまに破却された。敗走する宋兵をみても、劌は、

「逐《お》ったところで、何の益もありません」

と、いって、同の帰還をうながした。帰途の同は上機嫌で、

「汝の言は、肯綮《こうけい》に中《あた》る」

と、劌を称《ほ》めた。辰も劌に、

「宋公の暗愚もこれであきらかになった。宋の室《いえ》も先がみえたな」

と、宋にたいして酷烈なことをいった。

劇はだまって会釈をかえしただけであった。

踏んだり蹴ったりとは宋のことをいうのだろう。秋になって洪水に襲われた。それを知った同は、宋公の心情をおもいやり、

「天地の災《わざわ》いであれば、弔《ちょう》せずばなるまい」

と、いって、辰を使者として宋公を見舞わせた。同のもつ篤恭《とくきょう》のあらわれである。宋としては、魯公の代理であるこの若い輔相にたいして、最大限に気をつかい、宋公は精根が尽きかけたような表情をかくそうとしなかった。このとき宋公は自分のことを、

「孤《こ》」

と、いった。孤とはみなしごのことである。君主がみずからをいやしめた一人称でもある。博識の辰はこの一言がすっかり気にいった。

——宋公は、暗愚で亢傲《こうごう》だとおもっていたが、そうでもない。

魯にかえってきた辰は、

「国に災いがあったとき、諸侯は自分のことを孤というのが、礼である」

と、いって宋公をほめた。

あとでわかったことだが、宋公に「孤」といわせ、魯公にたいして答礼の辞をつくったのは、宋公の弟の御説《ぎょえつ》であった。

「あの宋公にしては、できすぎだと思いました」

辰が嗤《わら》うと、

「公子御説は君主になれる人だよ。民を恤《うれ》える心がある」

そういった臧孫達はこの年で政治の表舞台から姿を消した。ついでながら、達の褒詞《ほうし》はまた予言でもあったのだろう、公子御説は兄の捷の死後に宋の国主となる。

それはそれとして、宋国へ行った辰は、宋公から哀願されたことがあった。それは、

――南宮長万《なんきゆうちようまん》を返してくだされよ。

と、いうことであった。宋公にさっぱり元気のないのは、気にいりの長万が傍らにいないせいでもあるらしい。太宰の華督からも、よしなに、――と懇切にたのまれた。復命したとき、辰はそのことをいった。

「宋公はよほどかの者を敬愛していたようです」

「さようか」

と、一考した同は、不憫《ふびん》よな、とつぶやき、

「難儀つづきの宋公の胸を晴らしてやりたい。長万を送り還してやろう」

と、いった。

南宮長万は宋へもどされた。

この温情がじつに悲惨な事件へ発展してゆくとは、たれが予想できたろう。

宋室の悲劇は、宋公の吐いたことばからはじまった。南宮長万をむかえた宋公は、すっかり気分がほぐれて、軽い冗談を長万にあびせた。

「以前わしは、そなたを尊敬していたが、乗丘での戦いぶりはなんぞや。いまや魯の囚人に、尊敬をはらえぬのが道理ではないか」

長万は誇り高い武人である。魯にとらわれていたときも、魯公からは鄭重にあつかわれた。

――魯公は勇者を知る。

その点でも、魯における幽閉生活は不快でなかった。ところが宋にかえってきた途端、この謔《ぎやく》浪《ろう》である。

――生まれてこのかた、かほどの軽辱《けいじよく》をうけたことはない。

長万は堪えがたいものを感じた。かれにとっての不幸は、魯公を知ったということかもしれない。あの公の質実剛健から、わが公ははるかにへだたっている。やるせない実感であった。

――こんな軽佻浮薄な君公に仕えなければならぬのか。

長万は武人としては不運というべきであった。ただしかれは宋にもどってから、右乗から大夫に格上げされた。宋公が長万の機嫌をとったのである。だが長万の沈愁はつづいた。

かれのそうした感情の曲折を理解できないまま宋公は、つぎの年の秋（八月）に、蒙沢《もうたく》とよばれる田猟地へ遊びにでかけた。女づれの行楽である。そこで宋公は、女たちを左右にはべらせて、長万を相手に博奕《ばくえき》に興じた。

――狩りをするならともかく、……この嫚《だ》嫚《まん》はなさけない。

と、思った長万は、妾婦《しようふ》たちを睨《にら》みつけながら、

「魯公は淑《よ》い」

と、いった。魯公は女にだらしないところがない、ほかにも魯公の善《よ》さをみならうべきだ。天下の諸侯が常君として仰げるのは、魯公のほかにありますまい、と長万は強い口調でいった。

魯公を称《ほ》めるついでに、おのれの色荒《しきこう》をけなされた宋公はおもしろくなく、傍らの愛妾をふりかえって見て、顔を寄せ、

「こやつは、捕虜になった男よ」

と、いった。その声が長万にきこえた。長万が怒気をあらわしたので、――主《あるじ》にむかって、何だ、その顔は、……とおもう宋公は、臣下の古傷をなぶるように、

「汝は魯の捕虜となった。魯公を称めるのはそのせいだ」

そのことばのおわらないうちに、長万の手は博奕の盤をつかんでいた。かれは怒りにまかせて宋公を殴りつけた。かっと血を吐いた宋公は、即死であった。盤が頸骨をくだいていた。妾婦たちはこの惨状に気絶した。

一瞬呆然《ぼうぜん》とした長万であったが、つぎの瞬間、肚を据えた。

――こうなったら宋室を存分にしてやろう。

手勢をひきいて首都へ急行した長万は、たまたま凶報をきいて公門へ駆けつけてきた大夫の仇《きゅう》牧《ぼく》と遇った。仇牧は剣を手にして長万をののしった。

――やかましい。

長万は一撃で仇牧を殴殺した。このときの仇牧の死にざまはすさまじい。長万になぐられたはずみで、歯が門の扉にめりこんだというのである。長万は宮室へむかった。東宮の西で太宰の華督を発見したかれは、うむを言わせず華督を殺害した。奸黠《かんかつ》にたけた華督であったが、この降って湧いたような凶変をさけようがなかった。長万の返還を求めた二人は、おのれの死を招いたことになった。おもわくどおり公室をおさえた長万は、公子の游《ゆう》をつぎの国主としてたてたあと、公子の御説《ぎょえつ》をさがさせた。御説には輿望《よぼう》がある。

――恐るべきは御説のみ。

その公子御説は首都を脱け出し、北にある亳邑《はくゆう》へ奔《はし》りこんでいた。ほかの公子たちは、一路東へ――、膝がぬけるほどはしり、蕭《しょう》邑へむかっていた。

——ふん、蕭のやからに何ができる。

長万の懸念は御説の存在だけである。

「亳を攻め取り、御説を殺せ」

かれは自分の子の牛《ぎゅう》と、この謀画に加わった猛獲《もうかく》に兵をあたえ、亳を攻撃させた。

が、亳は落ちない。

「亳が堪《こら》えているうちに、手をうたないと、宋は悪逆の巣になってしまう」

と、いったのは、蕭をおさめている叔大心《しゅくたいしん》という大夫である。かれは胆勇のある貴族であったが、蕭の兵だけで立つのはこころもとない。

——事情を話して、他国から兵をかりましょう。

叔大心は首都から逃げてきた公子たちと相談し、隣国の曹《そう》へ潜行した。かれのまっすぐな心情が通じたのであろう、曹が援兵をだしてくれることになった。交渉が成功すると叔大心は馳せかえって、兵を挙げた。十月のことである。

亳を包囲していた南宮牛と猛獲の師旅は、蕭・曹連合の師旅と一戦して、敗れ去った。牛は戦死し、猛獲は曹よりさらに北にある衛《えい》国へ亡命した。

勢いを得た勝兵は、御説などの諸公子を奉戴して、首都へ進撃し、公子游を殺して、主権を長万から奪回した。これにより正式に御説が宋の国主となったわけである。

このとき長万はどうしたかといえば、馬車を人力車につくりかえ、母を載《の》せて自分で引き、たった一日で西南方の国・陳《ちん》まで逃亡してしまった。宋の首都がある商丘から陳までは直線距離でも九十キロメートル以上ある。とても人間わざとは想われない。

しかし二人の亡命者の末路は惨絶であった。

宋におくりかえされた長万と猛獲は、宋人の憎しみをうけて、醢《かい》とよばれる極刑に処せられた。醢とは、人を塩づけにして邪悪な霊をよみがえらさないようにする刑である。

宋から長万送還の要請をうけた陳では、女をつかって長万に酒を呷《あお》らせ、酩酊《めいてい》したかれを犀の皮袋につつんで、宋まではこんだ。長万が途中であばれたため、その皮袋が破れ、手足だけが外に出るという奇状を呈した。中国累代の力士のなかでも、長万は一、二をあらそうものであろう。


宋の内訌に舌打ちしたのが斉の小白である。

——背後に迫っている虎口をしらずに、殺しあっているとは、呆れてものがいえぬ。

宋の背後の虎とは、楚のことである。小白は行人（外交官）を各国につかわして、斉の邑のひとつである北杏《ほっきょう》で、国の代表者が会合をもつように呼びかけた。北杏は濮水《ぼくすい》のほとりの邑で、魯、曹、衛などの国から歩いてゆけば、ほぼおなじ日数で着ける。

内乱のおさまった宋では、この招集に応じる返辞をしたものの、宋とおなじ民族でできていた譚《たん》の国を滅亡させた斉公をこころよくおもっていない。

魯はにべもなく断った。

この会合の主旨は、対楚連合の盟契《めいけい》であると告げられていても、各国は斉とその君主に疑心暗鬼で、けっきょく北杏に集合した代表者というのは、斉公をのぞけば、すべて大臣ばかりであった。ちなみに北杏の会合に出席者をだした国々というのは、斉、宋、陳、蔡、邾《ちゅ》であった。

小白のねらいは、実際に楚軍と戦った蔡の大臣の口から楚の狂暴さを語ってもらい、各代表者に楚の脅威を認識してもらうと同時に、斉の国力を誇示し、楚に対抗できるのは斉のほかにないことを実感してもらうことであった。ほかに議題としてあがったのは、宋の内乱後の処理についてであるが、宋人としては、要らぬ干渉だ、と思ったであろう。

この国際会議がおわったあとに、小白は、

「魯公は若いくせに頑冥《がんめい》だな」

と、管仲にいった。北杏の会合をまったく無視した魯公にたいして、相当腹をたてた小白であった。さらに臨淄へかえってから、

「郷士あがりらしい曹なにがしかの浅智慧で、戦捷つづきの魯公は、のぼせあがったようだ。すこしにがい水を吞ませてやれ」

と、いった。

斉は兵をだした。国境を越え、汶水《ぶんすい》の北に侵攻した。小白のいやがらせである。

――やはり、来たな。

斉兵の出現は曹劌の予想した方角であった。将軍に任ぜられた劌は、斉兵の撃退にかかったが、成功しなかった。かれにとってはじめての敗戦といってよい。斉の軍備の充実と兵の質の高さが、かれの予想を超えていた。同種の戦闘が月をおいて再度あったが、これにも曹劌は敗れた。

曲阜にかえった劌をまっていたのは慶父の罵詈《ばり》であった。

かさにかかって斉軍は南下し、六月には、遂邑《すいゆう》に至った。遂は嬀《き》姓の国であり、魯に順服している。斉軍はそこを攻めた。

――遂人《すいひと》は北杏に来なかったので、みせしめである。

と、小白はいったが、魯公へのあてこすりであることはあきらかであった。遂邑を抜かれると、曲阜の近くに戦火が迫ってくることになるので、魯としては全力を挙げて遂邑を救わねばならない。

「わしが征《ゆ》く」

慶父は当然のような顔をして言った。しかし同は、

「兵事のことは曹劌に委《まか》せてあります。卿にご足労をおかけするほどではありますまい」

と、いった。もう一人の卿である臧孫辰は内心にやりとした。

——君公は存外、頑固だ。

と、いう想いのほかに、同の劌への信頼の篤《あつ》さをみたおもいであった。さらに、ここで慶父に兵権をわたしてしまえば、ほとんど確立した同の主権にゆらぎがくるし、また、もしも慶父が敗れれば、魯の威信は大いに傷つく。辰にはそれがわかる。

「汝もつらかろうが、君公はもっとつらい」

辰は出陣する曹劌に声をかけた。劌は一顧し、

「命にかえても、必ず遂を救ってごらんにいれます」

と、いって、曲阜を立った。乗丘の戦いのときの風はさわやかであったが、この六月の風はなまぬるい。西北の天は朦朧《もうろう》としていた。

——わしが着くまで、遂が凌《しの》いでいてくれればよいが……。

劌は軍を急がせた。が、戦況はすでに魯に不利であった。遂邑の陥落が早すぎて、魯軍は遂邑の近くで停止せざるをえなくなった。遂邑には斉兵が入り守備につき、斉軍の影もかたちもなかった。

ふつうの行軍では、曲阜から遂邑まで、五日である。その行程を劌は二日で踏破した。にもかかわらず、わずかな日数で遂の国は滅んでしまった。

——斉公のいやがらせは、度が過ぎている。

蒯は、まだ遂を救える、と考え、邑を重囲させた。が、邑内の斉兵から、

「引かぬと、遂人を殺す」

と、おどされ、蒯はあっさり引き揚げを命じた。斉兵ならやりかねぬ、と思ったからである。遂邑を攻め潰すまえに、邑内の庶人が多く死ぬ。それほどまでしておのれの名誉をまもりたい気は蒯にない。

――わしが一人死ねばよいことだ。

このあたりの思い切りは速い。ただし魯の威名をおとしたことはたしかであった。それもわが死によってつぐなえよう。かれは曲阜にもどり、退却の事情を報告した。

辰は憂愁をみせ、遅かったか、と独言し、目をつむった。

かつて郕《せい》を取られ、いままた遂を取られた。魯の北には斉のための軍用道路ができたようなものではないか。ある大夫はそういい、つぎに慶父の怒号があった。

「だから、わしがゆくと言ったのだ。曹蒯よ、よくおめおめと帰ってきたものだ。恥を知れ」

死ぬ覚悟の曹蒯には、どんな誹謗《ひぼう》も遠い声にきこえた。顔をあげなくても、主君の落胆がわかるだけに、それが心残りであった。

「卿よ、曹蒯を責めてもらってはこまる。あれ以上遂人を殺すには忍びぬゆえ、軍を引かしたのはわたしである」

同は蒯をかばい、蒯にむかっては、疲れたであろう、自宅にかえってすこし休め、といった。

――わしにとって、これが、最後のおことばである。

と、痛感した蒯は、わずかに顔をあげて、同の気色を望んだ。同の目に愛憫《あいびん》の色があらわれているようであった。みじかい間であったが、よい主君に仕えることができたことは、過望であっ

たといわねばならない。劌の目尻のあたりに涙がたまった。うつむくと涙はひとすじ糸を引いた。

自宅にかえった劌は、自刎《じふん》するまえに沐浴《もくよく》し、剣を抜いた。そのとき、宅内が騒がしくなり、貴人の訪問があったことをつげに室内をのぞいた家人は、剣をみて愕然《がくぜん》としつつ、

「季《き》公子さまが、おこしになりました」

と、ふるえ声でいった。

「そうか――」

劌は表情をうごかさず、剣をおさめると、堂へ足をはこんだ。季公子とは、君公の末弟で、名を「友《ゆう》」という。まだ十代の公子である。

「君命をお伝えにまいりました」

劌は伏拝した。

「このたびの、曹劌の軍配には、いささかの落度もなく、よって謹慎する必要はなく、また自害などはけっしてならぬ。君公はそう仰せです」

劌が返辞をしなかったので、季友は、念をおすように、

「しかとお伝えいたしました。復命のため、貴殿の剣をおあずかりし、君公におみせしたい」

と、いった。そのあと小声で、君公は曹劌が死にはせぬかと、そればかりご心配になっておられます、どうか君公の御心を安んじなさいませ、といった。

――若年ながら、まるで耆老《きろう》の心遣いだな。

劌には深く感じるところがあった。かれは季友に剣をささげながら、

「剣とともに、君公から拝借いたしました土地と人とを、お返しいたしたく存じます」

と、つつしんでいった。自尽《じじん》がゆるされないのなら、大夫であることをやめて一郷士となり、

故郷へかえるにはふさわしい時機である。ところが季友は首をふり、

「お伝えはいたしかねます。というより、これは私見ですが、貴殿が謁帰《えっき》いたさねば、真に君公のことを意《おも》う臣はいなくなり、また斉の横暴に立ち向かえる者はいなくなりましょう。魯の大人どもは、口先ばかり威勢がよく、実戦では口ほどにもないというのが、かつての魯であったのですから、またそうなってもらいたくないとわたしは思いますし、おそらく君公も同じ意いでしょう」

じつにはきはきしたものの言いかたであった。劌はこの若々しい公子の活眼を知ったおもいがした。

——そういえば……。

劌は季友についての噂話をこのときおもいだした。

季友の出生は嘉言《かげん》にみちていたらしい。生母は陳《ちん》の公女である。友が生まれるにさきだって、父の魯公・允《いん》は卜《ぼく》者（卜楚丘《ぼくそきゅう》の父）に、どういう児が生まれてくるのか、と問うた。卜者はうらなって、つぎのようにいった。「生まれてくるのは男児です。友と命名されるでしょう。君公を輔佑《ほゆう》することになりましょう。もしこの季氏が亡びるようなことになれば、魯は昌《さか》んになりませんん」。はたして生まれてきた児をみると、男で、手のすじが友の字にみえたので、友と名づけたという。

のちにこの公子は、祝福された予言どおりの命運をたどることになる。魯公・同の死後に、後継で争いが生じ、同の正室に通じた慶父はみずからが国主の座につこうとするが、季友はその権術をうちやぶり、同の子の「申《しん》」を国君として立て、自分は輔相となって魯を安定させた。ただし、——同の兄弟である慶父、叔牙《しゅくが》、季友の三つの家は、父の允が桓《かん》公と諡号《しごう》されたところから、

「三桓」（孟孫氏・叔孫氏・季孫氏）とよばれ、大いに栄えて、ついには公室をしのぐほどの盛彊《せいきょう》を得る。魯に生まれた孔子が、いかに三桓の威勢をけずろうかと腐心したことは、よく知られている。ちなみに孔子がはじめて仕えたのは、この季友の子孫の家、すなわち季孫氏であり、役職は、地方にある倉庫の出納係りであった。


遂邑《すいゆう》が陥落したあと、同は三日間肉を食膳に上げなかった。悲しみの深さをあらわしたものである。が、かれは劌の顔をみると、ほっとしたようであった。

「汝に剣を返さねばならぬ」

「しばらく、大きな兵争はございますまいから、剣は必要ではございません」

「斉はこれ以上侵略してこぬというか」

「これから、外交による強迫が烈しくなりましょうが、兵を曲阜にさしむける愚は避けましょう」

「斉公は、いったい魯に何を求めているのだ」

「それは、ただひとつ——君公を交盟の場にひきずりだし、深謝させることでございます」

「わしが、斉公に詫びる……。詫びるのは、魯の地を侵削《しんさく》した斉公のほうであろう」

同は嚬瘁《ひんすい》せざるをえない。

「おそらく斉公には、他国、とくに小国の痛みなどはわかりますまい」

「そういえば、……」

と、同はうつろに目をながし、

「遂の民は、ずいぶん斉兵に虐待されているそうな。哀れなことだ」

　同には遂を救えなかった劌を詰《せ》める気はないのだろうが、そういわれれば弁解の余地はない劌は、色を失いつつ、それでも声をはげまして、

「他人《ひと》をむごく扱えば、やがてその報《むく》いをおのれがうけることになります。昔、夏王朝のころ、王宮のことを牧宮と申しました。牧とは、民を飼育するということで、いま斉の管仲がおこなっていることも、牧であり、民を畜力《ちくりょく》のごとくみなしているのです。斉の君臣は、いまは栄楽《えいらく》に安んじているかもしれませんが、後世の批難をかわすことはできますまい」

　と、峻切《しゅんせつ》なことをいった。

　もともと同は純情な君主だが、気の強いところもあり、すぐに気持ちをあらためたのだろう、劌にむかって、その言や嘉《よ》し、といいつつ微笑し、

　――われ、師師《しし》する有り。

　と、いった。魯は斉とちがって、のっとるべき周公の教えがある、といったのである。が、このときから数か月間が、同にとっても劌にとっても、生涯のうちでもっとも辛烈《しんれつ》なときであったろう。同は斉公から強迫しつづけられ、劌はほかの大夫から、――まだ生きておったか、というような白眼で視《み》られた。ところが劌は、秋がすぎたころ、急に表情に澄みがでた。これまで劌に同情してきた辰《しん》はその表情の変化に気づき、

「明断ありとみた。いま魯は上下ともに苦しんでいる。意中を吐露してもらいたい」

　と、いった。劌はべつにかくしだてすることなく、

「意中にありますことは、斉に奪われた田《でん》や邑《ゆう》を取り返したい、それだけです」

「勝算があるのだな」

「ございます」

「これは愉快だ。してその方策はいかなるものか」

「それだけはお明かしできません。ただし君公にこうお勧めくださいませ。斉公の強要をお受けなさいませ、と」

「なにを申す。盟誓《めいせい》の場に出れば、斉から強奪されたものすべてを、現状のまま、斉にわたすことを認めねばならなくなる」

「いや、おそらくそうはなるまいと存じます」

「奇怪なことをいう——」

辰はそれ以上質《ただ》さなかった。


同が、魯をおとずれた斉公の使者にたいして、斉君にお盟《ちか》いいたしましょう、といったのは、それからまもなくのことである。使者から上首尾の上聞をうけた小白は、相好をくずし、

「やれやれ、魯公は手を焼かせおった」

と、手を揉んだ。指先に冷たさを覚える季節になっていた。

会場は柯邑《かゆう》ということになった。斉の邑の一つである。さきに会盟がもたれた北杏《ほっきょう》より南にあり、ここも濮水《ぼくすい》ぞいである。

曲阜を立つまえに劌は剣の下げ渡しを同に願った。

「両国が剣をおさめるときに、汝は剣が要るという。わしは汝もわからなくなった」

同がはじめていった皮肉であった。そのあとかれの目もとに暗い孤影が差した。

会場にむかう同は、まるで引き立てられてゆく罪人のように、愀惨《しゅうさん》としていた。目だけに恚《いか》り

っていた。足もとを寒風がながれている。この風はわが身を殺《そ》いでゆくようだ、と同はおもった。

盟壇の上ではすでに小白が着座し、同の到来を見守っている。

――小白の勝ち誇った顔を見たくない。

そう思ったとき、同の足はとまった。背後から、翳《かげ》りのない声がきこえた。劌の声である。同ははっとした。およそこの場にはふさわしくない透《す》き通るような声音であった。

――強い声だ。

と、同がおもったとき、ふしぎな落ち着きがきた。

「君公よ、なにをお考えになっておられます」

曹劌はここまできて耳語することは、壇上からこちらを視ている斉の君臣の疑惑をまねくだけだとおもい、同に軀を寄せはしたが、首をまっすぐ立てたままいった。同はふりかえらず、

「死んだほうがましである」

と、いった。この声はむろん盟壇の上の小白にとどかない。小白にすれば、気おくれした魯公は壇上にのぼってからの手順もわからず、臣下に問うているのであろう、くらいに内心嗤《わら》いながら想ったかもしれない。しかし劌はこのときじつに激越なことを、平然と話しはじめていた。

「では、君公は斉公にお当たりください。わたしは臣に当たります」

斉公・小白を同が押さえ、管仲を劌がふせいで、この誓盟を魯に有利な形で強引におわらせてしまおうという、劌の意想である。

――なんと乱暴な……。

とは、同はおもわなかった。

「よかろう」

同は歩をすすめ、土の階段に足をかけた。段は三つある。同は一段のぼるごとに、鼓動が高まり、顔から色がうしなわれた。小白に対座したとき、同は全身が縛られたように動けなくなった。

――これでは看破《かんぱ》される。

劌は腰をかがめて趨《はし》り、管仲がその異様さに気づいたときには、すでに劌の手にしている剣の刃先が小白の喉もとにぴたりとついていた。

小白は口を動かすことさえためらった。うごかせば、冷たい剣の刃が喉を傷つけるであろう。

管仲がすすみでてきた。かれは慎重であった。「なにをする」とでも怒鳴れば、この魯の臣はためらわず斉公の喉笛を搔き切るであろう、と直感した。それほどに曹劌にはしんと静まったすごみと殺気とがあった。

「なにを望んでおられる」

――これが、管仲か。

一瞥した劌は、この賢相とうわさされる男にたいしてさほど深い感慨はなく、

「斉ほどの大国が、小国である魯を侵すのに、度をこしておりましょう。辺邑の城壁は破壊され、魯は圧迫されております。なんとかご考慮いただきたい」

と、いった。

春秋時代で最初の覇者と称《よ》ばれる小白に、これだけ大胆な脅迫をした男は、この曹劌を措《お》いてほかにない。また、その刃先にこそ、長く苦悩してきた劌の怨念がこめられていたであろう。これはひとつに、かれの精神の明快さの表現でもあった。つまり兵馬を動かし人を殺戮して得るものと、剣一つを敵国の君主につきつけて得るものと、どれほどの違いがあろう、ということであ

る。ある意味では、小白の霸業にたいして、ほんのわずかな剣先が、無言ではあるが痛烈な批難をおこなったということになる。

管仲は劌から目をそらさず、

「では、なにをお求めか」

と、問うた。ここで劌は、口調だけはあいかわらずやわらかく、

――どうか汶陽《ぶんよう》の田《でん》をお返し願いたい。

そうこたえたと『春秋公羊伝《くようでん》』にはある。汶陽の田というのは、汶水の北にある魯の公室の直轄地である。のち――魯公の代がかわって――この田は季友にさげわたされることになる。

とにかく、管仲は小白を顧《かえり》みて、君公よ、許諾なさいませ、といった。小白がこの場でいったのは、

「諾《ゆる》す」

と、いうことばだけであった。ただし『史記』では、魯から奪取した地をことごとく返すことを、小白が許したとある。『史記』を書いた司馬遷は、大歴史家であることはいうまでもないが、文学の才能も豊かすぎるほどもっており、史実における人間の尊厳を重視するあまり、その人物にとって環境にあたる事象を、削除し加添もした。だから、この場面では、小白がそれほど気前よくおのれの所有となった田と邑とを魯に返すことによって、曹劌と小白との思い切りのよさを鮮やかに浮きあがらせようと司馬遷が創作したと考えられなくはない。それなら、このとき魯に返されたのは、汶陽の田だけである、と考えればよいかというと、そうでもないふしがある。この柯《か》の盟から三年のちに、遂邑《すいゆう》で陰惨な事件がおきる。斉の守備兵が遂人《すいひと》に毒を盛られ殲滅《せんめつ》させられるというものである。斉兵の虐待に堪えかねて遂人がおこなった非常手段であったかもしれ

ないが、衝動的におこなったとすれば、斉の報復をどう想ったのであろう。こんどは自分たちが斉によって殲滅させられるのである。このとき、もしも遂人たちの頭に、

――柯の盟によって、斉は遂邑を魯に返すと約束しながら、果たさないじゃないか。

と、いう思いと憤りとがあったとすれば、その衝撃的事件は理解しやすくなる。遂人の行為は卑劣だが、主張には正当がある。このあと斉が遂邑に兵をいれたという記事はどこにもみられないから、よけいにそう想うのである。司馬遷は青年のころに、史実を踏査するために周遊している。民話や伝説の渉猟《しょうりょう》もおこなった。斉にも魯にも立ち寄っている。柯の盟における事件は、とくに魯人《ろひと》にとっては鮮烈であったろうから、なんらかの形で民間に伝承されたと考えられる。それを司馬遷が知って書いたとすれば、いちがいに司馬遷の説を捨てるわけにはゆくまい。

さて、小白の許諾を得た劌は、まだ気を抜かず、

「では、盟《ちか》っていただきましょう」

と、いい、強引に小白を壇下にいざなって、牲《いけにえ》を殺し、誓盟させた。密微を失わない劌の胆力がうかがわれる。それがおわると、劌はおもむろに剣を摽《おさ》めて地におき、小白に北面する姿勢をとった。

不愉快きわまりないという表情の小白と管仲とは、ふたたび壇上にのぼることなく、この場から去った。

斉と魯の群臣が身じろぎもできぬまに終始した事件であった。

まさに曹劌の独壇場であった。

帰途、くやしくてたまらない小白は、

「あんな盟約がなんだ。あの曹とかいう大夫を殺してくれよう」

と、いった。公子糾《きゅう》のような実の兄へでも暗殺団をさしむけて亡き者にしてしまった小白のことであるから、曹劌を抹殺《まっさつ》するくらいわけはなかったであろう。が、道中沈思《ちんし》していた管仲は、あの強要された誓盟を、逆手にとることを思いついた。そこでかれは、

「いったんお許しになりながら、かの者を殺すのは、信義に悖《もと》ります。小利に満足すれば、諸侯の信頼という大きなものを失いましょう。あれしきのものは、くれてやることです」

と、進言した。

小白には、けたはずれの器宇《きう》の大きさがありながら、どちらかといえば縦放になりがちなところがあり、このときもその悪性が露呈しかかったが、かれのふしぎさは、管仲の言であれば、どんな精神状態のときであっても、素直に納《い》れるということであった。

臨淄にかえると、かれは侵地を魯に返還した。しかし遂のように、魯に従属していた国は魯の地とはみなさずに、そのままにしたのかもしれない。

漢代の春秋研究家としては第一人者であった董仲舒《とうちゅうじょ》は、柯の盟の前後について、かれの著である『春秋繁露』のなかでつぎのようにいっている。

「斉の桓《かん》公（小白）は賢相である管仲の能力を杖《たの》み、大国の資力を用いながら、位に即いて五年間、一人の諸侯も帰服させることができなかった。柯の盟において、ようやく大信をあらわしたため、一年のうちに近国の君主がことごとく至るようになった」

的確な解説であろう。

——斉公は剣で脅されたにもかかわらず、怒りで報いず、魯に田と邑とを返したそうな。斉公とはずいぶんと寛弘《かんこう》な君主らしい。

うわさは天下を周流したことであろう。それを聞いた諸侯は、管仲のつくった清名の下の小白像に、安心感をいだいたことはたしかである。その証拠に、つぎの年に鄄《けん》（衛《えい》の地）でおこなわれた会盟には、斉公のほかに、宋、衛、鄭《てい》、単《ぜん》、の君主みずからが出席している。さらに一年後に幽《ゆう》（宋の地）でおこなわれた会盟には、斉、宋、陳、衛、鄭、許《きょ》、滑《かつ》、滕《とう》の国主が集まるほどの盛観を得た。

それらの国名をみてわかるように、魯はいずれの会にも出席していない。魯が斉と和解するのは柯の盟より八年後のことである。

斉のことはさておき、魯では、曹劌の話題でもちきりであった。

だが、慶父はどこまでも劌に反感を抱き、

「ふん、兵争では斉に勝てぬから、あの姑息《こそく》さか。——魯人の面よごしよ。まもなく嚇怒《かくど》した斉公は大軍をこの城によこすであろうよ」

と、あしざまであった。

——この卿は、自分の寸法でしか他人《ひと》をみられぬ人だ。管仲の足もとにも及ばぬ。わしは初めにこの人の家の門をくぐらなくてよかった。

劌はむしろ慶父の将来を危ぶんだくらいで、気にもしなかった。

また一人の卿である臧孫辰は、愁え顔で、

「君公を共犯にさせかねなかったときく。もってのほかのことである」

と、劌を叱り、終ったことはしかたがないが、執念深い斉公のことだから、汝は身辺をずいぶんと要心せねばなるまい、と警戒を説いた。

——命が吝《お》しくて、あんなことができるか。

劌は内心淋しい哂《わら》いをうかべた。

かれの真の理解者は、あるいは利《き》かぬ気の季友であったかもしれない。季友は劌の顔をみると、にっこり笑い、

「これほどの痛快事は、わたしの生涯でも二度とみられないでしょう」

と、邪気なくいった。

——それだけのことだ。

劌は城からの帰りに、逆風の途を歩きながら、ようやく会心の笑みをうかべた。

魯公・同は斉から奪われた地の返還をしらされて、ほっと我にかえったように、

「あのとき、斉公は蛇に睨《にら》まれた蛙のようであったが、わしは蛙まではいかず、蝌蚪《かと》のごとくであった」

と、正直な感懐をもらした。

あの場で同を襲った戦慄は、戦場でのそれとは別種のものであり、一兵卒が眼前の敵兵と対決するときのそれとやや似ているが、やはりそれともちがい、いわば俠骨《きょうこつ》の試練の場で感じられるようなものであったが、同は真の勇気を学んだ気になった。

魯公・同は早期に純明を発揮したが、晩期には淫怠《いんたい》に陰《かげ》ったといわれる。かれが薨《こう》じたのは周の恵王十五年（紀元前六六二年）で、諡号《しごう》は「荘《そう》公」である。戦いによく勝ったので荘という名を贈られたのであろう。在位三十二年は春秋時代の魯の君主として二番目に長い。

曹劌《そうかい》の名は『春秋左氏伝』の「荘公二十三年」や『国語』の「魯語」にふたたびあらわれるが、のちの消息は不明である。

君主に愛されつづけた数すくない幸せな臣であったというべきであろう。

宋門《そうもん》の雨

一

「孔《あな》というのは、そういうはたらきをする」

と、いいながら、暗い室内にはいってきた男は、短い頭髪をつるりとなでてすわった。

「たしかに、おっしゃるとおりでしたが、奇妙におもわれてなりません。鉅子《きょし》は外に立っておられたのに、その影がこの板の孔を通り、壁にうつると、倒立してしまう」

小首をかしげ、板をはずした男は、青年である。氏名を程繁《ていはん》という。

部屋があかるくなった。

程繁から、鉅子、とよばれた男は、皮膚がおどろくほど黒く、いかにも精悍《せいかん》な容貌で、眼采《がんさい》にもたくましい強さがある。老けているわけではない。歳がわかりにくい容貌だが、三十代にはちがいない。この男は、
墨翟《ぼくてき》

と、いう。翟は名にちがいないが、墨はこの男の氏姓ではなく、工人の集団名といったほうがよい。

墨は工事につかうすみなわのことであり、この男はそうした種類の仕事にしたがう工人たちの長《かしら》の家に生まれたので、墨とよばれはするが、氏姓をよばれることなく育った。色も黒い。まさに墨であった。

かれが少年のころ、生国の魯《ろ》で、内乱があった。その内乱によって、墨の集団は解体してしまった。

こうである。

魯という国は、君主がありながら、実態としては三桓《さんかん》とよばれる三人の大臣によって運営されてきた。三桓の桓は、春秋時代の初期に、魯に桓公という君主がいて、かれの子がそれぞれ家をたて、それが三家あったので三桓とよばれる。いずれも大臣になり、その重位《ちょうい》は世襲された。この三桓はつねに仲がよかったわけではないが、政敵が強大になると、ふしぎに結束して、反勢力をつぶしてきた。

三桓にとって、君主の家、すなわち公室も反勢力とみなせば、容赦なく君主を無力とするための策謀をめぐらし、ときにはためらいもみせずに君主を攻めて、国外に追放し、三桓の意のままになる君主を立てて、魯の政治を専断した。

三桓は総称であり、それぞれの家は、孟《もう》（仲）孫《そん》氏、叔孫《しゆくそん》氏、季孫《きそん》氏という。その三家のなかでは、季孫氏がぬきんでて大勢力をもっており、その家の主《あるじ》がいわば魯の宰相であった。

墨翟が少年のころ、その季孫氏の当主である季康子《きこうし》が亡くなった。

そのとき、魯の君主を哀公《あい》といい、かねがね三桓から権柄《けんぺい》をとりもどそうとおもっていたので、国内の最高権力者が死んだこのときこそ、好機が到来したと感じた。

哀公は権威の回復のために、外国の力を借りることをおもいつき、ひそかに国を出ようとした。その謀計を察した三桓は、はやばやと兵を哀公にむけた。そのため哀公はかろうじて隣国の邾《ちゅ》へのがれ、それから東へむかった。東方には越《えつ》の国がある。

もともと越は南方にあった国であるが、英雄というべきか奸雄《かんゆう》というべきか、とにかく不世出の器量をもった句践《こうせん》という王が、越人《えつひと》を総攬《そうらん》し、五年前に呉《ご》の国を滅ぼした勢いをもって、北上し、山東半島の根もとまで進出していた。そこへ哀公は逃げこみ、助力を句践に訴えたのである。

「善処しましょう」

と、句践はいったが、けっきょく哀公に兵を借さなかった。句践が三年後に歿することをおもえば、すでにこのころから体調がすぐれなかったのかもしれない。

——もはや、越の力はたよりにならぬ。

と、哀公が落胆した。

逃げた哀公が越にいることを知って、脅威をおぼえた三桓は、翌年、相談して、哀公に迎えの使者をさしむけた。

失意の哀公は、越にとどまっていても無為のまま死ぬだけであると予感し、どうせ死ぬのであれば祖国に帰ったほうがよいと判断し、その使者とともに帰国の途についた。哀公は魯の国内にはいり、去年自分を逃がしてくれた臣下の邸に泊まった。哀公はそこで死去した。病歿したのか、三桓の臣下に暗殺されたのか、いずれともわからない。

三桓はほくそえみ、哀公の子の悼《とう》公を君主の位につけた。内乱はそういうかたちで終結したのである。

墨の集団は魯の公室に直属していた。公室のさしずにより工事をおこなっていた。ところが哀公が死に、悼公が位につくと、もはや公室には工人たちを保持してゆく力がなく、工人たちは公室のご用から解きはなたれた。自由人になったといえばきこえはよいが、失業したのである。

墨翟はそういうきびしい家計のなかで育った。工人の長の家に生まれながら、代々つたえられてきた技術が、なんの役にも立たない世のむなしさを墨翟は幼い心で痛感した。

が、墨翟の家には、工人の長であったという自尊心が消えておらず、墨翟の感じやすい心をゆすぶった。

――自分が家名を揚《あ》げてやる。

と、くりかえし自分にいいきかせた。

志学の歳（十五歳）になったとき、墨翟は儒家《じゆか》の門をくぐった。

魯には、なんといっても孔子という学問の巨人がいた。墨翟は孔子が亡くなるとまもなく生まれたのである。学問といえば、儒学にきまっているようなものであった。

孔子は三十歳で一家をなした。自分もそうなりたい、と墨翟はおもった。三十歳までには、あと十五年ある。しにものぐるいで学問をすれば、自分でもなんとかなろう、という強い意志で、儒道《じゆどう》に身をおいた。

儒学の必須科目は、詩と礼と音楽である。詩、つまり詩経にある詩を暗誦し、こまごまとした礼儀を身につけ、音楽をかなでる。いずれもたいそう浮世ばなれのした学問に墨翟にはおもわれた。

それはよしとしても、儒学の核心とおもわれるところを、なかなかおしえてもらえないことに、墨翟は不満をおぼえた。

先生も高弟も尊大にかまえているのである。

むろん入門者がいきなり先生から直接に教学をさずけてもらえるはずがなく、高弟が入門者の学問のめんどうをみるわけであるが、かれらはいずれも礼に属する所作を重視し、

「目上の者や賓客に接するときは、こう、こう」

と、ことばづかい、目容《もくよう》、挙措にいたるまで、わずらわしいほどこまかなことをくりかえしおしえた。しかしながら、形而上のことについては、

――憤《ふん》せずんば、啓《けい》せず。

という態度をとっている。すなわち、弟子たちが、

「わからない」

と、いって悩みぬき、ついに怒りにもにた形相で質問をぶつけてきたときに、はじめてその命題を啓《ひら》いてみせ、みちびくことをする。それが孔子の態度であって、孔子の弟子たちはいたずらにそれを模倣しているように墨翟の目にはみえた。

要するに、

「自分で学べ」

ということである。

――それなら、そうするまでだ。

墨翟は猛烈に独学をはじめた。そのうちに、

――孔子には特定の師がなかった。

ということに気づいた。孔子は自分が疑問におもったことを、問いつづけ、その疑問にこたえてくれる人をもとめたことのほかに、紅塵《こうじん》のなかで、あるいは自然のなかで、解答をみいだした。

——自分もそうすべきではないか。

と、墨翟がおもいはじめたということは、かれの年齢がつみかさなり、学問がすすんだということでもあったろう。


墨翟がばかばかしいとおもうことは、たとえば、

「なんのために音楽を奏するのですか」

と、高弟にきいたときがそうであった。その高弟は、

——つまらぬことをきく。

という顔つきで、

「楽《がく》をもって楽《らく》となす」

と、こたえた。どうだ、この深邃《しんすい》さがわかるか、という目つきをした。

——阿呆らしい。

と、墨翟はおもった。音楽を奏すれば楽しいではないか、おまえにはそれくらいのこともわからぬのか、と言外にいわれたような気がした。墨翟の耳には、教場でかきならされる琴の音が、その旋律が、時代のひびきやながれに、まったく合っていないように感じられた。時代はかわいた律動をもっている。それをききとれる墨翟は、自分の上に立っている儒者より、すぐれた耳をもっていた、ともいえる。この場合も、高弟の耳は悪かった。

人が真剣に質問したことを、教授する側は真摯《しんし》にうけとめるべきであった。

「わしには、わからぬ」

と、いえないのであれば、ほかにいいようがあろう。おもいつきで、はぐらかすものではない。いつもの墨翟であれば、そのままひきさがるところであるが、このときはよほど虫のいどころが悪かったのか、

「あなたは、わたしの質問にこたえておられない」

と、面詰《めんきつ》した。

そうではないか。たとえば、なんのために家をつくるのかといえば、冬は寒さをしのぎ、夏は暑さをさけるためであり、男女が別々に住むためだ、といえば、それはわたしの質問にこたえてくれたことになる。なんのために音楽を奏するのか、とおききしたのに、楽しむためだといわれた。そのことは、なんのために家をつくるのか、ときいて、家は家のためである、とこたえたと同然ではありませんか、と墨翟はまくしたてた。

高弟の目に、おどろきがひろがり、つぎに憎しみと恐れの色があらわれた。

——とんでもない弟子だ。

と、いわんばかりの表情であった。

敏慧《びんけい》な墨翟にはその高弟の心のすべてがわかった。とにかくその高弟は、いかにも器量が小さい。

——君子は器《うつわ》ならず。

と、孔子はいったが、その高弟は、雨水をためる鉢のような器にも劣ろう。なんの役にもたたない、と墨翟はみきわめたおもいがした。

孔子は偉大である。そのことは認める。墨翟は終生孔子には尊敬の念をいだきつづけた。が、

孔子のような偉大な像も、弟子というつまらぬ孔《あな》を通ると、縮小し、転倒してしまう。そうおもった瞬間、

「やめた」

と、おもった。学問をすることを、ではない。儒学を、である。

墨翟は儒家の門を去った。しかし学問はつづけたい。

「さて、どうするか」

と、悩んでいるうちに、耳よりな話をきいた。

「古学をおしえてくれる人がおりますよ」

と、いってくれた人がいる。

古学の先生というのは、史角《しかく》の子孫で、古代の事例にくわしいという。

「史角」

と、いわれても、墨翟にはなに者であったのかわからない。そこで郷の長老にきいてみると、

「むかし、わが国の恵《けい》公は、宰譲《さいじょう》という者を王室につかわして、郊廟《こうびょう》の礼をたずねさせたことがある。そのときの周《しゅう》王は、桓《かん》王であったが、史角という史官をわが国へさしむけられ、郊廟の礼をおさずけになった。恵公は桓王に請うて、史角をわが国にとどめたというわけじゃ」

と、おしえてくれた。

郊は都から百里はなれた聖地のことで、そこで君主は天を祀《まつ》る。郊外というのは、むろん都外とおなじことである。廟は先祖を祀る室のことである。すなわち王都から魯へやってきた史角は祭祀官であったのだろう。

「そういう人でしたか」

長老に礼をいった墨翟は、しかしあとで首をひねった。

――恵公は、桓王が即位するまでに、薨《こう》じていたはずだが……。

と、おもったからである。

事実、そうであった。魯の恵公が即位したのは紀元前七六九年で、ときの周王は、桓王ではなく、桓王の祖父の平《へい》王であった。恵公が亡くなったのは、紀元前七二三年で、そのときも周王は平王であった。つまり魯に史角をよこしたのは、桓王でなく、平王でなくてはならない。孔子が編纂《へんさん》したとつたえられる魯の歴史書である『春秋《しゅんじゅう》』は、その恵公の子の隠《いん》公からはじまっているので、儒家の門下にいた墨翟は、郷の長老のあやまりに気づいたのである。

――史角の家は、二百七十年以上はつづいてきたことになろうか。

などと考えながら、墨翟は、束脩《そくしゅう》をたずさえて、史角の子孫の家をたずねた。墨翟の師となる人の名はわからないので、かりに史子《しし》としておこう。史子は墨翟と面談し、

「儒家におられたのか。それで、儒家を去られたわけは――」

と、きいた。

「学ぼうとする気を殺《そ》がれるばかりでしたので」

と、墨翟は正直にこたえた。史子は目をほそめたが、それについての感想はあえてのべず、

「学んで、どうなさる」

と、いった。いまどき古学に興味をしめす者は、ほとんどいない。苔むした岩洞《がんどう》の奥をのぞいてもらって、失望されるのではおしえたかいがない。史子はこの入門希望者の覚悟のほどをたしかめておきたかった。

が、墨翟はそうはとらず、学問の師にはあるまじき言であるといわんばかりの憤悱《ふんぴ》さを目容にあらわして、

「学ぶということ、そのものが、貴いのではありませんか。むろん、学んだことを、天下のために役立てたいと願っております」

と、烈しい語気でいった。

するとこれまでおだやかな相貌をみせていた史子は、急に目に強さをあらわして、

「天下のために――。ふむ、なるほど、あなたは儒家にはむいていない。いまの儒者は、学問は自身のためにあり、官途につくためであると勘ちがいなさっておられるようだから」

と、はじめて儒学を批判した。それをきいた墨翟は、

――この師は、学問においては、純正な人のようだ。

と、直感した。安心もした。

「それでは、入門をおゆるしいただけましょうか」

墨翟は頭をさげた。

「そうですな。学んだことを他人のために役立てると一言でいっても、なみたいていのことではありませんな。個人ではなにもできようはずがなく、けっきょく、為政者にとりいり、その道を為政者におこなわせるほかありますまい。すると、それが天下のためになるかどうか、疑問はあります。が、あなたはなみはずれて強い意志をおもちのようだ。わたしでよかったら、知っていることをすべてお教えしましょう」

と、史子はいい、ものやわらかな容態にもどった。

史子にとって墨翟はてごたえのある弟子となり、ほどなく眼中の人となった。

――わしの古学は、この男によって生きかえるであろう。

とまで史子におもわせた。

――これだけ優良な人材をみぬけなかったところに、儒道の限界がある。

史子はなかばほっとしつつ、そうおもった。なにしろ墨翟には気魄《きはく》がある。どの弟子もうんざりした顔つきになる故事や古礼についても、墨翟だけは炯々《けいけい》と目を光らせ、史子や書物に迫ってくる。この態度については一言でいえる。

「墨翟は志が嵩《たか》い」

故事や古礼は、いまの世では、時のぬけがらのようなものだが、墨翟だけは現在形としてうけとめている。つまり墨翟自身が組織や集団のしくみをつくり、人をうごかし、それらの総体を理想に近づけたいと考えているからで、その点、過去のことがらはかれにかぎりない示唆をあたえているのであろう。

――天がこの男を貴族の家に産み落とさなかったのは、どういうことであろう。

と、史子はおもってみることがある。いうなれば墨翟は王者の道をめざしている。

――天下のための学問、といったが、この男は本気かもしれぬな。

と、気づいた史子は、あらためて肚《はら》をすえ、墨翟におしみなく教学をさずけた。

故事のなかで、先王、すなわち古代のすぐれた王たちの事績に、墨翟は異常なほどの関心をよせた。ときどき感にたえぬような声を発し、

「聖王たちに共通するのは、身を質素にし、賢者を任用したということですね」

などといった。さらにくわしい事績を知りたいようであった。

質素といえば、墨翟の身なりはひどい。だいいち頭髪を長くのばさず、すりきれたような衣服を着ている。履《くつ》をはくとき、かかとをしっかりいれず、つっかけるから、うしろがつぶれている。どのひとつをみても儒者なら眉をひそめるであろう。が、史子はそのことについて一言の注意もあたえなかった。

三年後、史子は墨翟だけを呼び、あらたまった口調で、

「わしは教えつくした。だが、汝《なんじ》は学びつくしていない。そこで、宋《そう》へゆくことを勧めたい。宋にわしの知人がおり、文献の豊かさでは宋にまさる国はない」

と、いった。

宋は商（殷《いん》）王室の後裔《こうえい》がたてた国である。周王室は前王朝にゆかりのある者たちを、燥剛《そうごう》の地に住まわせた。それゆえ、宋は物産に豊かさを欠き、国力も貧弱である。しかし伝統の長さと豊かさは、他の国にまさっている。

墨翟は史子の勧奨《かんしょう》にしたがい、宋へ旅立った。

「もはや、独りで学ぶときだ」

と、史子にいわれ、決心したのである。

——良い師だったな。

墨翟はくりかえしそうおもいながら、史子の知人の家をたずね、紹介状というべき木札を差し出した。むろんその木札になにが書かれているか、墨翟はのぞいたことはない。その木札をうけとった人物は、宋の史官で、魯の史子のように現職をはなれた人ではない。

かれは墨翟の軽装をいぶかしげにみた。このころ旅をする人は、鬲《れき》などの蒸し器を背負うので、

重々しい旅装になるのだが、墨翟をみると、まるで隣の邑《まち》にきたような身なりである。宋の史官は念のため、

「魯から歩いてこられたか」

と、きいた。

「ええ、そうです。想ったより近いですね、四日で着きました」

墨翟がそうこたえたので、一瞬、

——嘘であろう。

と、その史官はおもった。足のはやい人でも、魯と宋のあいだは、六、七日はかかる。かれは困惑ぎみに木札をひらき、文面に目を落とした。そこには、

「布衣《ふい》に重華《ちょうか》あり、準縄規矩《じゅんじょうきく》に大禹《たいう》あり」

の一文があった。

史官はすぐに目をあげ、

「あなたは工人か」

と、墨翟の頭をみながらきいた。

「工人であった、と申し上げておきましょう」

墨翟はさらりとこたえた。

「そういうことか……」

多くの国で工人は失業している。六十年以上もまえのことになるが、周の都で、王子朝《おうじちょう》の乱とよばれるものが勃発《ぼっぱつ》した。これは王室に所属する工人たちの大規模な叛乱といってよく、虐待された工人たちの不満が、そのころから尖鋭《せんえい》化している。

それはさておき、準縄規矩のなかの準というのは、水平をはかる水もり（水準器）であり、縄は直線を引くすみなわである。規はぶんまわし（コンパス）で、矩はさしがね（直角にまがったものさし）である。すべて工人がつかうものであるが、夏《か》王朝の始祖である禹王は、それらをもって全土をまわり、洪水をふせいだとつたえられる。禹王の空前絶後の努力に後世の者は敬意を表して、かれを大禹とよぶのである。

また、布衣はそまつな衣服のことで、庶民をあらわしており、庶民の出身で帝位にのぼった人がいる。帝舜《しゅん》である。この帝は瞳が四つあり、重なった瞳の華《かがやき》ということで、重華とよばれた。

つまり墨翟を送りだした魯の史子は、自分の愛弟子《まな》の身なりがいかにもみすぼらしいので、誤解されやすいと考え、その一文で、墨翟の人格が常人のはるか上にあることを、端的につたえようとしたのである。

宋の史官はそれくらいのことがわからぬ浅学の人物ではない。ただし、墨翟の紹介に、帝舜や禹王がひきあいにだされているので、

——この男は、それほどの雄才か。

と、内心おどろきつつ、家のなかに墨翟をいれた。

まず、史官は、

「わたしは人に教学をさずけておらぬが」

と、ことわった。

「師よりうかがっております。宋の文献を拝見したいのです」

「ふむ」

と、腕を組んだ史官は、墨翟の学力がどの程度であるのか、さぐるような質問をおこなった。

そのうち、対話にのめりこんだ。問答がおもしろくなったのである。ふと、われにかえって史官は、

——なるほど、魯の史角の家が推《お》すだけのことはある。

と、墨翟の好学を感心した。

「よろしい。あなたの願いをかなえてさしあげたい。できるだけの労をとるつもりだが、ひとつ、わたしの忠告にしたがってもらいたい」

史官は公室の文献をみることのできる立場にいる。だが、その文献を宮中から持ち出すわけにはいかない。そこで、墨翟を自分の臣下として朝廷にとどけておき、そうした門外不出の文献を読ませてやろうと考えた。そのためには、

「髪をのばし、衣服をととのえてもらいたい」

と、いった。

史官の篤厚《とっこう》を感じとった墨翟は、

「わかりました」

と、素直に返辞をした。

文献は公室所有のものがもっとも貴重にはちがいないが、貴族の家にもべつの文献がある。史官はそれについても便宜をはかってくれた。おかげで墨翟は貴族の知るところとなった。

宋における数年間の研究が、墨翟の思想を確立させた。儒学と対立するものである。

かれは自信めいたものをおぼえると、史官のもとにゆき、臣下の籍をぬいてもらい、自立した。三十歳である。

――三十にして立つ。

儒学に異をとなえながらも、墨翟は孔子の生涯を模倣するところがあった。

墨翟の思想の根幹をなすものは、へだてのない愛というものである。たとえば儒学では、はじめに身近な者を愛し、その愛を遠くにおよぼしなさい、と説く。だがそれは、わが身を愛し、わが家族を愛し、わが国を愛するあまり、他者、他家、他国と戦うことに発展する。あけてもくれても戦争という現実に直面している墨翟にとって、この戦争をやめさせるには、おのれを愛すると同様の強さで他人を愛することが必要であると痛感したにちがいない。これは墨翟個人の内から発生した思想というより、時代がおしえた哀しみを、墨翟が素直に、しかも強烈にうけとめた結果にほかならない。そうした愛の広さと平等さの上に、時代がかかえる矛盾を解決する考え方の戸口をひらき、その下に、「義」とよぶ、人が善良な社会人として生きるために不可欠な倫理の大道を鋪《し》き、責任ある行動の実践をともなわせた。

「よいと思ったことを口にするばかりでなく、すすんでおこなうのが当然ではないか」

それが墨翟の合理である。

墨翟の頭髪はふたたびみじかくなった。長い髪は悪臭をはなちやすく、日によっては、なんども洗わねばならない。みじかい髪は清潔をたもちやすい。ほかにも墨翟は発汗がはげしいという生理的な理由があったのかもしれない。

かれは人に会うたびに、愛を説き、義を説いた。そのうち、小さな評判が立った。わずかではあるが弟子がついた。

墨翟の奇妙さは、自然現象にも目をむけ、それを分析し、ある法則をみつけるといった、いまでいう物理学にも思考をのばしていた。工人の血がおのずと思想にもながれこんだというべきであろう。

墨翟の名が高くなると、

「どんな学者か」

という興味をもつ者がふえ、人づてに墨翟の主張をきき、

「けしからぬ説をとなえるやつめ」

と、いきどおりを胸に秘めて、論争におしかけてくる者もふえた。その者たちはことごとく墨翟の論陣に抗することができず、すごすごと立ち去った。ときには、その場で、墨翟に入門を乞う者もいた。

程繁もそのひとりである。

かれは儒道から墨家の門にうつった。だが、音楽ずきであるらしく、

「音楽は要らぬ」

と、墨翟にいわれたことが、どうにも納得できず、しばしば墨翟に質問し、墨翟を不快がらせた。音楽とは、太平の世の音である。太古の聖王とよばれる人たちは、みずから作曲をしたが、それは大乱を鎮めたあと、この世に調和がもどったことを人民に知らせるためであった。どうしてこの戦乱のつづく世に、優雅に音楽をかなでているひまがあろう。墨翟は自分の信ずる道から音楽を排除した。音楽にうちこんでいるひまがあったら、おなじ時間を、困窮している人々のためにつかう。そんな小さな善行のつみかさねをふくんだ義の実践で、乱れに乱れた世を救おうと、墨翟はこころざしているのである。

墨翟はみずからの考えを説くために、生国の魯へ住居をうつした。

かれの尊敬する孔子のことを、

「東西南北の人」

ともいう。新しい学説をとなえ、実践する者に、一定の住居はない。中国全土を歩き、説きつづけなければならない。したがって墨翟は魯に永住するつもりはない。

墨翟が魯に帰ると、かれの評判をきいた工人たちはあらそって入門を乞い、弟子の数はたちまち倍増し、二百人をこえ、その後もふえつづけている。

墨翟の高弟のひとりである程繁は、性格に執拗なところがあるだけに、かえって物理の実験のように、自分の目で確認できることについては、素直にうけいれるようであった。

——景到《かげさかさ》なるは午《ご》に在《あ》って端有《たんあ》り。

景は影といってもよいが、もとの意味は光のことで、光または影が逆にうつるのは、午、すなわち光の交わりがあるところに、端、つまり小さな孔があるからである、ということになる。

墨翟は自分が気づいたことを、弟子たちに実験させ、書きとめさせた。

程繁が筆をとって、書きものをはじめたとき、ひとりの弟子があわただしく帰ってきた。

墨翟はくるりと膝をまわした。

二

家のなかにはいってきた男を管黔敖《かんけんごう》という。墨家の高弟のひとりであり、墨翟《ぼくてき》がもっとも信頼している弟子であるといってよい。

その性格は沈毅《ちんき》であり、ふるまいは篤厚《とっこう》である。

いつもの管黔敖らしくなく、足音が高かったということは、

――なにか、変わったことがあったな。

と、墨翟は直感した。

ところで弟子が先生をよぶときは、

「夫子《ふうし》」

と、いうが、墨家ではほかに、

「鉅子《きょし》」

ともいう。鉅子は「親方」とおなじことばの色合いがあり、鉅子は巨子とも書かれるが意味はおなじである。

管黔敖はいきなり墨翟が目のまえにいたので、おどろいたように目をみはり、夫子、といいながら膝を折った。

――どうした。

と、墨翟は目で問い、発言をうながした。管黔敖はかるくうなずき、

「明日、珍奇なことが、近郊でおこなわれますよ」

と、語《つ》げた。

その声をきいて、ほかの弟子たちが、管黔敖の近くに集まってきた。墨翟が学者としては若いだけに、弟子のほとんどは二十代である。

墨翟は精悍な感じをあたえる人で、めったに破顔しないが、よくみるとかれの目には陽気さがある。その明るさが人を惹《ひ》きつけるのであろう。しかしながら弟子としては墨翟という師から、烈しさと厳しさとを感じることが多いので、こういうときも、さすがに墨翟の近くにゆく者はいない。

「なにがある」

と、墨翟は訊いた。弟子たちの目がはやく話のつづきをききたがっている。それがわかったので、墨翟は弟子たちにかわって口をひらいた。

管黔敖は自分のもってきた話題が、教場に無用のさわぎを起こすことになりはしないか、と考えはじめていたので、墨翟のことばにほっとした顔つきをして、

「公輸子《こうしゆし》が、竹木《ちくぼく》の鵲《かささぎ》を飛ばすそうです。巷間《こうかん》ではたいそうな評判で、明日は篳《わりご》をもって、近郊にくりだそうという声が、あちこちであがっておりました」

と、いった。とたんに、弟子たちのなかで、

——なんだ、木と竹でつくった鳥を飛ばすだけか。

と、軽蔑の声をあげた者もいれば、

——どんなものか、みたいものだ。

と、興味の声をあげた者もいる。つぎに弟子たちは墨翟の反応をみた。が、墨翟は平然としており、

「公輸子か……」

と、いうと、すこしまなざしをあげた。

一呼吸おいて、遠くから程繁《ていはん》が、

「公輸子は、昭《しょう》公の落とし胤《だね》である、という噂がありますが、本当でしょうか」

という、まのわるい問いを発した。墨翟はそれにはこたえず、だまって立ち、奥へはいった。

「つまらぬことを鉅子におききするな」

と、程繁をしかる管黔敖の声が、墨翟の耳に小さくきこえた。

「公輸子は、そろそろ天命を知る年ではないのか」

と、墨翟はつぶやき、苦笑した。天命を知る年とは、儒道でいう、五十歳のことである。だが、公輸子の実際の年齢はわからない。五十歳くらいであろうと墨翟がおもっただけである。天命は天のさだめといってよい。が、人のさだめが天によってきめられてしまうと、人はおのれの身分や境遇からぬけだして向上しようという意欲を、うしなってしまう。そこで墨翟は、

——天命無し。

と、いっている。人の運命は生まれたときからさだまっているわけではなく、自分が獲得するものだ、と主張してきている。

——天命がわかる者は、百年にひとりか、ふたりだ。

その信念は、墨翟の胸の深いところで、音もたてずに生きている。

百年にひとりか、ふたり、といえば、べつの道において、公輸子がそうであろう。べつの道とは、工人の技術、もっといえば発明の分野である。

公輸子の「子」は男子の美称あるいは尊称である。かれの名は「ハン」と発音され、般とも盤とも、さらに班とも書かれる。ここでは般の字をつかい、その発明の天才を公輸般と書くことにする。

公輸という一風変わった氏姓は、族名というより職名といったほうがよく、やはり魯の公室の仕事をうけもっていたが、その内容は奥むきのことが多く、やがて公輸家は公室からはなれ、魯の最高権力者である季孫氏に近づいた。その点、公輸家は時勢をみるに敏であり、墨翟の家のように衰困《すいこん》のつらさをあじわうことがなかった。だが、公室の衰弱に殉じた工人たちからすれば、

そうした公輸家のかわり身は、ねたましく、あるいは不愉快で、その感情がどうしても、

「公輸のやつらは節操がない」

という悪口になった。

公輸般は公輸家の棟梁ではない。

いつのまにか公輸家におり、幼少の般を公輸家の当主がひとかたならずかわいがったので、はたの者は首をひねり、とうとう、

——般は、君主のご落胤じゃあねえのか。

と、いいだす者があらわれ、そうかもしれねえ、とあいづちを打つ者がいたので、ぱっと噂になり、どういうわけかその噂はしつこくつづいている。噂のなかの君主というのは魯の昭公のことで、この君主も三桓によって追放された悲運の人で、三桓に逐《お》われた哀公の伯父にあたる。昭公が三桓と争って敗《やぶ》れ、やむなく国外へでたとき、自分の子のひとりを公輸家へひそかに落とした、とまことしやかに語る者もいる。公輸般の母が宮中で仕えていたことはあるらしい。

——それが本当なら、公輸般の歳は六十をゆうにこしていることになる。

と、墨翟は考えて、また苦笑した。が、急に笑いをおさめ、

——いや、あの男だけは、わからぬ。

と、おもいなおした。

なにしろ公輸般は、墨翟にものごころがつくかつかないころに、奇抜なものをつくって有名になった。

三十年くらいまえに、魯で、ひとつの盛大な葬儀があった。

喪主は魯の宰相の季康子《きこうし》であり、埋葬される人は、季康子の母であった。

公輸家は人を出して、その葬儀をてつだった。順調にはこんだ葬儀であったが、棺を葬穴《そうけつ》に沈めようとしたとき、困難が生じた。

葬穴には四本の木の柱をたて、棺をその柱にそっておろすのである。しかしそれがうまくいかなかった。

公輸家の当主は、代替わりしており、公輸若《じゃく》という青年であった。かれはこの種のことに慣れず、配下をうまく統御できなかったので、棺をおろす人々の息がどうしても合わなかった。この若い棟梁は蒼い顔をして汗をながしはじめた。季孫氏の家臣から、

「なにをしている」

という、いらいらした声が公輸若のもとに飛んできた。

そのとき、公輸般がのっそりと公輸若に近づき、

「わたしのつくった機械でおろしましょうか」

と、いった。これは公輸若に助け舟をだしたというより、自分に発明品のあることを、多くの人に知らしめ、衆目のあるところでそれをつかってみたかったということであろう。

公輸般の申し出をききつけた家臣が、

「人の手をつかわずに、棺をおろせるのか」

と、せかすように訊いた。

「はい。棺を水平にたもち、ゆっくりとおろせます。人の手より、たしかなものです」

公輸般は自信ありげにいった。家臣はいちど公輸若をみた。その機械について問おうとしたのだが、気が動転しているようなたよりなさをみせているので、問うてもむだだとおもいなおし、

「よかろう、その機械をとりにゆけ」

と、独断でゆるしをあたえ、すぐに季康子のもとに報告にいった。季康子は不快げに、

「なんでもよい。早くいたせ」

と、かるくうなずいた。

公輸般は人をしたがえて自宅にかえり、その機械を作業場からひきだした。車輪がついているので、わざわざ車にのせる必要がない。そのまま墓地までうごかしてきた。それをみた人々は、

「なんだ、あれは」

と、口々にさけんだ。

巨《おお》きな鶴が翼をひろげたようなかっこうをしている。くちばしと翼のさきから綱がおりている。

季孫氏の家臣が近づいてきたので、

「これをまわすと、首がのびます。あれをまわすと、綱の上げ下げができます」

と、公輸般は手もとの滑車について説明した。機械というのは、いまでいうクレーンである。紀元前の五世紀のなかばに公輸般がクレーンをつくりあげていたことはまちがいない。

「よかろう、やってみよ」

家臣は公輸般を準備にかからせた。

ところがここに異論をとなえた者がいる。公肩仮《こうけんか》という者である。かれがこの葬儀をとりしきっていたのであろう、

「魯には、しきたりがある」

と、声を揚げた。公肩仮はつかつかと公輸般に寄り、

「般よ、汝は人の母でおのれの技巧をためそうとしているが、それでは、自分の母の葬儀のとき

も、その技巧をためさねばならぬぞ。噫《ああ》、おろか者めが」

と、叱りとばした。

公輸般は、一瞬、すごみのある目を公肩仮にむけたが、すぐに横をむき、あとは複雑な色を浮かべて、するどい感情をかくした。

そのとき公輸般がなにをおもったのか、たれにもわからないが、魯にしきたりがあるというのであれば、なにゆえに季康子は君主をないがしろにしているのであろう。かれこそしきたりを破っているではないか。魯のしきたりをこえたところに季孫氏の繁栄があるのに、工人の技術はむかしのままでなければならないのは、すじが通らない。まして季康子は税制をあらため、人民に重税を課している。いわば人民に苦難をおしつけている季康子の母より、人に害をなしていない自分の母のほうが尊い、と公輸般はいいたかったかもしれない。

埋葬は人の手でおこなわれ、ようやくおわった。が、その機械の珍異な形が人の目に灼《や》きつき、のちの語り草になった。

管黔敖が足音をたてずに墨翟の部屋にはいってきたとき、墨翟はかれに背をむけたまま、

「明日、郊外へでかけてみるか」

と、いった。管黔敖は頭をさげた。

「よけいなことをお耳にいれました」

「いや、あの公輸子のことだ。おもいがけぬものをみせてくれるかもしれぬ」

墨翟はわざと声を明るくし、管黔敖の懸念をはらってやった。

翌日、墨翟は弟子たちに、

「先へゆけ」

と、いい、ゆったりかまえていた。多数をぞろぞろひきいてゆくところをみられるのは、照れがある。なにやかやといっていた弟子たちは、けっきょく、管黔敖と程繁をのぞいて、ひとりのこらずでかけた。弟子のなかには工人が多く、公輸般の新奇な工作物に大いに興味があり、ふできの物であったら冷やかしてやろうという気もある。

墨翟はしばらく書物を読んでいたが、それをとじると、

「ゆくか」

と、家のなかにのこっている二人に声をかけた。

近郊はすっかり枯れ色である。零《お》ちた花や垂れた草の葉のうえに、澄んだ光がふっていた。

「ああ、ずいぶん集まっております」

と、程繁がゆびさすほうを墨翟がみると、土の壇のうえに立っている恰幅《かっぷく》のよい男が、身ぶり手ぶりをまじえながら、群衆にむかってなにかを語りかけている。群衆から笑いが湧いている。

――あれが公輸子だな。

墨翟はいちどだけ通りで公輸般をみかけたことがある。かれはさしもの師として一家を立てており、公輸の家名をなのるのをゆるされているのは、公輸の本家と深いつながりがあるからだろう。とにかく公輸般はおしだしのよい男で、工匠としての腕もたしかであるから、いまではかれの家の声名が本家をはるかにしのいでいる。他国の貴族でもその声名をきいて、自邸の新築や改築には、

「魯の公輸子を――」

と、なざしで招くようになっている。公輸般の家財はふくれる一方である。

「竹木の鵲《かささぎ》はみあたりませんね」

と、歩きながら管黔敖がいった。

「ふむ」

墨翟は公輸般がなにを話しているのかききたくなり、足をはやめた。そのとき、公輸子の話をきいていた人々が、いっせいにふりかえり墨翟をみた。壇上の公輸般が墨翟をゆびさしているではないか。


墨翟は足をとめた。公輸般のゆびは、手招きにかわり、

「さあ、さあ、こちらへ」

という遠い声がきこえた。

——わしを知っているのか。

墨翟は内心苦笑し、公輸般に近づいていった。公輸般の招きをうけたというより、群衆の目が、

「あれが墨子か」

と、関心をしめしており、その好奇と期待のいりまじった力のようなものが、墨翟を壇上に押しあげたといってよい。公輸般は墨翟に愛想のよい笑みをみせ、

「ようこそ、おいでくださった」

と、いって、会釈してから、すぐにからだをまわし、

「みなさん、こちらがいま有名な墨子です。その大先生がわざわざわたしの機械を見学してくださる。つまり、これからおみせする鳥が、いかにめずらしいものであるか、もうおわかりでしょう」

と、肥《ひ》厚《こう》の腹を波うたせながら、高々と声を放った。

人々はざわめいた。墨翟をはじめてみた人は、

「あの人は節用倹約を説いているらしいが、なるほど、身を飾らぬ人だ」

と、好意を口にする者がいれば、

「なんだか、みばえのしない人だね」

と、客観的にいう者もいる。口の悪い連中は、

「あんなきたない身なりで大先生かね。頭髪が短いから罪人だったんじゃないか」

と、いい、墨家の教義に反発している者たちは、あたりの人をつかまえ、

「怪しげなことを教えて、人をたぶらかしている新興の教主だよ。そもそも人に害をなす鬼神をうやまえ、といっているのだから、あれは狂人さ」

と、吹きこんだ。

墨翟は天命はないが天志はあるといっている。天は人の運命をしばることはしないが、人がこうあってほしいというおもい（志）はもっている。人が天志にそって正しい道を歩いてゆけば、それにこしたことはないが、天志はみえにくい。そこで天はその志を鬼神という形につくり、人の目にみせてくれる。過去にあらわれた鬼神は、善行をたすけ、悪行をそこなっている。したがって墨翟は、

――鬼神は賢を賞し暴を罰する。

と、おしえ、正善をおこなっていながら苦しんでいる人々を勇気づけているのである。

公輸般は群衆のざわめきを楽しむような目つきをし、その目をときどき墨翟にむけた。

――多少の悪意のある目だ。

と、墨翟はおもいながら、わざと公輸般のほうをむかずに、群衆のほうをむいた。公輸般は墨翟の発言をうながすような沈黙をつくったが、墨翟はそれにはのらず、そしらぬ顔をしていた。

そのうち群衆のなかから、

「おい、公輸先生、まえおきはそのくらいにして、はやくみせてくれ」

という声が揚がった。公輸子は急に笑みをつくり、わかったというように手をあげてみせ、

「それでは、はじめますが、そこから動かないように。鳥はみなさんの頭上を飛びますから、かならずみえます」

と、いい、壇下の弟子に手で合図をおくった。弟子は二本ある旗のうち赤い旗を立てた。

——始動にはいれという合図か。

墨翟は目をあげた。左の方の草原に赤い旗が立った。やがて馬車がみえた。四頭立ての馬車のようである。そのうしろに鳥の形がみえた。

——馬四頭であの大きさなら、鳥はそうとう大きいな。

と、墨翟は目ではかった。

壇下の旗は白にかわった。

すると、やはり草原に白い旗が立った。その白さは、遠く小さくみえたにもかかわらず、天の青冥《せいめい》と野の枯れ色とのあいだにあって、ひときわあざやかであった。

——いよいよ、出るか。

墨翟ばかりでなく、観衆のすべてが、かたずをのんだ。

馬車はうごきはじめたようである。

墨翟は公輸般を一瞥した。公輸般は頤《あご》をあげ、目をあげて、天をみている。というより、風をみているのであろう。微風がながれている。

馬車は速力をました。よくみると、馬車と鳥とは、かなりはなれており、鳥は小さな車の上にすえられているようである。小さな車は馬車に曳《ひ》かれている。馬車の速度が最高になったとおもわれるとき、鳥が浮いた。

「おお——」

と、観衆がどよめいた。その観衆の目がしだいにあがってゆく。

鳥が飛び立った。なるほど鵲の形であった。翼は黒く、腹は白くぬられていた。

「人が乗っている」

と、叫ぶ者がいた。が、墨翟の目から、その鳥の上に人はみえない。鳥は旋回し、群衆の頭上を翔《と》んだ。ふたたびどよめいた人々は、口をあけたまま、鳥を目で追った。

このとき公輸般は、息を吐いたような、声を放ったような音をからだから発した。その、ほっ、ほっ、ほっ、という音が墨翟につたわった。

——会心というわけか。

墨翟には公輸般の得意がわかりすぎるほどわかった。

いま魯の国内の話題の大半を墨翟が占めている。それほど墨翟の学説は、この古色に染まった国に住む人々にとって、衝撃的であり新鮮であった。たとえば墨翟は、

「節葬《せつそう》」

を主張した。魯には儒道の影が濃くなげかけられているため、とくに葬儀のことはうるさく、葬儀を手厚くおこない、喪をながくおこなわねばならないとされている。それをひとことで「厚《こう》

葬久喪《そうきゅうそう》」というが、たとえば儒道にのっとって葬儀をおこなおうとすれば、家財を死者のためにつかいはたす事態が生じ、倒産する家さえでる。さらにいたましいのは、天子や諸侯が亡くなったとき、殉死をしいられる者は、多いときは数百人におよぶ。また喪に服す期間がながければ、一家の者は仕事ができなくなり、家計は困窮する。それらのすべてをみわたして、

——なんのための厚葬久喪か。

と、墨翟はそれを悪弊《あくへい》とみなした。家の財産は生きている者のために活用すべきであり、死者をうやまうなら、形でなく心でしめせばよい。それゆえ墨翟は、厚葬久喪は家や国を貧しくするもとだと考え、それは要らぬ、と明言した。葬儀そのものをやめよというのではなく、葬儀を簡略化することを説いた。それが節葬である。

墨翟の説くところをもっともだと考え、ほっとする人々は多かった。が、頭はしきたりからぬけだしはじめていながら、からだはしばられているというのが、この時期であった。

墨翟は時代を先行する者であった。その墨翟とならんで立っている公輸般も、やはり時の先駆者のひとりであった。

墨翟が公輸般の心事を察しているあいだに、視界から鳥が消えた。

あっけにとられていた群衆は、気がついたように、さわぎはじめた。

「公輸先生、あの鳥は降りてくるのかね」

という質問の声が飛んできた。それをうけた公輸般は、手をあげ、さわぎをしずめると、

「三日後に、降りてくるでしょう」

と、いい、つぎの鳥は馬車の力をかりずに飛び立てるようにしたい、と力強くいった。だが、その声は群衆のかまびすしさにかき消された。

むりもない。

「三日後に――」

と、公輸般がいったことに、おどろかぬ者はいなかったからである。三日間、あの竹木の鳥は飛びつづけることができる、そのことが驚異であった。今日の群衆の口はあきっぱなしといってよい。その表情を壇上の公輸般は目で楽しんでいたが、

「三日後に、ここに、降りてくるのか」

と、遠くからするどい声があがると、その声がきこえなかったのか、きこえないふりをしたのか、墨翟のほうにからだをむけ、

「どうです、墨子、ご感想をきかせていただけますかな」

と、発言をうながした。発言しない場合は、大いに嘲笑してやろうという底意をもった目が、墨翟をみまもっている。

墨翟はあえて表情を消した。

しかし、口はひらいた。

「公輸子、あなたが竹木で鵲《かささぎ》をつくったことは、工匠が車のくさびをつくるのにおよばない。工匠はまたたくまに、三寸の木を切って、五十石の重さにたえるものをつくってしまう。すなわち、技術が巧みであるというのは、人に利があるときにいう。人に利をもたらさない技術を、拙《せつ》、というのです」

それだけいうと、墨翟はさっと壇下におりて、立ち去った。あわてて墨家の門人たちが墨翟にしたがってゆくのを、憮《む》っとながめていた公輸般は、

「ふん、口先三寸の男め。あの男がやっていることに、どんな利があるというのだ。世の中はすこしもかわらない。むしろ、悪くなる一方だ。それほど利が大切なら、いまにおもいしらせてやろう」

と、つぶやいた。

両者のこの対決に、勝ち負けをつけるとすれば、あきらかに墨翟は公輸般に負けていた。

竹木の鵲を自分の目でみた人々のなかで、もっとも強い衝撃をうけたのは、墨翟であったといっても過言ではない。

――あれは技術の遊びにすぎぬ。

と、いえば、たしかにそうである。が、遊びにしては型破りである。公輸般の前代未聞の発明のうわさをききつけた各国の有力者が、あの鵲を利用することが考えられる。その利用目的はひとつしかない。軍事につかうのである。

もっとも愚かしいのは、魯で発明されたものが、他国の手にわたり、魯の攻撃に使用される場合である。だが、公輸般という男は、おのれの発明の才にうぬぼれるあまり、他国が優遇してくれれば、そういう節義のないことを平気でおこなうかもしれない。それが墨翟にはこわい。

こんどの竹木の鵲にかぎっていえば、墨翟の胸のなかに、救われたという想いがある。どうやらあの鳥の飛行は、公輸般の制御がおよんでいないということである。公輸般のおもった通りに飛ぶのであれば、たんへんな脅威となるが、そうではないらしい。三日後に降りてくるというのも怪しい。もしも三日間、ほんとうに空中を飛びつづけるのであれば、鳥は公輸般の制御下にあることになる。そのことは確認しておく必要がある。

帰途、墨翟は管黔敖に耳うちした。

「あの鳥が、いつ、どこに降りたか、しらべておいてくれないか」

管黔敖は無言でうなずいた。

数日後、管黔敖は墨翟に報告した。

「例の鳥は、消えました」

三日たっても、降りてこない。その後も、竹木の鵲をみたという人はあらわれず、うわさもきこえてこない。もっとも、うわさといえば、

「公輸子は、あの鵲に母親を乗せていた」

というものがある。公輸般は自分の実験に母親をつかい、そのため母親はあの鵲とともに空のかなたに去っていってしまった、という。

これには墨翟も口もとに微笑をみせざるをえない。

「なにしろ、鵲が飛び去ってから三日後に、公輸子の家に葬儀がありましたものですから」

と、管黔敖はいった。

「母親が亡くなったのか」

「どうも、そのようです」

妙なことが符合するものである。

けっきょく公輸般がつくった竹木製の鵲は行方不明になった。

墨翟は作業場にはいった。木をけずりはじめた。管黔敖は眉をひそめた。

「なにを、なさるんですか」

「公輸子は、改良した鳥を飛ばすかもしれぬ。その鳥が、矢をふらせ、火を吐いたら、どうなるとおもう」

「なるほど」

管黔敖はすぐにさとった。

「わしは鳶《とび》で対抗するとしよう」

この年に墨翟は木をつかって鳶の製作にとりかかった。

その作業場に、寒風とともにひとりの青年がはいってきた。背が高く、眉目《びもく》のすずしげな青年で、年齢は二十歳をすぎてまもないかもしれない。墨翟は木をけずる手をやすめず、

「ご苦労だったな、禽滑釐《きんかつり》。で、南方の情勢はどうであった」

と、訊いた。

三

墨翟《ぼくてき》の思想のなかに、

「非攻《ひこう》」

と、よばれるものがある。他国を攻めることを非（よくない）とするものである。

たとえば、他人の果樹園にはいって桃や李を盗む者があるとすれば、人々はこぞってその者をそしり、政治をおこなう者は、その者を捕らえて罰するであろう。

ところがである。

外国を攻め、他人の領土を盗む場合はどうであろう。奇妙なことに、盗みのなかでも最大といってよいその行為を、誉める人がいるのである。殺人についても、おなじことがいえる。人を殺せば死罪にあたるのに、戦争で人を殺せば名誉をあたえられる。

さらにわからないのは、自国の地質が悪く、草木もはえぬような瘠土《せきど》であるならともかく、あるいは人口が多すぎて狭い国土にはいりきらないのならともかく、豊かで広大な国が、貧弱な土地しかない小国を攻めて、どんな利益があるというのであろう。

戦争をおこなえば、かならず死者がでる。死ぬのは他国の兵ばかりではない。ほかに巨大な軍事費をついやさねばならない。戦争に勝って手にいれた領土が生産するものと、その領土を獲得するまでについやされた人と費用とを差し引きしてみて、どれほどの利益があるというのか。むしろ損失のほうが大きいのではないか。それなら、自国の民を戦地にやらず、自国の開拓のためにつかい、国の生産力をあげたほうが、どれほど有益であるかわからない。

だが、墨翟がいくらそう叫んでも、各国の為政者は耳をかさない。

——愚かなことよ。

と、怒っても、なげいてもはじまらない。この時代は市井の哲人の声など、たやすくかき消すほどの殺気だった喧噪《けんそう》にみちている。

「そうであるなら、……攻めることが、いかにむなしいか、為政者に、いや万人にはっきり知らせる必要がある」

と、墨翟が考え、実行しようとしたのは、いかにも戦国時代に生まれた思想家らしい。

城を攻めるには、城兵の十倍の兵力が要るといわれる。すなわち、城を守るほうが圧倒的に有利なのである。城が落ちるのは、備えが欠けているときであって、備えが万全であれば、城の落ちることはありえない。

墨翟にはその信念があり、小国が大国に攻められそうなとき、その小国から依頼があれば、自分の弟子を守備兵にかえて、おくりこむことを考えていた。

口にしたことはかならず実践する、というのも墨翟の信条のひとつであり、墨家の門をくぐった者たちにきびしくおしえている。

墨翟の防衛術は、徹底したもので、微《び》に入り、細《さい》を穿《うが》っており、その教導のなかで育った弟子たちがまとまって守りについた城は、ひとつとして落ちないという神話めいたものが生まれることになる。のちに、

「墨守《ぼくしゅ》」

と、いえば、難攻不落と同義語になった。

情報も墨翟のいう備えのひとつである。その情報をもって、弟子の禽滑釐《きんかつり》が南方から帰ってきた。


——この男はみどころがある。

と、墨翟はおもっている。禽滑釐のことである。

知能や礼節についてではない。

知能においては管黔敖《かんけんごう》にまさることはできまい。礼節においては程繁をしのぐことはできまい。

しかしながら禽滑釐には、

——構えがある。

と、墨翟の洞察力のある目がみている。人や物に接したり対したりするときの構えである。その構えは大きく、ゆらぎがない。つまり、禽滑釐は生まれながらに自立している。

墨翟は禽滑釐に属目《しょくもく》しているうちに、

——わしのあとを継ぐことができるのは、この男だ。

と、予感した。管黔敖がいくら優秀でも、その優秀さが沈毅篤厚をそなえているとはいえ、ふところのせまいものである。たとえば管黔敖はこの先どこかの国の君主か貴族に仕え、おのれの知力や能力を、その場において活用する。ほかの高弟たちも、おそらくそうした場が必要となる。が、禽滑釐だけは、所与《しょよ》の場を必要としない。おのれの場を、おのれでつくることができる。墨家の門弟をまとめてゆくのはそういう人物でなければならない。

墨翟はこのみどころのある青年を宋《そう》へつかわした。宋には学問の便宜をはかってくれた史官のほかに、大夫《たいふ》（小領主）の数人と誼《よしみ》ができているので、

——万一、ゆえなく宋が他国に攻められるとき、わが門弟をもって禦《ふせ》ぎにあたらせたい。

と、つたえることにした。墨翟には城を守りぬくことに自信が生まれたのである。

ところが、禽滑釐が出発するまえに、ひとつのうわさが南風に馮《の》って墨翟の耳にとどいた。それは、

「越《えつ》王が弑《しい》されたらしい」

というものである。暗殺されたとうわさされた越王は、名を不寿《ふじゅ》という。越を大国につくり成した句践《こうせん》の孫にあたる。

——それが事実なら、戦雲の北上がはやくなる。

とっさに墨翟は想いをめぐらした。

越は呉を滅ぼしたあと、破竹の勢いで軍を北上させ、山東半島の根もとまで侵略し、版図を北に拡大した。越の勢いは句践の死によって、伸長から安定の方向にむかった。国の意識が北にむかいすぎると、隣国の楚《そ》に不意を衝《つ》かれるからである。楚はもともと中原を制することに意欲があり、越とおなじように勢力を北に伸ばしたいので、つねに黄河のあたりの国をうかがってきた。

が、楚の宿願に似た志望にとって、東隣の越はいかにもうるさい存在であり、国境の防備をおこたることができないので、楚も兵力を分散させざるをえなかった。

楚と越とはこぜりあいをくりかえし、牽制しあっている。楚と越より北に位置する国々にとって、そのことはつごうがよかった。

しかしながら、越王が暗殺されたとなると、越は国内で力の対立がおこったにちがいなく、当然、国情が不安定となり、とても楚に兵をむけるゆとりはあるまい。

隣国の不幸を自国の幸福とみなすにちがいない楚は、この機をのがさずに、兵を北にむけるのではないか。

そこまでが墨翟の予想したことである。墨翟は旅装をおえた禽滑釐に、

「宋へ行ったあと、南方をみてくるのだ」

と、いった。とくに楚の動きに注目してくるようにといいふくめた。楚が軍を発すれば、越王の横死は事実だという証拠になる。

禽滑釐は宋へゆき、つづいて南方へ足をむけた。淮水《わいすい》に近づこうとすると野人《やじん》にとめられた。

「楚軍が蔡《さい》を滅ぼしましたので、この先には、楚の兵がみちておりましょう。危険です」

野人のいう蔡とは、淮水の北岸にある下蔡《かさい》のことである。

——なるほど、鉅子《きょし》のおっしゃった通りだ。

禽滑釐はうなずいた。はたして楚は兵を集合させ、蔡という小国を急襲し、滅亡させた。蔡は周王室からわかれた名門の国で、五百五十余年の命運をつかいはたしたわけである。

禽滑釐は野人にとめられたものの、あえて下蔡に近づき、楚の兵を目撃すると、ひきかえした。

「蔡が滅んだか……」

禽滑釐の報告をうけた墨翟は、わずかに首をひねった。蔡はむかしから楚の属国のようなものであり、一時期、両国は反目したからといって、いまさら楚が蔡を滅亡させるまでもない。蔡に叛逆のきざしでもあったのか。楚の動きが予想より不明瞭なのである。

――楚の意識が東へむかっているといえなくないが……。

墨翟は考えこんだ。禽滑釐はだまって墨翟をみている。墨翟は急に目をあげ、

「兵というものは、ふしぎなものでな。いちど動いて成功すると、おのずと動きたくなるものだ。楚はかならず東方から北方に兵をむかわせる」

と、さとすようにいった。


翌年、墨翟は門人を教導するかたわら、作業場にはいり木製の鳶《とび》をつくりつづけた。その作業に墨翟は門人の手をつかわなかった。

が、禽滑釐はその製作がただならぬものであることを感じ、

「おてつだいさせていただけませんか」

と、いわんばかりに、遠くにすわって師の仕事ぶりをみていることがあった。墨翟はそれに気づき、

「わしを助けるひまがあったら、他人《ひと》を助けよ」

と、叱るようにいった。禽滑釐はだまって頭をさげ、作業場からしりぞいた。

墨翟の脳裡にはつねに公輸般の鵲《かささぎ》がはばたいている。自分がつくっている鳶は、

――あの鳥に勝てるか。

と、問いつづけている。あの鵲にこの鳶が負けると、かれの防衛術は破綻《はたん》をきたすのである。

両者の勝負のわかれめは、機能にあるわけではなく、制御にある。墨翟の苦心はそこにある。あの鵲のように、どこへ飛んでゆくかわからないようなものをつくっても、なんの役にもたたない。つぎにあらわれる鵲が公輸般の意のままに飛んでくるとすれば、墨翟の鳶はそれを禦《ふせ》ぎきらなくてはならない。つまり墨翟が命ずるままに飛ぶ鳶でなければならず、そのためにはどうしても墨翟と鳶とがむすばれている必要があり、かれはこのとき、

「凧《たこ》」

を発想した。凧は巾《きれ》でつくるものだが、それでは敵の攻撃に弱いので木製の凧を揚《あ》げることを考えた。その工夫がむずかしかった。

一年がすぎようとした。鳶は完成しない。

禽滑釐が作業場にはいってきた。

寒風の音が急に強くきこえ、ふたたび遠い音になった。

「鉅子。よろしいでしょうか」

と、禽滑釐は、はばかりをみせていった。

「なにか」

墨翟はふりかえらない。

「公輸子が楚で遊んできたらしいのです」

墨翟の手がとまった。かれはくるりとからだをまわし、禽滑釐をみつめると、

「ただの遊びではあるまい」

と、いった。

「はい」

と、こたえた禽滑釐は、耳にしたことのすべてを墨翟に語《つ》げた。

公輸般が竹木の鵲を飛ばして魯人《ろひと》をおどろかした奇聞が、楚に達し、なんと楚王の耳もとにとどいたのである。

ときの楚王は恵《けい》王である。興味をおぼえた恵王は側近に、

「その魯の匠人《しょうじん》を招け」

と、命じた。たちどころに楚の臣は魯へゆき、

「楚王じきじきのご招引ですぞ」

と、公輸般の歓心をくすぐり、腰の軽くなった公輸般を帯同して、王宮に還《かえ》った。

公輸般を引見した恵王は終始満悦で、宴を催して公輸般の発明の話を燕《たの》しんだが、たまたま恵王は越との戦争の話題をもちだし、

「どうであろう、舟にしかけをほどこすというわけにはいかぬものか」

と、水をむけた。

楚と越との戦争は舟戦が多い。長江でも淮水《わいすい》でも楚は上流域を占め、越は下流域を占めている。したがって楚の舟はながれくだってゆき、越の舟はさかのぼってくる。両軍が衝突した場合、楚軍が有勢になると越軍の舟はながれにしたがってすばやくしりぞいてしまう。楚軍が劣勢になると、ながれにさからってしりぞくことになるから損害が大きい。そこで恵王はこの発明の天才に、

——ひと工夫ねがえまいか。

と、もちかけたのである。公輸般は発明の才をためされたことになる。かれは自信家であるから、考えるまでもなく、

「実際に舟をみせていただきましょう」

と、いい、長江へでかけていった。かれは舟戦に長じた者たちから話をきき、実戦さながらに舟を浮かべてもらった。

「ふむ、矢合戦のあと、舟を接するというわけですな」

それから勝負がみえてくる。公輸般の工夫のしどころはそこにある。楚軍が勝ったときはその勝ちを大きくひろげ、負けたときは傷を最小にとどめることを考えればよい。

公輸般は王室専用の作業室にこもり、新兵器の作製にとりかかり、ほどなく試作物を舟にもちこんだ。

「では、一対一でやってみましょう」

と、公輸般はみずから舟に乗り、まず勝った場合を想定して、兵器をうごかした。相手の舟がしりぞきはじめる。すると手もとの滑車をまわした。舟の中央にある竿《さお》がいきおいよく伸び、先端の鉤《かぎ》が逃げる舟のへりにかかった。手をはなすと竿の伸びはとまり、ちょうどこちらの舟がむこうの舟をつかまえたかたちになる。おどろく兵を尻目に、

「つぎに、負けたとしましょう」

と、公輸子はいい、べつの兵器に手をかけた。これは舟尾に伏せてあるもので、しりぞくとき水上に放つと大きな楯が浮かんだとおなじことになり、敵の舟から放たれた矢をその布製の楯が吸収してしまう。

「いずれも軽いものですから、舟の負担にはなりますまい」

公輸子はこともなげにいった。

その二つの兵器はあわせて、

「鉤拒《こうきょ》」

と、よばれた。恵王は大いに興味をしめし、その鉤拒を大量につくらせ、自軍の舟に積みこませ、越軍の舟の襲来を待った。

まもなく越軍の大舟団が長江をさかのぼってきた。待ちかまえていた楚軍の舟はいっせいになだれくだり、激突した。楚軍が優勢になると、それっ、とばかりに鉤を突きだした。この機械の手が、しりぞこうとする越の舟をつかんだ。

「なんだ、これは」

と、越の兵が戟《げき》をふるって断ち切ろうとしても、竿の先端部分は銅製の筒におさまっているので、刃がはねかえされてしまう。そのうち楚軍のほかの舟に追いつかれてしまい、越軍は退却に失敗して、惨敗した。

捷報《しょうほう》をきいた恵王は、これ以上ないという上機嫌で、

「いやはや、よいものをつくってくれたものだ」

と、公輸般を褒め、さらにもてなして、魯にかえした。


むろん禽滑釐の耳に、楚における公輸般の遊衍《ゆうえん》の詳細がはいってきたわけではない。

話題の中心は、鉤拒という兵器の発明である。

「なにしろ公輸子は自慢して歩いているようですから」

ひごろ人や物への好悪を口にしない禽滑釐が、このときは口吻《こうふん》ににがみをみせた。

――公輸般の愚かさは底が知れぬ。

禽滑釐はそういいたいのであろう。楚と越の軍事力がひとしいからこそ、魯のようにその二国

の北にある国は侵略をうけずにきたのである。いま鉤拒のような新兵器をそなえた楚軍が、越軍よりはるかに優勢になると、いつなんどき牙爪《がそう》を北にむけるかもしれない。公輸般は自分でつくった機械で自国を滅ぼそうとしたようなものである。

墨翟は浮かぬ顔で、

「できてしまったものは、どうすることもできない。時のながれを、たれにもとめられないようなものだ。これも、時のながれに浮かぶものだよ」

と、いい、目で木製の鳶をしめした。かたちはできているのだが、空中で上昇するには重すぎる。強風の日しか飛ばぬ鳶ではほとんど役にたたない。

墨翟は改良にとりかかった。さらに一年が経《た》ったころ、東方の民がふるえあがるようなことがおこった。

杞《き》の国が滅んだのである。

自滅したわけではない。楚軍に急襲されたのである。

それをきいた魯の人々はくちぐちに、

「そんなことがあろうか」

と、いった。杞は山東半島の根もとにある小国で、いわば斉《せい》の国内にある孤島のような存在であった。楚の首都の郢《えい》から二千里以上も離れている。楚軍が杞を攻めるためには、魯と越のあいだをぬけ、斉の国境を侵して東北にすすむという危険をともなう。しかしながら、現実に楚軍はその強行軍をおこない、杞の国を燼滅《じんめつ》させた。

墨家の門人たちも首をひねるばかりで、とうとう墨翟の意見をききたそうに、多数が集まった。

墨翟はおもむろにすわると、

「すべては公輸般のつくった鉤拒からはじまる。楚が恐れている国は、東隣の越と西の隣の秦《しん》である。楚は鉤拒をそなえてから、水上戦で越に優位に立ち、江水（長江）や淮水を制した。越は単独の戦いでは楚に勝てぬとわかったから、おそらく北方の三晋《しん》（韓《かん》・魏《ぎ》・趙《ちょう》）とむすぼうとした。それを知った楚が北方への路を遮断したのが、こんどの北伐である」

と、明言した。門人たちは目がさめたような顔つきをし、ざわめいた。

「越と斉は昔から仲が悪いから、斉が越を援《たす》けることはない。楚としては越を扼《やく》したようなものであるから、今後、秦とは和睦《わぼく》し、版図拡大のために、泗水《しすい》沿いに兵をのぼらせてくるであろう」

墨翟の言は、予言というより断言である。泗水は魯から発し宋を通り楚の淮水にながれこむ川である。つぎに楚が狙う国は宋であり、そのつぎが魯であろう。

門人たちはそれぞれ緊張をのみこんだような顔つきをした。

ただし墨家の門をくぐった者のなかには、手のつけられないような暴れ者がそうとういたことはたしかである。

たとえば、駱滑釐《らくかつり》という男がいる。

この男はどこかの郷に勇士がいるときけば、でかけていって決闘し、いちども負けなかった。

その男が入門してきたのである。

墨翟は駱滑釐と面晤したときに、まず、

「あなたは勇を好むときいたが」

と、いった。

「そうだ」

師のまえでもこの男の態度はふてぶてしい。が、そういう男でも、墨翟は頭から侮蔑せず、

――この男を、なんとかしてやろう。

という熱意をこめて説いた。

「天下は――」

墨翟は気量の大きい話の切り出しをした。墨家は天下を相手にしているのだとおしえたのである。

「天下は、好む人を興《おこ》して、悪《にく》む人を廃《す》てようとするものだ。いまあなたは、郷に勇士がいるときけば、そこへ行って相手を殺しているようだが、それは勇を好んでいることにならない。勇を悪んでいるのだ」

墨翟がそういうと、駱滑氂の表情に変化が生じた。

――いわれてみれば、なるほどそうだ。

と、心が動いた。

それよりもなによりも、駱滑氂は墨翟がもっている常人ばなれのした気魄に打たれていた。

ほかにもにたような例がある。

高石子《こうせきし》という弟子も、若いころはやはり暴れ者で、郷ではきらわれていた。この男が墨翟の弟子になると生まれかわったとおもわれるほどおとなしくなり、学問に身をいれた。のちに管黔敖の仲介で衛《えい》の君主に仕え、大臣にもなったが、みたび自分の献策がしりぞけられると、未練なく大臣の位を辞し、衛を去って、墨翟のもとに帰ってきた。そのころ墨翟は斉の国に滞在していたのだが、高石子から委細をきくと、墨翟のかわりに弟子を教えていた禽滑氂を招き寄せ、

「まあ、きけ」

と、うれしくてたまらないようにいい、衛の君主は正道を失っているのに、そこで祿爵《ろくしゃく》をむさぼれば、他人の食をただで食《く》らっているようなものだ、義にそむいて祿を求める者が多いというのに、祿にそむいて義を求めた者は、高石子にみたよ、と激賞した。


墨翟の弟子はにわかにふえはじめた。

かれは魯と宋のあいだをいそがしく往来した。従者のなかにはかならず禽滑釐がいた。

墨家では弟子の年齢の長少や在学の長短では序列をつけない。

――賢才が上に立つべきだ。

と、墨翟は信じ、そう教えてきている。古代では王位さえ他人にゆずっている。堯《ぎょう》は舜《しゅん》に、舜は禹《う》に、王位をあたえた。それら聖王は宮殿とはとてもよべぬ住居にいて、人民のために粉骨砕身の為政を完遂《かんすい》したのである。そのなかでも墨翟は禹王を理想の王とした。禹王は黄河の治水のために一身をすりへらした王として、いまでも多大の尊崇《そんすう》をあつめているが、墨翟の胸裡では、

――史上、もっともすぐれていた王は、禹王だ。

という信仰が確立していた。

禹王の尽力にくらべれば、わしの奔走など、もののかずではない。墨翟はつねづね自分にいいきかせている。

その墨翟を禽滑釐は敬信のまなざしで仰いでいる。この男は、この若さで、百戦錬磨の士のようなおちつきを相貌にそなえはじめた。学問へのうちこみもすさまじく、とくに城を守る方法について関心が高く、かれは墨翟にしたがって旅をしているあいだに、

「城を攻める者には、臨《りん》、鉤《こう》、衝《しょう》、梯《てい》、堙《いん》、水《すい》、穴《けつ》、突《とつ》、空洞《くうとう》、蟻傅《ぎふ》、轒轀《ふんうん》、軒車《けんしゃ》などの手段が

ありますが、この十二の攻撃から城を守るには、どうしたらよいのでしょう」

などと、問いの言を揚げた。

臨は土などをつみあげ、高所から城内を臨《のぞ》んで兵を攻めくだらせることである。鉤は鉤《かぎ》をつかって城壁をよじのぼること、衝は衝車とよばれる装甲車で城門を突き破ること、梯は梯子《はしご》をつかうこと、堙は濠《ほり》を埋めること、水は水攻め、穴は地に穴をあけ、突は城壁に穴をあけること、空洞は地中を掘りすすむこと、蟻傅は蟻《あり》のように城壁にはりついてのぼること、轒轀は大型の作業車のなかに兵を入れて城門などを破ること、軒車は楼車《ろうしゃ》といってもよく、やぐらつきの車で城門などをのりこえることである。

墨翟はその質問にひとつひとつていねいにこたえた。それにたいして禽滑釐はこまかいことまで質問し、自分が攻める側に立ってみて、新奇の手段を発想すると、それを墨翟にぶつけてみた。が、想像上のその攻撃は、ことごとく墨翟の予備の創意によって、封じこめられた。

——どんなことをしても師には勝てない。

その実感は、禽滑釐にとって喜びでもあった。

多忙をぬって改良をすすめた木製の鳶を、ついに飛ばす日がきた。

微風をうけて浮上し、翼をうごかせばたやすく方向や高低をかえることができるものである。むろん墨翟はその製作を吹聴せず、わずかな弟子をつれて、人のいない原にでて、実験をおこなった。

初夏の空に鳶が昇った。弟子たちは歓声をあげた。手もとの紐の操作がむずかしい。墨翟はくりかえし指示し、鳶の飛行をながめていたが、どういうわけか鳶が急降下しはじめた。

「手をはなせ」

と、墨翟は叫んだが、鳶はまたたくまに墜落し、地表に激突して、くだけ散った。

禽滑釐がまっさきに走った。かれは鳶の破片をひろいあげ、しばらくみつめていたが、墨翟が近づいてきたことを知ると、

「すばらしいものでしたね」

と、つぶやくようにいった。墨翟はいささかも表情をかえず、

「これも、車のくさびにはおよばない」

と、いいすてた。

三年をかけて製作したものが一日で消滅したのである。

そのことは魯では多少の評判になった。

鳶の製作をあきらめた墨翟の耳をおどろかすような情報がとびこんできた。ふたたび公輸般が楚の恵王に招かれ、前代未聞の兵器を製造したという。

竹木の鵲を改良したものではない。その点、墨翟はほっとした。

「雲梯《うんてい》の械《かい》」

それが新兵器の呼称である。雲の高さまで伸びる梯子の機械ということであろう。

——臨、梯、軒車をかねそなえたものか。

と、すぐさま墨翟には見当がついた。公輸般は天、地、水における三大発明をおこなったが、物を飛行させるという発想をすて、地上におけるクレーンの発想にもどったということである。

もしも雲梯が完成したのであれば、楚は泗水沿いに軍を北上させるにちがいない。うわさでは、

「楚は雲梯をつかって宋城を攻めようとしている」

と、ある。

墨翟はただちに禽滑釐を呼び、

「わしとの問答をおぼえているか――」

と、いつになくけわしくいった。

「はい」

「よし、汝に指揮をまかせよう」

墨翟はかなりの時間をとって念入りに指示をあたえた。禽滑釐に血気がみなぎり、それを緊張がつつんだ。禽滑釐が立つと、墨翟は管黔敖を呼び、

「わしはいまから楚へいってくる」

と、いうなり、とびだした。旅装もなにもない。弟子を教えていたそのままの姿で、楚をめざしたのである。草履はたちまちすりきれた。足にまめができ、そのまめが破れて、血がでてくると、裳《しょう》を裂いて足をつつんだ。さらに墨翟の超人ぶりは、夜でも歩き、魯から楚の首都の郢《えい》まで十日十夜で達したということである。

墨翟は公輸般が滞在している家の戸をたたいた。


墨翟の顔をみた公輸般は不快を露骨にみせた。その嫌忌《けんき》を押しきるように家にあがった墨翟は、膝をまじえ、

「楚は宋を攻めるときいたが、宋にいかなる罪があるのか。あなたは罪のない者を殺したいのか」

と、いい、このたびの北伐がいかに義に悖《もと》っているかを懇々と説いた。

公輸般はうなだれた。墨翟の真意が染みたということである。やがて公輸般は首をあげ、

「わしとて人は殺したくない。が、事態は、もはやわしの一存ではどうにもならぬところにきている」

と、弱い声でいった。

「それなら、わしを楚王に会わせてくれ」

墨翟は恵王を諫止《かんし》するつもりである。公輸般はうなずいた。

翌日、裂けた衣裳をまとい垢だらけの男が宮殿にあらわれた。

「ほう、墨子……」

きいたような名だ、と恵王はおもい、引見することにした。みたとたん、なんときたない男か、といやな顔をした。その男がしきりに宋の国の貧しさを訴えている。男はいう。

「楚は飾りのある車で、宋はやぶれた車のようなものです。楚は錦の衣で、宋は褐衣《かつい》のようなものです。楚は美食で、宋はぬかとかすのようなものです。王はそれらの車や衣や食をすて、どうして隣のそまつな物をお取りになろうとなさるのです」

きいているうちに恵王は、なるほど宋はつまらぬ国だ、とおもいはじめた。たしかに宋を攻め取る意欲はうせはじめたものの、雲梯をつかってみたい気は大いにある。そのことを恵王がいうと、墨翟はすこしまなざしをあげて、

「雲梯では宋を取れません」

と、強い口調でいった。恵王は慍《むっ》とした。

「つかってみぬうちに、なぜわかる」

「公輸子をお呼びください。王の御前で、楚軍の攻撃を禦ぎきって、ごらんにいれましょう」

「おもしろい」

さっそく恵王は公輸般を呼び、雲梯をつかって宋の城を攻めてみよ、と命じた。そのあいだに墨翟はするすると帯を解いて、足もとに置き、楚王の臣に木片をねだり、それがとどくと帯を矩《く》形《けい》にのばして立てた。それが城壁である。木片は守城のための機械である。

恵王は身をのりだした。楚王の臣は首をのばし腰を浮かした。

公輸般は木片をつみかさねて雲梯をつくり、楚王の号令を待った。

これが、中国史上、はじめにあらわれた模擬戦である。

「攻めよ」

楚王の一声がくだると、雲梯がゆるゆると動いた。公輸般の右手は雲梯をすすめ、左手では轒轀を動かした。すかさず墨翟の左手にある木片が雲梯の禦ぎにまわり、右手は轒轀にそなえて城門にはしった。公輸般は自分の攻撃が功を奏さぬとわかると赫《かっ》となり、血を沸かしたように赤い顔をして、つぎなる木片をもって新兵器となし、つぎつぎに帯の城壁に迫らせた。墨翟は右に走り左に走り、その攻撃をしりぞけた。けっきょく公輸般の攻撃は九度におよび、墨翟は九度禦ぎきった。ついに木片をなげすてた公輸般は、

「負けた」

と、いって腰を落とし、しかし上目づかいに墨翟をにらみ、

「だが、勝つための最後の一手がある。それはいうまい」

と、うそぶいた。墨翟は微笑した。

「わかっている。が、それはいうまい」

このやりとりをきいていた恵王は、さっぱりわからず、いらいらして、

「申せ」

と、墨翟に目をむけた。墨翟は容《すがた》をただした。

「では申し上げましょう」

この模擬戦では公輸般は手段をつかいはたした。しかしながら、実際の戦いを考えてみると、公輸般がここで墨翟を殺せば、宋の防禦は不可能になり、楚の攻撃は可能となる。

「ところが、わたしの弟子の禽滑釐をはじめとする三百人が、すでに守禦の機械をそなえて、宋の城の上におり、楚の攻撃を待っております。それゆえ、わたしを殺しても、勝つことはできないということです」

墨翟がそういうと、公輸般は長大息した。その吐息は、恵王にうつったようであった。

けっきょくは恵王は宋の攻撃をあきらめた。

墨翟は自分が救った宋の城をみてから帰ることにした。

宋門に近づくころ、雨になった。

墨翟は雨をさけようとして門内に走りこもうとした。

とたんに、一喝《いっかつ》が飛んできた。

「はいっては、ならん」

墨翟の身なりをみて、門衛が怪しみ、入城をさまたげたのである。髪はみじかく、衣裳は裂開し、はだしである。盗賊団の頭目でもこれよりましな恰好をしているであろう。

押し問答のすえ、墨翟は雨中につきだされた。

——やれやれ。

墨翟は頭をなで、足もとの水たまりを跳んだ。すべって、みごとに水たまりに尻を落とした。

雨が顔面を打った。

が、――。

雲に小さな孔があいた。そこに美しい夏空がのぞいた。

墨翟はその小さな青い明るさをしばらくみあげてから、立って、雨に打たれながら、宋門をあとにした。

花の歳月

一

風がななめに吹き降りた。

緑色の水面に、颯《さつ》と、さざ波が立った。吹き降りた風のなごりであった。

池の水鏡に映っていた姉の姿が、さざ波とともに散り失せて、やがてまたひとつの像としてもどってきたとき、その像の上に柳絮《りゅうじょ》が浮かんでいた。

広国《こうこく》は枝をつかみ、からだをかたむけて、水面の柳絮を手ですくいとろうとした。

「あぶないから、おやめなさい」

姉の猗房《いぼう》は弟の広国のうしろにまわり、抱きかかえるように腰に腕をまわして、強く引いた。

広国が柳の枝から手を離すと、猗房は広国を抱いたまま、あおむけに倒れた。倒れたまま猗房ははじけるように笑い、姉の腕からのがれた広国がふしぎそうに顔をのぞきこむと、かの女はからだをまわして逃げた。

この姉と弟とは歳が六つほどちがうが、ともに短衣を着ていて、広国はほとんど膝頭をみせている。猗房の着ているものはそれほど短くないが、それでもしゃがんだときなど、裾がめくれて、膝はもちろん内腿までみえるときがある。いまもそうであった。

猗房は脚ばかりでなく、おそらく全身が、暗い色の短衣を内から照らすほど明るい皮膚をもっていて、広国はふしぎなものを目近にしたように、姉の脚にさわろうとした。すると猗房は広国の小さな手をつかみ、身を起こしながら、

「いけない手に、罰を与えましょう」

と、いって、広国の手の甲を軽く爪でつまんだ。

痛みをおぼえて広国は泣きだした。猗房はあわてて広国を抱き上げて、あやした。広国はなかなか泣きやまない。というのは、いちど姉に抱き上げられて桑の木の枝にのせられたとき、墜落したことがあった。各家は上からの命令で、桑の木を毎年植えなければならない。以前植えた木が育って、猗房が桑の葉をとっていたときのことである。大泣きに泣いた広国だが、たいしたけがはしなかった。それでも墜落の恐怖は体内にのこって、姉に抱き上げられるたびにそのときの恐怖がよみがえるのである。が、猗房には広国のむずかるわけがわからず、

——こまったわ。

という顔つきで、空をながめた。縹色《はなだいろ》の空である。河北のおそい春の色であった。

ここは観津《かんしん》といって、戦国時代は趙《ちょう》の国の東はずれの一邑《ゆう》であったが、秦《しん》の時代になると、巨鹿《きょろく》郡の中央に位置する県となり、漢の時代になって、この観津県は清河《せいか》郡に属することになった。

ただし漢王朝をひらいた劉邦《りゅうほう》（高祖《こうそ》）は、地方に中央直隷《ちょくれい》の郡をもうけたほかに、自分の家族や功臣のために半独立といってよい王侯の国をつくり、さらに親族のなかでも女性の支配地を邑《ゆう》

とよんだので、漢の時代には、郡と国と邑という区域ができた。

　河北の地は、秦末の戦争のとき、巨鹿が主戦場のひとつになったこともあって、荒れはてた。観津の西南方にある巨鹿では、秦軍と楚《そ》軍との激戦があり、そのときに発揮された項羽《こうう》配下の楚の兵の強さは、伝説となった。楚の兵一人は秦の兵十人に打ち勝ったといわれる。その大戦のあった年からかぞえても、十四年しか経《た》っていない。河北から焦土がすっかりなくなったわけではない。

　猗房の着ている短衣は、河北の土の色と、さほどかわりがなかった。

「このあたりに、竇《とう》さんの家はありませんかな」

　猗房はうしろから声をかけられた。猗房の背後に、一人の品のよい老人が立っていた。あわてて広国をおろした猗房は、

「はい、あれがそうです」

と、自分の家をゆびさした。猗房は自分が竇家の娘であることをつげ、その老人を案内するつもりで、広国の手をひきながら、歩きはじめた。

　猗房が竇家の娘であると知った老人は、目を光らせたようであったが、むろん猗房は気づかない。広国がふりかえるたびに、老人は背をかがめ、笑顔を広国に近づけた。

　竇家の敷地は広いのだが、家そのものは、倒壊しないのがふしぎなほどのいたみようである。うす暗い家のなかで、猗房の父は横になっている。中風のために、歩行ができず、農作業は猗房の母と兄とがおこなっている。

「お客さんです」

　猗房はやさしい声を父にかけた。

父はたいぎそうに上半身を起こして、猗房のうしろに立つ老人を眇《すが》めるようにみたが、こころあたりはないようであった。

「いや、いや、横になったままで、話をきいてくだされればよいのじゃ」

と、老人にいわれた父は、猗房と広国にむかって、外にいなさいという手つきをした。

「にわとりをみにいきましょう」

猗房はまた広国の手をひいて、家の外にでた。まぶたを刺す光であった。陽光が明るければ明るいほど、猗房の胸にむなしさが広がった。

――ああ、牛が欲しいなあ。

兄と母で一日中畑をたがやしても、どれほどの畝《うね》ができよう。兄はともかく、母は最近しばしば腰が痛いといって畑に出ないので、猗房がかわりに耒耜《すき》をふんだが、足の裏は割れ、手にはまめができて、出血した。地の堅さは、十歳の猗房には歯が立たなかった。

「おまえは布を織っていたほうがよい」

兄の建《けん》が一人で耕作をする日が多くなった。が、今日は、猗房の母も畑に出ていた。

たしかに牛がいれば、農作業がはかどる上に、兄も母もあれほど疲れはしないだろうと猗房がおもったのもむりはないが、このころ牛を入手しようとすれば、猗房の家にかぎらず、家と畑とをあわせて売り払わなければならないほど高価だった。

父の呼ぶ声が猗房にきこえた。その声は、悲鳴に近いものであった。

ただならぬものを感じた猗房が、広国をのこしたまま、家のなかに小走ってはいると、父は、

「こちらは、郷父老《きょうふろう》さまじゃ。ご挨拶なさい」

と、もどかしげに、手を上下にふった。

猗房は膝を折って、郷父老とよばれる老人にむかって頭を垂《た》れた。姉の背に近寄ってきた広国も、姉にならって、手を胸のまえでかさね、姉よりも大きなおじぎをした。

父老には、里《り》の父老と郷《きょう》の父老とがいる。猗房の父は自分の住む里の父老を知っていても、郷の父老とは面識がなかった。

各家をかぞえるときは戸《こ》といい、戸がまとまって里《り》となり、里がまとまって郷《きょう》となり、郷がまとまって県となる。

里と郷の父老は、いずれも中央政府から派遣された官人ではなく、いわば民間選出の指導者だが、かれらの身分は中央政府から追認される。さらにいえば、県の最高位にいる県令（小さな県では県長）の相談役になれるのは、郷の父老だけである。

県令は自分の出身県ではその官職に就けないきまりになっているから、当然、他県の人間であり、県下の人民は県令を恐れはするが、心から尊敬しているわけではない。ところが郷父老にたいしては、心からというより、肌膚《はだ》で尊敬してしまう。猗房の父は、その耆徳《きとく》がわざわざ自家を訪ねてきてくれたので、おどろきの声をあげたのである。

郷父老の訪問の理由も、猗房の父にとっておどろきであった。

「このたび、皇室におかれては、全国から名家の子女を集め、皇宮において養成なさるとのことです。わが県としても、はずかしくない一人をえらんで、皇都へ送り出さねばならぬという県令さまの仰せで、まず、各里の父老に推薦をたのみましたのじゃ。わしはこのように蒙《くら》い目しかもっておりませぬので、娘さんたちに着飾って集まってもらうと、おそらくたれがよいのかさっぱりわからなくなるとおもい、まえもって知らせず、素顔をみせてもらうことにして、推薦のあった家をひとつひとつ訪ねてきましてな、最後が、竇さん、あなたの家ということになったのです」

郷父老の話の途中から、猗房の父の首がしだいに高くなった。

「うちの娘を、里の父老さまが、推《お》してくださったのですか」

郷父老がうなずくのをみたかれが、猗房をはげしく呼んだのは、このときである。

猗房の挨拶をうけた郷父老は、

「なかなかよい娘さんだ。それで、すこしこの娘さんと話をさせてもらえまいか」

と、かるく首をまわした。

「それは、かまいませんが……」

猗房の父はそういいながら、わずかにうつむき、

「郷父老さま。お上《かみ》のお達しは、名家の子女ということでしたな。わが家のこのありさまをごらんになってくだされ。古いばかりで、みすぼらしく、けっして名家とはいえますまい」

と、力のぬけかけた声でいった。

「いや、名家というのは、いま盛んな家ということではありますまい。わしはそう解しておりますよ。この里の父老もそう解したからこそ、推薦したのでしょうよ。竇家は夏《か》王朝からの名門でしたな。これにまさる血すじの家は、そう多くあるまい」

王朝は、漢のまえが秦、秦のまえが周、周のまえが商（殷《いん》）、そのまえが夏であり、竇家は千八百年のあいだ血胤《けついん》をたやさずに、ここまできたというわけである。

郷父老は猗房の父を安心させてから、猗房だけをつれて、外に出ると、木陰をさがして、土の上にすわった。猗房はうながされていちど郷父老のまえにすわったが、急に気づいたように、郷

父老にことわって立ち、戸口にあったむしろをもってきて、郷父老にすすめた。

微笑をつくった郷父老は、おもむろにすわりなおしてから、猗房に日常生活のことなどをたずね、猗房の話を目を細めて聞いていたが、実際、かれが注意深く聞いていたのは、話の内容ではなく、猗房という娘がもっている声の大小、明暗、澄濁《ちょうだく》など、いわば声の生まれつきの品格である。

――男女を問わず、人を鑑《み》るには、まず声だ。

と、この老人は信じている。話し方にとらわれてはならない。話し方は、生来というものではなく、変化してゆく。変化するものにこだわれば、けっきょく人を見損《みそこ》なってしまう。

――良い声だ。

郷父老はしだいに目を大きくあけ、猗房を直視した。

頭上の梢から降りてきた光が、風が吹くたびに、猗房の顔の上でまたたく。もともと猗房の皮膚はふしぎなほど明るいが、郷父老の目は、猗房を直視できないまぶしさをおぼえるときがある。

「もそっと、こちらへ寄ってはくれまいか」

郷父老はむしろをすこし移動してから、手招きして、猗房を身近でみた。

猗房の顔は木漏れ日からのがれて、太い幹のかげにはいった。かげといっても、人の顔をみるには、ちょうどよい明るさといえた。

――妙な色が、この娘の鼻と眉間《みけん》と目もとにある。

はじめは地面や草木の照り返しの色かとおもったが、そうではないらしい。郷父老はそこにこだわることをやめて、

「学問はどうなさったのか」

と、訊《き》いた。

「父から黄帝や老子をおそわりました」

「ほう、それはよい。おだやかな思想だからな。皇帝の室《いえ》は、孔子や孟子をおきらいなさるらしい。では、ちとたずねるが、十三という数字で、なにを想い浮かべるかな」

不安げに眉を寄せていた猗房は、郷父老の問いが、自分の知識のうちにあったので、にっこりした。

「十三ではなく、十と三だとおもいます」

「ふむ」

「若くして死ぬ者が十人に三人はいます。でも、せっかくの寿命を捨てて、わざわざ死にむかう者も、十人に三人はいるということです」

記憶にあるとおり、猗房は答えた。

「どうして、その三人は、そんなに死にいそぐのであろう」

すかさず、郷父老の口からつぎの問いが発せられた。

猗房は臆せずに、

「その三人は、あまりにも生きたがっているからです」

と、なめらかに答えた。そこまでは『老子』にあるからである。むろん郷父老はそのことを知っていたので、

「そう老子はおっしゃったが、さて、あまりにも生きたがるとは、ふつうに生きようとすることと、どうちがうのだろう」

と、質問を猗房の知識の外にまですすめた。

猗房はかたく口をむすんで、考え込んだ。その問いは十歳の娘にとって難解でありすぎるはずであり、みごとな答えを得たいとは、郷父老はつゆほども望んでいない。猗房が考えているあいだ、郷父老は猗房の眉間のあたりに目をとめて、考えていた。奇妙な色が気になるのである。

「郷父老さま」

猗房は小さな口をひらいた。

「わたしは、父母や兄の助けのために、牛が欲しくてたまりませんでした。でもそれは、あまりにも生きたがるということだとおもいました。ふつうに生きるには、わたしや弟が、できるだけのことをして、助け合っていけばよいとおもいました」

「おお、そうとも」

郷父老は猗房の心根にねじれたものがないことを、その答えから感じとって、

「いまは、どこの農家も貧しい。が、本当に貧しい家というのは、助け合う心を失った家のことだよ」

と、さわやかな気持ちでいった。

「もそっと――」

また郷父老は手招きをした。猗房は顔を近づけることをためらい、はずかしさを肩のあたりにあらわした。

郷父老は笑って、立とうとしたが、急になにかにおもいあたったように、笑いをおさめて、強いまなざしで猗房をとらえた。猗房は郷父老の気色の変化がわかり、小さな恐れを、眉間にあらわした。かの女は郷父老の眼光にしばられた感じであった。

そうした神妙な時がすぎると、郷父老はふたたび柔和な表情の老人となって、立った。

かすかにため息をついた猗房は、かるい疲れをおぼえながら、むしろをたたみ、郷父老のあとについて、家の中にはいった。

夕方、話を知った母と兄は、農具から土のよごれを落とすのも忘れて、喜んだが、やがて錯雑《さくざつ》とした色を顔にあらわしはじめた。

二人の昂《たか》ぶりがおとろえてきたわけは、猗房が皇宮にはいるときまったものではないということが、ひとつある。たとえ猗房がこの郷からえらばれても、他郷からそれぞれ名家の娘が推薦されるのであるから、四、五人のうちでたった一人が、観津県から皇都へ送り出されることになる。そのたった一人を決定するのは、県令か、あるいはその下にいる公吏《こうり》であろう。かれらが貧家の娘を選出するとは、とてもおもわれない。

かりに猗房がえらばれたとしても、よく考えてみれば、窶家としては働き手を失うだけで、なんの益もない。気落ちのわけは、そこにある。

「もしも、この娘《こ》が皇宮へゆくことになったら、ご褒美でもくださるのじゃろうか」

母は父へ目をむけた。

「いいや、……郷父老さまは、それについては、なにもおっしゃらなかった」

猗房をみる父のまなざしが弱くなった。

「ただで妹を取られるのなら、喜ぶのではなかった」

兄は着替えもせずに横になった。窶家におとずれた夕闇が兄の顔色になりつつあった。

猗房だけは明るい目をしていた。かの女は横になっても目が冴え、郷父老の問いと自分の答えとが頭のなかであざやかにくりかえされた。郷父老はやさしげにみえるが、じつは厳しい人であることがわかった。その厳しさこそ人格の高さであることも猗房にはわかった。

——だから、あのご老人は、人々に推されて、郷父老にえらばれたのだ。

猗房は父母をうやまっている。それとはべつな感情で人を尊敬するということをはじめて知った。あの老人とはちがう人が郷父老であれば、おそらく、

——わたしなんか、えらばれるはずがない。

と、おもっただろう。だいいち、ほかの郷では郷父老が実際に名家の娘を自分の目で見定めてから推薦するかどうか怪しいものである。猗房は自分がこの郷でもっともすぐれた娘であるという自信はないが、あの郷父老であれば、ひょっとして自分をえらんでくれるかもしれないという希望をおぼえた。郷でえらばれたら、たぶん県の城へ行ける。県の代表にはとてもなれそうもないので、せめて城内を見物して帰ってきたかった。猗房はまだ郷から外へ出たことがない。いや、一生出られないかもしれない。郷の娘はおなじ郷に住む男に嫁して、子を産み、子を育て、一生、土地と家とにしばられて終わるのである。だから県の城へ行くことは、かの女にとって、最初で最後の大旅行になるはずである。

それを想う楽しさが猗房の胸に小さな灯をともした。と同時に、

——家族で助け合えばなんとかなる。

と、郷父老に答えた自分のことばが、明るく胸にひびきわたった。

いま貧しいのは竇家ばかりではない。しかし竇家の家族はいがみあうことなく、毎日をすごしている。それがたいせつな豊かさであることに猗房は気づいたのである。

翌日、猗房は父にせがみ、書物を笥《はこ》から出してもらい、父や広国の世話をするあいまに、書物を読み、わからない語句を父にたずねた。『老子』はすでに父から教えられているので、すらす

ら読めた。あまりに猗房が静かに読書をしているので、

「わかるか」

と、父はときどき声をかけた。

「ええ、よくわかります」

と、猗房ははっきり答えた。ところで猗房とは「美しい部屋」という意味である。その名の通り、この少女は美しく、またおもいやりがあり、しかもたいへん記憶力がよく、聡明でもあるのだが、家族の者はたれ一人としてかの女の美質と天稟《てんぴん》とに気がついた者はいなかった。生活に疲れて、猗房をかまってやるひまがないというのが実情であった。

広国はおとなしく猗房のかたわらにすわり、たいくつになると眠ってしまう。広国は姉のもとを離れて独りで遊ぶということをしない子であった。


猗房の読書は進んだが、竇家に訪れた者は、おなじ郷に住む親戚の者だけであった。その者は猗房の伯父で、かれの家は猗房の家よりましな生活状態であるので、たまに羊の肉をとどけてくれる。

「兄さん、いつも、すまない」

猗房の父は上半身を起こして頭をさげた。父にならって頭をさげた猗房は、伯父の親切心に感謝の念をおぼえたが、父が低頭しつづけている姿をみるのは、どこか辛《つら》かった。

伯父は猗房をみて、

「この娘が、わしらの郷から選抜されると、竇氏の名誉になるのじゃが」

と、いい、大きく美しゅうなった、と誉めた。郷父老が猗房を観視していったという噂は、だ

いぶ郷内にひろまっているらしい。

伯父の話をきいて猗房は内心ほっとした。あれ以来どこからも知らせがないので、かの女の心に不安の翳《かげ》がさしたが、まだ郷一番の娘が決まったわけではないとわかったからである。

このとき猗房ははっとした。

――自分はあまりにも、えらばれたがっているのではないか。

いまの自分と、老子のいう、あまりにも生きたがって、かえって死にいそぐ者と、かわりがないことに気づき、はずかしくなった。

「上善《じょうぜん》は水の若《ごと》し」

と、老子はいう。最上の美徳とは水のようなもので、水は万物をうるおしながら万物と争うことをしない。しかも水は人のいやがる低地へ流れこむ。

人のためになり、人と争わず、人にへりくだる。人格をみがくということは、水をみならうことである。猗房はくりかえし自分にいいきかせた。

ところで『老子』は弱い者の側に立った哲学である。弱い者とは庶民であり農民である。つねに最下層をつくっているかれらは、水とおなじで、ひとたびまとまってふくらむと、もはやかれらの勢いをさまたげることのできるものは、なにひとつない。洪水の破壊のすさまじさを想ってみればよい。そういう点で、『老子』は逆説の書ということができる。

猗房は『老子』のほかにも書物を読んだが、やはり『老子』が好きであった。柔が剛を制す考え方も、かの女に希望を与えた。

かの女にとって決定的に『老子』が大きな意義をもったのは、この書物をふたたび読みはじめたときに、かの女の運命を定めたというべき報せが飛びこんできたからである。

猗房の住む里に、郷父老が再度おとずれ、かれはまず里の父老の家にはいって、みじかい話をすませた。里の父老は家人を走らせて、里内の長老を自宅に招き、これら老人たちは、うちそろって竇家をめざしたのである。

里内の女たちはこの小さな喧騒に気づき、家の外に出て、袖をひきあい、事件の内容をききあったが、郷や里の指導者たちが竇家へむかって歩きつつあるわけがわかると、鳥のさえずりにも似たするどく明るい声をあげた。

里内が女たちの声でこれだけ沸いたのはめずらしい。

竇家の入り口は、老人たちのあとについてきた女たちや子どもで、ふさがれた。家のなかでは、猗房が、郷父老をはじめとする長老たちのまえで、からだを固くしてすわっていた。かの女は正座をしているが、左手で父の背をささえている。父の背のうしろに広国がやはり正座をしていた。

郷父老はやわらかい声で、

「ほかの郷の決定が遅れたので、お知らせも遅れたが、竇さん、わしらの郷のすべての娘さんの代表として、お宅の娘さんに県の城へ行ってもらうことにしました。こんどは県令さまのご選択となります。わしの役目はこれでおわりじゃ。良い娘さんをみつけることができて、ほっとしていますよ」

と、いった。この郷父老のことばにつづいて、里の父老や長老たちが、祝辞を述べた。

猗房の父はいちいち頭をさげたが、顔にあらわしたのはにぶい喜びであった。が、猗房はこのまま走りだしたいような喜びをおさえていた。父はふりむいて猗房の目の輝きをみた。かれは娘の明るさが染みたのか、瞼をゆるくうごかしながら、おだやかに相好をくずし、戸口にならんでいる興奮ぎみの顔にむかって頭をさげた。

「明後日に、娘さんはわしの家にきてくだされ。県から差し回しの馬車に乗って、わしとお城へゆくのです」

と、郷父老はいい、腰をあげた。

「馬車で――」

猗房はおもわず声を発して、顔を上気させた。馬車は庶民にとって夢の乗り物である。どんな富裕な商人でも馬車に乗ってはならないと初代皇帝の高祖が定めたからである。したがって馬車は、王侯貴族が乗用するか、官吏や公吏が公務のために使用するだけである。

「馬車で――」

という猗房の明るい叫びが、つめかけた里人たちの耳にとどき、かれらはそれぞれ、馬車ですって、と小さなおどろきを口にして、うらやましげに背後の人々に伝えた。

畑で働いていた猗房の母や兄に、里人のたれかが郷父老の再来をつげたのであろう、二人が走って帰ってきたときには、すでに郷父老たちは去ったあとであった。

猗房には母と兄の足音がわかる。かの女は小走った。母をみると、さらに速く走った。母はなにもいわずに猗房を抱き締めた。母の着ているものから陽《ひ》と土の匂いをかいだ猗房の胸に、母の温かさが烈しく通ってきた。猗房のわずかな恐れといえば、自分が県の城へゆくことを、母も兄も喜ばないのではないか、ということであったが、母は、よかった、よかったというだけで、愚《ぐ》痴《ち》をこぼさず、兄の建も、

「ゆっくりとお城をみてくるとよい」

と、いって、賓家におとずれたささやかな慶事を、素直に喜んでくれたのである。ここがこの家族のよさだといえなくないが、べつないいかたをすれば、この日ばかりは猗房の誇りにみちた

明るさが、この家をつつんでいるほかの暗さを吹き飛ばしたのであろう。竇家が名門の誇りをとりもどした一日でもあった。

つぎの日に、うわさをきいて、猗房の伯父が家族をつれて祝いにきた。伯父がきたときだけは、猗房の家の食事は淡粥《たんしゅく》をまぬかれるのである。家が人で満ちたせいで、めずらしく広国がはしゃいだ。

ところで伯父の孫、つまり猗房にとっていとこの子にあたる竇嬰《とうえい》は、このとき伯母の背に負われてきた幼児であった。竇嬰は成人となって官家《かんか》に侍《はべ》り、のちにおこった七国の乱のおりには、皇帝から大将軍に任ぜられて、叛乱を鎮圧するという大勲をたて、魏其《ぎき》侯を拝賜《はいし》して領主となるのである。

翌朝、母や広国、それに伯父の家族などに、にぎやかに見送られた猗房は、兄の建につきそわれて、郷父老の家にむかって出発した。

が、いちどふりかえってみたわが家が、猗房には見納《みおさ》めとなった。猗房は二度と故里の地をふむことはなかった。


猗房はいま自分が歩いている路をふたたびみることがないことを、わかってでもいるかのように、しばしば足をとめて、野の景色をながめた。そのたびに建は歯をみせて、

「ゆっくり歩いているんだね」

と、呼びかけ、しかし急かせることはしないで、猗房を待っては、また歩きだした。かれ自身も畑仕事をひさしぶりにやすんだ解放感を楽しんでいるようであった。

道の辺の草の緑が濃い。

猗房は十歳にしては背の高いほうであろう。が、名家の娘として選ばれるにしては若すぎはしないか。

——お上《かみ》のやることは、わからない。

建は汗をふきながら、目をあげた。空は青いというより白い。炎暑の白さである。いまごろ母は汗まみれになりながら、ひとりで畑の雑草をとっているにちがいない。猗房は県の城をみただけで帰ってくることになるかもしれないが、郷父老の推薦をうけたことは、猗房の名誉となり、すこしは裕福な家に嫁入りできるかもしれない。建にしてみれば、自分の母の像と妻となった猗房の像とが重なるのは、つらい想像であった。

ふりむくと、猗房の姿が消えていた。建はあともどりをした。怪鳥の爪のようにするどく上向いた葉のむこうに、猗房の背と腰とがみえた。かの女はしゃがんで花を摘んでいた。

「郷父老さまが、お待ちかねだよ」

そういいながら、建は猗房を抱き上げた。猗房のからだはおもったより重かった。猗房の手にあった小さな白い花が、建の鼻にあたり、大きなくしゃみをしたとたん、猗房のからだは兄の腕をぬけて、地に立ち、明るい笑声とともに猗房ははずむように歩きはじめた。白い花が、猗房の肩のあたりでゆれた。

建は猗房をつかまえると、

「また選ばれるといいな」

と、いった。猗房はふしぎそうに兄をみて、

「こんど選ばれると、お母さんが悲しむでしょう。お父さんの世話をたれがするの。弟も小さい

し……、お母さんによけいな仕事がふえ、お兄さんも大変になる。わたしは、選ばれても、長安へゆくことを断ります」

と、はっきりいった。建は妹の真情にうたれながらも、かの女の肩に手をおき、

「そんなことをしてはいけない。県で一番の娘に選ばれたら、喜んでゆきなさい。お母さんはきっと喜ぶし、わたしも嬉しい」

と、強くいった。いまの貧しさからのがれて、猗房が明日の暮らしに胸を痛めることのない生活をしてくれるのであれば、それでよい、と建はおもった。

「ほんとう」

「本当だ。こういうことは、たしかに人によって選ばれるのだが、その人を動かした天の神から選ばれたことになる。天の神から選ばれたのに、それを断れば、一生不幸になってしまう。おまえが不幸になって喜ぶ者は、うちには一人もいやしない」

猗房のからだ全体から急に明るさが消えた。あたりをみまわすことをやめ、足もとをみつめるようないじらしさで歩いた。そのまま泣きはじめるのではないか、と建は心配した。やがて猗房のまなざしが上がった。兄の強いことばが心に染みたあかしでもあった。かの女の哀しく澄んだ目が、自分のゆく路を、けなげにながめはじめたという感じであった。

二人は多少重くなった感情をひきずりながら、郷父老の家に着いた。

大きな家であった。

おなじ農家でありながら、こうもちがうものかという羨望の目で、この兄妹は高い軒を仰ぎ、ため息をついてから、家人に案内を乞うた。

――ここでは、何人が働いているのだろう。

と、建が関心を抱かざるをえないほど、家のなかには人が多い。

二人を迎えてくれた郷父老は、二人には別人にみえた。高く遠くにいるようであり、あるいは妙に大きくみえた。が、郷父老が猗房にみせた微笑は、いつものやさしさをふくんでいた。

「夕方に県のお役人がみえ、明朝、いっしょに立ちます。今夜は、わしの家で泊まるのだが、淋しくないかな」

「はい」

猗房は微笑を返した。妹の気の落ち着きをみとどけた建は、頭をさげて、

「なにぶんよろしくお願いします。わたしはこれで……」

と、膝ずりしてさがろうとするのを郷父老はとめるように、

「いや、いまから軽い食事をとってもらいましょう。もう申しつけてあります。ゆっくりしていきなされ」

と、いった。建は郷父老の貫禄に圧《お》されて、なにごともさからい切れそうにない。建はまた汗をふき、

「あの、郷父老さま。妹の着ているものは、母のものを大急ぎでなおしたもので、とても県令さまのお目にかけられるものではありません。それが気がかりでして……」

と、正直なことをいった。

「まあ、そう心配せんでよい。着る物くらい、うちにいくらでもあるし、県令さまの前に出るときは、娘たちはみなおなじものを着ることになっている」

「はあ、さようで――」

建はなんとなく落ち着かない。

郷父老は気をきかして席をはずした。

軽食といっても、この兄妹にとってははじめて口にする山川の珍味もあり、建は家で待っている父母のことを考えると、胸がつまり、食事のなかばに、給仕の人に、この食べ物を持って帰りたいが、というと、

「ご家族用に、お弁当を作ってございます。どうかご懸念なく、充分にお食べください」

と、いわれ、建は郷父老の心遣いを痛感して、また胸がつまった。

建は弁当をおしいただいて去った。そのあと猗房はしばらくぼんやりしていたが、下女にうながされて浴室へゆき、汗をながして、与えられた衣服に着がえた。郷父老が多忙であることは、猗房にはわかるので、自分が放置された感じであるにもかかわらず、おとなしく部屋ですわっていた。

郷父老が顔をみせた。

「夜まで、たいくつじゃろうから、お話相手に孫娘をつれてきましたわい。屋敷のなかをいっしょにみてまわったらよい」

郷父老の孫娘は猗房とおなじくらいの年齢である。が、猗房の目には、その娘はおとなびてみえ、自分よりはるかに美しくもみえた。名家の娘には、郷父老の孫娘のほうがふさわしいと感じた猗房は、自分の肩が落ちるのがわかった。

いくらおとなびてみえても、郷父老の孫娘は猗房の気おくれを察することができなかったけれど、自分の麗質を誇る色をいささかもみせなかったのは、かの女の孝心の篤《あつ》さのせいであろう。かの女は猗房をたいくつさせないように、それだけに気を配り、父につれていってもらった他県や他郡で得た見聞を話し、また敷地内を案内した。

敷地内には長屋が建ち、そのなかで多くの女が紡織《ぼうしょく》に従事していた。炭ばかりが積まれた小屋も建ちならんでいた。

「ここでは、こんなにたくさんの炭が要るんですか」

猗房のむじゃきな問いに、孫娘はちょっとあきれて、

「これは売り物です。銭をつくっているところがあるの。そこへ、この炭はいくんです」

と、おしえた。郷父老の家は単なる農家ではないということである。

このころ銅貨の鋳造に規制はない。庶民でも好きなだけ鋳造できた。秦の時代につくられた銅貨が重くてつかいにくいことと、その数が足りなかったことで、漢の高祖は私鋳銭の製造を許したのである。もちろんそのことによって物価は高騰した。庶民は銭がなくなれば自分で銭をつくればよいことになるが、財力のある者しか銭をつくれるはずはなく、かれらの多くは王侯や郡県の長官と組んで、いっそうの富を築いていた。

猗房はこの屋敷内で奴隷をみた。かれらは髪を剃られているから一目でわかる。あきらかに自分より年下の男児をみつけた猗房は目をそむけた。

日没のころ、県の役人が到着し、小さな宴会がもたれた。食事がさきで酒があとであるから、食事のときに、猗房は二人の役人に引き合わされた。

「なるほど、郷父老どのが選ばれた娘だけのことはある。気品があって美しい」

役人は異口同音に褒めた。猗房は役人たちの阿諛《あゆ》の態度をみて、郷父老のほうがはるかに偉い人だと感じた。

朝靄《あさもや》のなかに馬車があった。

猗房にとって夢が現実になろうとする時がきた。身近に他人がいなければ、おもいきりはしゃいでみたかった。が、停まっている馬車に乗ってみただけで、心が沈んできた。馬車が動きだせば、故里がぐんぐん遠くなってゆく。それをおもうと心細さも気重さも増して、夢がしぼんだ。

――家に帰りたい。

猗房の心のなかの声はそれである。県令の選抜にもれても、城内を見物することを、あれほど楽しみにしていたのに、なんだかそれもわずらわしいことのように感じられた。

さいごに郷父老が乗り込むと馬車は出発した。

「よく、ねむったかね」

と、郷父老はいった。猗房はだまってうなずいたあとに、郷父老の横顔に目をとめ、あわててまえをむいた。郷父老の孫娘から、

「おじいさまは、わたしにはやさしいけれど、ほかの人にはきびしいの。家でもめったに笑顔をみせないのに、あなただけには、ちがう人になったみたいに、とても親切なのね。あなたはきっと、おじいさまの大のお気に入りよ」

と、いわれたことを憶い出したからである。

馬車に揺られてゆくうちに、ようやく猗房の胸をふさいでいたものがとれてきた。額《ひたい》にあたる朝の風がさわやかで、全身に快感が盈《み》ちてきた。馬車に乗っているという優越感も、かの女の心を浮き立たせはじめた。いまごろ母や兄が畑に出ているとおもうと、かすかにせつないが、かの女の感情の顔はそちらにむかないで、いまの自分にむかって明るく微笑《ほほえ》みはじめた。

太陽が白く高くなった。県の城がみえた。

馬車は城の門を通過し、大路にはいった。また門がみえた。門前で馬車が停まった。

「さあ、着きました」

さきに降りた郷父老は猗房を抱きかかえるように降ろした。かれはそのまま役人と肩をならべて歩きはじめた。馬車から降りれば郷父老と別れてしまうのだと思い込んでいた猗房は嬉しくなった。

「郷父老さまとご一緒に帰れるのですか」

「帰る。――そうじゃな、落選したらそうなるが、わしはたぶん、一人で帰ることになる」

その声が役人の歩みをゆるめた。

「郷父老どのは、大そう自信がおありになる。他郷から推薦された娘たちが集まるのですぞ」

かれらは冷やかしぎみにいった。

「いいや、選ばれるのは、この娘だな」

と、いった郷父老は、猗房の顔に目を落として、

――この娘でなければならんわけがあるのだ。

と、説明しようとして、ことばを喉《のど》の下にしまった。わしの念《おも》いを、県令さまにはうちあけてもよいが、配下の役人にいってもしかたがない、とかれは感じたからである。

役人たちは目で笑い合った。

高い建物のなかにはいると、猗房だけは別室につれていかれた。澡沐《そうもく》のあとに、与えられた綺《き》縠《こく》の衣服は、肌ざわりのよいものであった。

ついで彩虹《さいこう》を染めた帳《とばり》のある部屋へみちびかれた。猗房は風とともにその部屋にはいった。なかに三人の少女がいて、猗房を刺すような目つきで迎えた。猗房のあとに一人の少女がはいってきた。猗房は目を上げて、その少女をみた。自分の目に鋭気があらわれたことに、猗房は気づか

なかった。

合計五人が郷の代表の娘ということである。

五人の娘は、県令の待つ広い一室にはいった。席にいたのは県令ばかりではなく、警察の長官というべき県尉《けんい》と、監察の長官である県丞《けんじょう》もそろっていた。よけいなことだが、尉とは火斗《ひのし》のことで、上からおさえるものなので、やがてそれが軍事と警察の官名となり、また丞は相に通じて、主《あるじ》を補佐する人のことである。それら三人のほかに各郷の父老も列席していて、そのなかに猗房をつれてきてくれた郷父老がいた。猗房は小さな吐息をして淡愁の眉をひらいた。

県令たちが発した質問は簡黙《かんもく》なものであった。かの女たちは氏名を告げ、家族について述べ、日常生活を話せば、応答はほぼおわりであった。さいごに県丞がかの女たちに、どんな書物を読んだか、また、古人で好きな人はたれであるか、と訊き、その答えを五人から得ると、軽くうなずき、顔を横にむけて県令にむかって会釈した。面接は終了した。

猗房をのぞく四人は、いかにも良家の娘らしく、それぞれ家の自慢をはきはきした口調でいったが、猗房が自慢できることといえば、書物の多さくらいである。それゆえに猗房の声はしだいに細くなった。

――とてもかなわない。

猗房はすっかりあきらめた。あきらめると、心がさっぱりして、ひたすら家が恋しくなった。

五人は控え室にもどされた。県令をはじめ選考の人々が協議にはいったということである。

猗房の首すじが汗でしめってきた。つぎに、かの女は胸の苦しさをおぼえはじめた。雑念が湧いたのである。

――あきらめるのは、まだ早いのではないかしら。

という顧《おも》いが、かえってかの女を悩ました。あきらめで静まっていた心が、いたずらに波立ちはじめた。こういう場合、どうすればよいのか猗房にはわからなかった。

突然、部屋に風がはいってきた。猗房は髪の生え際に涼しさをおぼえた。五人の娘のまえに人が立った。その人とは県丞である。どうしたことか、県丞だけが五人のいる控え室にやってきて、一人ずつ交代に窓際にすわらせ、木の札にそれぞれの氏名を書かせたのである。県丞は娘たちの書く字をみずに、娘たちの顔を凝視していた。

県丞が部屋から出てゆくと、娘たちは一様に心に弛緩《しかん》が生じ、小さな声で喋りはじめた娘たちもいた。猗房にとってその弛緩とは疲労感であった。家の仕事で疲れたときの感じとはちがう、いやな疲れであった。

――根《こん》に帰るを静《せい》と曰《い》う。

猗房の頭のなかに老子のことばが浮かんできた。根もとに帰ってゆくことが静寂なのである。わが家に帰って、こころ静かに暮らしたい。猗房がそうおもったとき、一人の役人が部屋にはいってきた。

その役人は、娘の名を呼んだ。猗房ではなかった。名を呼ばれた娘は飛び上がり、その役人と走るように部屋を出ていった。

――郷父老さまに選んでもらったのに、やはりだめだった。

猗房はかすかに残っていた望みを捨てた。奇妙なことに、また役人がやってきて、娘の名を呼び、一人をつれて出ていき、しばらくすると、つぎの娘を呼ぶというふうで、ついに猗房だけが残った。

――どういうことなのかしら。

自分の名を呼ばれて立ち上がった猗房は、けげんな面持ちのまま歩き、ふたたび県令のまえにすわった。県尉と県丞の姿はなく、郷父老も一人しかいなかった。県令はすこしからだをまえにかたむけて、猗房をみつめると、郷父老のほうに顔をむけ、

「なるほど」

と、いって、うすい笑いを口もとに浮かべた。県令は容《かたち》を端《ただ》して、

「ほかの四人も、立派な娘さんであったので、一人一人に褒美を与えました。残ったあなたに、皇都の長安へ行ってもらうことになりました。出発は明日です。むろん、あなたの家に褒美をもたせてやりますが、その馬車で、あなたがお別れをいいたい人を、乗せてくるようにさせます」

と、猗房にいった。あまりのおもいがけなさに、猗房はとっさに声が出なかった。

「わが県における名家の娘は、あなたということに決しました。天子のおられる宮中にはいると、一生出られないかもしれません」

そういわれた猗房は、むせる感じで、

「兄と弟とに、それに母にも、会っておきたいのです。でも、父が寝ていますから、母はむりかもしれません」

と、訴えるようにいった。

「いいでしょう。使いの者に命じて、なるべくお母さんにもきてもらえるようにしておきましょう」

県令は立った。猗房と郷父老も立ち、拝手して、県令の退室をみとどけてから、二人は顔を見合わせた。郷父老には猗房の心中の複雑さがわかり、滲《し》みるようなまなざしで猗房をみつめた。

猗房の目に涙が盈《み》ちて、こぼれ落ちた。

——わしは悪いことをしたかな。

郷父老は猗房を推してきたことを、かすかに悔やんだが、すぐに思い返し、張り裂けるような表情ですり寄ってきた猗房の肩を軽く抱いて、

「運命というものがあります。人ではどうしようもないことじゃ」

と、いいきかせた。


だが、郷父老は、どうしようもない運命というものを、猗房については、曲げることのできた稀有《けう》な人かもしれない。

いや、曲げるというのは語弊があるかもしれない。むしろ悪い方に曲がってゆこうとする猗房の運命を、正しくなおすという意味で、矯《た》めることをしたのが郷父老であろう。

つまり、こういうことである。

五人の娘たちの面接を終えた県の首脳は、あらかじめ郷父老たちから差し出されている、娘たちに関する概要が、頭にはいっているせいで、実は協議をするまでもなかった。三人がよく知っている家の娘を選べば、それでよかったのである。

が、それでは公平を欠いたように観視者である郷父老の目にうつるかもしれぬと考えた県令は、みせかけの議論をおこない、結論を出すまえに郷父老たちにむかって、

「なにか、付け加えることがあれば、聴こう」

と、発言をうながした。この一言がなければ、猗房は選ばれなかったであろう。県令の頭のなかに、竇家はなかったのである。

「恐れながら」

と、揖《ゆう》して立った郷父老が、

「じつは、他聞を憚《はばか》ることを申し上げねばなりませんので、ご配慮をねがいます」

と、意味ありげなことをいった。むろんその発言者こそ猗房を帯同してきた郷父老である。他の郷父老はいやな顔をした。自分たちが退室しているあいだに、あやしげな交渉をされてはたまらぬという顔である。それを察した県令は、

「かまわぬ。ここで申せ」

と、うながした。

「やはり、あからさまに言を揚げるのは、ためらわれます。県令さまばかりか、県尉さまや県丞さまに、のちに難儀が及ぶかもしれません。そこで、いかがでございましょう。お耳もとまで、まいってよろしゅうございましょうか」

これは郷父老のかけひきではない。自分の言が漏れて、猗房の耳にはいり、猗房が成長してから、そのことをふりかえった場合のことを、郷父老は用心しているのである。

県令は迷いの色をみせたが、おもむろにうなずいた。県令の耳に口を近づけた郷父老は、驚嘆すべきことをささやいた。

「竇家の娘は、天子を産みます。眉から鼻にかけて、至尊《しそん》の色があらわれております。わたしは長生きをしてきましたが、そんな娘をはじめてみました。すなわち、あの娘は皇后となり、生まれた子が天子となれば、いまここであの娘をはずかしめたことが、のちにどういう報《むく》いとなってふりかかってくるかを、ご熟考ねがいあげます」

顔にあらわれる至尊の色とは、紫色か黄色である。猗房の場合、眉のあたりから鼻にかけて紫色がみえるときがあり、そういうときにはとても十歳とはおもわれぬ娟秀《けんしゅう》さが輝くのである。

——天子を産む娘がいる。

と、告げられて、県令は内心うろたえた。なぜか笑いとばせなかった。かれは郷父老が席にもどったあと、県尉や県丞のいぶかしげな目をよそに、あわただしく頭のなかで思念をめぐらした。いまの皇帝には子がいない。それゆえ、皇帝の母である呂太后《りよたいこう》は名家の娘を掻き集め、皇帝の気に入りそうな娘をそのなかからさがし出そうとしているのかもしれない。が、全県から一人ずつ娘が宮中にはいれば、千人はこえるであろう。竇家の娘が千人に一人の幸運をつかめるのか、と考えると、ありえないことのようである。

黙考のつづく県令にしびれをきらした県尉が、

「なんのお話か」

と、いった。この声で県令は目が醒めたようになり、あることに思い当たって、ほっとした。観相にくわしいのは県丞であるということである。県令は目くばせをして二人を近寄らせ、郷父老の怪辞を小声で伝えた。県丞の顔色がさっと変わった。

この間、この三人がなにを話し合っているのか、他の郷父老たちにはさっぱりわからない。かれらの目つきがけわしくなった。一人の郷父老だけが涼しい顔をしている。

「再度、観《み》てまいります」

そういって立った県丞は、配下の者に木の札を用意させた。娘たちに不審を抱かせないために、木の札に名を書かせたのだが、かれの関心は、ただ一点、猗房の顔を明るいところでしっかりみたかっただけである。

猗房はうつむいて筆を手にした。その瞬間、眉宇《びう》に紫色があらわれた。その色が鼻のほうにまで伸びた。

——郷父老のいった通りだ。

県丞の心中に感動のうめき声があがった。話にはきいていたが、人相に至尊の色をみたのは、県丞にとってもはじめてのことであった。

たとえ、ここでこの娘を落選させても、天の配慮としては、なんらかの形で、この娘に天子を産ませるようにするであろう。そうなってから、もしもこの娘に復讎心《ふくしゅうしん》があるとすれば、われら三人は漢土のどこに隠れても、さがし出され、戮《りく》されるかもしれない。よい例がいまの呂太后である。かの女は自分の夫である高祖の寵愛を独り占めした戚姫《せきき》に、夫の死後、人のしわざとはおもわれぬほど徹底した復讎をおこなった。呂太后にそれができたのは、自分の子がいま天子であるという、圧倒的な強みがあるからだ。

——選考をやり直さねばならぬ。いや、もはや、決したも同然だ。

県丞は緊切の面持ちで、県令と県尉とに耳うちした。県尉は眉をひそめ、信じられぬという顔つきをしたが、県丞を信任することの篤《あつ》い県令は、内心の動揺をみすかされたくないのか、わざと破顔して、

「お待たせしましたな。これからここへ呼ぶ娘を、どうぞひきとってお帰りください。最後の娘は、今夜、城内の旅館に泊まってもらうことになる」

と、郷父老たちにいった。

漢の時代に交通の站《うまつぎ》となるものに二種類があった。「伝」と「駅」である。

伝舎には馬車が駐《と》まる。むろん公務をおこなう者しかその馬車に乗れない。駅舎を利用するのは騎馬軍人である。

猗房が一夜をすごしたのは、城内にある伝舎である。孤舟に乗せられて急流に放たれるような不安が、猗房の顔色を悪くした。

――宮中にはいれば、一生出られないかもしれない。

と、県令にいわれたことが、かの女の心を暗くしている。つい四日まえに郷父老から名家の娘に選ばれたことを無邪気に喜んでいた自分が、遠い昔の自分のようにおもわれる。兄や弟にはまた会う機会があるかもしれないが、父母にはもう二度と会えないかもしれない。それが猗房の悲しい予感であった。

――母は来てくれるかしら。

早朝から、猗房はそればかりを心配していた。やがて、せつなさが増して、かの女は耐えられないものを感じ、胸のなかで老子に手をあわせた。猗房にとって老子は神であるといってよい。日が高くなった。

伝舎のまえに立ちつづけていた猗房の目が輝いた。一乗の馬車が近づいてくる。車上に母の姿をみたからである。

――老子さまは、わたしの願いをかなえてくれた。

馬車から降りたばかりの母の胸に、わき目もふらずに猗房は飛び込んだ。

「お父さんが喜んでいましたよ」

と、母は猗房の背をなでながらいった。顔を上げた猗房には母や兄の顔が涙でよくみえなかった。腰のあたりを叩かれて、猗房はふりかえった。広国であった。猗房は泣き笑いの表情で、しゃがみ、広国の肩をつかんだ。

――肩が細くなった。

広国の面倒をみる者がいなくなって、広国は痩せたのではないか。それに広国の髪からいやな臭いがする。猗房はたまらなくなって、母と広国の手をひき、伝舎にはいると、役人をさがして、

「洗髪のお道具を、お借りできないでしょうか」

と、いい、梳盥《そかん》を借りうけると、手ずから広国の髪を洗った。その手は、広国の世話に慣れた姉の手であった。洗髪の道具を返した猗房は、ついでに役人に、

「あの、わたしにくださるお弁当を、ここで、弟に食べさせてやりたいのですが、よろしいでしょうか」

と、申し出た。

まもなく広国がうまそうに弁当を食べはじめたのをみた母は、顔を伏せ、

「すまないね。とても広国にかまってやれなくて、ひもじいおもいをさせている」

と、娘にわびた。猗房もつらくなって、

「もうすぐ長安へ行く馬車がくるけど、もしもわたしがそれに乗らなければ、また一緒に暮らせる」

と、いって、母の膝に手をおいた。母はゆっくりかぶりをふった。

「建にいわれて気がついたんです。せめて、おまえだけでも、こういう暮らしの外へやりたい。お父さんもそういっていた」

かたわらで兄の建が優しい目をして強くうなずいてみせた。かれは暗い話題をさけるように、

「今日は、県令さまからご褒美にいただいた帛《きぬ》を市で売って、どっさり食べ物を買って帰るつもりだ。馬車で往《い》き復《かえ》りができるなんて、夢のようだよ」

と、声音に朗らかさをこめた。

「そう」

猗房の目がすこし明るくなった。が、父のことを想うと、泣けてきそうであった。猗房は母の手をにぎったまま、なにもいわず、母の胸だけをみつめていた。

「長安行きだよ」

猗房は呼ばれた。馬車が着いたのである。あたりが急にあわただしくなった。馬の交換がはじまった。猗房の荷物を役人がもって、車上に置いてくれた。荷物のなかには県令から贈られた妝《そう》匣《こう》、つまり化粧箱がはいっている。猗房は熱風とともに馬車に乗った。広国が咳《せ》き込んだ。猗房が心配げに下をみたとき、馬車は動きはじめた。突然、広国は母の手をふりきって走りだした。建が大股で追った。

——姉がどこか遠いところへ行ってしまう。

そのことが広国には直感としてわかったようであった。

「広国、危いわ」

猗房の声は車輪の音にまぎれて、風のなかに消えた。どこかあっけない別れであった。広国はころんだ。が、泣かなかった。かれは建の太い腕に抱き上げられ、走り去っていく馬車を、おとなの哀傷とかわらぬ表情で、ふたたび見送った。

「行ってしまったな」

建のことばの意味がわかったのか、広国は小さなうなずきをみせて、淋しそうであった。母は気抜けしたようで、市へむかう足どりがむなしかった。

夏のあいだの市は朝のほうが人出が多い。それでも建のような里人には、ひごろ目にすることのない人の多さである。建は衣類をあつかっている店をみつけ、かついできた帛をみせるために、広国の手をはなした。母は腰を折って広国にむかって手招きをした。

「ほう、帛か」

店主はそういいながら、目を走らせ、建の身なりのほうを先にじっくりみた。これなら買いたたけると踏んだ顔を、さっと横むけて、帛をひろげ、手でさわった。

建は憤然とした。店主のいった買い値があまりに安かったからである。建は店主の手にある帛を取り戻し、歩き出そうとした。

「まあ、待ちなよ、ものには相談ということがある。おい、おい、兄さん。ほかの店を当たってもだめだよ。そういうものの売買は、うちしかやっていないからな」

その声で、建の足がとまった。なかば興奮を冷まされた感じでふりかえった建は、店先で腰をおろしてねむっている母をみた。

「さあ、帰りましょう」

建は母の肩に手をおき、軽く揺らした。母は目をあけ、一瞬、自分がどこにいるのかわからないような顔つきをしたが、あわてて立ち上がった。

「帛は売れたの」

と、建に訊いた。建は首を横にふって、母の背後をのぞきこんだ。そこにいるべきはずの広国の小さな影がない。

「広国は――」

「ええっ、いないのかい」

この母子の目は路上に童形をもとめていそがしく動いた。

「ここに、じっとしていてください」

建は母の手に帛をあずけ、血相を変えて歩きはじめた。広国が路上にいないとわかると、かれはすべての店をのぞいてみて、肩を落として母のもとにもどってきた。

「伝舎へ行ったのでは」

と、母はいった。建ははっと気づき、帰りの馬車の出発の時がせまってきたこともあって、伝舎への路を急いだ。なにも知らない広国が、姉の帰りを伝舎で待っていることは、充分に考えられる。

「もしも、伝舎にいなかったら、どうしよう」

歩きながら母はそればかりをいった。建は聞き流した。むしょうに腹が立ってきた。汗が目にはいった。

伝舎がみえた。建物の影が長い。その影のなかに、小さな影をみつけた。

——あれが、広国ならよいが。

建は心のなかで祈りながら、歩を速めた。

二

猗房《いぼう》がみた長安の宮城は、外壁の一部ができて、まもないものであった。ということは、この年以前の長安城というのは、外壁のない城であった。

長安城の宮室は高祖の死ぬ四年前に、丞相《じょうしょう》の蕭何《しょうか》が建てた未央宮《びおうきゅう》が基《もとい》となって、その規模が拡大していった。ただし未央宮だけでも壮大なもので、その証拠に、戦場から帰った高祖が、建ったばかりの未央宮をみて、

「度が過ぎた宮室だ」

と、蕭何を叱ったくらいである。ところが蕭何は臆する色なく、

「天下が定まらないからこそ、こうした宮室をつくるのです。壮麗でなければ威光を重くすることができません。しかも、後世のご子孫が、これ以上壮麗にできないようにしておく必要があります」

と、答えて、高祖を悦ばしたことは、有名な史話である。

蕭何は龍首《りゆうしゆ》山とよばれる丘をうまく利用して未央宮を建てたので、外壁がなくても、いちおう防衛が成り立つ構造になっていた。が、宮室を外壁でかこむのは当然の発想であって、現今、政《せい》柄《へい》をにぎっている呂太后《りよたいこう》は、長安城の城壁づくりのために、この春、六百里以内に住む男女、十四万六千人を徴集して、三十日間働かせた。ちなみに、この年から開始された城壁づくりは、断続的におこなわれて、三年後にすべてが竣《おわ》る。

猗房は街路に目を瞠った。みごとに舗装されているのである。三条《すじ》の道路があり、その中央が天子しか通れない馳道《ちどう》である。これは杭で仕切られている。その左右に歩道があるが、歩道でも一方通行であった。なおかつ、天子の馳道を横切ることは、なんぴとたりともできない。道をへだてて正面にみえる宮室に行きたくても、ぐるりとまわって行くことになる。

猗房は県令に教えられた宦寺《かんじ》をさがした。宦寺というのは、後宮を取り締まる役所である。後宮の取り締まりには、宦官《かんがん》と寺人《じじん》とがあたり、宦官は後宮の庶務をおこない、寺人は警備をおこなう。

その宦寺で、猗房はたずさえてきた推薦文をみせた。

「ほう、観津《かんしん》県からきたのか」

と、いった宦官は鷹のようなするどい目の男であった。

「ここの県令は……」

かれはひとりごとをいいながら、書類をあちこち動かし、ある書類に目をとめてから、ふんと鼻を鳴らし、しかし目を細めて優しさをあらわして、

「わしも冀州《きしゅう》の出よ」

と、いった。そうきかされただけで、心細かった猗房は、ほっとするおもいで、

「まあ、どこですか」

と、ことばをつづけることができた。

「うむ。黎陽《れいよう》といってな、冀州の南はずれよ。邯鄲《かんたん》より、もっと南だ」

「邯鄲なら、馬車で通ってきました」

「そうだな。冀州から長安へくるなら、邯鄲で馬車を乗り換えることになるからな」

宦官がそういったあと、声音を低くして、

「観津の県令は、なかなか抜け目のない男らしいな。太后さまによく思われている。したがって、おなじ後宮にはいるにしても、あんたは機織《きしょく》の部屋にまわされずにすむ」

と、教えてくれた。

宮中で仕える女たちのなかには、織物部屋にいれられて、まったく陽の目をみずに一生を終えてゆく者もすくなくないのである。

——鷹さんは、顔は怖いが、けっこう親切だ。

と、猗房はおもった。鷹とは、猗房が心のなかでつけた宦官の名である。

宦官のいった通り、猗房は比較的に呂太后に近いところで仕えることになった。呂太后はつね

に玉簾《ぎょくれん》のむこうにいる人なので、猗房はその全容をみたことはないが、なんとなく背の高くない固太りしている人におもわれた。女ながらも、その人が、ここで、天下を動かしているのだと知って、猗房は敬仰するおもいで興奮せざるをえなかった。

呂太后のほうからは、身近にいる人間はすべてみえる。気に入らない娘は、つぎつぎに遠ざけてしまう。いつも猗房のとなりにいて、寝るときもとなりであった娘は、部屋をかえられた。かわりにきた娘は、小柄で、くるくるとよく目の動く、明るい性格で、

「徐州《じょしゅう》の高莞《こうかん》です。今日から、よろしく」

と、猗房に歯切れのよい挨拶をした。高氏といえば春秋時代に斉《せい》国の大臣であった家柄である。ところが猗房の知識はそんな歴史的なことに及ばず、むしろ横道にそれて、

――高《こう》は下《げ》をもって基《もとい》となす。

という老子のことばが頭に浮かんできた。高いものは低いものを基本としている、ということである。目の前にいる高莞という娘は、下を基とする家、つまり召使いの多い家からきたという感じをうけた。そんなことを急におもった自分が奇妙で、猗房は笑いをこらえながら、自分の出身郡と氏名とを告げ、頭をさげた。

猗房がうちとけた表情をみせたことで、高莞はすぐに猗房に好意をいだいたらしく、部屋をひとわたりみて、

「ここは、きれいね。いままでわたしのいたところは、永巷《えいこう》に近かったせいか、なんとなく気持ち悪くて、いやだったわ」

と、気軽な口調でいい、肩をすくめてみせた。

「永巷って」

「あら、いやだ。本当に知らないの」

高莞は猗房の膝に自分の膝をぶつけるようにすわり、左右に目を動かしてから、

「後宮の監獄のことよ」

と、ささやいた。永巷には幽霊が出るという噂よ、とも高莞はいった。

猗房は眉をひそめ、胸に手をあてて、高莞の話に耳を澄ました。


いまの天子、すなわち恵帝《けい》は十九歳で、むろん呂太后の実子であるが、呂太后が産んだ子は、ほかに魯元公主《ろげんこうしゅ》とよばれる女の子しかいない。

恵帝が五歳のとき、父の高祖は定陶《ていとう》出身の美女を得た。この美女は戚姫《せきき》とよばれる。たちまちかの女は高祖の愛をもっぱらにし、高祖の戦陣にまで侍従して、枕席《ちんせき》をともにした。そのことさえ正妃である呂太后の気に入らないのに、呂太后を恐怖させ激怒させるようなことを、戚姫はあえてした。かの女は高祖に廃嫡を泣いて訴えたのである。つまり呂太后の子（恵帝）を太子の席からおろし、自分の子（如意《じょい》）をかわりに太子にして欲しい、と訴えつづけた。そのために戚姫は、

——日夜泣いた。

と『史記』にあるから、戚姫の泣訴は徹底している。これが女の必死の戦いというものかもしれない。

戚姫の卑劣なかけひきが、呂太后の耳にはいってきた。卑劣でなくて、なんであろう、と呂太后は煮える胸のうちでおもった。戚姫は自分の美貌で高祖を迷わせ、自分の美体で高祖を悦ばせ、自分の子のことで高祖を哀しませている。すべてが呂太后のいない場でおこなわれていることな

のである。呂太后が高祖に会えるのは、わずかな時間しかなく、そのとき高祖が自分にむける無表情さをみると、心のなかの激しい感情も萎《な》え、なにひとつ訴えようがなかった。呂太后は自分の容色の衰えたことを呪い、僭越《せんえつ》ともいうべき戚姫の言動を呪った。

呂太后の苦悶の日々は十年間つづいた。廃嫡のことが決まれば、内実は、呂太后も正妃の座からおりることになる。が、そのきわどさをしのいで、かの女は勝った。高祖の死まで、恵帝は太子でありつづけたからである。

恵帝が正式に帝位を継いだときは十七歳であったから、満足に聴政をおこなえるはずはなく、いきおい政令を発するのは母の呂太后となった。かの女がはじめて出した命令は、

「戚姫を捕らえよ」

ということであった。戚姫の綽約《しゃくやく》としたからだは、永巷の深い翳《かげ》のなかに沈んだ。

呂太后にすれば、怨み骨髄《こつずい》の戚姫を、いますぐにでも八つ裂きにしたかったであろうが、これまでひそかに恵帝と帝位を争ってきた戚姫の子を、封地から招き寄せるために、戚姫を生かしておく必要があった。呂太后のもくろみ通り、遠路を経て長安の宮城にはいった戚姫の子を、ようやく毒殺した呂太后は、わざわざ永巷に足をはこんで、利用価値のなくなった戚姫を獄から引き出した。寺人に命じて、囚人服というべき赭衣《しゃい》を、戚姫からはぎとらせた。

「こんな女のどこが――」

と、呂太后は高祖にいってみたいくらいであった。

足もとに投げだされた皓《しろ》い裸身が、ほとんど呼吸を忘れたような静けさで、うつぶせになっている。牖《まど》を通ってきた陽光が、戚姫の細い背となだらかな腰の上に、青い格子模様をつくっている。その青ざめた凝脂《ぎょうし》を、

——貧弱な肉の塊《かたまり》にすぎない。

と、呂太后は侮蔑《ぶべつ》ぎみにみた。かの女は足をゆっくりとすべらせ、履き物の先を戚姫のあごの下にねじこむと、首を抜くほど蹴り上げた。戚姫の眉間にわずかな苦痛があらわれ、かの女のからだは青い格子模様を浮かべて仰臥《ぎょうが》した。

——このうすぎたない女を、どうしてくれよう。

そう考えた呂太后が、やがて寺人に指示したことは、まさしく酷烈きわまりないことであった。戚姫の両手足を切り落とし、眼球をくりぬき、耳を焼き、ことばを発せなくする瘖薬《いんやく》を飲ませておいて、鐘のような形にした戚姫のからだを、不浄の場所に据え、

「人彘《ひとぶた》め」

と、上からののしった。

人が用をたす部屋を廁室《ししつ》といい、悪臭をきらうために、排泄物をかなり下方に落とすような部屋のつくりになっている。春秋時代に、廁室で足をふみはずして落下し、死んだ君主もいたくらいである。また衣類に悪臭がつかないようにするために、裸で入室する君主も多かった。おそらく漢の王侯貴族も、廁室へのはいり方はおなじであろう。

これで呂太后の残虐無比の復讐はおわったのであるが、ひとつ、かの女はよけいなことをした。それは、わが子の恵帝を廁室に招き入れて、かわりはてた戚姫をみせたことである。

「おまえを苦しめた寵姫《ちょうき》も、いまは不浄の物を食べて生きている彘にすぎない。笑っておやり」

とでも呂太后は暗にいいたかったのであろう。が、この青年は母に同情を寄せなかった。戚姫の存在によって母がどれほど苦しんできたのかを、知りようがなかったこともあるが、この青年皇帝はかねてから、

「仁弱《じんじゃく》」

と、いわれ、人におもいやりがあり、気の弱い性質で、そんなかれが無惨な戚姫をみたことと、そうさせたのが母であることを知ったことで、かれの脆《もろ》い心気はずたずたに裂かれた。この場では呂太后になにもいわなかった恵帝が、あとで、

「あれは人のすることではない。わたしは太后の子として、とても天下を治めてゆくことができぬ」

と、あたりをはばからずに側近に語り、以後、健康をそこなうほど酒ばかり飲みつづけたのは、呂太后の子であることの慙愧《ざんき》と呂太后へのあてつけ以外のなにものでもない。

——あれごときで、なんという気の弱さか。

と、呂太后は恵帝に腹を立てたであろう。が、呂太后は恵帝に強いことをいえぬほど、恵帝を愛していたといえる。かの女はわが子の心の頽落《たいらく》をとめることはできなかった。

猗房が宮中にはいってからも、むろん恵帝は聴政の席についたことがない。それでも、この皇帝をたれひとりとして非難しないのは、あまりにも呂太后の行為が残忍であった、と、ほとんどの臣がおもっていたからである。

どこできいたのか、高莞が猗房に話したのは、戚姫に関する顚末《てんまつ》であり、永巷に出るという幽霊は、もちろん戚姫である。

猗房は心の底からふるえた。呂太后をひそかに尊敬していただけに、かえって呂太后への恐れが増した。

——機織の部屋に行ったほうがよかったかもしれない。

二、三日、猗房は深刻に考えた。

が、月日が経つにつれて、猗房は呂太后の近くで挙止をかさねるようになった。かの女にとって機織の部屋はますます遠くなったのだが、翌年、その機織の部屋から出火して、宮中が大騒ぎとなった。

なにしろ、この年に宮中で火事が多い。三月に長楽宮の鴻台《こうだい》という高殿が焼け落ち、七月に未央宮の氷の貯蔵室も燃えた。機織の部屋が炎上したのも、おなじ七月である。

——戚姫の祟《たた》りではないか。

というのが、宮中におけるもっぱらの噂である。口にこそ出さないが猗房もおなじおもいを抱いた。

目がくらむほど華やかな宮殿も、一年間住んでみると、どこか陰鬱で冷ややかな建物にすぎなくなった。観津の家はどうなっただろう、機織の部屋にうつされたあの娘は火事のときにどうしたろう、無事だろうか、などと心を痛めても、なにも知りようがないところにいる自分が、あじきない。

ある日、猗房は、回廊に立って庭の寺人と話をしている背の高い男をみた。男は宦官である。

——冀州の鷹さんだ。

猗房は目を輝かせ、二人の話の終わるのを待った。寺人からはなれた宦官は、よく光る目を猗房にむけた。猗房は軽く頭をさげ、近づいてゆくと、宦官はあっというまに猗房のわきを過ぎ去ろうとした。

「あの……」

猗房はあわてて声をかけた。宦官はふりかえったが、いぶかしげに猗房をみている。かれは猗房にみおぼえがないらしく、人違いで呼びとめられたとおもったのであろう、また歩き出そうとした。

「あの、黎陽の方《かた》でしょう」

こんどは宦官の足がしっかり止まった。

「ほう、わしを知っているのか」

「ええ。——わたくしは観津の竇《とう》です」

宦官は顔だけを猗房に近づけると、ようやく憶い出したようで、目もとに微笑を染み出させつつ、その衣裳ではどうやら機織の部屋へまわされなかったようだな、といった。それがかれなりの賀辞であった。

そういわれても嬉しさのこみあげてこない猗房は、鬱念を抑えて、いま自分がもっとも知りたいこと、つまり信書を宮中から故郷へ出せるのかどうかを、訊いた。

「だめだな」

宦官の答えはあまりにもあっさりしたものであった。とくにちかごろは宮中のことを外に漏らさぬために、便りの発送は全面的に禁じられている、と宦官はつけくわえた。

「なぜか、わかるか」

宦官は猗房の賢さを問うような目つきをした。

——火事のせいだろうか。

猗房はとっさにそうおもったが、この宦官はそんな答えでは満足しそうもない心のしくみをもっているように感じられた。みじかいあいだに、猗房の頭のなかでは、いそがしくめぐるものがあった。

「年頭に皇后をお立てになったことと、春に天子が元服なさったことで、今年はもっともめでたい年であるはずなのに、火事のような凶事を外に知らせると、今年が穢《けが》れるとお考えなのでしょうか」

「その通りだ」

猗房の卮言《しげん》に満足した宦官は、慧敏《けいびん》な猗房を気に入ったらしく、軽く袂を引いて、立ち話ではまずい、といって、小さな房《へや》に猗房をともなってはいった。

「他言してはならぬよ」

と、かれは念をおしてから、各県から集められて宮中ですごしている娘たちの将来について、すでに決定していることを教えた。

猗房の口はおどろきの声を発する形になった。が、大きな声はその口から発せられなかった。

「わたくしたちは、各国の王につかわされるのですか」

「そうだ。太后が気にいって、おそばに残された娘たちは、ことばは悪いが、太后の贈り物として、各国の王にくばられるのだ。どの王も若いので、贈り物になる娘は、十代でなければならなかったというわけよ」

猗房の頰に血の色があらわれた。宦官は意外なものをみたという顔で、

「ほほう、うれしそうだな」

と、皮肉っぽくいった。

「いえ――」

宮中から出られるとわかった猗房は、不安よりも希望のほうがまさった表情をしたにちがいないが、よく考えてみれば、それほど喜ぶべきことではない。どのように、どこへ分配されるかわ

からないのである。派遣された先の国の王がすぐれた王であればよいが、悪戻《あくれい》な王であれば、どんな目にあわされるかわからない。

「やはり、哀しいか」

「ええ……、南へは行きたくありません」

北方に生まれた猗房には、南方はなんとなく恐ろしい地のような気がしている。人と風土とに毒があると思い込んでいる。

宦官はからだをそらし、

「喜べ」

と、強くいって、歯をみせた。急に脱《だつ》易の態《てい》をみせられて、猗房はあっけにとられた。喜べといわれても、喜ぶことはなにもないはずである。

「なんという顔をしている。せっかくの美貌も、まぬけ面にみえるぞ。よいか。贈り物の行き先は、太后がお決めになるのではなく、わたしが割り振るのさ」

こんどばかりは、猗房の口からおどろきの声が発せられた。王国へはそれぞれ五人の娘が送られるということである。猗房は宦官へにじり寄り、

「では、わたくしを北の国へ、たとえば趙《ちょう》国へ、遣《や》っていただけるのですか」

と、訴願ぎみにいった。

趙国は冀州にあり、趙国の首都は邯鄲であるから、生家のある観津に近い。

「趙国、ふむ、いまの趙王は、まえの淮陽《わいよう》王だな。移封されたのだ。この王は高皇帝（高祖）の第六子でいらっしゃる。お歳はあんたと同じくらいだろう」

宦官のことばは猗房の眉をひらかせつつある。

「どのような王なのでしょう。お聞きになったことはありませんか」

「そうさなあ。高皇帝の御子《みこ》は、どなたもすぐれておられる。趙王も少年でありながら気骨があり、賢明であるといった噂だが」

「まあ、それならなおさら、わたくしを趙国行きの名簿にお加えください。どうかお願いいたします」

猗房はゆかに頭をつけんばかりにして頼んだ。

「わかったよ。あんたが趙国へ行けるように、名簿に書いて、奏上しよう」

猗房は飛び立つように房《へや》を出た。やがて恍然《こうぜん》としてきた。うっとりしたかの女の目には、あたりのものはほとんどうつらなかった。人の声も遠かった。

——これで家族に近づける。

かの女の目には馬車の上からみた邯鄲の城が美しくみえている。その城中に自分と同じくらいの歳の、りりしい王がいて、その王の近くに仕える自分を想像することは楽しかった。すべてが希望の光にみちた情景であり、その情景につぎつぎに加えていった空想も、幸福の色をしていた。

夕《よる》、猗房は高莞が部屋にはいってきても気にせずに、からだをくるくるまわしながら、里の歌をくちずさんでいた。はじめはあきれていた高莞は、やがて猗房の楽しげな身振りに誘われるように、からだをまわし、二人で舞いはじめた。

からだを寄せてきた高莞に、

「ねえ、どんないいことがあったの」

と、訊かれても、猗房は、そのうちわかるわ、と答えただけで、その声はみじかい笑声にかわり、ふたたびはじまった低い歌声は、暮陰に染まる部屋のなかでつづいた。

ところで、この年のはじめに皇后が決定したことは、猗房を送り出した観津県の県令のまわりに、ちょっとした話題を提供した。

県令は民事について諮問《しもん》のことがあると、郷父老を城に招くことにしている。たまたま猗房の出身郷の父老を招いた県令は、人相に興味のある県丞《けんじょう》が近くにいたこともあって、二人にむかい、笑いをまじえて、

「観相もあてにはなりませんな」

と、いった。むろん軽い皮肉もこめられている。

恵帝の皇后に立てられた娘は、宣平侯《せんぺい》・張敖《ちょうごう》の娘である。入内《じゅだい》してからのかの女は「皇后張氏」または「張皇后《ちょうじ》」とよばれる。

張敖の父の張耳《ちょうじ》は、楚漢戦争のとき、はじめは項羽の楚軍に協力したものの、星占いを聞いて心を変え、高祖の漢軍へ奔《はし》り、のちに華北の平定に尽力した。その功で、張耳は趙王に立てられた。張耳の歿後、王位を子の張敖が襲《つ》いだが、家臣がおこした高祖暗殺未遂事件によって、連座の憂《う》き目にあった。が、かれがまったく事件に関知していなかったことがわかり、釈放されはしたが、趙王の位から宣平侯に貶《お》とされた。

それでも張敖の温厚な人柄と皇室にたいする忠誠の篤《あつ》さをみこまれ、高祖と呂太后とのあいだにできた娘、すなわち魯元公主の嫁入《かにゅう》の相手として張敖が選ばれた。

呂太后の自分の子にたいする愛情の深さはなみはずれており、自分の娘を正室として迎えて愛《あい》憫《びん》してくれている張敖を大いに信用し、かれの娘を恵帝の皇后としてもらいうけることに決めたのである。

「張氏が皇后と決まった以上、どうして竇猗房が天子を産むことができよう」

県令はそういいたかったのである。

郷父老と県丞とはほとんど同時に微苦笑をした。

張皇后が子を産まない場合があり、張皇后が早世することもあるであろうし、たとえかの女が子を産んだとしても、のちに天子が後宮の寵姫に愛情を激しくそそぎ、その姫が産んだ子を太子として立てる場合も、ないとはかぎらない。

そういったのは県丞である。郷父老は県丞と同じ趣旨のことをいいたかったので、それ以上のことはいわなかった。

ところが数か月後に、県令からおなじ皮肉をいわれたとき、郷父老と県丞とは微苦笑なしで顔を見合わせた。県令がいうには、各県から長安城に集められた娘のうち、数十人は各国の王へ送《そう》致《ち》されたということである。つまり長安を離れて王国へ下向した娘たちのなかに、どうやら竇猗房がいたらしいというのが、長安の情実にくわしい県令の話の核である。

郷父老はひそかに慨嘆《がいたん》した。

――若い娘の生命を、珠玉になぞらえて、下賜《かし》したとは、呂太后はろくな死に方をすまいよ。

猗房を憶い出したついでに、郷父老は、ふと、老子のことばを頭に浮かべた。

――禍《わざわい》か福の倚《よ》るところ、福か禍の伏すところ、たれかその極を知らん。

わざわいは福のもたれかかるところとなり、福はわざわいのひそむところとなる。たれ一人としてその大本《おおもと》はわからない、ということである。

――あの娘は、老子を信じていれば、きっと、わざわいは福に変じてくれるじゃろう。

猗房の老子好きを思い返した郷父老はそんな気がした。

むろん猗房は自分の将来のことが観津の城中でたびたび話題となったことを知るよしもない。かの女はたしかに王国へ送り出される人数にはいっていた。

しかしながら、猗房の行き先は、趙国ではなかった。


名簿を手にした宦官によって国名と氏名とが読み上げられた。

「代《だい》国、竇《とう》猗《い》房《ぼう》」

と、いわれたとき、猗房はおもわず立ち上がり、

「あの、おまちがいではありませんか」

と、詰《なじ》るようにいった。

背の低い貧相な宦官は、いちど名簿から目をはなし、猗房の蒼ざめた顔をみすましてから、名簿を見直し、

「代国、竇猗房、まちがいない。代国はもっとも遠方であるから、出発が一番先になる。身のまわりの片づけを早くおえるように」

と、注意をあたえた。かれはもう目を上げず、つぎの国名と氏名とを読み上げた。

猗房はすわりながら胸をおさえた。動悸がはげしい。

――そんなはずはない。鷹さんは、趙国行きを約束してくれたのだから。

頭のなかが白くなった猗房は、身も心も虚空に浮き上がり、さまよいはじめた感じであった。

解散が告げられると、猗房はまっ先に部屋を飛び出し、宦寺へ行き、黎陽出身の宦官をさがした。かれはそこにはいず、長楽宮へ行っているといわれた猗房は、明渠《めいきょ》とよばれる水路の上に架けられた閣道《かくどう》まで小走った。その閣道をめざす宦官が降りてきた。

猗房は涙をながしながら立っていた。

いぶかしげに猗房を見おろした宦官は、

「おお、あなたか。こんなところまで来て、どうした」

と、低い声を放ちつつ、猗房に近づき、首をかしげた。

猗房は可憐にしゃくり上げた。

「わたくしの名が、趙国行きには、ありませんでした。まちがってお書きになったのでしょう。どうか、ご訂正ください」

「北へ行きたいと、たしか、聞かされたな。そうしたつもりだが」

「北といっても、わたくしの行き先は、代国になっておりました。代国では北すぎます。趙国でなければ、いやでございます」

代国は漢の版図からすれば、最北端の国である。その国は、北方の騎馬民族である匈奴《きょうど》の脅威にさらされつづけ、かつて代に封じられた高祖の兄の劉仲《りゅうちゅう》は、恐ろしさのあまり国を捨てて、洛《らく》陽《よう》に逃げ帰ってしまったことがあった。猗房はそれほどのことを知らなくても、

――代は、地の果ての、危険な国。

くらいの認識はある。

「代国か、おかしいな。わたしはあんたを趙国に、と下の者にいっておいた。記入するときに、まちがえたのだろう。しかたがあるまい。代は昔は趙国のなかの一つの邑《まち》であったのだから」

宦官がそういっているあいだに、猗房は顔を袂で掩《おお》って、また泣いた。かの女の胸のなかで積み上げてきた夢のこわれる音が、すすり泣きとなった。

「すまなかったな。が、太后がごらんになったものを、いまさら訂正することはかなわぬ。きき

わけねばならん」

宦官は叱りぎみにいって、うずくまった猗房を見捨てるように、その場を立ち去った。しかしかれの心中のつぶやきを猗房がきいたら、どう思ったであろうか。

——趙は不祥《ふしよう》の国よ。あそこへは、やりたくなかったからだ。

ひらたくいえば、趙国の主《あるじ》はついていない。趙国を治めていた張敖は謀叛の嫌疑で降格され、つぎに趙王となったのは、あの威姫の子の如意である。くりかえすようだが、如意は呂太后に毒殺された。いまの趙王の友《ゆう》は評判はよいが、

——二度あることは、三度あるかもしれぬ。

という予感が、猗房をおもいやる宦官の筆を曲げたのである。のちの猗房の運命をみれば、この宦官がおこなったひそかな変更を、猗房は大いに感謝しなければならなかったであろう。ちなみに、猗房が望んでいた趙国の若い王である友は、呂太后の専横を憎悪するあまり、呂太后にさからいつづけたため、ついに幽死することになるのである。

三

猗房《いぼう》は高莞《こうかん》に訣《わか》れを告げた。

高莞は斉《せい》国へ行くことになっている。斉国は東方にあり、高莞の出身州である徐州のとなりにあるといってよい。平和で豊かな王国である。

心ばえの佳《よ》い高莞は、自分の幸せにはしゃぐことなく、猗房をなぐさめつづけてきた。

おそらく猗房にとって代《だい》国が、高莞にとって斉国が、一生を終える地になるはずで、この日の

訣れは、二度とふたたび会えぬという切実さをふくんでいた。

後発になる高莞は、城外まで出て代国へむかう一行を見送ることはできないので、城中で訣れを惜しんだ。

「でも、地方の国からなら、音信を交わせるわね」

猗房の楽しみはそれしかなかった。猗房の目に力がない。わざと明るい笑いをつくった高莞は、猗房をみつめたまま、深くうなずいた。

仲秋の風とともに、猗房たちは馬車で長安を発《た》った。

「代は、雪の到来が早い。急がねばならぬ」

先導の馬車に乗っている官人は、天候ばかりを気にしていた。

失意の猗房は、代国の王についてまったく関心がなくなっていたので、なんら予備知識をもっていない。代王のことは、訊《き》かなくてもわかっている、というおもいもある。代のような遠方へ遣《や》られたのであるから、いまの王は、高皇帝に愛されなかった皇子にちがいないということである。

事実そうであった。

代王は高祖の四番目の子で、名を恒《こう》という。

恒の母を薄姫《はくき》といい、かの女の父は呉《ご》の国の出身で、たいした身分ではなかったが、母は魏《ぎ》の国の王女であり、薄姫がそうした尊貴な血を引いていたにもかかわらず、高祖の近くに侍った姫妾《きしょう》のなかでは、高祖の恵愛がもっともうすかった。はっきりいえば、高祖との同衾《どうきん》はたった一度しかなく、薄姫はそれで恒をみごもったのだが、あとは母子ともに高祖から忘れられたにひとしかった。

代はそういう母子によって治められている国である。

長安から代へゆくには、黄河ぞいにくだり、黄河を渡って河東をめざし、さらに北上し、やがてみえてきた汾水《ふんすい》を左にみて進む。雪をふくんでねずみ色に曇る北の天をながめて、荒涼とした野をはってくる寒風を車上でうけ、猗房たちはふるえあがった。

介休《かいきゅう》で雪に遭《あ》った。雪の歇《や》むのを待っているあいだ、官人は娘たちをまえに、

「ここが、介之推《かいしすい》の生まれたところである。介之推を知っているかな」

と、頤《あご》をあげていった。娘たちは目を伏せて黙っている。

「なんだ。たれも知らぬのか」

かれはがっかりしてみせ、となりの下官に、美しいだけで学問の足りぬ娘どもだ、と小声で話し、

「介之推は至忠《しちゅう》なり。みずからその股を割《さ》きて、もって文《ぶん》公に食《くら》わしむ。ああ、なんという忠義な男よ。晋《しん》の文公のような名君でさえ、臣下の苦労は見抜けないのだ」

と、つぶやきにしては大きな声でいい、雪のむこうに淡晴の空をみつけると、御者《ぎょしゃ》に出発を命じた。

長安を出てから猗房ははじめて肩で小さく笑った。

「諸国を流浪して国へ帰った晋の文公は、臣下の介之推を賞すことを忘れていたため、文公のもとを去った介之推は故郷に帰り、母親とともに山中に隠れ、焼け死んだのだ」

と、父に教えられたことを憶い出した。さらに父は、

「だがな、荘子は、介之推よりまさる忠臣がいるといっている。それはたれかといえば、王子比《ひ》干《かん》と伍子胥《ごししょ》という人だ。おまえがもうすこし大きくなったら、二人のことを話してあげよう」

ともいってくれた。猗房は老子についで荘子が好きである。代の国で落ち着いた生活ができるようであれば、老子や荘子の書物を読んで、静かにすごしたいという気がしてきた。実際、弱者の立場に立った老荘思想は、猗房の一生を色濃く染めぬいた。楚漢《そかん》戦争後の悲惨な生活を体験した猗房を、なんとか生かしてくれたのは老子であり荘子であった。後年、老荘思想を攻撃する者に、かの女は容赦なく反撃したのは、豊かさしか知らぬ者の思い上がりにたいする、大いなる警告であったろう。

猗房は雲の流れる東の空ばかりをみていた。

——父はどうしたろう。

雪の帳《とばり》のかなたに太行《たいこう》の山々があり、そのむこうが冀州《きしゅう》である。かの女が行きたかった趙《ちょう》国の首都の邯鄲《かんたん》は太行山脈の東麓にある。かの女の目が湿ってきた。

中都《ちゅうと》が近くなったとき、吹雪に襲われた。

官人は亭長の家を借りて、雪のおさまるのを待ち、翌日、外へ出たかれは顔をゆがめた。大量の降雪が路をきれいに消している。銀光を放つ雪原の上に、ぬけるような碧天《へきてん》があった。

「馬車は使えぬ。歩くほかあるまい」

官人にそうきかされた五人の娘は、いっせいに眉をさげ、哀しげな顔つきをした。

「泣きたいのは、わしのほうだ」

声を荒くした官人は柔らかい雪に一歩を踏みだした。

日がかたむくころ、中都の城がみえた。城門から五、六の騎馬が吐き出された。官人が手をかざして見守るうちに、その騎馬は雪をものともせず、こちらにむかってきた。

「やれ、やれ、ようやくお出迎えらしい」

官人は肩の荷がおりたという表情をした。騎乗していたのは、いうまでもなく、代王の臣であり、かれらは官人に挨拶をすますと、官人と娘たちを馬上に乗せ、城中にはいった。

——代はもっと北にあるのに、この雪では歩けそうにない。

馬からおろされた猗房が足の痛みをこらえ、うつむいていると、官人はおもいがけないことをいった。

「娘たちを代国に届ける役目は無事に終わった。明日、わしは帰れる」

無責任な官人だとおもった猗房は、眉をさかだて、

「代は、辺土のはず。ここから千里のかなたにあるのでは」

と、いった。いちど眉をけわしく寄せた官人は、猗房を吹きとばさんばかりの息で笑った。

「介之推も知らず、代国も知らぬ娘よ。なにも知らぬなら教えてやろう。ここが、代国の首都の中都だ。以前、首都は晋陽《しんよう》にあったが、すこし南に遷《うつ》されたのだ」

娘たちの口から、かわいい歓声がもれた。かの女たちの旅は終わったのである。

中都は春秋時代からあったが、秦《しん》の時代には寂《さび》れてしまった都邑《とゆう》である。漢になって再建されたので、いわば新興都市である。猗房の考えていた代は、秦の時代の代郡のことであり、その中心地は北京《ペキン》に近い。

——ここが、わたくしの骨を埋めるところになる。

猗房は深い呼吸とともに、あたりをみまわした。城は観津城《かんしんじょう》より大きいが、雪をかぶって静かな家並はどこかわびしく、長安の宮殿をみなれた目で宮室をみると、これまた暗色のみすぼらしさであった。

五人の娘は代の宮中にはいって、姫《き》という付帯の呼称を与えられる。猗房は「竇姫《とうき》」である。代王は呂太后から贈られたこの五人の姫を鄭重に迎えた。引見のときも親しく声をかけ、長旅をねぎらった。

五人の姫は顔を上げて代王をみた。代王はおもいがけずまぢかにいた。猗房のからだで温かいものが鳴った。

漢のはじめのころは秦の暦を借用しているので、歳首が十月である。したがって猗房たちが中都へむかう途中で、はじめの雪に遭ったとき、すでに新年を迎えていたことになる。年があらたまったことによって、代王は十四歳になった。が、猗房の目からは、代王はもう立派な成人にみえた。それほど落ち着きがあり、なによりも猗房の胸に染みたのは、代王の目にたたえられている深い慈愛の色である。

——こんな優しい目をした人を、はじめてみた。

猗房の心のどこかが感動し、その感動が手足の冷えを忘れさせた。

代王のまなざしはそれぞれの姫にそそがれたが、猗房にそのまなざしがおよんだとき、猗房はひたいに痛みを感じた。それだけ長く代王は猗房を視《み》たということである。

代王とならんで一人の婦人がすわっている。

薄姫である。恒を産んでから薄夫人とよばれる。

この代王の生母は、微笑を浮かべているわけではないが、非常に柔和なものを感じさせる人で、猗房はかの女の美しさを困惑ぎみにうけとめた。

——これほど美しい姫を、高皇帝は一顧《いっこ》をお与えになっただけで、しりぞけられた。とすれば、高皇帝が溺愛《できあい》なさった戚姫《せきき》の美しさは見当がつかない。

そうおもったからである。

猗房は自分が仕えることになるこの母子に、端華《たんか》とよぶにふさわしい心身の有り様《よう》をみて、敬慕するおもいを抱くと同時に、代国にきてよかったという自慰《じい》をようやく得た。

ところが代王にしても薄夫人にしても、長安からやってきた五人の姫を鄭重にあつかったのは、恫恐《どうきょう》のあらわれであるといえた。なにしろ五人を送り出したのは、呂太后《りょたいこう》なのである。

——この姫たちは、呂太后に、なにかをいいふくめられているのではないか。

と、代王と薄夫人が疑ったのは、当然であろう。もっといえば、かの女たちの一人か二人は、代国の宮中の実情を、密かに長安へ報告する特務を負っているのではないか。

用心するにこしたことはないのである。

五人の姫を後宮の奥深くにしまっておけばよいのであろうが、これらの姫を受け取った者のむずかしさは、かの女たちを隔離してしまうことが、呂太后の譴責《けんせき》の種となるところにある。つまり代王にはすでに正室がいるが、五人の姫は代王の妾《しょう》となったのであり、代王がこの妾に手をつけないことは、呂太后の厚意を拒絶したことになる。

——わたしの贈り物が、お気に召しませぬか。

呂太后は代王を長安に呼びつけて、そういうにちがいない。それだけならよいが、呂太后の場合は、そのあとがきわめて怖い。

代王は虚偽をきらう。好きでもない姫と寝牀《しんしょう》をともにすることは一度でもいやだが、愛してもいない姫を愛しつづけるふりは、なおさらできない。

ただし代王に救いがあった。猗房をみた瞬間、心が動いたのである。まれにみる清美《せいび》な姫だと感じた。

――この姫が、呂太后のまわし者でなければよいが。

というのが、代王の心底からあがってきて喉元でとまった声であった。

薄夫人は敏感な人である。代王のそうした心の動きをさとり、代王の懸念を解くことを考えた。かの女ははじめて口をひらいた。

「雪の難路で疲れたでありましょう。それぞれの室は、まもなくととのえられましょう。それまで、進隠《しんいん》はいかがでしょうか」

進隠とは、なぞなぞ遊びである。

五人の姫は軽い緊張につつまれた。

「よろしいですか。太公望《たいこうぼう》が龍に乗りました。さて、この先、太公望と龍はどうなったのでしょう」

姫たちの目が動かなくなった。猗房も考えはじめた。

太公望といえば、九百年もまえの賢人で、大魚を待って何年もむなしい釣りをしていた人だ、という話がある。けっきょく太公望は釣りをしているとき、通りかかった周の文王に、その抜群の才略を見抜かれ、周の軍師となったとも父にきかされた。龍の背に乗って太公望はなにを釣り上げたのだろう。そこまで猗房が考えたとき、一人の姫が、

「文王をさがしに、天上に昇ったまま、戻ってこなくなったのではありませんか」

と、細い声でいった。ほかの姫も考えていることは、同じようだ。

薄夫人はまなざしに微笑をまぜて、

「文王のことを、よくご存じでしたね。たしかに、太公望が亡くなったあと、墓を掘ってみますと、遺骸が消えていたということですから、昇天したのかもしれません」

と、やわらかい声でいった。が、どうもそれは正解ではないらしい。

ほかの姫も、口がほぐれて、おもいおもいの答えを述べた。それに対し、薄夫人はことごとく褒《ほ》めた。そのあいだ、猗房だけが考えつづけ、口をむすんでいる。とうとう猗房は、あることに思い当たって、はっとした。しかしためらわず、

「太公望は龍から落ちて死にました。龍の背には龍の子が乗ることになりました」

と、薄夫人にむかってまっすぐいった。薄夫人は猗房の答えだけには感想をいわず、

「室のととのえができたようです。それでは、しっかり暖をとって、旅の疲れをいやしてください」

と、すこし冷めた口調でいった。猗房は落胆をおぼえつつ腰を上げた。五人が退室したのをみとどけた薄夫人は、代王のほうをむいて、

「竇姫が気に入ったようですね。わたくしも気に入りました。あの姫は、太后のまわし者ではないようです」

と、はっきりいった。代王はおどろきの眉をあげた。

「それなら、よいのですが……。ところで、いまの進隠は、どういうことなのですか」

「なんということ。王は竇姫におよびませんよ」

薄夫人は一笑した。

「ああ、やはり、竇姫が正しい答えを――」

「竇姫は、たれもがためらう恐ろしいことを、明快にいったのです。頭もよいが、勇気のある姫です。王もわずかに考えを飛ばせば、すぐにわかります。太公望の氏はなんですか」

「呂尚《りょしょう》ですから、呂氏ですね」

「では、龍は」

「龍に氏姓はありませんから、龍は龍でしょう。なるほど、わかりました。龍は劉《りゅう》、つまりわが父君、高皇帝の氏、わたしの氏でもある。いま呂氏の太后が劉氏の上に乗って威張っていますが、呂太后はやがて滅び、劉氏の子が、皇家を統御する、と竇姫は大胆にいったのですね」

「そうですよ。そのことが呂太后にきこえたら、竇姫は耳や鼻を削《そ》ぎ落とされましょう。それだけのことがいえたということは、竇姫には、呂太后の怪しい息がかかっていないとみてよいでしょう」

「よかった」

代王はさわやかな笑貌《しょうぼう》をみせた。

翌年、猗房は女の子を出産した。名を嫖《ひょう》という。むろんこの娘の父は代王であり、かの女はのちに館陶長公主《かんとうちょうこうしゅ》とよばれる。

嫖の誕生を代王と薄夫人とはそろって喜んでくれたが、一年後に猗房が男子を産んだとき、代王の喜びは手放しであった。薄夫人も猗房の産褥《さんじょく》まできてねぎらい、また祝った。このとき生まれた男子を啓《けい》という。猗房にとっては長男となるが、代王にとって啓は嫡男ではない。かれには正室がいて、すでに男子をもうけているからである。

が、代王が啓の誕生をかつてないほどに慶賀したのは、いかに猗房を愛幸していたか、というあらわれであり、事実、代王は長安からきたほかの四人の姫には一指も触れなかった。猗房が子を産めば、それで充分に申し開きが成るということもある。

ところでこの代王という人は、なにごとにもひかえめをこころがけており、臣下へ好悪をめったにみせないのであるが、閨内《けいない》に関しては、例外があるといってよい。このころの代王は純粋な激しさで猗房だけを愛した。猗房の心身はひたむきにそれに応《こた》えたのであろう。また代王の老子好きは、薄夫人の思想に染められたせいもあろうが、猗房に狎《な》れるにしたがって、さらに濃度を高めたにちがいない。

猗房の幸せは、代王ばかりでなく薄夫人からも愛されたことである。

薄夫人が猗房にひとかたならず目をかけたのは、自分の子の代王が猗房しか眼中にないほど寵愛していることは脇においても、自分が高祖の側室であったという痛みから、猗房の境遇に同情したからである。なによりも猗房をあわれんだわけは、猗房の生家の貧しさと農事をおこなう者の悲惨さを、猗房の口からきかされたことである。

「庶民、とくに農民は、こんなに哀れなのですよ」

と、薄夫人は猗房の話を借りて、代王に教えた。代王の心はもともと深憐《しんれん》にみちていて、猗房の幼時の体験を知ることによって、それが激しく動いた。つまり自分が痛切に感じたあわれみを、政治においてどう現行できるかということを、真正面でうけとめはじめた。その結果、代王が近臣の張武《ちょうぶ》に諮問《しもん》する回数がふえた。このことは、さらに、

——王は竇姫を寵愛されるようになってから、聴政にいっそう熱心になられた。

と、いって、臣下たちに好感をもってみられるという、良質の副産物を得た。が、根元《こんげん》のしかけは薄夫人がおこなったといってよい。

むろん沈深の目をもつ臣下の張武には、そのあたりはやすやすと洞察できる。

——賢夫人よ。さすがに血胤《ちすじ》は争えぬものだ。

張武はひそかに薄夫人を賛嘆していた。よけいなことだが、張武の官名を郎中令《ろうちゅうれい》といい、王国

において郎中令の官位にある者はいわば王の謀臣であり、その秩禄《ちつろく》は時代がさがるにしたがって減ったが、このころは二千石《せき》であるから、大臣であるといってよい。

さて、猗房の体験を身につまされてきいた薄夫人にも、似たような過去がある。いや、かの女の場合は、つねに生命の危険にさらされた点で、猗房の苦しさをうわまわるであろう。また、この夫人もふしぎな予言で未来を指された人である。

猗房が啓を生んだこの年（紀元前一八八年）からかぞえて、三十七年前に、戦国七雄《しちゆう》の一つである魏の国が秦によって滅ぼされた。魏の最後の王を仮《か》という。

仮はおそらく薄夫人の祖父になるであろう。

魏の国が消滅したことによって、魏の王族で生き残った者は残らず平民におとされた。

薄夫人の母は、魏の王女ということもあって、いちはやく魏の国から脱出し、のがれのがれて南の呉までおちのび、そこで薄の氏をもつ男とむすばれた。ただし正式な結婚ではない。とにかく二人のあいだに女の子が生まれた。それが薄姫、つまり薄夫人である。

が、父は秦の王朝が倒れるまえに、会稽《かいけい》山に近い山陰で死んだので、それからの母の苦労はなみたいていではなかったであろう。さらに各地で暴動が続発し、それが血を血で洗う大戦争に発展すると、この母と娘にとって、安心してねむる家がなくなった。

薄夫人の記憶にあるのは、天をこがす火といたるところにある屍体であった。

二人が燎原《りょうげん》の火のなかを逃げまどっているうちに、風はひとつの朗報をはこんできた。魏の王族の一人である魏豹《ぎひょう》が、魏王として、故地に立ったということである。

「ああ、うれしや」

薄夫人の母は、なつかしい魏の首都のあった大梁《たいりょう》への道を、娘の手をひいて、ひたすら歩いた。

ところが大梁のあたりに着いてみれば、故城は潰滅《かいめつ》し、駐屯していたのは項羽《こうう》の兵であり、魏豹のゆくえをこわごわきいてみれば、河東の平陽《へいよう》へ遷ったという。

母は気が遠くなりかかった。なんとか気をとりなおしたかの女は、

「もうすこしの辛抱だよ」

と、薄夫人にいったが、大梁のあたりから平陽までは、これまで歩いてきた距離の半分もある。薄夫人はなんども足のまめをつぶして、血を流している。娘をなぐさめた母も足の痛みはおなじであった。二人は足をひきずりながら黄河をめざし、黄河を渡ってから、さらに西北へ西北へと黄土の上を歩いた。

汾水のむこうに平陽の城をみたときの歓喜は、ほかのなににもくらべようがないほどの感動であった。薄夫人はそのときのことを憶い出すたびに瞼が熱くなる。魏豹が手厚く二人を迎え入れてくれたことは、記憶のなかにそびえる平陽城の影に、明るい華を添えてくれている。

「よくぞ、女の二人連れで、ご無事でしたな」

と、魏豹に感心された母は、薄夫人の肩を撫でつつ、

「これが、わたしの命の支えとなってくれました」

と、涙まじりにいった。

平陽で一安を得た母は、ある日、魏豹に、

「この姫《こ》を、どこかに嫁がせねばならぬが、こんな乱世では、たれがよいのか、まったくわからない。人相をみてくれる人はいませんか」

と、訊いた。魏豹はわずかに思案してから、

「そういえば、許負《きょふ》という人相見の名人が、戦渦《せんか》をのがれて、わが城中にいるらしい。訪ねられ

てはいかがですか」

と、勧めた。このことが薄夫人ばかりか、魏豹自身の運命をも大きく狂わすのである。

薄夫人をみた許負は、目もとをかすかに赤くした。それがこの冷静な男が感興を高めたあかしであった。

母は許負の口が重いので、しびれをきらし、

「姫の嫁入り先は、どこなのです」

と、さいそくした。許負はうるさげに、

「嫁入りはなさらずに、魏王のもとにおられるがよい」

と、意外なことをいった。

「どこへも行かずに、とは、姫は結婚できず、一生を独身ですごすといわれるのか」

「いや、姫は子を産みます。よろしいか、その子は王侯の子ではない」

「結婚もせずに子を産み、その子は王侯の子でないとなると、ああ、なんという哀れな姫よ」

母は薄夫人の肩を抱きしめた。許負は苦《にが》く笑った。

「そう早まられては困る。姫がお産みなさるのは、王侯以上の子、すなわち、天子である」

母はあらゆる感情が吹き飛んだような表情をした。薄夫人の手を抜かんばかりに強く引き、風のごとき速さで宮中に帰ってきた母は、さっそく魏豹に人払いをしてもらい、ひたいを寄せて、許負の予言をうちあけた。

「天子を――」

魏豹は予言のあまりな飛躍にあきれ、つぎに全身を戦慄させた。許負は天下に名の通った相者《そうじや》である。軽忽《けいこつ》なことをいうはずがない。

――とすれば、薄姫が天子を産むというのは本当か。

魏豹の頭の中はいそがしくなった。いまは項羽の天下である。が、戦乱はおさまっておらず、項羽がこのまま天子になるとはかぎらない。やがてどんな英雄が出現するかわからないのである。ともあれ、わかっていることは、薄姫を手もとにおいておけば、父親がわりの自分はかならず天子の義父になれるということである。

「嘉《よ》いことを、おきかせいただいた」

そういったとき、すでに魏豹の腹のなかでは、項羽をみかぎっていた。かれの決心に符合するように、漢中《かんちゅう》から軍を率いて中原をめざす劉邦《りゅうほう》（高祖）が、またたくまに西方を平定して、平陽に近づいてきた。

――つぎの覇者は、漢王（劉邦）かもしれぬ。

と、直感した魏豹は、一国を挙《あ》げて漢軍に味方し、劉邦とともに兵を率いて東方へむかった。が、劉邦の漢軍が項羽の楚軍にむざんな大敗を喫したのをみて、思うところのある魏豹は劉邦に帰国を請い、平陽にもどると、漢にそむき楚についた。

――いくさは弱く、行儀の悪い、劉邦ごときが天子になれるはずはない。まだ、項羽のほうがましだ。

たしかに劉邦の行儀の悪さはけたはずれで、とくに名門に生まれた者は、礼儀を重んずるため、劉邦の人を人とおもわぬ態度に腹を立てた者がすくなくない。とはいえ、この変心が魏豹の命とりになった。かれは劉邦配下の韓信《かんしん》に攻められ、ついに捕虜となって滎陽《けいよう》に送られ、そこでいったんは釈《ゆる》されたが、滎陽の守備についているとき、劉邦の配下に殺害された。

魏豹は薄夫人固有の運命を自分に引き寄せすぎて、判断をあやまったといえる。魏豹の死はふたたび母と娘とを苦難の淵につきおとした。

平陽の遺族の処置について、劉邦は、

「櫟陽《れきよう》へ送れ」

と、命じた。薄夫人と母の身柄は、はるか西方へ移された。櫟陽はこのころの漢の首都であった。ここの守将は劉邦の太子で、七歳の盈《えい》（のちの恵《けい》帝）であった。母子は宮中の機織の室へ入れられた。そこは官立の軍需工場といってよく、二人はいわば女子工員として労働に従事したのである。


薄夫人の幸運は母の不運となった。

劉邦がたまたま櫟陽の機織の室をのぞいたとき、数人の美貌の娘に目を留《と》め、かの女たちを後宮へ移した。そのなかに薄夫人がふくまれていたからである。母と娘とはここで訣別させられた。母はふたたび娘に会うことなく、櫟陽で亡くなった。魏の王女として生まれながら、無惨で波瀾《はらん》の生涯であった。

ついでながら、薄夫人には弟がいる。薄昭《はくしょう》といい、かれにかぎらず楚漢戦争中の男子は老若ともになんらかの形で戦争に参加しており、薄昭はおそらく楚兵として従軍していたのであろうが、母と姉とが魏豹をたよったことを知り、平陽で再会したことが考えられる。櫟陽に送られたかれは、そこの守備兵となる一方で母の面倒をみたのかもしれない。薄昭はのちに軹《し》侯とよばれ、封地を得る。

後宮の女たちは劉邦に従って移動する。薄夫人は劉邦が黄河南岸の要地である成皐《せいこう》にいたとき寝所に召され、恒を産んだが、以後劉邦の顔をみることもまれになり、それがかえって呂太后の怨みをうけずにすむこととなった。劉邦の死後、寵姫たちは呂太后によって宮中に幽閉されたが、薄夫人だけは自分の子が治める代国へゆくことをゆるされたのである。母はすでに亡い。かの女は虎狼の牙爪《がそう》からのがれたおもいで、弟の薄昭を従えて、代国へ到着した。

以来、七年間、薄夫人は代から動いていない。

——わたしが天子を産むとは、名人の相者でも、見あやまりがあるのでしょう。

薄夫人が産んだのは天子の子であり、その子は王ではあるが天子ではない。薄夫人の憶い出のなかで許負の像は風化しかかっている。

ところで猗房が天子を産むと郷父老が予言したことを、薄夫人が知るはずはなく、猗房自身も知らない。とにかく天子を産むと予言された女性が、ここで二人そろったことになった。

猗房が二人目の男子の武《ぶ》を産んでから、かの女の顔色の冴えないことを、薄夫人は怪しみ、

「心配事があるなら、遠慮なく、わたしにうちあけてください」

と、いった。猗房は救われたような目をして、

「おことばに甘えまして」

と、沈んだ声で、家族の不幸を話した。

代にきてから猗房は二度も観津の実家へ便りを送っている。ところが、いずれも返信を得られなかったので、憂慮した猗房は父の兄へ便りを出したところ、すでにかの女の父母は死に、家も畑も人手にわたり、兄の建《けん》と弟の広国《こうこく》のゆくえはわからないという。どうしてそうなったのか、返書にわけは書かれていない。

「そういうことでしたか。辛《つら》いことですね」

猗房をなぐさめた薄夫人は、表情をひきしめて、代王のもとにゆき、

「ご家臣を一人、お借りできますか」

と、いった。清河《せいか》郡の観津へ遣るという。代王はわけを知って、顔色が変わるほどおどろいた。

「竇姫は、わたしの前では、哀しい顔をしたことがない。私事において、わたしを悩ますことを慎んでいたのですね」

薄夫人は声をひそめた。

「それもあります。けれど、竇姫の恭謙さは、ふつう王の寵愛をうけた姫は、家族や親族のことを告げ、王に召し抱えてもらえるように、ほのめかすものなのに、そうしなかったことです。竇姫は二男をもうけながら、いままでそのことを王に申し上げなかったのは、みごとというほかありません。おそらく竇姫を教えた父がすぐれていたからでしょう。兄も弟も、竇姫に似ていれば、きっと王のご信頼に足る臣となりましょう」

いわれてみればそうである。代王が秘中の秘をうちあけてよい臣は、生母の弟の薄昭しかいない。あとはすべて他人である。

竇姫の兄と弟とが行方不明であるとなれば、観津へむかわせる臣は、竇家の父母の死因を訊きだすだけではなく、兄弟をさがしあてる探索能力にすぐれていなければなるまいと考えた代王は、軍事と警察の長官である中尉の宋昌《そうしょう》を招いて、かれの配下を使おうとしたが、

——奥向きのことに、大臣をわずらわしたくない。

と、考え直し、けっきょく薄昭をひそかに呼んで、事情を説明し、東方へ旅立たせた。

二か月後に、薄昭は復命し、

「竇姫の父は病死ですが、母は自殺したのかもしれません。親戚ではことばを濁しているのです。すべては、賦税《ふぜい》の重さが、あの家族を破滅させたといえましょう」

と、述べた。

賦は公共事業のために強要される労働である。税は税金である。

その家にとって大切な働き手を、一定期間ではあるが、郡県の政府に取り上げられると、人員のすくない家族では、つぎの日から家事がまわっていかなくなる。また税金の徴集もきまぐれで、ある日、突然、これだけの税金を納めよといわれるにひとしく、税金を払えない者は、子どもを売って金にかえる。売られた子は奴隷となる。この時代のむごさは、そうした人身売買を中央政府が認めていたということである。

竇姫の兄の建は郡の工場へ働きに出たあと、消息がとだえたようであり、弟の広国はそれ以前に、竇家ではみかけなくなったらしい。清河郡では大都といえる信都《しんと》や清陽《せいよう》へ足をのばした薄昭だが、二人の足跡はまったくつかめなかった。

代王は憂色をかくさず、

「賦税のことは、よほど心してやらねばならない。わが家の蔵は満ちても、国から人がいなくなってしまう」

と、いったのは、かれの恤民《じゅつみん》の心の篤《あつ》さであった。代王はすでに十八歳である。世情の実態を端相《たんそう》できる歳になっていた。

「ところで、竇姫の親戚の家で、おもわぬ拾い物をいたしました」

と、薄昭はいった。竇姫のいとこの子は少年ではあるがなかなかの面魂で、いつの日か、王のために、お役に立つ臣となるかもしれません、と薄昭は私見を述べた。

薄昭がみたのは、のちの大将軍竇嬰《とうえい》である。猗房が郷の名家の娘に選ばれたとき、祝賀にきた伯母に背負われていた幼児がかれである。

代王は母の薄夫人だけに探聞の結果を報告しただけで、猗房には真相を伏せておいた。

さて、中央のことを粗描すれば、二年前に恵帝が崩御してから、呂太后の専恣《せんし》はますますひどくなり、その一つの例は、恵帝の皇后である張氏《ちょう》に子がなかったので、後宮の美人（女官）の子をみつけてきて、張皇后の子に仕立てるために、生母を殺し、三代目の漢の皇帝としたことである。ほかに呂氏一族の多数に王侯の尊位をさずけ、一方で、すでに王となっている高祖の子孫の瑕瑾《かきん》をさぐりだして、抹殺をはかり、呂氏の権勢を堅牢《けんろう》なものにしつつあった。

代王もいつ呂太后の毒牙に襲われるか、わからないということである。が、代王は用心深かった。いささかの落度もなく、呂太后の注意を喚起するような噂の種を蒔《ま》くこともなかった。

そんなころ、粗衣を着た一人の男が、代国の城中にはいってきた。役所をたずねた男は、つづいて宮門にむかい、宮中に消えた。

後宮から呼び出された猗房は、一室の中央にすわっている体格のよい男を視た。男は軀《からだ》をわずかにまわして、目を上げた。

「兄さん」

猗房はわれを忘れて叫び、建の胸にすがった。建はまばたきをくりかえした。猗房は兄の衣服から流泊の臭いをかいだ。

——この兄のことばがなければ、長安に行くこともなく、いまのわたくしもない。

そうおもう猗房は、ひとしきり感涙にむせんだあと、ふとあたりに目をやり、

「兄さん、一人なの。広国は、広国はどうしたの」

と、訊いた。建は急にさみしげな目をして、

「すまない。広国は、あの日、おまえが長安へ発ったあの日に、人さらいにさらわれてしまっ

た」

と、力なくいった。

四

広国《こうこく》は男の強い力に曳かれて歩いた。

男はこざっぱりした身なりで、行商人という風体《ふうてい》であるが、目をたえず動かし、すきのない歩き方をした。

広国が泣くと、男は広国の頰や頭を平手で叩き、また広国が泣くと、

「口のなかに土をつめてやろうか」

と、おどして、実際に土をつかみ、広国の歯にすりつけた。むせかえった広国はおとなしくなった。

日の落ちるころ、黒々とした林のなかに、男は広国をつきとばしながらはいっていった。

喬木《きょうぼく》のあいだにある草の路をすすむと、くずれかけた祠《ほこら》がみえ、そのまえだけが広くあいていて、火が焚かれ、二人の屈強な男が犬の肉を灼《や》いていた。

「遅いじゃねえか」

立ち上がった二人は、行商人風の男を叱りつけ、一人が腰をかがめて広国をみると、

「おい、こんな童豎《どうじゅ》のために、牛車の出発を遅らせたんじゃあるめえな」

と、目を血走らせた。

「へえ、それが、そうなんで……」

「てめえ」

二人のうち気の短い一人が、行商人風の男の胸倉をつかみ、殴ろうとした。その拳をうしろからおさえた巨漢は、野太い声で、

「まあ、まあ、やめときな。牛車を動かすのが先だ。こんな子どもを連れてこられちゃあ、銭はやれねえところだが、これからも世話になることだ。いいか、今度の車は、一か月後の、この日だ。そのときは、もっと早く、ましなのを連れてきなよ」

と、いって、首をすくめている男に、八銖銭《しゅせん》を投げ与えた。行商人風の男はそれらの銭を拾い集めると、いなごのように頭をさげ、いそいで立ち去った。

巨漢は足で土を掻き、焚き火を消した。かれは軽々と広国を片腕で抱き、歩きながら、

「この子の髪を、はやく剃っちまいな。髪がなくて、首かせがはまっていれば、どこに連れ歩いても、こちらは大手を振って通れる」

と、いった。かれらは奴隷商人ということであった。

わずかに林にはいったところに牛車を駐めてある。牛の足もとに降ろされた広国は、背の低いほうの男の胸元からとりだされた匕首《ひしゅ》で、禾《いね》を刈られるように髪を剃られた。そのあと、牛車に抛《ほう》り込まれた。

広国のからだをうけとめたのは、少女の腕であった。かの女は烈しいまなざしを二人の男にぶつけたが、男たちは鼻で笑い、広国に首かせをはめると、牛車を暗がりのなかで動かして、林を出た。牛車のむこうから月が昇った。

「こっちへ、おいで」

少女は広国の肩を抱いた。ほかの男や女はうなだれている。いずれも十代である。

少女には弟がいたのかもしれない。かの女はさりげなく広国をかばった。広国は姉の猗房《いぼう》をおもいだした。どこか体臭が似ていた。かの女は猗房よりは二、三歳上で、十三歳だとすれば、世間では結婚の適齢とみなし、もはや少女というより女とよんだほうがよい。

奴隷の身分におとされる者は、親に売られたり、かどわかされたりした者のほかに、犯罪者の家族もそうなる。ただし犯罪者の家族を奴隷として使役するのは官廷である。したがって、その種の奴隷は、こうした牛車に乗っているはずはないのだが、官廷の宰制者などが奴隷の払い下げをおこなえば、かれらは巷間《こうかん》にでまわることになる。

「どこから、きたの」

と、女が訊いても、広国はなかなか口をひらかず、ようやく、観津《かんしん》、といった。名も訊かれたので、広国は、広《こう》、とだけ答えた。

「そう、わたしのことは、藺《りん》とお呼びなさい」

牛車は蒼白く光る道を南へむかった。

翌日、この牛車は豪農の家の前に停まり、一組の男女が降ろされた。

二人の男はなにがしかの金をうけとると、真昼の熱暑をさけて、牛車を木陰に入れ、そこで睡眠をたっぷりとった。夕方になると、二人は牛車を出発させ、夜の道をすすみ、明け方、ある大きな屋敷に牛車のままはいり、乗っている者をすべて降ろした。

その家を宰領しているらしい貫禄の男が牛車に近づいてくると、二人の商人は急にやわらかい物腰になり、

「お約束の日までに、お約束の人数をそろえてまいりました」

と、いって、頭をさげた。

「ご苦労でした」

袋にはいっている金をわたそうとして、目で人数をかぞえた家宰《かさい》は、広国をみつけ、

「おや、こんな子どもは困りますよ。人数が合っていればいいというのでしたら、つぎから、あなたがたは使いませんよ」

と、とがめた。

「申し訳ございません」

「すこし値引きしてもらいましょう」

美服の家宰は袋の中に手を入れて、金をつかみとってから、袋を二人の男にわたした。

屋敷は広大な桑畑をもち、蚕をやしない、糸をつむぎ、絹布を織っていた。従業員の数は三百をこえる。

家宰は奴隷を再度みわたしてから、繭を指し、

「おまえは、家の中の仕事をしなさい」

と、いったのは、粗衣の下にある繭の美体を見抜いたせいであった。ほかの者は粗末な長屋に入れられ、その日から働かされた。広国の職場といえば、

「米蔵がねずみに荒らされて困るから、この子に番をさせなさい」

ということになった。広国は棒をもたされ、暗い米蔵に入れられた。

入り口の板戸のふし穴が陽光の照り返しなどで、幻想的に輝くときがある。故里でみた星のようであった。

——これは夢なのか。

夢のようでも現実のようでもある。あたりの暗さは夢の暗さに似ている。ある日、気がつくと、この米蔵は消え、めざめた自分を父母がのぞきこんでいてくれるかもしれない。

広国の目がうるんできた。その目で板戸をみると、ふし穴の輝きは、ますます光芒をのばしていた。

三日後に巨大なねずみが二匹出現した。それらは広国をみても逃げず、悠然と米を食べた。広国は黙ってねずみをみていただけで、ついに棒をふるうことをしなかった。

つぎの日に米蔵をしらべにきた家宰は、まったく広国が役に立たなかったことを知り、広国の手にある棒を奪いとって、広国を打った。広国は泣きわめいた。

「役立たずは、死んでくれたほうが、ましだ」

と、家宰は吐きすて、手加減せずに広国を打ちすえた。そのまま打擲《ちょうちゃく》がつづけば、広国は血へどを吐いて死んでいたろう。

たまたま蘭が米をとりに蔵にはいってきたのである。かの女は気性の烈しいところがあり、息を呑んで立ちつくしたわけではなく、家宰の腕にしがみついた。

「おやめください」

「ふん。童僕はねずみよりたちが悪い。ねずみなら、何日かに一回、米を食べるだけなのに、この子は毎日、仕事もせずに、きびを食べて減らしていくんだからな」

どこか血の冷えを感じさせる声でそういった家宰は、また広国を打とうとして、蘭をみた。芳香をかれの鼻孔が吸いこんだからである。その芳香がかれの血を沸かした。

蘭は薄化粧をしている。かの女は主人に気に入られて、奥の雑事をおこなっている。微光しか差してこない蔵の中で、蘭の皎《しろ》い顔をみると、神秘的なほど美しい。

――どうせ主人の思いのままにされる女だ。先にいただいて、どこが悪い。

家宰は手から棒をはなし、

「わしのいうことをきけば、この子を打ち殺すのは、やめてやろう、どうだ」

と、いって、浅い笑いを褐色の面皮にみじかく浮かべた。藺は一瞬強い目をした。男の手で土間に倒された藺は、裾をひろげられても、さからわなかった。

家宰は足もとでぐったりしていた広国をまったく忘れたかのように、藺の衣服をまくりあげることに夢中になっていた。

広国は目をひらいた。まなざしの先に藺の顔があった。藺が広国にみつめられていることを知ったとき、眉間に悲しげな色をあらわした。やがてその色は苦痛にかわった。

広国に藺の悲痛がつたわったようで、広国の心はなんども突き刺されるような痛みをおぼえた。

藺の目がきらきら光った。涙が落ちた。広国の胸からその目の美しさはのちのちまで消えなかった。


広国は売られた。

十二年間に、十二回ほど転売されたのであるから、一年間働いては、ほかの地のつぎの家へ、という生活であった。河南の宜陽《ぎよう》の豪商の家で働きはじめたとき、かれは十六歳になっていた。

宜陽は洛水《らくすい》のほとりにあり、洛陽《らくよう》に近い。洛陽のあたりには豪商が多い。広国の生まれた観津から宜陽までは、直線距離で五百キロメートル以上あり、漢代の里になおせば千里をこえる。

広国はここではじめて一息《いっそく》を得た。主人が広国の利発さを愛し、目をかけてくれたからである。

この家には各地の情報が飛びこんでくる。皇都である長安の実情については詳報がはいり、官人に金をつかませてあるのか、宮門の内のこともわかるしくみをそなえていた。

広国が井戸で水を汲んでいるとき、主人の身のまわりの世話をしている美妾たちが、井戸へやってきた。

広国は妾侍をみるたびに、かならずはっとした。無意識のうちに蘭をさがしていた。一生のうちに二度と会うことがないとわかっていても、かの女をさがしつづける自分が虚しかった。

——王侯貴族か、大金持ちにでもなれば、蘭の所在をつきとめ、買いもどせるのに。

広国の溜め息は深い。

美妾たちは広国をみると、露骨に眉をひそめ、目に軽蔑の色を出し、井戸に近づかず、自分たちが汲むべき水を広国に汲ませた。そのあいだ、かの女たちは、

「皇太后さまが、ご病気なのですって」

と、話しているのを、広国はきいた。皇太后、つまり呂太后《りよたいこう》は、三月の禊《みそ》ぎのために外出し、帰り道で犬に噛まれた。その傷が悪化して病牀に伏せるようになったのだが、これは外部に知られてはならぬことになっているのに、すでに宜陽の妾侍までが知っていた。

七月には呂太后の死が、宜陽に迅速につたわった。むろん広国には関係のないことである。

それよりも広国の関心は山中ですごすための準備であった。大量の炭をつくらなければならない。山中に送りこまれる人数は百人以上である。広国がかれらをさしずするわけではないが、飲食物の管理を広国はまかされていた。

「けがのないように、やっておくれよ」

と、主人に送り出されたかれらは、山中に分け入り、櫟《くぬぎ》か樫《かし》の木をさがして、伐《き》りはじめた。

一方で炭焼き小屋をつくったが、百余人が寝泊まりするにふさわしい場所がない。みな草をむす

んで夜具のかわりとしたが、秋風が梢を鳴らしているこのときに、夜気はかなりきつい。

「木を伐るより、大きな洞穴でもさがすのが先だ」

ということになり、手わけしてさがしまわったところ、洞穴ではないが、雨露をしのげそうな巖角《がんかく》が大廈《たいか》のひさしのように出ている格好な場所がみつかった。みな岩を見上げ、

「へえ、こりゃ、すげえ。この下で全員寝ても、まだ余るぜ」

という声が、ぶきみにこだました。

炭焼きがはじまった。広国はおもに小屋の近くにいて、配下に水を運ばせたり、炊飯や料理などをさしずした。

風のない暖かな夕暮れであった。腹のふくれた連中が引きあげてから、あとかたづけをおえた広国たちが巖下《がんか》に着き、たわいもない話をしたあと、横になると、山は荘厳なほど静かになった。広国は腹ばいになって首をあげた。星空がみえた。星をみているうちに、胸の中に流れるものを感じた。

いまは宜陽にいるが、この先どうなるかわからない。奴隷の身分を脱《ぬ》けないかぎり、故郷に帰れないし、長安へ行った姉に会うこともできない。蘭はまだあの家にいるだろうか、などと考えているうちに、ねむくなった。

遠くに光があった。なんの光かわからなかったが、それがしだいに近づいてくると、光は女の裸の肩であることがわかった。女の顔はみえない。ただしみごとな黒髪であることはわかる。髪は音をたてた。女がふりむいたのである。ところが面差しがぼんやりしていて、蘭のようでもあり姉の猗房のようでもある。女は恐怖にひきつったような表情をして、しきりに広国を手招いた。広国は動こうとした。が、動けなかった。光が遠ざかってゆく。突然、広国は自分の背を棒のよ

うなもので打たれた痛みをおぼえて、目がさめた。

となりに寝ている男の腕が自分の背に乗っていた。

——ああ、夢か。

広国が苦笑しつつ目を上げると、下弦の月がみえた。その明るいまるみが、夢の中の女の肩に似ていた。

——あの月が、わたしを呼んだのだろうか。

月をながめているうちに小用をたしたくなり、広国は起きて、巖下をはなれた。その瞬間であった。背後で轟音《ごうおん》がした。かれは反射的に身を伏せた。烈風が頭上を通った。うつぶせになったまま、からだをまわしてみると、土煙が月光のなかに立っていた。

——これも、また夢か。

と、疑ったほどである。いましがたまであった巖角がなくなっている。どこへいったのか。広国はぞっとしながら立った。巨大な岩石は仲間の上に落下したのである。

広国は茫然と立ちすくんだ。

人影は岩石の下に沈んだまま、ひとつとしてあらわれない。うめき声もしない。かれらは即死といってよいであろう。

——山がお怒りになったのか。それとも、犠牲《いけにえ》を欲せられたのか。

と、広国はみぶるいしたが、いつまでも惨状をみていてもはじまらない。生存者を救い出そうとしても、岩石を動かすには人手が要る、と気づき、かれは山を走りおりた。

「なんですって」

広国の急報をきいた主人は、従業員を掻き集め、かれらを従えて、みずから山中にはいって、事故の現場を目撃すると、絶望の嘆声を発した。数十人の力でもその岩は動くまい。たとえいまだに岩石の下で生きている者がいても、見捨てるほかないとわかったからである。

「むごいことだ」

主人は悼痛《とうつう》のつぶやきをもらしながら山をおりた。山を去る多くの人影のうしろから雪が舞い降りてきた。


広国がみぶるいしたのは、事故のすさまじさを憶い出してのことではない。山中の百余人のなかで、たった一人、自分だけが助かったという、運命のふしぎさをおもってのことである。

――神はわたしを生かそうとした。

それはまちがいない。だが、自分のような奴隷を、神の手が救い出してくれたのは、どんなわけがあるのだろう。奴隷はその家の主人にしか役立たない者であろう。神が力を貸して祝福してくれるのは、多くの人々のために役立つ者ではないのか。

「易《えき》を知っている人はいねえか」

広国は仲間にききまわった。ある男がこういった。

「皺《しわ》の爺さんなら、物知りだから、たぶん知ってるぜ。ただし、もったいぶってやがるから、ただじゃ教えてくれめえ」

「どうすりゃいい」

「酒だよ。酒には目がねえ」

奴隷の身分で酒が手にはいるはずがない。さいわい広国は家中の飲食の管理にかかわっているので、

――しかたがない、ちょっとくすねるか。

と、にごり酒をひょうたんにつめて、皺で全身がかたまったような老人にみせ、

「易を教えちゃあくれめえか」

と、いった。老人はいきなりひょうたんをひったくろうとした。

「おっと、あぶねえ。酒を呑んで、はいおやすみじゃあ、束脩《そくしゅう》が高すぎる。教えてくれたら、これはおまえさんのものさ」

老人は上目づかいに広国をみて、

「ふん、どうせ、盗んできたものだろう。主人が知ったら、虫の息になるまで笞で打たれるじゃろう。先に、よこしなよ」

と、鼻で笑った。

「おい、爺さん。告げ口をしたけりゃ、やってみなよ。そのかわり、明日には、あんたはこの世とおさらばしているぜ」

広国は年少の配下をもっているのである。

老人は口のなかで、ぶつぶついったあと、易の説明をはじめた。すっかりききおわった広国にむかって、老人は、

「いまのは、やり方だ。出た卦を読むには、こういうものが要る」

と、かんたんな爻辞《こうじ》の書かれた木簡《ぼっかん》をみせた。

「どうせおまえさんは、字が読めんじゃろう。また、ききにくるなら、ひょうたんがもう一つ必要だな」

「へえ、そうかい」

広国はすこし字を読める。かれは肉体労働ばかりしてきたわけでなく、荷の仕分けのために、字をおぼえたことがある。

「ありがとよ」

広国はひょうたんを投げ与えて、その夜、さっそく自分の運命を竹ひごにたずねることにした。つぎの日に、皺の老人に黙ってひょうたんをわたし、木簡の束をかってにひろげて、自分の卦をさがした。老人は広国を横目でみながら、酒を呑んでいる。

——あった。これだ。

広国は食い入るようにみた。爻辞はとばし、結語だけをみた。

「数日《すうじつ》にして当《まさ》に侯《こう》と為《な》るべし」

これ以上ひらかないほど広国の目がひらいた。

——侯とは、国持ちのことだ。

ほかには考えられない。が、数日とは、なんという急なことであろう。奴隷が十日もたたずに、領主となることなど、ありえようか。

「どうした、若いの。顔が蒼いぞ。大凶でも出たか」

老人は歯ぐきをみせて笑った。

広国は主人に呼ばれた。

「山中で亡くなった者たちの喪に服すつもりで、三か月のあいだ、わしは家から一歩も外へ出なかった。そろそろ、動かねばならんが、そのまえに、おまえに朗報をきかせてやろう」

「はい」

広国はぴたりと庭先にすわっている。

「おまえたちが山中にはいっていった去年の末（閏《うるう》九月）に、新しい皇帝は、すべての人民に爵一級をおさずけくださった。わしは一級上がって、六級の官大夫《かんたいふ》になった」

「おめでとう存じます」

「ああ、喜んでくれるのかい。庶民として最高の公乗《こうじょう》（八級）までには、あと二つだからね。それはそれとして、同時に赦令が出たので、罪人もお赦しなさろうとする天子のお恵みを、おまえにも分けてやろうとおもったんだよ」

「と、おっしゃいますと」

「もともと、おまえはみどころがあるとおもい、首かせをはめなかったが、いま晴れて、首かせをとってあげよう」

「ええっ——」

広国の腰がおもわず浮いた。奴隷の身分から解放してもらえるとは、天にも昇る気分であった。

「たったいまから、おまえはどこにでも行けるわけだが、どうだろう、わしのもとで、これからも働いてくれようか」

「それは、もう。ありがたいおことばです」

広国の顔が感激でまっ赤になった。

「よし、きまった。商売のこともおぼえてもらおう。明日、長安へ発《た》つから、ついておいで」

旅の空の美しさは広国の心の晴れやかさそのものであった。ひとつ心にひっかかっていたことは「数日のうちに——」というあの占いである。宜陽から長安まで、ほぼ七百里あり、いそいで歩いても十日を出てしまう。が、広国の主人は馬車をつかった。呂太后は商人に馬車をつかうこ

感し、
とをゆるしたのである。主人の馬車に陪乗できた広国は、自分の境遇が急変しはじめたことを実
——なにか、とてつもないことに出会いそうだ。

という予感に染まっていた。

数日後、馬車は長安に着いた。主人は長安にも家をもっている。家人の歓迎をうけた主人は、
家人があわただしく大量の酒肉を用意しているのをみて、

「これ、これ、わしらが酒宴をひらいたら、どういうことになるか、わかっているだろうに。牢獄行きはごめんだよ」

と、注意した。家人のひとりは、

「ご主人にご迷惑をおかけするつもりはありません。これは立皇后《りつこうごう》のお祝いでして。上からお赦しがでております」

と、うれしそうにいった。主人はひとつ手を拍《う》った。

「ほう。皇后さまが決まりましたか。そうすると、わしはまた一級上がって、公大夫《こうたいふ》になれるかもしれない」

酒を呑み、肉をほおばる楽しさにみちたのは、この家ばかりではない。全国の各郷には政府からもれなく米や肉や酒や帛《きぬ》や絮《わた》までがくばられた。

「新しい天子は、ずいぶん徳が高く、世評も高い。が、皇后はどんな方《かた》であろう。たれか知らないかい」

と、主人はいった。それをうけて、年配の家人が、

「まさに、婦人の鑑《かがみ》のような方《かた》らしいです。なんでも、生まれは北の観津で、竇《とう》氏とおっしゃる

そうで」

と、いったとき、末席にいてぼんやり話をきいていた広国は、杯をとり落とした。

「広よ。どうした」

主人は広国に声をかけた。広国は、とんだそそうをいたしました、と答えたが、あとは酒肉の味がわからなくなった。

寝るまえに主人は広国を寝所に呼び、

「今夜のおまえは、ただごとじゃなかったね。わけを話しなさい」

と、いった。さすがに隠しごとはできないとおもった広国は、自分の本名と、自分の生まれが観津で、氏が竇であることを、はじめてうちあけた。どう考えても、その皇后は姉だ、と広国はいったのである。

「こりゃ、えらいことになった」

主人のほうが広国より昂奮しはじめたようであった。

翌朝、新しい衣服に着替えさせた広国を連れて、この豪商は官衙《かんが》をおとずれ、

「恐れながら」

と、訴え出た。広国が皇后の弟であると認定されれば、広国を虐待せず、あまつさえ奴隷の身分から解放したこの商人に褒賞《ほうしょう》が下ることはまちがいなく、さらに広国が成人となれば、皇后の実弟という親近から、皇帝をなんらかの形で佐《たす》ける地位に昇ることは充分に予想されるので、商売に都合がよいという打算がこの商人になかったとはいえない。その打算の上に善意が載《の》っていたにせよ、この商人は器量の大きい善類にちがいなかった。

官吏は一驚した。かれはすぐさま委細を宦寺《かんじ》へ知らせたため、皇后の弟の出現は、たちまち皇帝と皇后の知るところとなった。

——広国が生きていてくれたのですか。

猗房は広国の名をきいただけで涙ぐみ、席をあたためることなく、ため息をつきつつ、室内を歩きまわった。

そんな猗房をみかねた皇帝は、

「そなたの弟の名をかたる者であるかもしれぬ。わしが会って、真贋《しんがん》を鑑定してみよう」

と、なぐさめるようにいった。猗房は赤い目を上げ、ようやく笑った。皇帝がじきじきに広国に下問をおこなうということは、その広国が本物であれば、臣下として召し抱えてくれるということであり、にせ者であれば、むろん処刑される。

ところで、皇帝とは、当然、まえの代王《だい》である。辺境に近い国に追いやられた皇子が、漢帝国の中央に戻ってきて皇帝の席に即《つ》いたのであるから、かれも運命に翻弄《ほんろう》された一人であるといえる。

そのあらましは、こうである。

呂太后の専横を憎んでいた長安の顕官たちは、呂太后の死をみきわめると、みごとな連携《れんけい》によって、たった二か月間で、栄耀栄華を誇った呂氏一族を粛清してしまった。呂氏は全滅したといってよい。この粛清劇を演じた高官たちは、つぎの皇帝をたれにするかについて鳩首《きゅうしゅ》会議をひらき、代王・恒《こう》がふさわしいと決定したのである。

その決定の最大の要因は、薄《はく》夫人の淑徳《しゅくとく》にあった。

かれらがもっとも恐れたのは、皇帝そのものよりも、外戚の良否であった。薄夫人はもとより弟の薄昭《はくしょう》もよくできた人物である。代王の正室はすでに死去している。となれば、他の皇帝候補にくらべて、代王を長安に招くのが、臣下としてあぶなげがなかった。長安城にはいった肝心な新皇帝が、まれにみる聖徳をそなえていることを知った臣下たちは、一様にほっとして、太子を立てていただきたいと請願し、それが果たされると、空席になっている皇后の席を早く塡《う》めてほしいと願った。

皇帝は薄太后――天子の母を太后という――と相談して、太子・啓《けい》の生母である竇姫《とうき》を皇后に立てることを詔諭《しょうゆ》したのである。

さて、広国を引見する時が近づいてきた。

皇帝は猗房に広国の憶い出を語らせた。その話と広国の供述が合致していれば、問題はない。しかし広国の語る事実が、皇帝の予備知識と合致しない場合でも、猗房の記憶にあるものと重なればよいのであるから、供述の是非を確認する補助の手段として、

「物かげにかくれていよ」

と、皇帝は猗房のまえに衝立を置かせ、自分だけがみえるところにかの女を立たせた。

官人たちが左右にわかれてすわった。史官はすでに筆をもっている。

皇帝が親裁をおこなう気になったのは、宦官《かんがん》からの報告が、

「皇后の少君《おとうと》は、頭髪がきわめて短いとのことでございます」

と、あったからである。頭髪が短い者といえば、罪人か奴隷以外にありえない。広国がそのいずれにせよ、かれの出現が皇后の淑美をそこなわないようにすることが肝要であり、他の者にまかせると、広国と皇后の両者を傷つける失態が生じかねないと予断したからである。

——一目にして瞭然とならねば、わしは皇帝の資格はあるまいよ。

と、皇帝はおもい、広国を待った。

その広国が宦官にみちびかれて入室してきた。中肉中背の青年である。色は浅黒い。

——罪人ではなかったようだ。

皇帝は安心した。広国は屋外労働者の面皮の色である。広国は拝稽首《はいけいしゅ》して、静かに着座した。

——広国の主人はしつけの厳しい男らしい。

皇帝の目も厳しい。

皇帝に観察されている広国の目は、皇帝の襟《えり》もとの下をみている。直接目を合わすことはゆるされず、直答もできないことになっている。もっといえば、天子をみるときは、そのまなざしは、「袷《こう》より上《のぼ》らず、帯《たい》より下《くだ》らず」というのが、古代からの礼儀である。広国はそのことを主人から教えられたのであろうが、まなざしの置き方は礼儀にかない、またいかにもさりげなかったということは、天性の度胸のよさのほかに、この場にいることについて、いささかのうしろめたさもないという証拠でもあろうか。

——十年以上も会っていなければ、容貌だけでは見分けがつくまい。

皇帝は衝立のかげから広国をみている猗房の心境をおもいやった。

「顔を上げて、わしを瞻《み》よ」

と、皇帝はいった。官人たちはおどろいたようであった。広国はいわれた通りに顔を上げた。皇帝にむけた目が動かない。澄んだ目であった。恐れも、あつかましさもない、じつにおだやかな目容《もくよう》であった。

——なるほど、わしを義兄としてみている目であるか。

皇帝はもう下問を必要としないとおもったほどである。この青年は皇后の弟にまちがいない。それにしても、皇后の兄は質朴《しつぼく》であるし、この弟も端重《たんちょう》である。竇家の子はできがよい、と皇帝は感心した。

「直答を聴《ゆる》す。汝が姉について憶えていることを述べてみよ」

と、皇帝がいったのは、念をいれたにすぎない。

広国はややまなざしを下げて、

「恐れながら、申し上げます」

と、いった。かれはまず氏名と生まれた県名とを述べた。広国の記憶にあざやかに記《しる》されているのは、姉に抱き上げられてのぼった桑の木から落ちたことである。皇帝はうなずいた。猗房からきかされた話と合致するのである。

「ほかに、どうか」

と、皇帝がいったとき、衝立のうしろで立っていた猗房が、しゃがむのがみえた。猗房は広国の髪の短いことを知って、胸をつかれ、幼児のときにさらわれてから、この年まで奴隷として家畜同然に扱われてきた弟の辛苦《しんく》を想い、とても立っていられなくなったらしい。

「姉はわたしどもを残して西へ去るとき、伝舎で別れました。姉は洗髪の道具を借りうけて、わたしの髪を洗ってくれました。また、食べ物を請うて、わたしに食べさせてから、去ってゆきました」

広国がそういったとき、衝立の倒れる音がした。たまらなくなった猗房は、衝立にもたれかかり、それを倒すと、

「広国――」

と、嗄《か》れた声で呼びかけながら、あたりの者はまるで目にはいらず、ひたすら弟に走り寄って、かれを抱きしめた。

「姉さん」

広国の声が感激でふるえた。猗房の顔は、またたくまに、涙と洟《はなみず》とで濡れた。

――侍御《じぎょ》左右、皆、地に伏して泣き、皇后の悲哀を助く。

と、司馬遷は『史記』で描写している。姉と弟の感動的な再会を目撃した官人たちは、もらい泣きして、たれ一人として顔を上げる者がいなかった。

五

皇帝・恒《こう》は死後文《ぶん》帝（または孝文皇帝）とよばれる。高祖・劉邦《りゅうほう》をのぞけば、前漢（西漢）王朝累代《るいだい》の皇帝のなかで最高の帝徳をもっていたといわれる。司馬遷は文帝を「仁《じん》」の一字で誉めている。仁とは、理想的な人格をいう。猗房《いぼう》の長子の啓《けい》は、太子となり、次代の帝位を継ぐ。かれは死後景《けい》帝（孝景皇帝）とよばれる。

猗房の死は、景帝の子の武《ぶ》帝のときで、建元六年（紀元前一三五年）の五月である。歿年は六十七くらいであったろう。

話が前後するが、広国《こうこく》は景帝の元年（紀元前一五六年）に封冊《ほうさく》をたまわり、章武侯《しょうぶ》として、封地におもむくことになった。広国、四十歳の春である。

かれは皇后あるいは皇太后の弟であり、恣行《しこう》が通る立場にいながら、君子としての態度をくずさず、生涯、驕《おご》りをみせなかったといわれる。

皇太后になった猗房は、大病をして、失明していたので、弟が長安を去るのを悲しみ、

「なにも章武のような北垂《ほくすい》へ行くことはありますまい。国だけを受けて、長安にとどまれるように、帝にたのんでみましょう」

と、いった。広国はやさしく姉の手をなでた。

「それはなりますまい。わたしが冊命《さくめい》を実行しなければ、わたしにならって、たれも封地へ行かなくなります。皇太后の弟だけが、特免《とくめん》をうければ、姉君をそしる者はいても、ふたたび懿旨《いし》をきく者はいなくなります」

と、いって、広国は出発した。

章武という小国は、渤海《ぼっかい》郡にある。いまの天津市よりは南に位置しているが、当時の版図からすれば、まさに北の果ての国といってよい。

黄河を渡る舟の上で、濁水を流れてくるひょうたんをみつけた。

——皺の爺さんの占いは、まあ、当たったな。

と、なつかしくおもった。

冀州《きしゅう》にはいると、観津《かんしん》に立ち寄ることを、臣下に伝えた。観津が近くなると広国は御者《ぎょしゃ》に命じて、馬車の速度を落とさせた。あたりをよくみたかった。

——観津から牛車で二夜走ったところにあった大きな屋敷とは、どれであろう。

そんなことを考えていた。観津県に着いた広国は城門の外で県令以下の歓迎をうけた。もちろん県令は猗房を送り出したあの人物ではなく、猗房の運命を予見した郷父老はすでに亡い。

観津を東北にすすめば、日ならずして、渤海郡にはいる。

「暑い」

渤海郡の中邑《ちゅうゆう》に近づくころ、この一行を猛暑が襲った。中邑を過ぎれば、もう章武は目の前といってよい。ひごろ寒暑をそしることをしない広国が、このときばかりは、さすがに悲鳴に近い声を車上で発した。埃《ほこり》を吸いこんで喉《のど》が辛《から》くなった。同時に喉の渇きをおぼえた広国は、

「酒が呑みたい」

と、いった。水では喉の渇きはとまらないし、腹に当たるときがある。

この一行の酒のたくわえは底をついている。中邑の城はまだみえない。臣下はあわてて人家をさがした。

「あれにみえるのは、亭でありましょう。あそこで酒を求めます」

亭は警察の派出所だとおもえばよい。旅人の休息所にもなる。

「わしも行こう。すこし休みたい」

広国は全身が乾燥しそうであった。馬車はゆっくりすすんで、亭の前で駐《と》まった。陽炎《かげろう》を立てている道に降りた広国は、

「ゆるせよ」

と、いって、亭の中にはいった。足もとが暗い。静まりかえった家である。臣下がひょうたんをささげた。

「ほう」

広国は笑い、ひょうたんをかたむけて、酒を呑んだ。酸味の濃い酒であった。それでも喉の渇きはとまった。

「亭主に礼をいいたい。呼んでくれぬか」

と、広国はいい、ふと目を奥にむけると、女が灯るように立っていた。髪を麻紐でしばってい

る。

「やや、喪の家で酒を所望したとは、非礼をいたした」

臣下にうながされた女は、おずおずと近づいてきて、土間にすわり、頭をさげた。白いもののみえる髪の下に、どこかでみた面差しがある。

——蘭《りん》ではないか。

広国はひょうたんを膝もとに置き、

「非礼をかさねるようだが、ひとつ問いたい。あなたは蘭とは申されぬか。わしは幼いころ広《こう》といい、ほら、ねずみの番をしくじって、棒で打たれていた幼児ですよ。あなたが蘭なら、三十数年かかって、あなたを捜しあてたわけだ」

と、席をおりて、女の手をとろうとした。

女はおどろいたように膝でさがり、

「とんでもございません。お人違いでございます」

と、膝もとでそろえた手にひたいをつけて、背をふるわせた。

広国は落胆した。

「そうですか。あまりにも似ておられたので……、ご迷惑をおかけいたした。似ている人をみかけると、これまで何度となく声をかけ、いずれも人違いでした。愚かな男です。失礼いたした」

広国は立った。臣下も立ち、目を刺すような陽差しのなかに吸いこまれていった。馬車の走り出す音がきこえた。女は顔を上げた。蘭であった。

蘭はこれまでおぼえたことのない感動で、通身がつらぬかれていた。息が苦しくなった。

——あの子が、侯になられたのだ。

嘘のような、夢のようなことが、現実であった。その人が自分を捜しつづけていてくれたことが、どういうことであるのか、蘭にはわかりすぎるほどわかった。自分の胸を自分の手でなだめなければ、痛みのとまらないようなせつなさをおぼえたことは、奇妙なことに、いまが生まれてはじめてであった。

蘭はあの家の主人に美麗さを珍重され、妾《しょう》として長く仕えた。が、主人の死とともに奴隷の身分を解かれ、同時に屋敷から出された。その後、数軒の商家で下女として働き、ようやくこの家に後妻としてはいったものの、一年で夫に死なれたというわけであった。

広国のおもいがけないことばは、無感動になれたからだに沈んでいて、しかも自分では気づかなかった心を、抱きとろうとする手におもわれた。しかし、

――わたしのようなものが、こんなご身分の方と、知り合いであってはいけない。

蘭はとっさにそう感じて、別人を言い張り、顔を伏せたのである。

――あの方は、どこが封国なのだろう。わたしは、あの方がご領主である国に住むだけでいい。

蘭は戸外へ走り出た。すでに人馬の影は遥かである。かの女は髪をしばっている麻紐に手をかけた。そのとき、肩をたたく者があった。

「蘭さん」

ふりかえった蘭は目をみはった。去ったとおもった広国が立っているのである。

「おれの目はふし穴じゃねえよ。ご亭主の位牌にゃ悪いが、たったいま、奥方をおれがさらってゆくことにしたのさ」

「広さん……」

広国をみつめた藺の目に、またたくまに涙が張られ、地の照り返しをうけて、きらきらと輝きはじめた。

あとがきとしての回想

最近、「花の歳月」を朗読してくれたカセットテープ（商業用）がでてきた。

そんなテープがあったことをすっかり忘れていたので、自分ながら呑気《のんき》なものだとあきれた。

そこで、そのテープの声をはじめてきく気分できいてみた。文字をまったくみないで、音だけで自分の小説をふりかえった。すると、いろいろな想念が湧いてきた。それと同時に、この小説を書いた時と場所が、あざやかによみがえった。

平成三年（一九九一年）の九月に、名古屋市の昭和区広見《ひろみ》町から、西区城西《じょうさい》に転居することになった。引っ越しのまえに、妻から、

「あなたはホテルにいてください」

と、いわれ、引っ越しの当日から、転居先の家のなかがかたづくまでの数日間、名古屋城に近いホテルですごすことになった。

――ぶらぶらしていてはもったいない。

と、おもった私は、室内に大きな机をいれてもらい、小説を書くことにした。そのときまでに

刊行されていた私の作品は、自費出版の『王家の風日』をのぞけば、四作品しかない。『天空の舟』『俠骨記』『夏姫春秋』『石壁の線より』であり、そのなかの『石壁の線より』は歴史小説ではない。

中国歴史小説を書く作家がほとんどいなかったせいで、私の小説にある漢字の多さに辟易《へきえき》した読者がかなりいたらしい。そういう声を仄聞《そくぶん》した私は、なるべく漢字の数をへらして、やさしい小説が書けないものか、と悩んでいた。

そういうときに、司馬遷《しばせん》の『史記』のなかに、「外戚世家《がいせきせいか》」があることを憶いだした。外戚というのは、母方の親類、妻の一族をいう。世家は、諸侯や王の家の歴史をいう。その「外戚世家」の最初のほうに、

「薄太后《はくたいこう》」

に関する小伝がある。薄太后の生母は、魏《ぎ》の王女で、魏の国が秦《しん》に滅ぼされると南方へ逃げて、呉《ご》の薄氏の妻となって女《むすめ》を産んだ。やがて項羽《こうう》と劉邦《りゅうほう》の時代となり、魏が再興されると、その母子は魏にもどり、当時、人相見として第一人者であった許負《きょふ》に、その女は、

「きっと天子を産むでしょう」

と、予言される。

そういう話をもとにして小説を書いてみようとした。ところが、薄太后が産んだ男子が、劉邦の子としては不遇でありながら、それがさいわいして漢《かん》の文《ぶん》帝となり、その皇后と弟も数奇《すうき》な運命にあったとわかれば、薄太后、文帝、皇后、弟をまとめて、ひとつの小説のなかにおさめたくなった。戦闘場面のような荒々しさはなく、ふしぎな運命をたどってゆく人々をあわてずに描くつもりで完成したのが「花の歳月」である。この小説を書いているさなかに、部屋の窓が鳴った

ので、窓際に近づいてみると、雨であった。そんな平凡な雨の光景を忘れないでいるのは、その雨が洪水をおこすほどの大雨であったからである。つまり、引っ越し日が一日ちがっていれば、その大雨のなかで荷物を移動しなければならなかった。「花の歳月」のなかの人々も、生死の境をきわどく歩き、生きてゆくことは、天によって生かされてゆくことのようであり、つらい不運も、あるとき幸運にかわることを実感したにちがいない。そのせつなさ、そのふしぎさを、いちおう書けたつもりであったので、妻からの報《しら》せで、新居にはいれることになった日に、九割ほど書けた小説をもってゆき、妻に読ませた。この小説を読んだ妻が、めずらしく目頭《めがしら》を熱くしてくれたので、その顔をみて、ほっとした。

のちにこの小説が世にでたとき、読者からの葉書に、二回読んで、二回泣き、本棚にしまいました、とあったので、私も泣きそうになった。単行本として発刊された小説も、やがて文庫本におさめられ、その文庫本も時のながれに沈んでゆきかねない。私の場合、特に短篇集が読者の目から遠ざかったように感じたので、再度、単行本がもっているひろやかな空間のなかで、小説のなかの人々をのびのびと活動させたくなった。

そういいつつも、「桃中図」の主人公は、フランスのプルーストという小説家が、部屋の外にでられない、いわば牀上《しょうじょう》の人であったことをヒントにして書いた。不自由さをあえて課してみた作品である。

そのように私の思い入れの強い短篇小説を選んでみたが、「宋門の雨」はちょっと不運な作品で、どこの社の文庫本にも斂《おさ》められなかった。

いかなる攻撃をもはねかえして城を守りぬくことを、墨守《ぼくしゅ》、という。その墨とは、墨翟《ぼくてき》（墨《ぼく》子《し》）のことで、かれは兵法家であると同時に、物理学者であり、発明家でもあった。あるとき楚《そ》という超大国が、宋《そう》という中ぐらいの国を攻めようとした。それを知った墨翟が宋のためにその計画をくじいてみせた。ところが宋へ行った墨翟が雨に遭って、城門に雨やどりをしようとすると、追い払われた。その悲しみとおかしみが心に残っていた私は、それを小説に書いたところ、作品自体が雨やどりをこばまれた感じになってしまった。

ここにおさめた作品には、ひとつひとつ、大小のエピソードが付随しているが、それらをすべて披露するような不粋《ぶすい》なことをしたくないので、このあたりで切り上げたい。

宮城谷昌光

二〇二五年一月吉日

装丁　大久保明子

装画　横山大観「桃」（福田美術館　所蔵）

初出控

桃中図　「小説現代」平成七年十一月号、『玉人』平成八年七月　新潮社刊
歳月　「オール讀物」平成八年一月号、『玉人』平成八年七月　新潮社刊
指　「週刊小説」平成七年一月六日号、『玉人』平成八年七月　新潮社刊
布衣の人　『俠骨記』平成三年二月　講談社刊
買われた宰相　「IN☆POCKET」平成二年十～十二月号、『俠骨記』平成三年二月　講談社刊
俠骨記　『俠骨記』平成三年二月　講談社刊
宋門の雨　「小説すばる」平成五年十二月号、単行本・文庫未収録作品
花の歳月　『花の歳月』平成四年四月　講談社刊

宮城谷昌光（みやぎたに・まさみつ）

一九四五年、愛知県蒲郡市に生まれる。早稲田大学文学部卒。

出版社勤務のかたわら立原正秋に師事、創作をはじめる。

その後、帰郷。長い空白を経て、「王家の風日」を完成。

一九九一年、「天空の舟」で新田次郎文学賞。

同年、「夏姫春秋」で直木賞。

一九九三年度、「重耳」で芸術選奨文部大臣賞。

一九九九年度、司馬遼太郎賞。

二〇〇一年、「子産」で吉川英治文学賞。

二〇〇四年、菊池寛賞。

二〇〇六年、紫綬褒章。

二〇一五年度、「劉邦」で毎日芸術賞。

二〇一六年、旭日小綬章。

主な著書に「孟嘗君」「晏子」「太公望」「楽毅」「呉漢」「孔丘」「公孫龍」「張良」「諸葛亮」「三国志名臣列伝」、十二年の歳月をかけた「三国志」全十二巻などがある。

桃《とう》中《ちゅう》図《ず》　自《じ》選《せん》短《たん》篇《ぺん》集《しゅう》

二〇二五年二月二十日　第一刷発行

著　者　宮《みや》城《ぎ》谷《たに》昌《まさ》光《みつ》

発行者　花田朋子

発行所　株式会社　文藝春秋

〒102−8008 東京都千代田区紀尾井町三−二三

☎〇三−三二六五−一二一一（代表）

印刷所　理想社

製本所　加藤製本

ISBN 978-4-16-391945-4